上海市教育委员会
上海市民办中小学中青年优秀教师团队发展计划
资　助

青青园中葵

华育中学随笔集

主　编：唐　轶

上海科学技术文献出版社
Shanghai Scientific and Technological Literature Press

图书在版编目（CIP）数据

　　青青园中葵：华育中学随笔集 / 唐轶主编. -- 上海：上海科学技术文献出版社，2023
　　ISBN 978-7-5439-8748-7

　　Ⅰ.①青… Ⅱ.①唐… Ⅲ.①随笔－作品集－中国－当代 Ⅳ.① I267.1

　　中国国家版本馆CIP数据核字（2023）第234734号

责任编辑：付婷婷　李　峰
封面设计：张德仁

青青园中葵：华育中学随笔集
QINGQING YUANZHONGKUI: HUAYU ZHONGXUE SUIBIJI
唐　轶　主编
出版发行：上海科学技术文献出版社
地　　址：上海市长乐路746号
邮政编码：200040
经　　销：全国新华书店
印　　刷：上海商务联西印刷有限公司
开　　本：720mm×1000mm　1/16
印　　张：20
字　　数：350 000
版　　次：2024年1月第1版　2024年1月第1次印刷
书　　号：ISBN 978-7-5439-8748-7
定　　价：98.00元
http://www.sstlp.com

编 委 会

主 编： 唐 轶

编 委：（按姓氏笔画排序）

　　　　朱 海　　陈 琦　　金国旗
　　　　周 颖　　赵 艺　　高丽君

序　言

　　光阴弹指一挥，十年的岁月白驹过隙，记得2012年也是这样阳光明媚的冬日，第一辑《青青园中葵——华育中学随笔集》出版了。我轻抚橙色的封面，慢嗅油墨的清香，细读曼妙的文字，从清晨到日暮，就这样安安静静地翻阅、品味，任凭光影散落在随笔集上勾勒出不规则的几何图形。现在想来，这已定格为心底最温暖的记忆。那些稚嫩的文字真实地记录着童趣的美好，那些灵动的故事坦诚地叙述着青春的悸动，那些关于现实、关于未来的期许镌刻着岁月流金无法忘怀，《青青园中葵》你在我手中，很薄也很厚，很轻也很沉，是文学，是生活，更是梦想。

　　华育中学的学子观察敏锐、热爱生活、执着文学，你们从这片沃土上成人成才，迈向更广阔的舞台；华育的语文老师才华横溢、甘为伯乐、播撒文学的种子。我们手握沉甸甸的学生作品，总想留点什么下来，纪念走过的路也好，以示来者做启迪也罢，这是华育人的骄傲和责任。于是我们把出版随笔集这个传统完整地保留下来，每年都收集学生随笔、作文中的优秀习作，每两三年形成一部合集，用文字记载着青春，诉说着梦想，坚定着理想，我想这应该就是热爱和传承。我们的随笔集已经出到了第五辑，赤橙黄绿青蓝紫封面的变化是现实和梦幻的交织，但是不曾改变的是我们共同的初心。你好，《青青园中葵》我们又见面了。

　　文字是自由的，《青青园中葵》的初心就是写文来取悦自己，我们的文字不用炉火纯青，不用精雕细琢，不用经久不衰，可以是絮叨的甚至是稍显累赘的，取悦自己只为自己喜欢，不需要别人的明白和懂得，即使寂寞又何妨。如李一凡《行走在美好中》牵诗词的手，与美好不期而遇，是风过无痕的惆怅，是雪染梅香的清雅，是暗香浮动的欢喜，是行到水穷处，坐看云起时的潇洒随缘。王笑妍《纸际墨香》将目光停留在城市基本的阅读形态——报亭，当那曾经不经意间的温暖渐行渐远，小作者惋惜那薄薄一页纸上些许的墨香已经随风逝去，惋惜那恬淡的文字埋没在了碎片化的信息中，惋惜那温柔的光再也等不到同样温柔的书报亭……这些絮叨、孤独、飞扬的文字，是我们抬头望向远方的星辰大海。

　　文字是纯粹的，《青青园中葵》的初心就是写文来追求梦想，华育有一批执着的文学爱好者，他们怀着一颗赤诚的心虔诚地追随着文学，自己创办心禾文学社、尔雅诗社，出《朝歌》《尔雅》社刊，少了修饰，少了浮华，少了娇吟，少

了功利，还原了学子生活的本真，让我们感受文字中激荡的青春气息，洋溢的生命激情，充斥的理想温度。如刘佳怡《青春的模样》给青春画肖像，在一点一滴最最寻常的角角落落里，在平凡而不平淡的简简单单中，所有努力奋斗的、扬帆远航的、互相温暖的，都是青春，充满了对生活的热爱和理解。刘翰森《我和我的祖国》挥斥方遒，激扬文字，用青春书写对故土的眷恋；用奔涌的真情歌颂祖国的巨变和发展，字里行间洋溢着文化自信和民族认同感……这些真情、真意、真心的文字，是我们逐梦奔波中的坚定守望。

　　文字是幸福的，《青青园中葵》的初心就是写文来镌刻生活，人生简单的幸福只要我手写我心，我们记录下的可以是微不足道的小事情，可以是历久弥新的小物件，可以是优雅别致的小情调，春暖花开。如刘博涵《就这样，也好》中的木匠爷爷有一双灵巧的手，制作家具、书柜、玩具小火车、拨浪鼓都带着对木的理解，对生灵的尊重，"一个人，一段木，一份情"，即使寂寞孤独也平凡静好地守着内心的山水，是匠心，是沉淀，是传承。马艺菲《扁担挑起的岁月》爷爷的扁担作为贯穿全文的线索，曾经，青青的扁担，挑起爷爷的青葱岁月，挑起了"我"满箩筐的幸福童年；而如今，黄黄的扁担是"我"担起爷爷晚年的温馨岁月，也是"我"踏上未来人生路的灯塔。狄子婍《窗外的上海》早春时节的腌笃鲜，外婆的缝纫机，历史文化风貌区老梧桐上的蝉鸣，栀子花、白兰花声声的叫卖声，人头攒动的话剧中心，安福路的怀旧与时尚并存，见证着上海的蜕变，是童年温暖的记忆……这些细腻、柔软、纯洁的文字，是我们感受生活的怦然心动。

　　"青青园中葵，朝露待日晞"，我愿这美好的祝福始终与你同在，与文学的梦想同在，与生活的热爱同在，无论斗转星移，沧海桑田，日月变迁，都不会忘却我们曾经的美好，那是属于我们的独家记忆。

　　这本随笔集是《青青园中葵》华育中学随笔集的第五辑，分为八个篇章：亲情世界、故乡情结、成长思悟、校园风铃、社会掠影、兴趣之舟、触摸城市、涵泳书海。感谢华育中学语文教研组的全体老师为佳作进行点评，我们也将把这有意义的编录工作继续下去，更多的精彩期待着大家的续写。

唐　轶
2023年9月2日于华育中学

目　录

❧ 亲情世界 ❦

扁担挑起的岁月	3
就这样，也好	4
给予	7
新旧之间	9
向她致敬	10
没有说出口的感谢	12
没有说出口的感谢	13
银杏树与外婆	14
外婆的小院子	16
触摸牛角梳	18
故乡的回忆	20
芬芳润心田	21
从未忘记	23
就这样，埋下一颗种子	25
心底的暖意	26
原来我也很在乎	28
往事令我回味	29
一路同行	31
鱼骨仙鹤——我家的故事	32
永存心中的阿奶	34
相处之道	36
圆梦	37
外公的兰花	39
开在悬崖上的奇葩	40
阳光灿烂的日子	42
我给记忆命名	44
我家餐桌上的故事	45
祖辈	47
幸福的一刻	49

青青园中葵

沙滩	50
那些美好	52
夜空中最亮的星	53
有一种爱是陪伴	55
这是我们一起完成的	56
相处的时光	58
外公的电瓶车	59
凡人小事	61
我眼中的你	62
我眼中的你	64
这里的秋天	65
我想对您说	66
温暖的时光	68
温暖的时光	69
我的宝贝	70
我想对你说	72
属于我的阳光	73

故乡情结

常常想起那个地方	77
那个地方	78
粥	80
故乡的奶奶	81
童年的美好	83
弄堂回忆	84
乡音	86
永存心中的银杏树	87
破例	89
阿爷和建业里	91
再次遇见你	94
我喜欢这里	96
我的乐园	97
火热的暑假	98
曦晨慢	100

我钟情的颜色	101
我钟情的颜色	103
我钟情的颜色	104
慢下来的时光	105
时光的香气	107
我钟情的颜色	108
那些美好	110
我钟情的颜色	111
我家餐桌上的故事	112
我最钟情的颜色	114
我钟情的颜色	115
樱桃与樱花	116
我钟情的颜色	118
家乡的味道	120
那些灿烂的日子	121
永存心中的萤火	123

❖ 成长思悟 ❖

纸际墨香	127
我和我的祖国	128
印记	130
那一次偶然的相遇	131
茶之道	133
爷爷的风筝	135
一张凳 一把琴	136
记一次好的沟通	138
爬山虎	140
请让我来	141
新旧之间	143
青春的模样	144
超越	147
不一样的感受	148
花和尚	150
原来我也很脆弱	152

路上的发现…………………………………………………… 153
忘年之交…………………………………………………… 154
我家餐桌上的故事………………………………………… 156
我钟情的颜色……………………………………………… 157
最爱星期四………………………………………………… 158
那些美好…………………………………………………… 160
这是一种财富……………………………………………… 161
阳光就在风雨后…………………………………………… 162
这是一种财富……………………………………………… 164
阳光就在风雨后…………………………………………… 165
为自己点赞………………………………………………… 166
青春的模样………………………………………………… 168

☙ 校园风铃 ❧

没有说出口的感谢………………………………………… 173
印记………………………………………………………… 174
不一样的感受……………………………………………… 176
我的老师…………………………………………………… 177
朽木的暖阳………………………………………………… 179
"吵"在我班……………………………………………… 181
悲伤蛙的故事……………………………………………… 182
致可爱的老师……………………………………………… 184
想对你说…………………………………………………… 186
有你相伴，且行且歌……………………………………… 188
那声音，常在我耳畔……………………………………… 190
谢谢你，朱老师…………………………………………… 192
我想对你说………………………………………………… 193
队伍前的蘑菇头…………………………………………… 194
一张桌，三只猫，数摞书………………………………… 196
风会记得一朵花的香……………………………………… 198
冬日暖阳…………………………………………………… 200
黑板上的师生情…………………………………………… 201
推开那一扇门……………………………………………… 203

社会掠影

- 身边的小美好 ······ 207
- 成全它们吧 ······ 208
- 又是一个春天 ······ 210
- 小幸运 ······ 212
- 比看上去更有意思 ······ 213
- 教室外的老学生 ······ 215
- 同普路 ······ 217
- 凡人小事 ······ 219
- 凡人小事 ······ 220
- 疫情历"险"记 ······ 222
- 凡人小事 ······ 223
- 我想对你说 ······ 226
- 我钟情的颜色 ······ 227
- 又一个春天 ······ 228
- 钟情的颜色 ······ 230
- 地铁众生相 ······ 231
- 我钟情的颜色 ······ 233
- 我眼中的你 ······ 234

兴趣之舟

- 干得漂亮 ······ 239
- 悠悠昆曲，韵入我心 ······ 240
- 兴趣，点亮生活 ······ 242
- 有一种甜 ······ 243
- 小幸运 ······ 244
- 圆梦 ······ 247
- 兴趣是最好的老师 ······ 249
- 兴趣是最好的老师 ······ 250
- 是苦也是乐 ······ 251
- 破例，焕发新意 ······ 253
- 绽放的一刻 ······ 255
- 再试一次 ······ 256

我与国画·· 258
我的拿手好戏·· 259
动手的快乐·· 261

❖ 触摸城市 ❖

窗外的上海·· 265
我的小世界·· 266
水乡滋味·· 268
弄堂的夏天·· 269
常常想起那个地方·· 271
万载的冬·· 273
永存心中的翡翠门牌·· 274
上海之美·· 276
土气的地方·· 277
一本书 一个我 一座城······································ 279
晨间的味道·· 281
上海的春·· 283

涵泳书海

那年桂花飘香时·· 287
行走在美好中·· 289
昆虫记·· 290
穿行在似水年华中·· 292
乐在其中·· 293
沧溟轩里的美好时光·· 295
我的乐园·· 296
记文学世界里那个敢于破例的自己···························· 298
我不只是一个学生·· 300
"风月同天"与"武汉加油"·································· 302
俗诗？雅诗？
——读《"风月同天"与"武汉加油"各有用场，各领风骚》有感·········· 303

亲情世界

亲情世界

扁担挑起的岁月

20届3班 马艺菲

扁担静倚在门后,黄中隐约透出曾有的几丝青痕。扁担是这个年代的稀罕物了,自我有记忆起,家中一直搁置着这样的扁担。因为极少使用,已经蒙上细细的一层灰,记不起它过去的青葱岁月,童年记忆中大段的空白,也大都是别人转述的了。

"走喽!"随着爷爷一声悠长的吆喝,我抓紧扁担下粗糙而结实的麻绳,而扁担的另一头,则是扎得整齐、码得严实的秧苗。随着扁担的晃晃悠悠,我沉醉在自己的世界里:明净的天,蓝得如未染尘埃的奶奶的蓝围裙;河沟儿里涓涓的水流,流淌的是小镇的百年光阴。看累了,拽拽绳子,青青的扁担就会渐渐停歇。爷爷缓缓俯下身,用他柔和的嗓音轻轻地询问。那带着乡土气息的腔调,如同扁担的青青之色,温润似微醺的清风的气息。而我,如同被扁担挑起的公主,幸福得找不着边儿!于是,青青的扁担重新上路。嗅着路两边豆荚的清香,耳边回荡农人的号子声,闻着爷爷浓浓的汗渍味儿,我又沉浸在自己的王国里……

扁担青青,挑起我童年悠长的情韵。童年的一天一天,温暖而缓慢,正像老棉鞋粉红绒里子上晒着的阳光。年复一年,毛竹青了又黄,黄了又青。年复一年,爷爷的宝贝孙女已然长大,他自己却失去了往日的英华风姿。不知从何时起,布满青筋的大手变得黑炭似的枯瘦,因长年劳作而被忽略的指甲中塞满了黑色的污垢。因学习忙碌,我也不常回家乡探望了。

今年夏天,爷爷因痛风发作入院,需要每周进行中医治疗。接到消息时,家人都十分震惊。他分明之前打电话还说自己一切都好,风湿也多日没发了。印象中身子骨硬朗的爷爷怎么能和病房里憔悴不堪的病人相提并论?等到心急火燎地赶回老家探望时,才真正意识到爷爷已然是年迈七十的老人,不再年轻了。闷热的夏风刮在脸上,蝉鸣在耳畔此起彼伏,老远便看见了他——我的祖父,斜倚在门边,门槛的边沿油漆剥落,一如那木质原有的斑斑驳驳。风中,他夹着花白的头发调皮地翘起几缕。他伫立在那儿,在等候他最爱的孙女,日头翻过一日又一日,恰似那被他抚摸了千百遍的黄黄的扁担。

扁担黄黄,爷爷再也挑不起他的宝贝孙女,连同那整箩筐的秧苗,只能将那份牵挂封存心间,不泄露半点思念,生怕扯住至爱的宝贝的脚步。

"爷爷,走喽!"我搀扶着那消瘦的臂膀,一如当年我拽住那粗粗的麻绳一般用心。朝阳洒在爷爷枯橘般的黄脸庞上,为其赋上一层幸福的神采。乡间的小

路,有了祖孙俩幸福的剪影,那是对爱的回馈。

曾经,青青的扁担,挑起爷爷的青葱岁月和我满箩筐的幸福童年,黄黄的扁担是我担起爷爷晚年的温馨岁月和自己踏上未来人生路上的灯塔!感恩的心,因为有了对爱的回馈,才真正找到了精神上富庶的归属。

点评:

文章巧妙地以"爷爷的扁担"作为贯穿全文的线索,用细腻的文字为读者勾勒充满温情的祖孙深情。曾经,青青的扁担,挑起爷爷的青葱岁月,挑起了"我"满箩筐的幸福童年;而如今,黄黄的扁担是"我"担起爷爷晚年的温馨岁月,也是"我"踏上未来人生路的灯塔。明澈高朗的天气,是幸福童年的环境基调;而斑驳又温暖的阳光,又正应和了"我"为爷爷付出时的温情。此文入选了"2019-2022年上海市中学生优秀作文",刊登于《2020年上海市中学生年度最佳作文选》。

(指导老师:曹佳妍)

就这样,也好

20届7班 刘博涵

黄昏,家具厂内。爷爷戴上老花镜,细细摩挲着伴他走过大半生的手工刨刀,微微地叹了口气。月儿挂上梢,工人们陆续回家了,只剩下漆黑的厂房和无边的静谧。

依稀间,我仿佛听到远处传来刨木花的声音,刹那间,却又止了,我倏地忆起了从前。

小时候,我常去爷爷工作的家具厂。幼时对爷爷最深的印象,是在一棵参天大树旁搭设的棚子中,爷爷操着锋利的刨刀,微蹙着眉,卖力地削着,额头上沁出了一滴滴汗珠,刨刀在他手上旋转飞舞着,木屑如天女散花飘落一地。捻指间,精雕细琢的木纹如海浪般缓缓伸展开来。伴随着"咔哧咔嚓"的声音,木料积淀下来的香气弥漫开来。"好料,好料",爷爷眼中微微泛出了一丝光。我眼花缭乱地盯着爷爷的手。爷爷见我那么着迷,便抽空为我制作了一列玩具小火车。在小火车放到我手上的那一瞬,它就驶入了我的心间。也因此,我不时地会想起爷

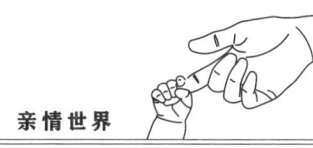

亲情世界

爷的那双手,那双化腐朽为神奇的手。在而后的日子,爷爷的木工作品总如磐石般伴着我的梦境,于爷爷,浮动着的,是无限的仰慕。

奶奶告诉我,几十年前,爷爷也是在这座棚房中成了名木工学徒。当时的爷爷就像现在的我,被师傅的手艺深深折服,毅然踏上了木工之路。爷爷借着皎洁的月光,和师傅学起了手艺。开始也只是做些杂活,再后来,师傅见他敏而好学,便将自己看家的真本领传授给了爷爷。拼木板,刨花纹,画锯线,开榫钉,铺铜活……一样样教,一样样学。就这样,过了三年。那天晚上,夜空中没有一颗星子,黑得很,师傅点起了根烟,微弱的光在黑暗中若隐若显,或明或暗。沉默中,师傅掐灭了烟。他轻拍了爷爷的背,"小子!你出师了!"便又不再言语。爷爷隐约地体察到师傅有什么难尽之言,点了点头。

春华秋实几十载,天际云卷云舒,棚外花开叶落定。

在陈设古旧和光线昏暗的棚子里,爷爷开始打磨新的作品。木料的唤醒是他毕生的追求与努力。这一次,他要制作一个书柜。那块木料,沉朴稳实的褐,触摸它,宁静冰凉得让人能感到时光的积淀。木料有它的高冷,也有它灵魂迸发时的滚烫。爷爷开始镂空里料,寥寥几刀,就看到光阴凝聚下来的木纹。"唉"爷爷一声长叹,他懊恼地看着自己,胡须抖动着,又愧疚地摸了摸那段木头。他心头闷闷的,看了看窗外树枝上缀着零星几片叶子,丢下工具出了门,不住地在棚房外徘徊,掐灭点亮一支又一支烟。他为那个木魂而感到惋惜。

爷爷沉默地,执着地,在木屑纷飞中,让鬓角的黑发慢慢被秋霜染白,让清澈的双眼缓缓变黄浊,让有力的双手悄悄被木屑磨出老茧,可不变的,是做家具时眼中扫出的锋芒——只有中国的匠人才会有那双眼睛,燃烧着毕生挚爱。

爷爷常说:"一段木,一份情。"爷爷如今说这番话时,总会饱含深情地看着我,摸摸我的头。在爷爷的眼里,每段木料中都藏有一个灵魂,待着一双粗糙却温柔的手将它打磨,赋予它生命。

几十年一晃而过,几位同行的老木匠改行的改行,入土的入土。木工行径上,木屑堆积,蜿蜒成路,我只看见爷爷一人踽踽独行,不是很孤独,那套工具,始终陪着他坚定不移地走……

爷爷的家具厂开始逐渐用机器代替人工,时代的变迁并没有让爷爷感到惶恐,他只是开始喜欢在夕阳的余晖下,望着风拂过的小树林。订单越来越少,爷爷于木头的眼光也越来越挑剔。每当爷爷遇见一段好木料时,他的眼睛总会闪动着光芒。爷爷自己一个人在厂间摆弄起来,他打开了那已积上了一层灰的工具箱。爷爷年纪大了,做家具有些力不从心了,身板也不那么硬挺了,可那双粗糙的大手,一碰及木头，便缓缓地舒展开，变得无比轻柔细腻，抚着木块如抚着婴儿的脸庞。我渐渐发现爷爷不仅是手艺高超，更是出于对家具的热爱，对手艺的尊重。我看着爷爷手上刚刨完的铜活，出了神。直到爷爷揉了揉我的肩，我才恋恋不舍地把目光收回。爷爷稍稍侧过身子，偏着头，手抵着木块，小心翼翼地将它推入磨盘中，使之磨得平整些。慢慢磨，细细磨，磨出一片天地，磨出一片新生。这样一个小小的部件，被磨出了35度翘起的极美丽的弧线。边角是正方形的，很正很平。圆即圆，方就方，方圆既出，规矩自来。我好像明白了老木匠的一生：尽善尽美，精益求精，就像是一把刨花刀，酝酿雕刻着，泛着淡淡的光。

拼板，创纹，开钉，凿花，周而复始。

画线，铺活，敲榫，接木，永无停歇。

爷爷为了木头的灵魂，钻研了半个世纪。可是，因为种种原因，家具厂要倒闭了。那天，爷爷喝了些酒，涨红了脸，说了不少话，大概意思是说，他年纪大了，要退休了……我看着他的背影感到有些落寞。爷爷做完了最后一件家具。端详着，他点了点头，黄浊的老眼又亮起来了。发货的时候，那亮光黯淡了，工人们都沉默了。

那天，爷爷留在家具厂到很晚，他将那套制家具的工具带回了家。

退休后，爷爷平静地过着日子。

一年前，我的小表妹出生了，年近古稀的爷爷自是对她疼爱有加。爷爷又操起了那把刨花刀——他一生之持，一生之求，一生之恋，他为小表妹做了一个拨浪鼓，上面满满地雕刻着亲情与温度。方寸之间，迸发出爱意。在小表妹的欢笑声中，我恍惚间仿佛又听到了爷爷的那句话："一段木，一份情。"爷爷把他的一辈子都献给了木工，即使快节奏的时代，可能已经容不下，那种需要我们慢下来品味的事物，可他仍要在他的晚年，用饱经沧桑的工具，给孩子们带来无限的快乐。

配上一壶酒，带着微醺之醉，人情冷暖一并下肚。

就这样，一个人，一段木，一份情，平凡静好地守着内心的山水，也好。

（上海市作文竞赛一等奖作文）

点评：

作者为我们讲述了爷爷做木匠的故事，文中并无激烈的情节，可一位平凡老者的岁月就在这点滴中沉淀。木匠，是一份职业，但于爷爷而言，它早已成为刻入生命的印记，无论是给孙子孙女的玩具，还是家具厂的一件件活儿，都承载着

亲情世界

爷爷对木的理解，对手艺的爱。老木匠饱尝辛苦，鬓角的微霜、黄浊的双眼、手上的厚茧就是见证。在时代变革中，同行者渐渐远去，他怎会没有孤独和黯然的时候，但越是这样，他的坚持才越发值得敬重。作者的文字细腻，情感绵长，如同一杯淡茶，虽然清雅，却积蓄着力量。

（指导老师：朱海）

给予

22届1班 葛芊妤

日落西沉，金红色的光芒钻过窗棂攀进屋内，映在一排排木质的深褐色药柜上。太爷带着老花镜，摩挲过每一格抽屉，一一点算着柜中的中药材。暮暮又朝朝，岁岁复年年，太爷就是这样，守着药铺，守着乡邻，遍洒杏林春暖。

太爷是中医师，在镇上开了一家中药铺。药铺门前悬挂着的深褐色牌匾，上书"劲之药铺"四个大字，"劲之"是太爷的名讳。我曾疑虑为什么不取个"保安""回春"的名字，多响亮！太爷也不恼："响亮，还有什么能响亮得过自己的名字？"听罢，我也郑重了几分，好像懂了些什么，却又说不明白，只觉得，太爷就是药铺，药铺就是太爷，他该是把自己最珍视、最可贵的，都从心底里毫不保留地拿了出来，赤诚地交予每一个人。

七岁那年，因为着凉，我得了"百日咳"，吃了两周的西药，仍咳得上气不接下气，爸爸看着眼泪汪汪的我，赶忙请来太爷。太爷先帮我搭了脉，然后急匆匆地回药铺背来了一包东西摆满了桌子：各色药材、药杵、药钵、戥秤，甚至煎药锅，一应俱全。他也顾不上休息，就开始忙活起来。我昏昏沉沉地睡着，也不知过了多久，太爷端来一碗热气蒸腾的黑褐色药汤，我皱着眉尝了一口，大呼难喝。太爷却道："苦就对了，别看只有这一小碗，那是多少草药的一片苦心啃！"他的语调和缓又坚定，不疾不徐的，像有魔力一般，叫我信服极了。喝下一碗，似乎真能感受到包蕴着阳光雨露的草木菁华在我身体里流淌，熨帖了心腑，安下心神。一周之后，咳嗽就慢慢止住了。后来，我常在想太爷说的草木苦心，草木苦心又何尝不是太爷的苦心。为了重孙女，他也把自己变成了一株草药，慢慢春捣、细细研磨、悉心熬煮，以关切为引，用深爱入药，给了我最周全精心的照料。

时岁渐长，太爷越来越像那块掉了金粉的牌匾，皱纹深深，佝偻起了腰背。

镇上开设了医院,来药铺的人便少了许多,爷爷和叔公们常常劝太爷关了药铺,却没一个人拗得过太爷。他还是守在那方小小的天地,问诊、施针、开方,遇上不谙煎煮之道的病人时,太爷就分文不收地帮忙代煎,一句一句地叮嘱需要注意的事项。看着他佝偻着背,一丝不苟地放药、加水、熬煮;片刻不离地守在药炉边掌握着火候,一待就是三四个小时,我不免有点埋怨和心疼。太爷抚摸着我的头,说:"大家需要中医,我的药铺就要继续开,能多帮些病人是再好不过的事了。"一病一方,一炉一药,数十年来,太爷始终用他的仁心仁术关怀着身边的人,给予大家尽心的帮助。

我越来越理解太爷的坚守,于是,药店里便时常多了我的身影,我学着太爷的样子,将包裹着药的牛皮纸折起四角,叠成方形的小包,再附上药方系绳;守着药炉扇起蒲扇,煮出地道的中药。看到病人和家属们紧皱的眉头日渐舒展时,我也尝到了太爷所说的那份安心,用己所学,尽己所能,为他人纾解病痛,这样的无私给予,怎能让人不感到幸福?

太爷让我明白,给予是一份守护的力量,也是一种温暖的传递。"杏林春暖沐朝霞,绿叶扶疏绽百花",我也要和太爷一样,秉承这份给予之心,照亮生命的温暖。

点评:

文章以时间为序,渐次推进。未见其貌时,先以"声"夺人,太爷响亮的回答亦如手书的牌匾,要言不烦而掷地有声。接着,小作者记叙了太爷悉心照料"我"的故事,虽是往昔旧事,但亲情的温暖醇厚却给了"我"长久的润泽与滋养,至今念及,仍是历历在目,言犹在耳。最后,我们透过文字,看见了小作者稚嫩且坚韧的样子,与开篇处太爷在夕阳下的身影交叠在一起,让人感叹于执着的坚守,感慨于仁心的传续,感动于给予的力量。至此,首尾圆合,主旨全出。文章层层推进,波澜渐起,有章法,亦有巧思,是一篇颇见功底的作品。

(指导老师:宣琰)

新旧之间

22届1班 诸宸霖

收音机里一如既往地播放着新闻，不太好的音质平添了几分忧愁烦躁。厨房移门的玻璃窗格上雾蒙蒙一片，里头忙碌的身影依稀可见。"哎，什么也做不出来，这收音机又烦得头疼！"我脑海中的思绪交杂着，实在搞不懂爸妈留着这老收音机的缘由。

"别叫叫嚷嚷的了，吃完饭继续想。"爸爸一边往桌上端菜，一边不忘把收音机放在饭桌上。"这老收音机音质差，还脏兮兮的，快关了吧！"我嘟囔着。爸爸见我这般，竟皱眉严肃了起来："现在的年轻人都享受着新技术，可过去的日子里，能听上收音机里的音乐都是难得的！"

爸爸的双眸里缀满了我未曾触碰过的回忆。他从小在江苏的小村子里长大，十几岁才随着爷爷来到了上海。"我小时候一到周末，就到你爷爷工作的厂里，搬个板凳听收音机，好多村里的小孩聚在一块儿。"语调似乎有些忧伤，我的脑海中浮现出那些闪耀着光芒的场景：夜晚，天空中缀满了星星，月亮瘦成一树枝丫，一群五六岁的孩子聚精会神地听连环故事，听一板一眼的新闻，听别有韵味的评弹。我看向爸爸："听起来就很有故事……"耳边收音机照旧响着，已是快结束的时候了，心中竟有些许不舍。目光停留在它黑漆漆的外壳上，吊灯的光打在收音机上，有些耀眼。在它的周身，那些旧时光的回忆与点滴美好都为它赋予了新的光亮。

新年与旧年之间隔了一个春节，那是众乐乐的温暖时光，我们一家到外公家过年，开门时见到他久违的笑容，心中有些许酸涩。外婆前几年过世，独留外公一个人继续生活。一个年轻时威风的军人，杀敌打仗也不轻弹的泪在外婆生病时落下了。那段时光里，外公日日夜夜陪在外婆身边，外婆的小收音机更是不离手。

"今年来得蛮早额！"他一口流利老派的上海话映着收音机里的中华金曲，听来别有韵味。"外公，您这个收音机还留着呢？"我走上前去摸了摸这几十年前的老款。"从我和你外婆结婚一直留到现在嘞，这东西旧了，人也老了，就不想换了。"我明白他的不舍，也理解他的失落忧伤。这老旧的收音机里蕴藏的不止岁月，更有人情，亦有趣事。是那些一日日发生着的新的、更深的情感，让旧收音机拥有了珍藏的意义。上海弄堂里，外公炒菜时哼着收音机中的小调被外婆打趣的瞬间，早晨两人出门买油条粢饭糕时摊头收音机里的小故事，从黑发走到白头，从天荒走到地老。旧事物在新时代中熠熠生辉，风韵不减反增。

那一年春节,我过得欢喜极了,同收音机结为了挚友。与爸爸妈妈、外公一起穿着棉衣在月下听金曲传唱,听爸爸讲童年收音机里的连环故事,看外公打太极拳,又在夜深人静时思念外婆的音容。

新的科学与技术替代了旧时代的落后,却埋没不掉旧事物的光耀。我抬头看向桌上架着的小收音机,阳光透过窗子,在它的外壳上折射出时代的光芒。

就这样望着,我忽然笑了,这新旧之间,隔开的是岁月,不灭的是闪烁着的回忆与深情。

点评:

这篇文章是华育杯作文竞赛初赛一等奖作品。题目仅有四个字,但对审题、立意、思辨都提出了很高的要求。小作者极具智慧,化大为小,又在小中见大。取父辈祖辈的故事以呼应题中的"旧";借"我"的眼光、心绪来表达新时代下的新思考;又以老式收音机串联起新旧之间的故事,巧妙地把重点聚焦于新旧更迭中始终不灭、不减、不褪色的柔暖亲情。小作者的笔下有父亲割舍不下的童年岁月,有外公恋恋难忘的相濡以沫,这些都是相当有分量的厚重回忆,但小作者却不着浓墨,而是以轻灵的笔触描绘勾画,让读者亦能在感慨流逝,追忆时岁中再次品尝到比哀愁更值得回味的丰足与醇美。

(指导老师:宣琰)

向她致敬

22届2班 李丹妮

空旷的天际,西沉的落日给黯淡的颜色里调进了一些赤金。书桌前那幅刺绣也仿佛被镀上了金边,散发着熠熠光彩。目光顺着根根丝线滑向温暖的记忆,眼底又是奶奶坐在院子前执着地绣着一花一叶的场景,敬意也不禁油然而生。

小时候,我在老家陕西和奶奶一起生活。奶奶是个心灵手巧的人,在忙完农活和家务后,就捏起银针,在变化无穷的案绣里诠释着勤劳。因为奶奶拿手针线活,村落中的妇女们总喜欢带上针线,茶余饭后来我家院子里做客。懵懂岁月那段最记忆犹新的也莫过于看她绣出崭新的"老虎鞋",自那时心底便觉得奶奶真厉害。

这样,我与刺绣结下了不解之缘,稍长就缠着奶奶教我刺绣。夕日欲颓,橘

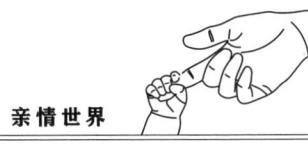

亲情世界

红色的光晕将刺绣那时光限定的暖温定格为永远,将祖孙间的爱绣进那一方天地。不问身旁的车水马龙,只是独守宁静一隅。看着奶奶因劳作而布满老茧的双手却在触摸针线的那一刻如此灵活;辫子股绣、洛川毛麻绣、高陵扎花……或自然写实,或形态夸张,或精工细作,或粗犷豪放。不同图案变着样尽显眼底,不免对奶奶多了份敬佩。那时候,我问过奶奶为什么这么喜欢刺绣,奶奶说:"人呐,不能向生活低头,要用力活啊。"我显然是没有明白,但奶奶那郑重的表情,却给我留下了忘不掉的记忆。

银针在穿梭,流年在变幻。长大后,离开故乡的几年里我一针一线也如纸笔,在这一方天地书写着气象万千。视频聊天时经常是奶奶拿着针线的场景,我的不解也仿佛慢慢褪去,增多的是为她对刺绣执着的佩服。

那年,我回故乡过春节。来到熟悉的村庄,走进熟悉的街道,空气中氤氲着温暖。拐弯,映入眼帘的却又是奶奶迎着晚霞,戴着老花镜执着地绣着一花一叶。我恍然悟了奶奶曾经的那句话,也理解了奶奶对刺绣的情感。苍茫黄沙中,贫苦岁月里,它是祖辈们的不低头、不退却,也是平凡生活中的殷勤踏实,向阳而生。奶奶对于刺绣的事物,总是有着命里的熟稔和温暖。于是她将内心深处对于生活的理解通过千变万化的刺绣表达出来,一针一线里,她绣出了一寸寸的光阴……

于是我将这份情感带入生活中,内心慢慢变得丰盈与坚强。积攒起勇气,在面对惊涛骇浪时也将它沉淀为沉稳,在指尖触摸爱的暖温。而我如同奶奶,是否也为传统技艺的传承尽了一份绵薄之力。

我向奶奶致敬,因为文化,因为她的坚毅与执着。

点评:

本文叙写了"我"对于奶奶的敬意,因为奶奶执着于刺绣,她将内心深处对于生活的理解通过千变万化的刺绣表达出来,传递出祖辈们的不低头、不退却,也是平凡生活中的殷勤踏实,向阳而生。文章结构清晰合理,层层递进地诠释了"我"对于奶奶及刺绣的深刻理解。行文流畅简洁,语言清逸婉丽,流畅连贯,尤其是对细节传神的刻画,恰到好处地揭示了人物的内心世界,这是本文的成功之处。文章最后揭示中心之句,实属点睛之笔,概括之语,短促而有力!

(指导老师:陈玉燕)

没有说出口的感谢

22届2班 范晟旸

端午临仲夏,时清日复长。又是一年端午时,坐在窗边,捧起初制成的香包,任窗外微风拂过,将香味沁入心脾。每到这时,我便会想起外婆,想起她为我制香包时密密缝的慈爱,还有那在我心中翻腾却终未能说出口的感激。

小时候我的身体并不很好,每到春夏之交便会过敏,咳嗽不止。看到我难受的模样,外婆甚是心疼。因此,在端午时,我便能闻到那清苦带甜的香包。香包虽小,选材却大有讲究。烟柳参差之时,腿脚不便的外婆拄着上了年纪的拐杖走过蜿蜒曲折的街道、错落有致的小桥,为我购置一味味草药:艾草、青蒿,还有小镇河边随处可见的菖蒲、白芷。"苍梧来怨慕,白芷动芳馨。"它们被外婆收入竹篮之中,在精心洗涤与研磨下,渐褪糟粕。外婆将其精华与对我无言的爱编织进小小的香包中,任其香味钻入心扉,祛除病痛。每当在外嬉戏的我瞥见那腰间的香包,外婆上扬的嘴角,心中都会涌过一丝感激。可惜年幼的我语言尚不够丰富,未能将这丰富的情感流露出来。

白驹过隙,年岁渐长。不觉中,我将要离开依恋的故乡。临行前的晚上,外婆将我拉到一旁。她让我在对面坐下,开始手把手教我做香包。亲手尝试,我才发现,这远非想象中那么简单。"布料别太粗糙,颜色嘛,你喜欢就好,再将这个布料一折二,缝起来。但你仔细看啊,缝的时候,先向内再向外,千万别缝过头,留四分之一别缝,将那香粉均匀撒在棉花里,拌匀后塞进去,再把剩下的缝上、收紧……"夜已深,我学做的香包已经初见成效,得到了外婆的褒扬。一动一静之间,我忽然意识到,外婆传授给我的,不只是知识、技巧,还有她对我细致贴心的关爱,希望我在远方也能体会到家乡的味道。感激之情再次涌上,但我仍没有勇气对外婆道声"谢谢",只能在挥手相送之时,泪水沾襟。

远离故乡,心里却还惦记着外婆。近几年的疫情,又阻挡了我回到故乡的愿望。闲居在家,不经意间瞥见了香包,自己制作香包的想法在脑海中一闪而过。找寻材料、裁剪、缝线……外婆的声音在耳边响起。外婆留给我的布料上,花纹细腻,隐约能看见家门口的杨柳茂盛,桃李芬芳。我不曾向外婆道出我的感激,疫情却又拉大了我与外婆间的距离。我只能将自己的情感编织进香包中,以此表达我那从未说出口的感谢。

端午将至,外婆又要张罗着包粽子采艾草了吧,我愿将这声"谢谢",与箬叶的清香一道,随窗外的微风寄往故乡,寄到外婆的心中。

亲情世界

点评：

世上有种温暖叫作隔辈亲，有种感动叫作祖孙情。文章以时间为序，叙写了外婆给"我"精心制作香包，手把手教"我"做香包以及"我"将那声从未说出口的感谢寄托在香包中的故事。全文语言流畅，人物描写细腻入微，行文舒展自如，自然洒脱。文章自始至终充满着真挚的情感，从字里行间能体会到"我"与外婆的祖孙情深，感人肺腑，这正是本文的震撼力之所在。结尾处集中表达情感，既照应开头又总结全文。首尾连贯，一气呵成。称得上是一篇成功之作。

（指导老师：陈玉燕）

没有说出口的感谢

22届3班 王子源

父亲对我一贯严厉在多、温柔在少，以至我总心有别扭，从不轻易言谢。如今回望父爱之隐，对一句没有说出口的感谢格外惦念。

上学的日子里，无论百般忙碌，父亲几乎每晚都要赶我下楼跑步，冬日再寒也绝不动摇。对此我是十分不情愿的，几番拉扯，好歹换来他陪我一道去流这汗、受这寒。

下了楼后，摒去了最初的纠结，也不免被悠然的夜色感染，心平气和起来，进而发现在这苦差中别有的趣味。开始几圈照例是热身的慢跑，我常逮着这专属的与父亲独处的时间，闲聊或"说书"。

"……却说那汉密尔顿遭三人质询后，心中不安愈甚，可谓前有小家，后有大梦。"

父亲摇头晃脑地踱着步子，应道："进退维谷。"

我满心浸在共享所爱、得遇善听者的喜悦中，也不觉寒风冻人了。正欲接着道来，突然被父亲公不徇私的一掌拍上："好了，先讲到这里。接下来三圈加速，两圈冲刺。"

我这才惊觉热身的五圈已经结束，只好掐了话头，全心投入耗神的"加速"。这份戛然而止的遗憾几乎每晚都在上演，所幸这夜深人静的"舞台"，也几乎是每晚可以重搭一次的。

有时我们也会互换身份，父亲兴致上来，同样谈天说地，从自己的高中经历

到最近新闻，尽数娓娓道来，还能让我时不时参与互动。这样一份属于父亲的随性与从容、放松是平日里少见的，褪去疾言厉色，剩存的亲切使他变得同夜色中安安然然的草木一样可触可及。那些让人忍俊不禁的早年逸事，让一位父亲的形象日渐丰满。

谈及再严肃不过的学业问题，我们并肩跋着步子慢跑，我吐着积攒的困惑，再听他的理解、宽容、批评与教诲，都带上了点到为止的温柔，没有争吵与别扭，助我知困知不足，而后自强自反。末了受他一掌，得他一句包容无限的"快跑"，便心甘情愿地迈开步子，烦扰也在风中消散不少。

每每气喘吁吁至拐角处，就见父亲不愿费力陪同转而"督查"的身影自绿化带中溜达出来，朦胧在灯光与黑暗中，无声的挺拔。

我有一句没有说出口的感谢，为父亲的良苦用心。他绝不仅是为使他的孩子能够从容应付校内的长跑考核，更是以倾听者、知心者的角色，将自己一腔深沉的爱，如夜幕一般含含蓄蓄、温温雅雅地铺散。

点评：

父亲陪孩子跑步，初衷也许是为了应对考试，却让一项对"我"不太有吸引力的运动，变得有趣起来。这也成为埋首学业的孩子与忙碌的父亲之间，难得的相处时光。"父亲摇头晃脑地踱着步子"便把"我"的小疑惑、小情绪解了去，内心也在奔跑中开阔起来。文章的语言并不刻意追求雅致，娓娓道来中呈现出一种信手漫笔的感觉，似是从日常生活中随意截取了一两个片段。这份质朴更是把对父亲的感恩呈现得诚恳真挚，这句没有说出口的感谢，早已溢于言表。

（指导老师：朱海）

银杏树与外婆

2022届3班　陆林霏

彩霞满天，银杏园里，坐着一位老人。金黄的银杏叶儿，如翻飞的蝴蝶，扑落在老人脚边，多像当年的我，承欢膝下。

日暮西垂，一地金黄，银杏树鲜艳璀璨……看着那位老人，我泪眼婆娑。亲爱的外婆，我又想您了，您与树是如此和谐。一叶知秋，银杏叶儿在萧瑟的秋风

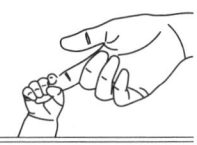

亲情世界

里,安然飘落,洒脱淡然;您,懂人生之秋,在迟暮之年,造福桑梓,坚实人生。

闭上眼睛,我又想起外婆在家乡的庭院中坐着的样子。

小时候,我一直住在外婆家。那儿有个庭院,不是很大,但有很多花花草草;还有一棵银杏树,树不是很大,但枝叶却非常茂盛,天气晴朗、阳光明媚时,也只有微风吹过才能让阳光漏下几个小亮光。记忆中,夏天外婆总是坐在树下,拿着蒲扇,扇着风,看我玩跳房子的游戏。她清癯的身影静静地坐在椅子上,只是偶尔动动扇子。有时见我玩累了,她便招呼我坐下乘凉,给我扇着扇子,讲许许多多的故事。她对我讲,这棵银杏树啊,是她小时候种下的,那时的树苗一只手就能握住,到了现在这树都有碗口粗细啦。我笑,她也笑,却笑深了她脸上的皱纹,而年幼的我又怎会明白那是岁月的刻痕。

每到初秋,银杏树上便结出了许多小果子,贝壳般小巧可爱。这是外婆忙碌的日子。刚采下的白果黏糊糊的,要先摘掉胚芽,再晒一晒。外婆把去好芽的果子铺到一个藤编圆簸箕中,放在太阳底下晒,还经常抖抖簸箕。白果圆头圆脑的,给我带来了不少欢乐。在我心中,外婆还有双巧手,能去除白果的涩味,又能把它软糯的特性发挥到极致。但我也知道,这东西不能贪嘴,吃几颗解解馋便也不闹了。余下的白果外婆便会送给各家亲戚。一边用网兜分装,一边给我数这白果历年的价钱,什么你妈妈小的时候,这白果就是她一年的学费之类。现在外婆年纪大了,腿脚不太利索,唯有白果成熟的季节,她才仿佛又年轻了,麻利地忙活起来。

到了秋天,银杏的叶子便染上了金色。起风了,满树的叶子便哗啦啦响,风大了就会纷纷扬扬地落下来。在树上还挺柔软的叶子落到地上就会变脆,踩上去发出"沙沙"的响声,像秋的圆舞曲为我伴奏,外婆就会安适地坐在一边了。

记不清是几年前,耐寒的银杏,却似乎没有耐住那一年的寒潮。这棵银杏树的叶子一夜之间就落光了,树皮也失去了光泽变得苍白。邻居们都说,这银杏树可能不太行了。外婆却找来许多麻绳,绳子磨手,外婆却浑然不觉。蹲在树边倔强地用绳子将树干一圈圈地绕好,帮它保暖。一次次地俯身,一圈圈地缠绕,寒风中外婆的身影,让我心疼。但当来年春天,银杏树细细的枝上钻出一点嫩绿时,她的眼中又有了光亮,神采奕奕地给树浇水了。凝望着外婆,她身上那件棕褐色有些笨重的棉服好像与银杏的树干融在了一起。银亮的发丝,似是深秋时银杏满树金黄,让我久久不能忘怀。

银杏树的秋天是它一年轮回的结束,但它的凋零不是憔悴和枯萎而是绚烂的一次谢幕。我越发觉得外婆的笑容里满是沧桑后的安然。

就像外婆从未给我讲过这棵银杏树的故事一般，它也从未向我述说过它的经历。但这树和她总有一种微妙的默契。几十年的银杏，也算不得粗壮，却挺拔高耸；它陪伴着外婆，也是我童年的陪伴。我一回想起，就有一种绵延不绝的感动。

点评：

树下的故事，因为深秋时的满树金黄而格外温柔，与外婆银亮白发互相照应，韵味悠长。仔细阅读，就会发现，这田园牧歌的生活背后是外婆多年的苦心经营、默默付出。白果对"我"来说不过是普通的零嘴，但那曾经是外婆一年的守候，是为儿女艰难攒下的学费。庭院中的银杏树，陪着外婆走过曾经的沧桑，年迈的外婆守护着她度过酷暑严寒。树便不再是一棵普通的树，那是外婆精神世界的外化，她和外婆一样坚韧挺拔，一样淡然面对严寒。在这银杏树的荫蔽与外婆的呵护中成长的"我"，满怀深情地讲述这样一个亲情故事，真是俯拾仰取皆动人。

（指导老师：朱海）

外婆的小院子

22届5班 葛欣言

古人云万物有其本相，只是本相总被表象覆盖。

小时候是在外婆家长大的，门前的小院在我的记忆里有着永远的绚烂，春天的棣棠和鸢尾带着明丽的色彩绘成春日序曲；夏日的骄阳烈日下扶桑的嫣红被镀上一道金色，撒下了满院的细碎光圈；晚秋里没有肃杀，木槿的浅紫与白似乎是终年不败地绽放到北风涌起；即使冬天也不会冷清，院中的枝叶纷繁点缀着单调冬景。外婆仿佛是将时光赋予了花朵，让它们依次盛开，留下终年的明媚灿烂。

但在小时候的我看来，园艺可不是什么惬意的乐事。花草各有各的娇气，要摸透了它的脾性才好呵护。棣棠的水不可多浇，鸢尾得朝阳，木槿即使不娇贵也要时常修剪，更不用提那诸多繁杂的养护事宜。外婆清晨起来收拾爽利便要去侍弄花草，偶尔叫上我，我也总是不耐烦，过了一会儿就回屋里玩去了。只有外婆才能一一记下花草如此迥异的脾性，她在打理花草时总是笑着，时不时呢喃几句，仿佛她面前的不是植物，而是各有性情的老友。

亲情世界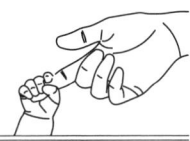

待到年岁渐长，在外婆家待的时间便不如以往多了，不时地回来看望时，外婆总是笑着，还是继续侍弄着她的小院。

这时我早已有了耐心，听着外婆絮絮地与我闲话家常，竟也觉出些生活的意趣。

夏日的树荫下，蝉正不厌其烦地叫着。我不合时宜地开了口问外婆，她为何如此精心地侍弄那方天地？

外婆愣了愣，笑了起来。

外婆说她搬到这里早已是好几十年前的事，当时的院落还只是光秃秃的一块，她便买了种子种下，"看自己种下的花草一点点成长本身就是一种幸福"，外婆如是说。在后来的日子里即使物资匮乏，她也不曾荒废过这方小小天地，"老话讲，螺蛳壳里做道场，一点不错"，外婆得意地道，"虽然说不富足，但生活总要有点点缀"。

于是她的小小院落便成了她对生活的点缀，连缀起十余年的漫漫光阴。

于是悠长的岁月被外婆打理成草木生长的模样，平凡朴实又活色生香。

盛夏的暖风拂过，小小的院落镀上一层灿烂光芒。

这才是小院的样子，不是日复一日的单调杂务，更不是所谓的繁密艳丽，而是纷扰红尘里的平凡慰藉，是某种意义上细水长流的一段时光。

点评：

本文作者的语言特别诗意而浪漫，在娓娓的叙述和平实的描写中我们感受到外婆的处世智慧：她将悠长的时光打理成了草木葱茏的样子，在小院子中尽享着自然的花谢花落，春华秋实，享受着自然无言的宁静和生命的蕴藉，不管身处怎样的境遇总能将生活打理得井然有序，用勤劳的双手去创造生活的美，为平凡的生活增添一抹亮丽的色彩，点亮我们内心的憧憬和热情。外婆就是一位生活的艺术家，简朴的小院就是外婆打造的艺术珍品，让"我"懂得不慌不忙地去生活，不紧不慢地去创造，在时光的从容逝去中去感受生活的真味，去享受属于自己的幸福。

（指导老师：王静）

触摸牛角梳

22届5班 刘若彤

随着清晨的第一缕阳光洒下,我轻轻旋开铜锁,小心抚摸着那一把封尘已久的牛角梳,似乎触到了新与旧的时空扭转。

犹忆稚时,喜欢摆弄那个小小的梳妆匣——那是奶奶留下的"珍宝"——喜欢看打开的一瞬,木屑飘散在光线中。断齿上还缠绕着祖孙俩的发丝,仔细触摸便能感受到纹理中蕴藏着的如歌流年与欢愉旧梦。天刚蒙蒙亮,奶奶便会端坐在五斗柜台前照着镜子梳妆打扮。她本就有着一头质地十分好的长发,盘起那我从未见其变过的发髻。梳好后,她便会拿着一小瓶桂花油,挤一点在左手掌心,再用右手细细擦在发丝间,将自己对美的虔诚与热爱镌刻在了细齿之间。

待我起床,奶奶便会用牛角梳为我扎小辫。一大早雾气还未消散,袅袅地缠绵着人间。晨曦缓缓落在小院柴扉和木质的窗框上,我与奶奶坐在那铺满岁月痕迹的长凳上。似水流年将奶奶的青丝酿成雪,她却毫不在意,深深凹陷在眼窝里的双瞳注视着我乌黑的发丝。双手起落间,两条小辫已在朝晖中起舞。当奶奶为我别上发夹的那一刻,似乎亿万星辰都汇聚在发间,内心又多一份安宁。每每梳完头,奶奶便会把牛角梳递给我叫我保留好:"囡囡,这可是阿婆藏了几十年的宝贝,以后我老了,没力气了,就传到你手上哩!"接过不大的梳子,再三抚摸,时间浸润下慢慢升温,触摸牛角梳,更像是触摸醇香绵长的爱意与温暖,抚平心灵深处的慰藉。

长大之后,我晚睡晚起的作息习惯与奶奶不同,奶奶也不再有机会为我梳头了,偶然谈起有些生疏的牛角梳也是在茶余饭后。我陪奶奶出门散步,夕阳西下,余晖透过树枝斑驳细碎地洒下,祖孙二人慢步在林荫小道上,望着斑驳而略显古旧的墙,踏着湿漉漉的青石板路,于点点残阳下渐行渐远。奶奶挽着我的手,长叹一声,道:"唉,现在的社会发展得那么快,这街上周末也见不着牛角梳的踪影,终究是过时了,只好拿那断了齿的凑合着用咯!"——我知道,这牛角梳是她最不能忘的。

奶奶年轻时在一家制梳子的作坊里打杂,在那里,日复一日的制梳过程已成为奶奶的家常便饭,她便也逐渐熟悉了每一道工序。记得那一天奶奶带回来一把半成品邀我与她共同制作:她伏案埋头,一手握着钨钢刀,一手扶着牛角梳,一笔一画地在上面刻着文字"祝万事顺遂",一旁的我看得入迷,却也迫不及待地望向那一列小字。我用手触摸着凹凸不平的痕迹,内心为之动容,而那"万事顺遂"

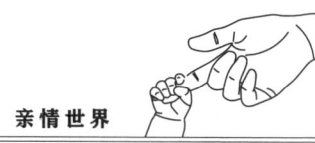

亲情世界

也成了祖孙二人间不离口的祝福话语。如今,那牛角梳已脆弱不堪,在沧桑岁月的磨砺下,成了记忆中永生难忘的那一把"断齿梳"。当我再次见到那把梳子时,会禁不住再伸手触摸。没错的,触摸牛角梳,更触摸到了那独具的匠心和看透人生浮华之后的那一份安定。"莫因激进不堪重负,莫因迟缓空耗生命",只是随着时间的流转,静心体悟奶奶那一辈人的别样情怀,品味生活之趣,一切随缘。

再后来,我被父母接到自己家住,市区的繁忙与快节奏叫人难以喘息,相较于郊区的安乐祥和,令我有些不大习惯。繁重的课业使我忙得站不住阵脚,自然也有好一段时间没有回老家探望奶奶了。在市区,我时常在周末过问一些老式杂货铺,想寻得牛角梳——那个早已成为我爱不释手的"传家宝"的玩物。古色古香的街边小店几乎都踏了个遍,得到的却只有抱歉与摇头。一次放假回家探望奶奶,匆匆走过火车站附近的地道时,拐弯处的小摊吸引了我。有些肮脏的红布平摊在地面上,上头摆放着排列得整整齐齐的牛角制品,牛角梳也不例外。摊主是一位年且七十的老阿婆,看着和奶奶差不多年纪,岁月在她脸上留下了痕迹,条条皱纹竟也挡不住她的芳容。我触摸着牛角梳,精心挑选了一把想送给奶奶。毫不例外,当我又一次触摸牛角梳时,感受到的是家与亲情的"味道"。

"叮咚"一声门铃按响了,门开,我探头向房间望去:"阿婆,是我回来啦,快看我给你带了什么好东西!"按捺不住的激动心情在那一刻爆发。奶奶拄着拐杖,蹒跚地走出,佝偻的背和已经剪短的头发瞬间触动了我的心。她走上前盯着我看,却怎么也认不出来。"是我,您的孙女,快试试这新买的牛角梳好用不?"我急了。"认不出了,就连我天天在她身边也认不出了,你奶奶已经没有力气再自己梳头了。"一旁的小姨解释道。我突然热泪盈眶,往日里精神抖擞的奶奶竟被疾病摧残得憔悴不堪。悲伤之时,竟发觉奶奶手捧牛角梳,眼里泛着泪花。我从奶奶手中取过梳子,紧紧地握着,缓缓从奶奶的发根梳向发梢,感受到了隔代之间永不停歇的爱的传承。我把新牛角梳存在小木盒里,心生感慨,牛角梳将点滴瞬间化为永恒,也是连接两代人心灵的"桥梁"。

牛角梳,镌刻着时代的记忆,承载着爱与温暖。触摸牛角梳,也是在触摸几十年跨代的回忆与深情——两个人的记忆,一代人的情怀。

点评:
一把历经岁月沉淀的牛角梳,成为祖孙俩共同追求美,享受美好亲情的情感寄托。牛角梳似乎见证了从黑发到白发的时光流转,也经历了备受推崇到被人遗忘的世事变迁,但它还是幸运的,幸运地成为祖孙间情感交流的载体,在温柔的

抚摸和深情的凝视中将这一段美好的时光定格成了温暖的画面。作者能够挖掘身边平凡的小物件中不平凡的意义，将祖孙亲情的温馨快乐以及奶奶在制作牛角梳时注入的对于生活的美好期待都能通过细致的描写一一展现出来，意味无穷。

（指导老师：王静）

故乡的回忆

22届6班　储健一

　　我出生在上海，成长在美丽的大别山脚下。那里是外公的家，依山傍水，青砖瓦房，漫山遍野，杜鹃争艳。外公就是生活在这片青山绿水之间，一名地地道道的，纯朴、善良的人民教师。

　　外公二十多岁的时候，作为知青，来到这个遥远的北方乡村。外公家的院子很大，种满了许多并不名贵的花花草草，万年青、美人蕉和月季花，铺满了大半个院落。外公养花和常人不同，从不精心伺候，全凭它们自己去努力。花花草草们倒也争气，纷纷在院子里找个角落，一茬接一茬，装点了庭院一年四季的风景。屋后种了一些竹子。嫩绿的叶，青翠的竿，一片片，一枝枝，投下绿绿的浓荫。我尤爱后院的这片小竹林，每当秋风拂去，寒冬将至时，依然青翠不惊寒。这，是一种朴素的美，像极了外公，不骄不躁，清雅淡泊。

　　乡村的夜晚格外凉爽，家家户户都喜欢在院子里吃饭、乘凉，摇着蒲扇，看繁星点点。晚饭以后，外公就把餐桌收拾干净，接根很长很长的电线，把台灯点亮，然后拿出毛笔，铺开宣纸，取出砚台，手中的墨锭不紧不慢地，一圈又一圈，墨汁如绸带般，丝丝缕缕，在清水中弥漫开来。庭院里微风轻拂，墨香四溢。外公抿着嘴，皱着眉，笔尖在纸上一起一落，流出小小的花朵，在纸面绽放。寥寥数笔，便铺出了一幅水墨山水画。定睛一看，重峦叠嶂、连绵起伏的大别山脉，跃然纸上。我不禁拍手叫好。抬起头，远处的山峦若隐若现，与眼前的水墨画，浑然一体，让人目眩神迷，分不清哪儿是山，哪儿是画。

　　渐渐地，夜深了，收拾好笔墨纸砚，外公便会从屋里搬来一张很大的竹床，撑在庭院中央，支好蚊帐，让我钻进去，睡在一望无垠的星空下。山村的夜，比城里黑得透彻，星光自然更加璀璨。那是在城里生活的我难得见到的图景。外公便会教我识别各种星相，在他的指引下，杂乱的夜空变成了一幅幅抽象画，引导

着我的想象和探索的好奇。在这满天星斗下,外公似乎无所不知,什么狮子座、双鱼座,每一处闪亮的背后都是一个动人的故事。他的语调有些沙哑,语气却不疾不徐,讲到精彩处,重音、停顿,一个不少。可以想象年轻时候的外公,曾是个多么出色的人民教师。他最早带我认识的,就是北斗星。但和别人不一样,他会喊北斗星为思南,儿时的我还会较劲纠正他。年岁渐长,在妈妈的讲述中才知道,北斗所思之南方,是外公的故乡。离家千里,数十载的他乡生活,使得对家乡的记忆,在日复一日的教学与操劳中隐没起来,唯有这举头望星空的瞬间,才显露出来。外公很少提及他当年的故事,但在村中很得人望,逢年过节常有学生回来探望。只言片语中,听到的是一个热血青年舍弃回城,留在这偏僻乡村教书,一晃几十载,平凡而又传奇的故事。

不知道初到这里的外公,克服了什么样的困难,才与这迥异于南方故乡的风土人情融合起来;也不知道从小生活安逸的他,是不是也曾在艰苦的生活面前辗转反侧,心生退却。在外公身上,我看到的是一种平凡的伟大,那是他对教育事业的热爱与执着所谱写出的赞歌。

点评:

都说"露从今夜白,月是故乡明",故乡总是人们心中不可磨灭的灵魂圣地。本文中外公对于"故乡"有自己的理解,是一种更深意义上的探求。江南的诗意与北方大别山的清冷浑厚并存,思乡的愁绪与知青的热血同在。本文的精妙也由此缓缓铺展开来:由童年在大别山的经历写起,继而呈现外公的精神世界。又将文章的焦点汇聚于思念江南的外公毅然将这北方乡村视为故乡,进而感悟到是外公代表着的过往一辈辈知青和奋斗者们成就了乡村独一无二的美,倾注了自己大半辈子青春的地方也是故乡,以情动人,发人深思。

(指导老师:戴卉)

芬芳润心田

22届6班 张紫鑫

又近端午,家门口早已插上新艾,艾草摇曳,浅笑低语,一袭清苦的艾香似有若无。掐下一片艾叶,放到鼻子边,顿时,那种芬芳的艾草味儿一下就钻进了

肺腑，甜在心里，馥郁的艾香勾起了大脑中沉睡许久的回忆，把思绪拉到很远很远。我总觉得那味道不如记忆里外婆身上的蕲艾香。

我想去看看家乡的艾了……

小时候，每逢端午外婆总会多采几把艾草，将去年的陈艾换下，插上两株还挂着朝露的新艾。雕了雕花的门庭前，顿时又增了几分明媚。艾香绕着门梁飘入房间，唤醒酣睡的我。外婆总会让我将多采的艾分送给邻里，这时我总会满心欢喜地答应。去时怀抱艾草，缕缕芬芳盈满衣袖，回时看着家家户户门前插着的新艾，揣着满兜邻里回赠的糖果，满心欢愉便凝成了诗，滋润了我的心田……这便是我与艾草的最初回忆。

外婆住在湖北蕲春县的蕲州镇，那里是医圣李时珍的故里，李时珍在《本草纲目》中写道："艾以蕲州者为胜，用充方物，天下重之，谓之蕲艾。""艾叶能灸百病。"生在以药成名之地，习医的外婆对蕲艾青睐有加。

清香的艾草到了外婆手里，总能变成各种良药。一次去植物园，不知是吸了什么花粉，一回家就不停地咳嗽。外婆看着满脸通红的我，赶紧用艾煨茶，拍着我的背，哄我喝下。一连喝了几天，嗓子渐渐舒服了。外公常笑呵呵地说："我独爱你外婆用艾煨的茶，包治百病。"包治百病自然是夸张，可艾草茶确实是治疗感冒的良药。我每每感冒，外婆就让我喝艾草茶。

听妈妈说我小时候就患有很严重的过敏，外婆便立刻想起了"医药"——蕲艾，用蕲艾草煮汤洗浴，可以缓解症状。

天刚蒙蒙亮，外婆就挎着篮子去后山采艾。我央求外婆带着我一起去，外婆呵呵地笑着，蹲下身，背起我。我趴在外婆的背上，闻着她身上那丝独特的艾香，伴着晨曦，走过一片片艾草地。山路两旁，艾草是很多的，齐腰高的艾草绿柔柔的织成一片，密密匝匝，尚挂着剔透的晨露，带着一片湿漉而又缠绵的柔意。伴着艾草生的，还有纤长柔韧的菖蒲，在微凉的晨风中，清凉的香味点染了整个山头，它们似有魔力般在每一寸土地间恣意生长。

每每外婆采艾归来，就把它们熬成汤水。"珠珠快来，艾草水煮好了，外婆给你敷敷手腕，敷一敷今天晚上睡觉时手背就不痒了。"外婆攥着我的手，拉着我来到厨房。"外婆您这样太麻烦了，我就涂点激素药膏好了。""珠珠啊，药膏涂多了对皮肤有副作用，小姑娘家家的，定是要白白嫩嫩的。"外婆将软毛巾完全浸润在艾汤里，再把水沥干，把毛巾包在我的手腕上。艾汤微烫，但是敷在手腕上，却有一种丝丝麻麻的感觉，外婆的手轻轻地拂过我的手臂，虽说是粗糙的触感，却有说不出的温柔……

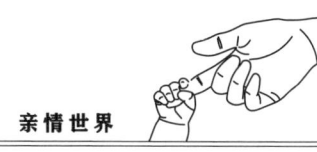

亲情世界

　　外婆除了用艾叶水为我敷身，还会给我做艾草包。昏黄的灯下，外婆一针一线地将煮水剩下的草屑缝入花手帕——她的身影在我眼中无限地放大，像一幅素美的画，动人无比。《孟子》记载："七年之病，求三年之艾。"外婆就这样日复一日，不知疲倦，每天晚上变着花样哄着我，用艾叶水给我敷身。过敏不知不觉好了不少，艾汤清苦，但有去痒之效。记忆里似乎随处可见艾草的影子，艾香悠悠，点染着生活，滋润了我的心田。

　　后来异地上学，我便离开了外婆，离开了家乡。离别的那天，外婆就站在门边目送我，临别时不忘给我塞上几个艾草包。之后的每一年，外婆也都站在那儿迎我回家，手里抱着捧艾草，外婆身上熟悉的艾草香味盈满鼻翼，门边的艾草在一年年地轮回，外婆在一年年地老去……艾草艾草，我想它之所以叫"艾"草，正是因为外婆对我的爱啊。看着外婆亲手做的艾草香囊，爱意满满，芬芳润满了心田。

　　点评：
　　故乡的艾香是一种即使睽违多年，仍然能让作者怀念追随的味道，就像被戳上年轮的邮票，一直珍藏在心底。让"我"始终忘不了的，是邻里的糖果，外婆的背篓和艾包，是外婆永不停歇的付出，和无私深沉的爱……悠悠艾草情，荡漾着"我"的心。艾是作者童年的底色，替"我"拂去病痛，见证"我"的成长。人们常说，艾寄托着迎祥纳福、辟邪除灾的愿望；而于作者，艾更饱含着身在故乡的外婆对"我"的期许和爱护，与艾相关的每一件小事都是儿时美好的记忆，化作了家乡醇厚的味道，芬芳润心田。

（指导老师：戴卉）

从未忘记

22届7班　丁妍

　　又是一年端午时，坐在乡间小院内的秋千上，摩挲着腰间系着的香袋，忆起往事，才发现我只道是逝水已去不复回，却不知回首灯火阑珊处，异香阵阵拂我心。

　　小时候的端午节总是在外婆家度过的。"榴花角黍斗时新，今日谁家酒不樽。堪笑江湖阻风客，却随蒿艾上朱门。"一大早起来，外婆便会往我嘴上沾两三滴雄黄酒，在眉间点上一粒丹砂，移过插着艾草的小橱门，捧出一个绣着或是猴子上杆或是斗鸡赶兔图样的香袋，为我系在腰间，庇佑我健康平安。小时候的我只觉香袋小巧可爱，异香阵阵，十分喜爱。每得了一个，必然配在腰间，招摇过市，外婆见了便也乐得呵呵直笑。

上了中学后，离开故乡许久，我再没有收到过香袋了，几度以为它早已逝去在无尽的岁月中，却常在夜深人静之时，隐约闻到那一阵幽香。只有这时，我才会恍然惊觉，它还栖息在记忆深处的某个角落。我对它，从未忘记。

而直到预初，它才从角落中走了出来。那是一年上元节，我回到了故乡。一切都是那么熟悉。淡淡的云，轻轻的风，柳树在江南的渺渺烟雨中跳着别致的舞曲。院内秋千依旧，故人相伴左右。酒席吃完后，我看见外婆独自一人坐在院中，聚精会神地做着什么。我出于好奇，凑近一瞧，原来她在绣一个香袋。阵阵异香撩动着我的心弦，我脱口便道："外婆，你教我做香袋吧。"外婆听了，呵呵笑道："好啊。"说着，她一手拈起针，一手捏着锦线绣起来。只觉银针穿梭，如一只银蝶般上下翻飞，又如一条闲适轻快的小鱼一般往来翕忽，灵敏而又活泼，迅疾而不失细心。午后的阳光洒在针尖上，映出点点亮光，外婆脸上浅笑荡漾。外婆的眼中凝聚着对刺绣香袋的热爱与虔诚以及熠熠生辉的独特匠心。不一会儿，一株梅花图样便跃然锦上了。外婆道："这梅是我最喜的。"是啊，"零落成泥碾作尘，只有香如故"这种气节但问世间几人有之！

自此之后，我便缠着外婆学刺绣，做香袋，拈针弄线。外婆的轻声指点在耳边荡漾，手中银针不断穿梭，屏息凝神，只觉一股气韵在指间流淌，窗外一声渺远的鸟啼，雨打芭蕉发出清越的泠泠之音，让我只觉要融在这大自然中。窗内，一针一线一腔情，便将这是爱是恨还是怜的万般情愫洒在这绣锦之上了。无意之间，一只双莲并蒂花样的香袋便缝制好了。系上丝绦和百结的珠宝流苏，取来一小撮佩兰、几支艾叶和冰片放入袋中，系紧，香袋便完成了。我轻轻托起香袋，走到外婆跟前，为她系上。外婆乐得呵呵直笑。半响，她轻吟道："你可知当年我和你外公的定情之物便是一只绣了'鸳鸯戏水'的香袋？"说着，她眼里闪出了泪花，嘴角却依然噙着一丝笑意。

我摩挲这腰间的香袋，终于恍然，有很多东西是不能被遗忘的。

点评：
端午节的那轻点于额上的雄黄酒、香气袭人的艾叶，还有那一个别致精美的香袋将传统文化的民俗风情浓郁而真切地烘托了出来。外婆从未忘记这小小香袋

是年轻时与外公的定情信物；我从未忘记这一香袋中装满了外婆对我的爱与祝福；我们都从未忘记端午节历史的渊源以及它的感召力量。这个小小香袋细细密密的针脚中透露着外婆对生活的那份诗意和热爱，在我一针一线稚拙的模仿中是我在体验外婆平和宁静的心境以及对于传统手艺的热爱和坚守。作者也将诗词的韵味自然贴切地融入细致的描写中，更是增添了一抹传统的温婉气息。

（指导老师：王静）

就这样，埋下一颗种子

22届8班 杜建纬

我两岁的时候，爷爷从湛江驻军基地回到了崇明老家。

在军营里生活了大半辈子的爷爷，刚毅的外表下，有一颗柔软而充满诗意的心。他爱读古诗，年纪很大了还兴味盎然地拜了老师，专门学习吟唱。如今，在爷爷摆弄后院花花草草的闲工夫里，一首首诗词如同雅乐般流淌，时而高亢，时而低沉，满溢在这小院里，古朴而悠长。谁能想，这砾石般粗犷的老兵，竟有如此雅致的心境？

小时候，我常回老屋和爷爷一起收拾后院的花草，听他在清晨高唱"边兵春尽回，独上单于台"，在月上时低吟"长安一片月，万户捣衣声"。听得多了，我便也记熟了，在他苍劲的嗓音中，用清亮的童声应和出诗的下半句。爷爷呵呵笑眯了眼，用粗糙的大手抚摸我的小脑瓜。在后院的一方天地间，在我幼年的心田里，一同埋下了一颗小小的种子。

等我大一些的时候，已过古稀之年的爷爷开始学习工笔画，尤其爱画扇面儿，每天捧着画册反复琢磨。先用叶筋淡墨勾勒湖石芭蕉，次以花枝俏笔细细描出鸟虫，再用褚墨石绿轻染着色，一勾一画，气定神闲。我望着爷爷握笔的手，握过枪，挖过坑洞，布满了粗茧，却细细描绘了如此精致美好的画面。"冷翠落芭蕉，水鸟投檐宿"，爷爷呵呵笑着，又教我画扇。我便也学着爷爷，一勾一勒，一染一渲，爷爷的小院子里，只听得笔尖拂过扇面的轻响。幼年读过的那些诗句，渐渐浮现在扇上，鲜活于眼前。爷爷满意地点头，吟唱出画中的诗句。看着爷爷沉醉的模样，我只觉心中那颗种子正在努力茁壮，直欲破土而出。

爷爷年轻时，因为家庭经济状况不好，便考了军校，学了无线电技术。然而

在爷爷再简朴不过的行李箱中，最珍爱的却是两本早已翻烂的《唐诗鉴赏辞典》和《全宋词》。我知道，在爷爷粗粝的身躯里，深深珍藏着热爱传统文化的心和永不放弃的梦想，支持着他度过了冷硬的军旅生涯，捱过了重伤病危的日子。这种子，终在夕阳中开出了绚丽的花朵。

而我，在半年前的一次重要考试中失败了，经历了在黑暗中踽踽独行的日子。在那段时光里陪伴我的，不仅有爷爷引入我生命的美好诗画，更有从小在我心中埋下的种子，它悄悄地发芽，引着我寻到心中的亮光，告诉我无论何时都可以从头再来，冲击心中的梦想。

永远追寻心中的热爱——我心中埋下的，便是这颗爷爷亲手交给我的种子！

点评：

作者的爷爷是芸芸众生中普通的一员，他的身上没有什么宏大叙事，不见任何惊人之举。但爷爷显然又是不平凡的，他的人生既保持着军人本色，又兼有实用精神，考取军校学习无线电，报效国家，更有文人追求，深爱诗词歌赋，享受精神上的田园牧歌。面对人生的起落，从未有过怨天尤人，顾影自怜之色。爷爷就是"我"的指路明灯，让"我"明白"不以物喜，不以己悲"，教"我"大胆追寻心中所爱，永不言弃。即便是一点点萤火微光，也能温暖自己，照亮他人。

（指导老师：戴卉）

心底的暖意

22届8班 郑智心

秋风起，层林尽染，桂花摇曳枝头，若隐若现的香气飘来，一时错落了时光。

"摇啊摇，摇到外婆桥"，从我记事起，每到桂花飘香时，外婆就会把我抱在怀里，一边轻轻拍我，一边糯糯地哼着歌谣。炉子上咕噜咕噜煮着翻滚的粥，等粥快煮好的时候，外婆就会撒上熬制的糖桂花，白花花软绵绵，醇醇厚厚的粥上，缀着点点金黄。我轻轻用调羹舀起一口，暖暖地在口齿间化开，翻出藏着的已经煨得糯糯的枣子，含在嘴里，桂花的清香混着枣子的绵甜让我一口，一口，停不下嘴。看着我抱着碗不忍松开的小花脸，外婆总是一边笑着，一边拿起温湿的毛巾帮我擦脸。"明天我还要吃桂花粥"，外婆轻轻刮了下我的小鼻子，"小

亲情世界

馋猫"。

  桂花落了，转眼又是满树金黄，四季轮回，我也渐渐长大。幼儿园放学不长的路程，在初识世事的我的眼中充满了神秘色彩，外婆总是微笑着牵着我的手，陪着我一起。有时，我会蹲在地上，数着满地的落叶，她会轻轻念"秋风生渭水，落叶满长安"，给我讲诗人贾岛也是在这样一个秋日，看着落叶满城的长安，思念着远方的友人；有时，我会给她讲我小小脑袋中藏着的新奇故事，外婆从不会打断我，只是微笑着听着，轻轻揉着我的头，"吾家有娇女，口齿自清历"；有时，我们会一起吟着"一庭人静月当空，桂不多花细细风"，拿手帕接飘落的桂花，伴着花香，手牵手，穿过斑驳的小弄堂。回到家，外婆会递过来一套干净的衣服，让我从书架上抽一本书，等我在书香中沉沉入迷的时候，一盏飘着淡淡桂花香的糯糯小圆子就安静地摆在我旁边了。我端起碗，清香甜润的暖意慢慢地荡漾开来。

  深秋的夜晚，凉意阵阵袭来。我埋头写着日记，"咚咚"，敲门声起，外婆走进来，我警觉地合上了日记本。外婆一愣，把端着的一杯桂花茶放在茶碟上，默默转身，留下一个瘦弱微躬的背影。看着茶盏上莹莹漂着的点点金黄，我竟一时恍惚。不知何时，我更愿意和同龄的小伙伴们交流，而不再愿意和外婆聊天。我捧起那小小茶盅，暖意透过茶盏缕缕传递，淡淡香气浸润了身心，往事历历，时光荏苒岁月变迁，外婆淡淡的微笑，温暖而包容的爱，就像"落得满身香"的桂花，一直在那里，陪伴了我的成长，守护着我一路前行，早已化作了我心底最柔软的力量，最温暖的依靠。

  我转过身，抱住了外婆，"外婆，我们一起喝茶"，茶色清亮，幽香缭绕，热气氤氲，温暖了时光。

  点评：

  桂花的香，如一帘幽梦，一直萦绕在"我"身旁，芬芳在"我"心中。因为有爱，桂花化作了口中最甜美的食物，茶盏上最淡雅的点缀，是诗书里的落英，是故事里的奇遇，是流转了时光的浪漫。"我"的童年有外婆的陪伴，渐入青春期，疏离使"我"意识到原来外婆的爱早已把"我"滋养，本是"我"最温暖的依靠。而这桂花自然也就成了这相思之花。桂花本身花语便是：吸入你的气息，永伴身旁。那年流水落花，那年花好月圆。有一种长情的陪伴润物无声，却总是会时刻牵挂。

（指导老师：戴卉）

原来我也很在乎

23届2班 王识至

他是我表弟，一个烦人精。

有一年，他来我家过暑假。五六岁的男孩子是个神奇的物种，精力充沛，捣蛋不止，所到之处，一片狼藉：我写好一半的作文稿，被涂了七彩的花；我的数学卷被折成纸飞机，飞进小区湖里；放学回家看见电脑涂得青一块紫一块，我顿时僵住。那绯红至紫黑的"美丽色彩"，同那时我绯红至紫黑的"美妙心情"，使我至今难忘……

表弟整天黏在我身后，我却不理不睬。

表弟离开时，冲我大喊灰太狼的台词："我还会回来的！"

我心里默念："最好再也别回来！烦人精！"

然而，冤家路窄。回老家过年时，我们又见面了。表弟长高了许多，虽然上了学，调皮的本性却丝毫不改，一见我就兴奋地高声嚷着："姐姐，我好想你！"我听了却满不在乎，觉得全家就数他最能闹。

果然，吃完午饭，大人还没散场，烦人精就吵着要下楼。爸妈叮嘱我看好弟弟，不要走远，可他呢？一出门就挣脱我的手，一溜烟跑了。

我本跟在后面，毫不在意地随他闹。但当我转过街角却不见他的踪影时，心一下子慌了。我脑中一片混沌，大喊他的名字。也许只有几分钟的寻找，却漫长得像几小时。就在我心急如焚时，不远处响起一声"姐姐！"还有——"汪汪"的狗叫声。

我循声转头，只见烦人精两手各擎一支糖葫芦，被身前的野狗吓得脸色惨白，一动不敢动。说来可笑，我们姐弟俩唯一相像的，就是都怕狗。可在找到表弟的那一刻，我大喜过望，顾不得恐惧，冲上去就护住他，作势吓唬那条狗。

正僵持着，我身后传来一声怒吼："滚开！"一根冻得冰棍似的糖葫芦砸在野狗脚边，吓得它后退了一步。表弟绕到我身前，与野狗怒目相对，大声呵斥，双手不停驱赶……

野狗最终悻悻走开，我俩这才松了一口气，留意到对方惊魂未定的狼狈模样，不禁相视一笑。

"姐姐，我给你买了糖葫芦，尝尝。特别甜。"

我接过来，心里温暖如春，嘴上却不肯服气："我看是你馋。"

山楂外裹着的冰糖衣慢慢在嘴里化开，涌出酸酸甜甜的滋味……

亲情世界

原来，我也很在乎。在朝夕相处、打打闹闹的日子里，我们早就结下了难以斩断的羁绊，是亲情，也是友情，如口中化开的冰糖葫芦一般美好。

我吃了一颗，拔了第二颗冰糖山楂送到他的嘴里："来，烦人精，下次我请你。"

点评：

真是一篇趣味横生的文章！"我"与调皮而黏人的表弟"相爱相杀"的故事真实而动人，读来令人忍俊不禁，同时，又感到一股融融暖意涌上心头。文章擅长写人，寥寥数语便能抓住关键特点刻画姐弟二人的形象："我"表面是一个"高冷"的姐姐，嘴上对表弟的示好满不在乎，但真正到了危险来临的时刻，却不假思索地挺身而出；表弟表面是一个跟在姐姐身后的"小尾巴"，虽然幼小，但关键时刻也要反过来努力保护姐姐。文章叙写的虽是一件小事，却生动展现了姐弟二人内心彼此牵挂、相互维护的手足深情。兄弟姐妹间深深羁绊的情感，正如文章结尾那颗酸酸甜甜的糖葫芦，滋味悠长隽永，值得一生品味。

（指导老师：赵艺）

往事令我回味

23届2班　徐可颐

站在老家房子的天台上，风轻轻吹拂着，扬起了我的发丝。在离他这么近的地方，我仿佛又听到坐在他自行车后座上时耳畔的风声，仿佛又看到他的身影。

他是我的爷爷。

小时候，每到放学，爷爷就骑着他那辆老旧的凤凰牌自行车来接我。每次出发前，爷爷总要提醒我："要出发喽，快抓好爷爷哦！"我有点不耐烦，但还是紧紧地搂住爷爷的腰。其实，爷爷自行车骑得很好，稳稳载着我，让人心中满是安全感。一次，我紧靠在爷爷宽阔温暖的背上，悄悄张开两只胳膊，听着耳畔的风声，感觉手中也盈满了微风，惊喜地喊着："爷爷，我捉到风啦！"爷爷一只手扶着车把，一只手赶忙背过身后，紧紧搂住我："是呀，我孙女最棒啦！"

坐在爷爷的自行车后座上，我总是仰头去看他。爷爷的头发白了，被风拂起。这时，我就调皮地去抓爷爷迎风飞舞的头发。爷爷笑着对我求饶："再抓，爷爷这满头头发可都要掉光了哦,就成'光头强'啦!"我也咯咯笑着,回应道:"不是'光头强',是小和尚!"路上,爷爷常给我讲一些诗词,我听不大懂,但是,沉浸在爷爷描绘出的优美意境中,凉丝丝的清风拂过面颊,我心中有种说不出的轻快和欢愉。有的时候,我会突然觉得,这路上的风景、路上的人,就像一首诗。那时我还不知道,真的有一天,我最亲爱的爷爷,也会有头发掉光的那一刻。

爷爷的自行车载着我,托着风,向前奔驰。车轮转呀,转呀,一下就转过了好多年。

后来,爷爷得了癌症,做了化疗。我去医院看他,像小时候一样依偎在爷爷的床边。病床上的爷爷仿佛一下子苍老了,但为了不让我担心,仍然强作精神,讲笑话逗我。我笑不出来,没做声,摸了摸爷爷的脑袋瓜子。爷爷一咧嘴,笑了,对我说:"你看,爷爷现在像不像'光头强'?"我也学爷爷咧开嘴,笑着,眼泪却掉出来,说:"不是光头强,是小和尚。"

我坐在高台上,四处空空荡荡,晚风拂过面颊。我试着去抓,风却停了。

我捉不到风,就像,我捉不到在风中消散的他的背影。

往事令我回味。

往事,只能回味。

点评:

真诚,向来是写作的第一要义。这篇文章真情涌动,兼具结构上的巧思,相当动人。所谓"一语天然万古新,豪华落尽见真淳",文中并没有华丽的辞藻,清新朴素的语言背后是同样恬淡温馨的祖孙情。小时候,爷爷的自行车承载着"我"天真美好的童年时光,这是日常生活的平淡之喜,是亲人间细水长流的暖意。而随着一个蒙太奇式的镜头切换,场景瞬时转变,相同的对话,却已是今非昔比。祖孙间话语寥寥,却彼此心意相通,那眼含热泪的相视一笑,此时无声胜有声,镜头似乎永恒定格。小作者的情感饱满至极,笔法却十分克制,读来张力十足,不禁令人潸然泪下。

(指导老师:赵艺)

亲情世界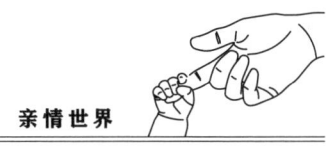

一路同行

23届4班 范俊哲

校园内再次艳阳高照。我想起那个与我一路同行的人来，于是仿佛阳光的温度透过墙壁，扫除冬的寒冷，我的母亲似春风一般温和，我在风中安然成长。

很小的时候，家里就有了很多的书。于是每个晚上，母亲总会拥我读书，我躺在母亲怀里，看头顶的天花板，听母亲讲述那个高于苍穹的世界，美好生活的图画从此展开。在母亲身上散发出的柔和香气中，我在枝条里寻花觅柳走进《柳林风声》，在时代年轮中掠过《史记》的庄重与义礼……母亲还带我徜徉唐诗宋词，探访文学经典。那与她外表一样罩不住的文静与古意的声音，直到我已能大量自主阅读前，夜夜将我包裹。

母亲就这样为我埋下美好的种子。

小学时我展现出不同寻常的文采，大概源于此。从我出生的那一刻，我审美的脉搏就与母亲同在，声音整齐划一。启蒙的路，母亲与我一路同行。

在母亲的带动下，我自己也提起笔，铺设一个奇幻的天地。稚嫩的手和稚嫩的灵魂在母亲的引领下缠上笔头。墨色划在纸上，这笔的舞者踏出纯黑的脚步。我曾无数次呆呆地望着写出的一笔一画，看镜片下它们的边缘溢出蓝色与黄色，陡然升起幻彩。母亲于是或握着我的手，或自己取纸执笔，伴我书写。这个词的用法，那个字的作用，这一段的位置——母亲像沉醉在自己酿造的美酒中讲述，而我的思绪与脉搏和她同醉同醒，同喜同悲。于是今日看到的发黄纸上的每一字每一句里，氤氲出母亲的气息，每每把我包裹，与我同在。磨炼的路，母亲与我同行。

长大后我参加过很多的征文或写稿，母亲总给予我更大的辅助。她用西方的小说展示思想的深度，用中国的散文展示文风的独特，用那些不朽的故事展示细节的魅力。在一次次欣慰、高兴、会意的微笑中，在一次次细致、慈爱、雪亮的阅读中，在一次次耐心、简要、一针见血的讲解中，我带回的是一个个赞扬、一张张奖状和一份份鼓励。在我笑声的背后，她的视力下降，头发转灰，眼角多了皱纹。

母亲将她美丽的脉搏中的血液注入我的生命，将她美丽的青春传递到我的灵魂。我好在来得及在她疲惫前好好地与母亲走上收获的路。同行之路总无限！

人言谦谦君子温润如玉，我道文学路上母爱助航。

一路同行。我在文学路上，吹出脉搏里母爱的春风。搁笔时，再随母亲的希

望踏上一程。

点评：

母亲对孩子的爱有千千万万种方式，本文的作者选取了极富诗意的一种呈现在读者面前。这是一条芬芳满溢的文学之路，正是有了母亲的陪伴与指引，"我"才能感悟文学经典的魅力，饱尝文字之美的滋养，进而将脑海中的梦幻写入文稿，用妙笔勾勒属于自己的文学世界。"我"成长的道路，是母亲用才情铺就的；"我"收获的赞美，是母亲用青春传递的，这一路，她始终与"我"同行！这篇文章，作者将高妙的技巧和隽永的语言化于无形，却又能真实地叩开读者的心扉，是一篇值得反复品读的佳作！

（指导老师：李婧熔）

鱼骨仙鹤——我家的故事

23届5班　邓知宜

一只仙鹤，承载了那一脉相传的精神气。它见证着我家的故事。

去年封控期间，闷在家中的我好生郁闷，忽见外公笑眯眯地摆出拿手菜——带鱼浇饭放在面前。我心下正烦躁，接过碗勺便狼吞虎咽起来。不料外公却道"慢点吃，留出骨头"。我哪有这个耐心？只是见外公热情如此高涨着实少见，才依言啃出一副骨架。

"我要教你做鱼骨仙鹤！"

外公慢悠悠地戴上老花镜，用暴着青筋的双手不紧不慢地挑着骨头。"鱼鳃骨，做脖子的……鱼头骨……""做什么呀？"我洗净他拆过的骨头，浸在事先调好的液体中。外公却没有回答我的问题，而是意味深长地停了半晌，转而忆道："小时候，我们在福建，你老家，鱼骨仙鹤是传统手艺。"我从他颤颤巍巍的指间接过骨头，他一笑，接着说："我们家里穷酸，不像大户人家，带鱼什么一月才吃得一次，汁儿都得舔干净咯，骨头也不能扔，要做成鹤儿挂起来！"我脑海中浮现出一个小男孩，他欣赏着破壁前的仙鹤，眼里充满自豪与快乐。他不知，这份融进鱼骨的自豪与快乐，正被七十载后的自己娓娓道出，感染着一个异时异地、被疫情所困的女孩。

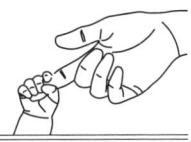

亲情世界

  外公的故事，一说起便关不上闸了。他眼中焕发光彩，嘴角挂着甜蜜俏皮的笑，一面把着我的手插鱼骨，一面又像是在自个儿说梦话。"鱼鳍……那是翅膀，插这儿的。从前妈妈总教我弄，她……"外公霎时缄默不语。我向后望去，但见他眼神茫然，嘴角更不再上扬，轻问："怎么了？"他却不应，哀叹一声，蹒跚进屋，从床头柜中端出一个鲜红的物事。细看却是个不足巴掌大的小鞋，绣得倒是精细。原来是曾祖母的嫁鞋！触目惊心。

  我这才知道，外公的母亲，我的曾祖母是小脚女人，34岁便守节成了寡妇。为了拉扯大三个孩子，她干遍各种杂活，甚至踏着"三寸金莲"上工地搬砖头。"可她还是教我们要坚强，要乐观，人穷志不短，像仙鹤一样昂首挺胸，展翅高飞！"外公说这话时，泪已模糊了双眼。"她说鱼鳍最难插，因为鹤的翅膀不能垂，那样就不精神了！"

  看他插好的双翅向上翘起，似有振翅欲飞之态，我的心中荡起涟漪，久久不能平息。这鹤又怎么只是鹤？它是同命运抗争的不屈，是曾祖母的伟大，外公的坚强；它是由曾祖母传给外公，由外公传给我的精神气。与他们的逆境相比，我那点烦恼算什么？有仙鹤的精神气，世间再大的困难又能算什么？"宅家"再苦，抗疫再难，也不足为惧！

  鱼骨仙鹤，代代相传。我家的故事，该由我来续写了吧。

点评：

  在小作者的笔下，鱼骨仙鹤已经不仅仅是福建老家日趋稀少的传统手艺，更承载了家中一脉相传的精神气，见证着一代又一代人坚韧、不屈的故事。从曾祖母身体力行的告诫，到外公情真意切的回忆；从精致细巧的鱼骨插摆，到鱼骨仙鹤背后的动人故事；从"我"被疫情所困不知所措，到深受启迪豁然开朗、无所畏惧。文章娓娓道来的是平凡烟火气的家事，但更是"我"感悟生活的成长，"我"情感始终随着情节的变化而变化，自然、贴切。相信这难能可贵的传家宝，这无与伦比的精神力量，是无穷无尽的精神财富，值得用心去守护、去传承。

（指导老师：唐轶）

永存心中的阿奶

23届5班 汪家优

我与阿奶隔着条浅浅的河。

我一直相信宇宙万物有始有终，有根有源，他们生于广阔无垠的银河，而离世后便化作银河尽头的星辰。阿奶的离开，让我如今望着满天星辰，眼前浮现的是她的脸庞，那缕缕银丝，那淡淡的沟壑，我感到她在河的那头朝我静静的微笑，顿时一股酸涩伴着暖意湿润了我的眼眶，微闭双眼，是啊，我的阿奶，你就在那里，永驻于我心间。

我时常愧疚于在阿奶在世时未有机会再多陪陪她，以至如今回想起来，只留有老屋、米糕和那似乎永无止境的故事。但我庆幸于在老屋徘徊或是望向天空之时，仍有机会搜罗些往事以回味。

老屋门前是金色的油菜花田，大都以那迎风摇曳的自由姿态，簇簇拥拥得，彰显出阿奶在栽培上的技高一筹。我常随阿奶到地里收割——但我总是痴迷于玩闹，两个纸杯，一个塑料瓶，我便成了花田里的"蜜蜂杀手"，顾不得泥泞和被蜇后的肿包，嘻嘻哈哈地玩着"定格——快速合拢"的游戏。阿奶也不责怪我顽皮，只是笑眯眯地看着我，有次我闲下回望，阿奶便轻道句："这蜜蜂亦是有灵性的小虫儿，这儿的花田有一半是它们的功劳哩。"我似懂非懂地点了点幼稚的小脑袋，却也未住手就罢。现在回想起来，竟感到有些脸红，掺伴着懊恼与无奈，阿奶当时定笑我不懂事，我多想让河那头的阿奶听到我说："阿孃，我早就懂蜜蜂是有灵性的小家伙啦，家里的油菜花田仍像朝阳那样金灿灿的。"但到嘴边的另一句又被塞了回去——只不过我回头，却不见那个笑意盈盈的老奶奶。想到此处，我的鼻头又有些酸了。

阿奶，你知道吗？你走后，我就再没吃到过那样甜蜜蜜的米糕了，你何时再给我做一回呢？我望向天，我记得那种味道，那是阿奶你手和的糯米的味道，是夹着猪油的豆沙溢出的香味，是胭脂和红丝绿丝同时入口的幸福。多年后回到老屋，我进门嗅到的仍是蒸笼上四溢的糕香，不知那是我遐想的，还是那尘封的老屋仍携有你身上的味道。那年清明——你过世后的第一个清明，我头一次吃到塑料包装里的青团，凉凉的，硬硬的，让我不禁回想起你手做的那暖暖的、软软的米糕。我想，阿奶永存于我心中，不仅是因那种味蕾的满足让我留恋，更是我舍不得那含一口米糕便能体会到的幸福和阿奶你手心的温度。坐在老屋后头的河前回想记忆中阿奶的味道，我润了润喉咙，伸手感受水流的清凉，以将我拉回现实，

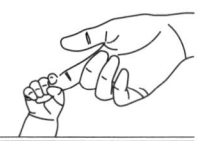

亲情世界

不再让眼泪落下。

　　阿奶，你知道吗？每当我望向黑夜中皎洁明月，它便化作你的模样，每当我望向点点繁星，我便又想起了你总说却说不腻的故事——那个襁褓中的孩子和她阿奶的故事。年长的阿奶佝偻着背，抱着臂弯中的孩子淌过浅浅的河，爬过连绵却不陡峭又开满鲜花的山，她们喝山间的泉水，以果实野菜为食，兜兜转转，寻寻觅觅，只为寻得那个传说中的"仙境"。她们有时被森林里的动物夺去了玩乐的藤条，有时跌倒在不深不浅的泥潭中，有时……这是个我不知道结尾的故事，但我知道那个孩子是我，而花白了头的老奶奶则是我的阿奶，我心中永远的阿奶。这些都是阿奶离世后我才明白的，她的书桌上有一本红色封皮的日记本——她曾骗我说那是记账的，翻开泛黄的页纸，那时的我颤着手，含着泪。阿奶用她娟秀的字迹在扉页上写道：愿我的孙女永远记得那个梦寐以求的"仙境"和永远陪伴她的阿奶。抚过黑色的墨水印，阿奶，你在河的那头听得到我呼唤吗？你的孙女永远记得最初的梦想和阿奶你笑意盈盈的脸庞。

　　阿奶，你知道吗？你离开那天，门前的油菜花弯下了腰，我望着屋后的小河呆呆地立着，或许现在我所回忆写下的，只不过是零星点点的小事，不怎么伟大的经历，但阿奶，你在我心中正如油菜花那样明媚，如米糕那样甜蜜，如那个故事般持久而又有着独特的浪漫。

　　我与阿奶始终隔着条浅浅的河。

　　但阿奶啊，你将永驻于我心中。

　　点评：

　　"我与阿奶隔着条浅浅的河"，那条河寄托的是思念、是爱恋、是不舍。老屋门前的金色的油菜花田有"我"和阿奶沉浸其中的身影，她教会"我"珍视生灵，热爱自然；甜蜜蜜的米糕是阿奶手和的糯米夹着猪油的豆沙溢出的香味，她用勤劳的手呵护着"我"最纯真的幸福生活；黑夜中皎洁明月下，有阿奶用心为"我"编织的美好"仙境"，守护"我"最初的梦想……当斗转星移，物是人非，斯人已逝，隔着那条浅浅的河，阿奶把油菜花般的明媚，米糕般的甜蜜，故事般的浪漫常留于"我"心中，润物无声，绵长悠远，这或许就是岁月流年的印记。

（指导老师：唐轶）

相处之道

23届7班 赖行之

以前,我与父母的相处从来都不是问题,直到这次突如其来的封控,打乱了我家的节奏。

平日里,我们一家三口总是在早上七点吃完早饭,各奔东西,下午五点再在家中相见。可疫情当前,三个人被封在同一屋檐下,一封就是两个多月,这实在令人感到心烦意乱。

"妈,什么时候吃饭啊?"这已经是我第三次催促了。"跟你说过了啊,等你爸开完电话会,十二点吧。你先去做会作业好吗?"妈妈从厨房中探出头来回答道。我无奈,只好悻悻回到桌前拾起笔继续学习。"好了!"伴随着合上电脑的"啪"声,爸爸打开门走出来,我立刻扔下笔,冲到饭桌前帮忙摆筷子盛饭。好景不长,一个突如其来的电话又把爸爸支走了。为什么三个人连吃一顿饭都凑不到一起啊?我心中愠怒,摔下筷子就跑回房间,用力关上了房门。

我在房里独自生了会闷气,可无奈还是太饿,便趴在门上听着爸爸的电话声。"好,再见。"我轻轻打开门,低着头向外走去。本以为迎面而来的会是爸爸对我乱发脾气的批评,没想到他先主动道了歉:"对不起,刚刚临时有点事。我们以后要不还是晚点吃饭吧,等我跟同事打好电话。""嗯,"我也附和道,"难得三个人聊聊天,我多做一会作业再来。"我们一致同意最晚12:20吃饭。一言为定,我们都会心一笑。

午饭时间确定了,可还有一件烦心事未了。

网课期间,我明显感觉妈妈变得"多疑"起来:她要求我时刻开着房门,还时不时进来看看,摸摸我的手机烫不烫。有一次我开着摄像头正准备回答问题,她竟直接走了进来,还大声地叫我的名字,场面说不出的尴尬。自此以后,我便不再听从她的要求,紧紧地锁上了房门。

在一次班会上,班主任老师仔细教育了我们如何在疫情时期与父母保持良好关系。原来,妈妈的打扰只是源于关心和焦虑。下课后,我觉得有些惭愧,打开紧锁的房门,找到了妈妈。"我也不应该如此怀疑你,毕竟你一直都是很自觉的……"我们邀请爸爸做见证人,约法三章:首先,我的房门可以始终保持关闭;其次,我承诺不锁房门;最后,妈妈只在课间和放学后才进入我的房间。自此,我心里的隔阂与房门的锁一同解开了。

我很庆幸能在如此平等、和睦的家庭中生活。

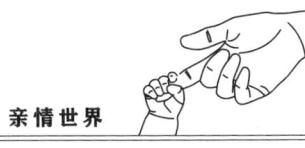

亲情世界

这次的封控更让我理解到：其实，最简单的相处之道，就是少些猜忌与怀疑，多些让步与尊重。

点评：

"疫情"成了近几年同学们笔下比较多见的材料和话题，而不可避免地就会涉及如何与家庭成员相处的问题。当青春期孩子的叛逆，遇上中年人的焦虑，如何相处就成了封控在家的岁月中的头等难事、大事。小作者也碰到了这样的问题，凑时间吃午饭这样的小事写起很是接地气，这其中包含着宽容、理解和退让。不仅如此，孩子如何使用网络也是父母尤其在意的事，小作者从锁门到只是关门，这样的变化就是学会相处的过程。文中所选取的两件小事颇具代表性，令人感慨也耐人深思。

（指导老师：陈琦）

圆梦

23届7班 齐葆宸

小时候，父亲总会在各方面要求我，如学习、练琴、体育运动等等，数不胜数。这些要求，虽然不是很多，但都很高，很严。然而对于这些，我却大多不以为然，厌恶这些要求，厌恶处处受管制。所以，幼时的我便有一个梦想，就是能够管教父亲，哪怕一天也好。

这个梦在我心底生根发芽，却压根得不到雨水滋润的机会，便也慢慢枯萎了。而现在，竟然因为疫情，我又有了圆梦的机会。

父亲打算重拾旧时的爱好——钢琴。现在他若想要学琴，则只能拜我为师了。父亲喜欢现代乐，我便找了一首简单的《梦中的婚礼》教他弹，从最基础的识谱找音，再到指法，最后再到节奏。俗话讲："师父领进门，修行在个人。"而我因为学业的缘故，根本不可能坐在琴旁教父亲练，连"领进门"都没有，只是粗粗讲解一下音而已。

我发现父亲的切分有问题，便指出来让他去改。这一幕仿佛回到了十年前，同样是一个人生疏地弹着曲子，另一个人在一旁数着拍子，只不过是二人年龄变了、位置换了。看到父亲在我的"管教"下认真地练琴，我不禁感到一丝满足，却又生出一些莫名的惆怅。

再到后来，我又听出父亲长音留得不够。我这个老师有一点很奇怪——在音乐方面，什么指法，什么专业术语，什么乐曲速度全都不讲究，唯独对于节奏方面要求特别严格、认真，也特别敏感，更特别固执。哪怕一个二分音符少了仅仅四分之一拍，我都会觉得格外刺耳。我指出来，父亲却不以为然，认为短了一点没人听得出来。我说我听得出，他又说别人听不出，依旧不改。我正要发火，却又忍住了。多年前的我岂不也是这样？固执又倔强。

原来只有当了老师，才能明白老师的不易。

父亲已过中年，对于情绪的控制必然比四五岁的我要强得多。如今我都对他无可奈何，试想过去的父亲面对不服管教的我又是如何想的？

有一次我闲来无事，拿出一本曲谱开始视奏。乐曲本身并不难，最多也就是七八级水平，但我毕竟是视奏，便抱怨曲子难。这话恰好被父亲听到了，问我："你还有觉得难的曲子？"这话绝不是讽刺。我记得当时我是笑着反驳回去的，但现在想来，这话别有一番深意。这不仅是父亲对我的信任，还有对自身的无奈。

不由得想起莫怀戚所写的《散步》一文。中年人面对上有老下有小的境地会感到责任重大，但也会感到焦头烂额吧！我想，十年前的父亲也许就是那样。现在我仅仅开始辅导父亲练琴便如此疲劳，二十年后的我也会像十年前的父亲一样，忙得不可开交。那么，那些所谓的管教也是正常的了——只有这样，才能经营好家庭，使自己不那么劳累。

我终于能管教父亲一次了，却也感受到了管教别人的烦恼。

今天，梦终于圆了。但这辛酸的梦，还不如当初就没有好。

点评：

这篇文章起的话题很有意思——对于孩子来说，一直都是被父母管教的对象，谁不想也管教一下父母呢？这样就能让父母也感受一下我们吃过的"苦"了！我想，这应该是很多孩子都有过的梦想。如今小作者借着教父亲弹琴的机会终于"圆梦"了。终于有了"居高临下"的机会，终于生出"指指点点"的勇气。但是在这个过程中，他却体会不到快意，反而多了一番无可奈何，无端生出许多烦恼。小作者在"圆梦"之后不断回顾过去、反思自己——这其实就是成长的过程，与父母心理上的和解和共情，比"圆梦"重要得多，也宝贵得多。

（指导老师：陈琦）

亲情世界

外公的兰花

23届8班　方熙岩

　　我的外公，是个兰花痴。

　　外公住在老家，一年只有寒暑假来上海。可是每次他来了几天就叫嚷着要走，我们挽留他，他就说："不行，我再不回去，兰花要死了！"有一次他好不容易买到了一盆特殊品种的兰花，因为害怕自己不在家时兰花枯萎，竟然把它塞在行李箱中带到了上海！

　　外公养了一百多盆兰花，根据他的经验，给兰花浇水，用雪水是最好的，雨水次之，自来水是最不好的。于是，冬天一下雪，外公就会拿家里的盆到街道上舀满满一盆雪，放到家里化为雪水，给自己的花一盆一盆浇水。兰花比较抗冻，既需日照又不喜骄阳，要遮阴，否则叶片会晒焦，还要通风。外公特地在阳台上为它们搭建了架子，还安装了遮阳的棚子和帘子。外公每天要精准地掌控日照的时长，不停地把兰花搬进搬出，窗帘拉开又合上。尽管如此，外公还是说："兰花可不娇。只要按照它的生活习性，掌握它问题就不是太大了。"

　　有一次我随外公回老家，看外公东一盆西一盆地摆弄他的花，手温柔得像抚摸婴儿似的，仿佛那一盆盆都是自己的孙子，不解地问道："这么多兰花，长得都一样，看起来像草一样。外公，你养这么多草干什么？为什么不养些花又大又漂亮的，像牡丹啦、玫瑰啦之类的。"外公一本正经起来："你懂什么？这每一盆可都不一样啊！我的花友，家里养三百五百盆的大有人在呢！兰花的品种非常多，花色覆盖大自然的所有颜色。"接着他便开始如数家珍起来，颇为自豪地说："这是墨宝，这是国魂，这是朝阳三星，这是大一品。这是蛇斑兰，是名贵品种呢！你看它叶片上的花纹，像不像蛇身上的斑点？这是君子兰，它几年才开一次花呢！"

　　我便渐渐学着外公欣赏这一盆盆草。一阵风吹过，一盆盆的兰草纷纷弯下了腰，在风中摇曳着。我问："那你养草不行吗？"外公哈哈大笑："我喜欢兰花啊。你看它的叶子啊，很漂亮，很优雅，就是不开花的时候我也喜欢，看上去像一棵草，普普通通，但是它一开花，那个香气，让人心驰神往，是任何花都无法比拟的，是真正自然的香。真正优良的兰花，香气能持续两个月呢。兰花实际上就是草，但我就爱它那普普通通的外表下却释出了醉人的、区别于其它任何花的香味。""我们古人就说过'梅兰竹菊四君子'。笑笑啊，我们做人就要像这兰花一样，不张扬，不哗众取宠，但是可以带给人自然香、自然美，不矫揉造作。"

我也会蹲下身"侍弄"一盆盆的兰花了。每当我听到外公坐在沙发上喊"哎呀,又没抢到!"时,就知道一定是他又在直播间里抢购新品种兰花了。

外公告诉我,他以前也养过别的各种花,但一养兰花,就别的什么花都不喜欢了。

就在这时,屋外忽然下雨了,外公冲向阳台要把他的花搬进室内,我便也出去帮忙。外公嘴里哼起了他最喜欢的歌曲《兰花草》:"朝朝频顾惜,夜夜不相忘……"

点评:

"兰花实际上就是草",但外公就是独爱这些草——文章传神地诠释了什么是"兰花痴"的境界。作者在叙事中始终以自己想法的变化为线索,紧紧地带领读者走近外公的精神世界。多处使用到的"欲扬先抑"写法也起到了引人入胜的效果。看似在写外公对兰花的痴迷,也是在作者受熏陶,精神升华的过程。兰花具有君子的品格,尽人皆知,但要用质朴的语言讲清楚,也非易事,文章的高妙之处即在此,朴素的叙事中也把读者打动了。语言呈现了清晰、生动的画面,孩子的天真想法与老人质朴深刻的对话相得益彰。

(指导老师:高丽君)

开在悬崖上的奇葩

23届8班 张诗闻

19世纪的英国,当文学的世界被男性的身影所占据时,常有女性想打破这种局面。她们打着男性的名号,以女性的视角温婉又悲苦地呐喊,一经识破就被社会唱衰。当夏洛蒂·勃朗特满怀希望地将长诗寄给骚塞时,骚塞却回:"文学,不是妇女的事业,而且也不应该是妇女的事业。"

中国的《红楼梦》里"金陵十二钗"各个姿色动人,文思敏捷。最聪慧的当属黛玉,可纵使有"木石前盟",林妹妹仍因寄人篱下的身世和骨子里的清高孤傲在贾府里独自伤春悲秋;即使宝玉一直怀有尊重女性的想法,黛玉却因没有父母做主而夭折了宝黛之缘,泪尽而亡。

我的外婆成长于一个十口之家,兄弟姐妹众多。虽然男女平等的思想已经广

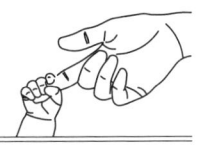

亲情世界

传,可外婆的父母在封建思想的洗礼下,让外婆的大姐放弃学业,回来养家。而恢复高考后,外婆欣喜地准备考大学时,却收到一封家书让她回家。外婆学业成绩很好,她回家之后拼命说服父母上学的好处,可却已被安排了照顾家里家外。彼时的上海欣欣向荣,可外婆好似被无形的枷锁禁锢住了。她内心多想破例,却因家庭的拖曳让她只好放下念头。

不同年代、不同身份、不同理想的女人们都在冲破边界的路上被时代推上悬崖,她们愿望中的破例却换来冷嘲热讽,可她们不断挣扎……

那一天,《简·爱》发表了。夏洛蒂笔下那个形同她自己的家庭女教师简·爱,从苦难与压迫中冲破惯例,收获了理想与爱情。不同于男性凝视下文坛的沉重和深邃,这样一个乡村女性的形象为文坛注入了一股温柔而清澈的力量。书中呐喊"你和我是平等的"的简,标志着夏洛蒂的破例,也成就她成为英国文学史上的一朵奇葩。

那一天,黛玉独自前往雨后落红遍地的山坡,满怀的悲苦无奈倾泻而出,黛玉葬着花,吟咏了那段著名的葬花词。这时的黛玉突破自己内心的边界,把心中无尽苦衷付诸柔情而凄美的花瓣上。曾经的她凡事自己轻声叹,葬花之后,黛玉为自己的苦水找到了一个倾泻而出的窗口,将怨恨埋进大自然最有灵的凋零之物中。黛玉对落红的感叹似乎是无人看见的,但这种肝肠寸断的绵绵情意却暗暗地流淌进读者心里。

那一天,外婆孑然一身离开家里。她在家中没有断过苦读,尤爱那《石头记》与《简·爱》。时机一到,便来到外公友人的中学,虽没有大学文凭,外婆却凭着卓越的文采成为一名教师。之后她每次回家都会向哥哥姐姐们汇报自己的成绩。这次的突破边界让外婆赢得三十年宝贵的教师生涯,圆了教师梦,也向长辈证明了自己的能力。

我曾向外婆问起,是什么支持着她努力学习,圆满理想的。外婆淡然笑了:"是在当年图书馆里反反复复阅读《简·爱》与《红楼梦》啊。"她向我阐述黛玉不将人生观限于"金玉缘",而是寻找人格中的知己;谈及简从悲惨身世中挣脱,转而追求自己的事业和平等的爱情。"读了这两本书,我才知道为什么我会被要求在家里干活,以及我应该去摆脱桎梏,成为自己想成为的人。"就这样,外婆让自己的人生变得如花一般缤纷绚烂。

世人将女人比作"花",那是赞女人,窈窕美丽;我却愿称文中的女性为"悬崖上的奇葩",那是说在条条框框雨雪风霜的社会环境里,她们用自己的一次次破例,绽放在山巅。悬崖能述尽困难,而奇葩,却远不能述尽她们突破惯例的美丽。

点评：

"悬崖"是令人生畏的，绽放的奇葩是让人心动的，这个标题着实吸引读者的眼球。作者在阅读中、在理解外婆的人生中，看到了这些女性身上的坚韧和执着。作者敬佩她们活出自己的勇气，赞美了她们不向命运屈服的精神。文章的构思别出心裁，作者从久远的历史讲到身边的故事，从虚构的作品联系到现实的人生，娓娓道来，引人入胜。作者的文字是饱含深情的，传递给读者的是无限的力量。虽然男尊女卑的时代已经过去很久了，但是这些女性展现的抗争精神仍有感染力。

（指导老师：高丽君）

阳光灿烂的日子

24届1班 郑钰彤

阳光透过玻璃，在桌上洒下一片金灿灿的光斑，像灵动的小精灵在空中跳跃，带来欢乐与温暖。

窗外，一片片精巧的银杏叶被风轻轻托着，在空中旋转起舞，逆光飘舞着，犹如一把把精巧的小折扇，不知不觉，就落在了地上。转眼间，地上铺了一层，放眼望去，一片金黄，在阳光的映衬下闪闪发光。走在上面，松脆的树叶咔咔作响，跃动着美妙的音符。

上海的秋天就是这样，太阳收敛了火热的光芒，我的周围几乎都是些阳光灿烂的温暖日子。

儿时对秋天这些阳光灿烂的日子，脑袋里冒出的第一个词不是暖阳，不是落叶，不是凉爽，而是糖炒栗子。

仍记得外婆每周都会给我买糖炒栗子吃，趴在窗口看着她渐渐走远，我的内心便欢腾起来。外婆快走到马路斜对面栗子店了，外婆马上就要走到小区门口了。当她往回走，望向家的窗户时，小小的我时不时招招手，她总能看到向她咧嘴大笑的我，她也会笑笑，接着便乘着电梯向上，将热乎乎、暖烘烘、香喷喷的栗子递给我。

扒开栗子壳，将其送入口中，软糯香甜，别提有多好吃了。我又忍不住多抓了几个放在桌上。外婆总是边看着我，边笑眯眯地为我多拨几个，还时不时地嗔怪道"小馋猫！就知道吃！"小小的我听到了，总是故意将腮帮子填得满满的，

亲情世界

多抓几个栗子放入口中，骄傲地抬起了头，大口吃着，并且向外婆做一个大大的笑脸。

窗外阳光灿烂，屋内祖孙俩其乐融融。

随着年龄的增长，渐渐的，我便没时间细细重温回忆里的味道。在那些拖着书包急匆匆经过栗子店的日子中，灿烂的阳光好似蒙着一层阴郁，并没有儿时那般快乐。

又是一个秋日的下午，金灿灿的阳光洒在桌子上，跃动，闪烁。"囡囡！外婆去给你买糖炒栗子喽！"外婆轻轻地喊着，我从练习卷中抬起了头，突然间忆起了儿时的栗子，我不自觉地点了点头。不一会儿，单元门"哐"的一声响，我放下笔，走到窗边，望着窗外，外婆佝偻的背影向前走去。花白的头发被风吹得凌乱，唯有金秋的阳光照耀着。

这个背影，多么熟悉。

阳光闪闪烁烁，照得满地的落叶闪闪发光。外婆不一会儿就往回走了。她从拐角处向我走来，我趴在窗上，向她绽开一个笑脸，使劲地招招手，她看到了我，她脸上的每一寸皱纹也都舒展开来。阳光斜斜地落下，一瞬间仿佛又回到了从前，在美好的日子里，那不变的爱。

空气中甜丝丝的，散发着糖炒栗子的香甜与浓浓的爱。

我的心依旧阳光灿烂。

点评：

这篇小文以生动的语言和浓厚的情思，描绘了小作者对儿时、对外婆的缱绻深情。小作者观察细致入微，开篇便用饱和度极高的笔墨，渲染出一片浓浓秋意。后文更是妙笔生花，不管是夕阳透过银杏叶洒在地面的斑驳，还是暖乎乎、香糯糯的糖炒栗子在冷风中氤氲出的一团白色香气，抑或是外婆慈祥而恬静的脸庞上因笑容而舒展的可爱皱纹，一笔一画都是秋天金黄，一字一句都是人间美好，一切，都是阳光灿烂的日子。自文脉能够汲取一种力量：哪怕面前是疲惫和迷茫，但前方也必然有通途坦荡和绚烂阳光。

（指导老师：田楚翘）

青青园中葵

我给记忆命名

24届1班 余焱娪

我给记忆命名,它的名字叫炊烟。

又是一年清明好景,回老家祭祖。看着那开满了漫山遍野的油菜花,黄澄澄的一大片一大片,开成了花海。我盯着那油菜,油菜花随着微微和风荡漾,摇曳,我的思绪也随风起,风往天上吹,吹散了炊烟,天色渐晚,我有些沉沦。

几年前的坑洼小路上,我也曾天天望见炊烟,勾人回家。我放学归来,饿着肚子,踏着残阳,看见不远处被丛丛油菜花包裹着的小屋冒着袅袅的炊烟,烟裹着菜香。我扒开成片的油菜,奔跑着、跳跃着向那处炊烟奔去。

"奶奶奶奶,囡囡回来啦!今天吃什么啊?"我一进门,就看见奶奶拌着白茫的烟气在生米做羹,菜刀"嚓嚓"的一下一下碰着砧板,奶奶瘦小的身影穿梭其间:"诶,囡囡回来啦,奶奶做了你最爱吃的红烧肉。"

不多时,晚饭上桌,简单的大白饭,一盆青菜,一锅红烧肉,还有蒙在灶锅里热着的米汤。小黄跳到我旁边的长板凳上,盯着那盆红烧肉。红烧肉被炖烂,酱色的汁水包裹着鲜香的肉,几点绿色的葱花点缀其中,令人食欲大增,裹着炊烟的香气进入我的口中,口腔包裹着肥瘦相间的五花肉,瘦肉饱含嚼劲,一咀一嚼,汤汁从肉中迸出,和着入口即化的肥而不腻,微咸的汤汁配上微烫的大白米饭,真真美味。

我只顾着吃那肉,奶奶夹了一筷子青菜给我:"囡囡也要吃点青菜啊,多吃青菜,长得快。"她笑着说,奶奶靠近,她身上的炊烟香也就向我扑来,我憨憨地点头,急急地把满口的米饭咽下,又扒拉几口奶奶夹的青菜。

青菜的脆爽伴着菜油的香意,五花肉的韧劲伴着酱油与豆豉的醇鲜,最最普通的农家菜,却因为有了炊烟的陪伴,有了整整一天的等待,变得情意浓浓,说要溢出来了都不为过。

无需玉盘珍馐,便也值得了万钱。

奶奶笑我,说我是小花猫,脸吃得比小黄的脸还花。我笑着,奶奶也笑,天彻底暗下去,昏黄的灯光一盏盏亮起,黑夜中,点点星光微烁,照亮夜空,伴着那月儿看人间烟火点点消失殆尽,只留下了饭桌上的一点点余味。

这样的日子安稳、舒适,每天朝着炊烟走,有炊烟的地方就有家,有炊烟的地方就有奶奶。

又是一年,我已离了那故乡,离了那炊烟,漫山遍野的油菜花成了梦里相遇

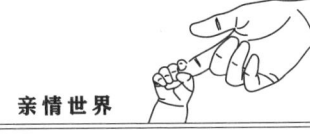

亲情世界

的奢侈。

我看着奶奶坟前的那片菜花，那些瓜果蔬菜，不禁又忆起了那青菜，那红烧肉，那米汤，那缕缕勾勒出奶奶倩影的炊烟。

"奶奶，房顶上的那个往上蹿的是什么？"

"是炊烟啊，囡囡。"

是炊烟啊，那个每家每户都有，一看到就勾你回家的东西。

我扒开油菜花，一如儿时那样，踏着残阳，追着一丝炊烟。

那是我给记忆起的名。

点评：

小作者的文字如诗如歌，典雅恬淡。少女在乡野中伴着袅袅炊烟，伴着浓浓深情，成长得亭亭玉立。文章虽没有铿锵热烈的情感表述，却将最日常、最普通的祖孙饭桌小片段，多感官、多角度揉在一起。字里行间无一爱字，细细读来却饱含真情。小作者对烟火气的描写是极为传神的，软糯清香的白米饭、肥瘦相间的五花肉、青翠欲滴的小青菜，不觉让人食指大动。而更为巧妙的是，全文以"炊烟"这一极具故乡感的意象串联，这缥缈的乡愁，有了具象的体现。

（指导老师：田楚翘）

我家餐桌上的故事

24届2班 田亚兰

每每周五回家，都恰是饭点：春天，各类嫩芽嫩叶令人垂涎欲滴，或清炒，或焖煮，都是一番滋味；夏天，新鲜的瓜果仿佛刚从田中摘出来一般，鲜艳的颜色勾人心弦；秋天，板栗、茭白、秋梨等无疑是润肺止咳的美食；冬天，冒着热气，热情歌唱的羹汤温暖人心。我也不客气地大快朵颐。美食不可辜负，但人文情怀更是我喜爱在餐桌上时间的原因。

餐桌无疑是一个"小世界"，将我们全家会聚在一起。爸爸谈到时政新闻便兴致勃勃；妈妈喜欢看古典画作，讲起来滔滔不绝；而我则对古典文学尤为着迷，但我们的共同话题是历史。

历史的覆盖面很广泛，包括了我们三人的爱好，所以每次聊起总能谈上几十

分钟。疫情期间，为了让全家人的心情活跃一些，我们家开展了关于历史的抢答赛：每次由一个人挑选一段自己感兴趣的历史出选择题，另外两个人抢答。

爸爸挑选了共产党成立附近的时间段。前几个题目还可以，我和妈妈打了个平手。突然爸爸掷出他的"压轴题"：中国共产党是什么时候成立的？听到这，我暗自窃喜：历史老师正好讲过这个问题，应当是7月23日！看到妈妈也自信满满，我有些担心。"三，二，一！"爸爸喊道，我以迅雷不及掩耳之速喊了"我！"但因为刚才出神了一会儿，还是比妈妈晚了一点。"自然是7月1日咯！"妈妈自以为胜券在握，却引得我和爸爸捧腹大笑。"应该是7月23日！"我掷地有声，随后就细细地给妈妈讲了一遍："毛爷爷当年回忆只记得是七月开的会议，并不记得具体日期，后来一些人根据当时发生的新闻以及报刊的记载才推测出了准确的党的诞生日。"爸爸听毕，笑眯眯地宣布："女儿赢了！"没想到妈妈之后挑选了矫饰主义时期的艺术风格，恰巧在文艺复兴与巴洛克艺术之间，艺术探究并未细讲。爸爸恰好在最近看过介绍这个艺术风格的视频，眼看着一道道题目被爸爸尽数答对，妈妈在一旁偷笑，我只能服输；但也收获了不少的乐趣与知识。

随着疫情居家的日子一天天增加，饭桌上的饭菜也有些单一。当然，由我提议，餐桌上也开展了新的活动：阅读名著书籍。每天中午的饭桌上，不仅能看到我们家吃饭，更能看见每个人都在认真阅览着《资治通鉴》《名人传》《红楼梦》……每周末我们还会交换着书中精彩或有价值的情节。为了准备我那一周的分享，我专门准备了《红楼梦》写作背景的详细分析，还参考了《新民晚报》和其他评论《红楼梦》的报刊，以及相应的历史背景与作者经历，精心制作了剪报。果然吸引了父母的极大兴趣，更增长了我的文学素养，锻炼了口头表达能力。虽然饭桌上的饭菜比以往有些单一，但是阅览、交流历史还是让生活变得有滋有味。

随着物流逐步正常，我们的餐桌上的食物又变得丰盛了，然而我家疫情期间在精神层面上，一直过得丰富多彩。由抢答赛到分享历史，我收获了乐趣与知识、增长了文学素养、锻炼了口头表达能力。相信在不久的将来，上海的疫情将成为历史，而餐桌上的故事，还在继续……

点评：

文章围绕着我家餐桌上的历史学习展开叙述。开篇由"美食不可辜负，但人文情怀更是我喜爱在餐桌上时间的原因"引出后文餐桌上的故事。生动的描写如"妈妈自以为胜券在握，却引得我和爸爸捧腹大笑"为文章增添不少趣味，也体现出"我"家餐桌上其乐融融的景象。随着时光流转，亘古不变的是历史与餐桌

上的亲情。"相信在不久的将来,上海的疫情将成为历史,而餐桌上的故事,还在继续……"表达了对餐桌上的故事还在继续的美好期许,也蕴含了对历史的兴趣以及亲情的眷念。

(指导老师:汤琳)

祖辈

24届3班 陈诗颖

丘上,蒙蒙细雨,一支白色人流穿过裸露的土地,围聚在一起。唢呐声在雨中若隐若现,随着雨丝飘出很远。细流中披白孝衣的人,在薄薄雨雾中祭奠这位逝去的人。

丘旁是旧时的兵工厂,如今早已不再用于生产。这是父亲长大的地方。倚着另一座靠近的丘建了一所学校。我随父亲走进校园,校门口一座石碑,苍劲的笔体,字迹端正大气,有力地书下"团结紧张,严肃活泼"。是爷爷的字。爷爷曾是这所高中的校长。

爷爷的葬礼上来了许多他的学生。我想起那些来医院探望爷爷的叔叔阿姨提起念书时与爷爷相处的经历。爷爷在学校里以严厉著称,一柄教鞭从不离手。一张方脸,一头挺立的直发,一板一眼的教书风格,让很多学生对他敬而远之。他甚至因自己的严厉得了学生们私下给他起的绰号——"冷面阎王"。他们感叹自己当年的不懂事。

其实"冷面阎王"是最爱护学生的。在爷爷教书的年代,考大学是一件奇难无比的事。爷爷的班上曾有一个学生,是附近村里的,复读一年后不再念了。爷爷走了四十里土路,去那个学生家询问情况。得知是因为经济困难,不再让孩子念书。向来沉默寡言的他此刻忽然变得口若悬河。说啊,劝啊,向那个家长讲说学习能怎样改变命运。终于做通了那位家长的工作。他把那个男孩接到自己家里,学费和住食所用,分文不取。爷爷管理整个学校的事务,仍在百忙中抽出时间,辅导那个孩子。他是胃病患者,却总错过按时吃饭的时间。他如愿以偿看到那个孩子考上大学。他从未对我父亲和姑姑如此上心。身为一名特级人民教师,他的心血扑在了学生身上,为他可爱的学生们付出了一切。

不知为何,我洗碗时,发现爷爷的碗里总不留一粒米饭。那时我不理解,后

来才懂得缘由。爷爷幼时，中国还不够富强，粮食稀缺，他是真正挨过饥饿的人，也是家里唯一被送去念书的孩子。学校里的午饭，他总是带回家给家人吃。因此，他害了胃病。长大后，他成了一名人民教师，一名党员，追随着党的步伐，战斗在教书育人的一线。

爷爷在我心中，是他们那一代人中有代表性的一分子，无私奉献是他们的精神底色。黑白老照片里，人们的面孔形象是模糊的，但他们脸上绽放出单纯质朴的笑容。他们没有富裕的物质，使他们可爱的是他们脸上的精神。爷爷这样的人，只是祖辈中的一滴水。但祖辈这一股洪流，正是由这样一滴滴渺小而伟大的水滴组成。他们汇聚成一股强大的力量，推动新中国一步步走向辉煌！

我身为新时代的少年，隔着岁月与爷爷相望。我们新一代的少年，隔着岁月与祖辈相望。

"世界是你们的，也是我们的，但归根结底是你们的。你们青年人朝气蓬勃，正在兴旺时期，好像早晨八九点钟的太阳。希望寄托在你们身上。"

点评：

本文由肃穆而悲怆的葬礼写起，在送别敬爱的爷爷时，不仅表达了作为亲人的悲伤和不舍，更是对他一生在教育事业上的奉献和付出的赞美。先以"冷面阎王"这个绰号将爷爷生前的职业、教书风格的严厉作了提炼。而后，从这个绰号入手着重勾勒了爷爷与此形成强烈反差的特点——爱护学生，重点展现了爷爷尽心尽力帮助贫困孩子的事例。同时在文中作者回忆了与爷爷相处的过程，在其身上看到了质朴、坚韧，无私奉献的品质。作者以祖辈为题，正是为了告诉我们：家中的祖辈所具备的优秀品质，不仅留给后辈值得传承的家训，更是对后辈的鞭策和鼓励。

（指导老师：曹佳妍）

亲情世界

幸福的一刻

24届3班 董欣云

在我的书柜中放着两本相册。一本是属于我的童年时光，另一本是妹妹的。在属于妹妹的相册里，有几张照片上被我贴了可爱的标签，这些也总能让我想起她的体贴与懂事，带给我的亲情与幸福。

在我六岁那年，我有了一个妹妹。当时的我，不太能够接受妹妹的存在，幼小的心里总有些"不甘"：妈妈每天总是陪着她，对我好像也越发冷淡了，难道是不爱我了吗？

直到那一天，父母都要外出，只好把照顾妹妹的任务留给了我。刚获此"重任"时我大惊失色，无助地看着妈妈，但却毫无用处，只好无奈地转头望着在一边玩耍的妹妹。下午的暖阳照进了窗户，我无暇顾及窗外的美景，埋头认真完成作业，"咔嚓——"笔尖折断的声音传进我的耳朵，我叹了口气，身体靠在椅背上休息会儿。"姐姐！"妹妹闪着明亮的双眼，"我给你倒了杯水！"我赶忙转过头去，她幼小的身躯迈着稳稳的步伐，稚嫩的小手小心翼翼地端着水杯，对我眨着眼睛，灿烂地笑着。"谢谢，谢谢……"突然得到了妹妹的照顾，我竟有些不知所措。"水温正好，不会很烫的。"我又再次惊奇地望向她：她何时如此懂事了？这还是那个我一直以来认为分走了我的爱的小娃娃吗？水杯的热气袅袅，与阳光的温暖一起沁入我的心房。我摸摸她的头，让她安心去玩耍。望着她一蹦一跳的灵巧步伐，我不由地一笑。这杯"水温正好"的水，在我"咕咚咕咚"喝下去的一刻，所有的疲惫仿佛都消散了，也在这一刻，我突然发现，有这样的一位小天使在身边还挺幸福的呢！

时光飞逝，她和我都早已褪去当年幼小的内心与思想，蜕变成更好的自己。我对她的爱和彼此的相互依靠使我们更加默契。

在一个周五下午，我正准备完成剪报。半小时过去，我大体完成了排版，拿出彩铅准备上色。"姐姐，我想帮你一起画！"妹妹请求的目光使我动容，便答应了她："你要小心，不要涂乱了。"没想到得到允许的她那么高兴，拥抱着我大声说："谢谢姐姐！"接着便开始了安静的涂色工作，时间一分一秒过去了，真没想到一个小学生专注时间那么长。趁着削铅笔的间隙，我瞄向她负责的部分。让我惊叹的是她不但未涂出格，反而还将画面描绘得色彩缤纷。我忍不住夸奖她，她也笑着回应："姐姐，你真好，谢谢你信任我，我以后都想帮你一起完成！"两人击掌并欢呼着共同的胜利。和往常一样，我们都做完了作业，她搬了小凳子站上来和我肩并肩望着夜空，聊着各自的校园趣事。这一刻，我欣慰于她的成长，感动于彼此的默契和信任，有这样一位小天使的陪伴，真幸福。

我们各有长处和弱点，却互补包容着，鼓励着，慢慢成长为更好的自己。每每在学习生活黯淡无光时，和妹妹相处的幸福时刻，总能带给我温暖与光亮。

点评：

本文以温柔的笔触为我们展现了作者与妹妹之间血浓于水的亲情。文章以妹妹刚出生时"我"的不理解为切入的起点，将与妹妹在日常生活中点点滴滴的情感沟通娓娓道来。作为孩子，我们习惯了接受来自父母长辈的疼爱；而当角色转换为"姐姐"后，肩上的这份责任以及对妹妹的爱，让我们成长和蜕变。这份"因付出而得到的幸福"是文章立意最为出色的方面。作者的选材质朴，却饱含深情，为我们构筑了一个温馨的家庭生活场景。

（指导老师：曹佳妍）

沙滩

24届3班 赵耀

夏天，炎炎烈日，怎么能不去海边游泳，吹吹海风呢？这个夏天，每每把头探出门外，热浪都把我赶回家，我闷在家里已经好几天了，已经郁闷到心里都长出痱子了。

终于，我们全家驱车前往金山的城市沙滩，准备在炎热到冒火的夏天感受一点海水的清凉。

走进城市沙滩，明晃晃的沙子用欢快的黄色迎接我们。脱下鞋子踩踩沙，烫得我连蹦带跳穿上鞋，沙子像海绵一样吸收太阳无私的馈赠，变得比夏天的空气更毒辣。不过好在听到了海浪的声音，顿时又感觉清凉了。

换上泳衣，沿着海岸线走着。这里的沙被海水轻轻拍打，化解了太阳的毒辣，变得友善起来。湿湿的沙子颜色更深，沙子的间隙藏了许多水，我一踩，留下一个脚印，四周的沙子还冒着白色的小泡泡，又一阵海浪，冲走了刚刚留下的脚印。来到海边，最重要的当然是游泳。我作为一个学过游泳但几年没练的"新手"还是有点紧张，不过一阵阵的海浪抚慰了我。我一头扎进水中，从另一个角度看海

亲情世界

水的世界。妹妹是个不会游泳的纯新手，爸爸试着让她浮在水上，但她害怕呛水，使劲吊在爸爸身上，就是不下水，也许在她的眼中，海水是蓝色的深渊。我出其不备泼了妹妹一脸水，她也大笑着泼我，双手不够就加上脚，不过我马上扎进水里，躲在清凉的海水中，我得意得像全身长满了海草。

太阳不甘心一天就这么过去，不甘心到急红了眼，连带着周围的云都一片绯红。红色和金色蔓延到了整片天空，给天空染了一个炫酷的发色，云朵是天空的大波浪卷发，太阳是天空的红宝石发卡。海面依然平静，轻轻的海浪仍不断地亲吻着海岸线，天空一点点地暗了下来，月亮从海和天空模糊的边缘缓缓升起。太阳虽然落下去了，但余晖依然在，月亮被染成了红色，像极了恶魔的眼睛，海滩上的人们都举起了手机。月亮又大又圆，被染成红色之后更引人瞩目。月亮像有魔力，指引着快乐到我的心里。月亮一点点上升，太阳不得不徐徐落下，月亮慢慢变成橘色，再变回黄色，最后变成皎洁的银白色。多么美丽啊，我惊讶得眼珠都要掉下来了。晚上我们不得不准备回家，临走前，我们一家人依依不舍地在海边的椅子上再坐一会儿，吹着海风，看着当地人抓螃蟹。海风吹散了一切烦恼，海浪让心情变得舒畅，月亮照得海面闪闪发光，海风咸咸的味道扑面而来。我最后看了海滩一眼，心里还在想着美丽的海滩，依依不舍。

点评：

通过本文，我们跟随着小作者的脚步来到了夏日的海滩，也追随着小作者的笔触感受到了一家人其乐融融的相处时光。文中的景物描写生动传神，灼热的太阳、滚烫的沙子，仿佛也带着我们一起感受到了夏天的炎热，但这些完全没有成为"劝退"的因素，只因能和家人在一起享受海浪的拥抱。在海中畅游的"我"，沉稳的爸爸，可爱胆小的妹妹，一家人的温馨和快乐浓缩于此。小作者轻松的笔触和形象的描写也为这快乐的时光增添了更多的乐趣与美好。

（指导老师：曹佳妍）

那些美好

24届4班 郦瑾璇

窗台上,阳光照射在万紫千红的花朵上,红色的牡丹,白色的小雏菊,紫色的喇叭花……我看着花儿,明白了那些美好便是平淡的生活,温暖的亲情和热心的帮助,如心间的一抹阳光。

"爷爷,我来陪你弄花了。"我蹦跳着扑向爷爷,爷爷正给一盆吊兰浇水,他轻轻撩起叶片,露出黑灰色的泥土,再拿自制的浇水瓶,慢慢地在泥土上画起了圈,浇完一两圈便停一会,慢慢看着泥土吸收,爷爷浑浊而温暖的眼睛慢慢放出光来,仿佛告诉人们,什么是美好。等泥土喝得差不多了,爷爷就再慢慢浇上几圈。阳光和爷爷的白发交织着,构造出生活的美好。"爷爷可真是热爱生活啊,原来平淡的生活也是一种美好。"我心里想到。

"来,囡囡,来帮爷爷松土。"爷爷用他那温暖的大手拉起我,把小铲子放在我手上,握着我的手,一下下翻着土。"要让种子舒舒服服地躺在土里,种子才能快快长大哦。"爷爷在我耳边嘱咐道。我回头看向爷爷,爷爷的皱纹挡不住眉眼中的笑意,也许,在他眼中,亲情是温暖如初春阳光的,是美好如绽放的花朵的,这些美好的时光,会永远保留在我们的记忆中。

等把土松好了,爷爷叫我把种子埋在土里,然后拿出一张标签纸,一笔一画地写好养护的方法,再贴到花盆上。"囡囡,帮我把这盆花送到邻居王阿姨家,小心点哦,别打翻了。"爷爷笑着说道。"爷爷,这花开起来可好看了,咱们留着吧。"我有些心疼。"哎呀,好看咱再买几颗种子就是了,王阿姨平时子女都不在身边,好看的花能让她开心开心。"爷爷说道。其实热心也是一种美好,是一种与他人共享的美好。

我不禁想起小时候和爷爷散步,发现一朵小花,一阵不期而至的花香都会让我高兴好久,爷爷总是宠爱地看着我,拉着我的手,走过每一条小路……那些美好,会永远在我心中绽放。

窗外吹来几片白色的花瓣,女孩把它握在手里,微笑着看着风过林梢。女孩已经懂得,平淡的生活,温暖的亲情和热心的帮助便是那些永不褪色的美好,那些美好,促进着我的成长,那些美好,共造着更好的生活。

点评:

文中的爷爷是一位热爱生活、热心向善的老人,祖孙俩一起种花、养花的相

亲情世界

处时光,爷爷的热心分享,为孤独邻居送花等一起构成了平淡生活中的那些美好。爷爷不但用自己的双手创造着美好的生活,也成了"我"美好的记忆,深深地影响着"我",促进着"我"的成长。作者将爷爷浇花,教"我"松土,为邻居送花等生活化的场景描写得很生动,不仅让我们看到了一位个性鲜明的爷爷,也将祖孙之间真挚的情感表达得淋漓尽致。

(指导老师:邢素素)

夜空中最亮的星

24届4班 徐梓倩

杪秋一晚——空荡荡的院中坐着一个女孩,她茫茫然,压抑地望着那乌黑的夜空默然沉思,沉甸甸的一颗心,只求能从那夜的深邃中孤独地寻一片星辰,寻那山河星月的答案,不再蜷缩,只求放开双翼,找到那颗最亮的星……

她决定好的,考钢琴十级。却渐渐对坚定的信念不断充耳而感到麻木与怠慢,抑或是因家长和老师们对自己天赋的称赞而感到骄傲自大。学琴的初心已变,不再享受弹奏黑白琴键时的快乐;日复一日的只有枯燥无味地弹奏。

不知是哪一天,女孩忽然意识到了自己的问题。那天,她坐在琴凳上一言不发,就这样静静地坐了半个小时,她在思考着自己学琴的目的,可却无从得知答案,好像心中缺了一块重要的地方,可她怎么也想不起来。这时,外婆好像发现了什么,她静静地走过来,坐在女孩旁边。"你觉得钢琴对你来说是什么?"外婆突然冒出一句话。女孩将胳膊撑在琴上,想了想,又把头扭过去。

她想了想,准备不再理会这个问题。可就在流利按下那一串音符的时候,不由自主地,后面的旋律紧接着跃动起来。明明与往常一样,却忽然间体会到了似曾相识的感情,想起刚刚外婆的问题,她好像明白了什么。

原来琴声如此动听!她恍然大悟,惊喜地告诉外婆:钢琴是我的伙伴啊!

外婆总是陪伴着女孩。每一次,女孩去上钢琴课,外婆都一直跟着她,外婆总把手机放在身边,将老师讲的每一个重点录下来,在家里跟着女孩一遍又一遍地练习着,也一遍又一遍地听着。每当女孩有不会的,她就向外婆请教,外婆也不厌其烦地听着她的每一个问题,告诉她这个音应该弹成什么,这个指法应该怎么弹,是低了一个八度还是高了一个八度。因为外婆的陪伴,女孩也很努力,尽量把每一个音弹到准确无误；不熟练的段落她会反复练习，以确保准确度、熟练度、优美度都在逐渐提高。每一天，她都会在琴键上挥洒自己的汗水，即使手指弹得发烫，她也不会停下，因为她眼中只有一个目标：那就是成功。

很快地，几个月过去，考级的日子终于来了：在无数个昼夜努力拼搏后，这一天来了。女孩马上就被兴奋、期待和紧张包围起来，手指也在时间的流逝中因紧张而变得冰冷。她尽力让自己平复心情，静下心来再巩固考级的曲目。"8071，8072，8073……8076！"到了！她抑制住自己渐渐加快的心跳，深吸一口气，走进了那期待已久的考场。女孩在评委的审视中坐下来，乐曲开始。她将手指轻轻地放在琴键上，按下第一个音的时候，后面的旋律也紧接着跃动起来。活泼欢快的练习曲，在女孩的弹奏中，音符如跳动的麻雀轻盈而紧促；每一个音符都尽自己的所能诠释出每一丝情感，身后的夕阳在琴键上迸出了一道道奇异的光彩，映着弹奏的曲子，一只只欢快的麻雀站在树梢上，将树影也投到了钢琴上，它们欢蹦着、乱跳着。这些小小的音符们，时而高亢激昂，时而悠然婉转……手指在琴键上灵巧地弹奏着，愉快的琴声在考场中回荡着。女孩的眼前仿佛浮现出外婆的脸庞，微笑着，朝她挥挥手，她似乎听到了外婆对她的鼓励。身后的夕阳似乎又被浅绛色的彩霞镀上了一条金边，暮光与彩霞呼应着：夕阳之下的考场无疑是一座美丽曼妙的音乐之城。

演奏结束了。女孩将手从琴键上收回，站起来朝评委们深深地鞠了一躬。她激动地跑出了考场，奔向了她那亲爱的家人们。女孩紧紧地抱住他们，拉住他们的手，心中满是珍惜，满是希望。

那天夜晚，墨色的夜空格外寂静，空中星星点点落着几颗明星。星光映照，她看到温柔慈祥的脸上渐渐地绽开一丛笑，从额头到眼睛，再到嘴角。布满皱纹的前额下一双眼睛温润了，透着喜悦和爱。

那个三年级的女孩已经变成了十四岁的我。但不变的是，外婆仍是她迷茫夜空中最亮的星，用璀璨的光毫无保留地把夜空照得透亮。

点评：

初读本文，便觉得很有新意，小作者以第三人称的形式描写自己，文章以自己钢琴考级为主线，写出外婆在"她"学琴迷茫时的鼓励，在"她"弹琴练习时的指点，在"她"获得成功时的陪伴……外婆正是那颗"夜空中最亮的星"不断指引着作者前进的方向。文章很好地点题扣题，而且文笔细腻抒情，文字敦厚扎实，小作者把自己对于弹钢琴的态度变化娓娓道来，不难看出这些改变是外婆带

亲情世界

来的,也从文章的字里行间读出"她"对外婆的感激和爱意。

(指导老师:邢素素)

有一种爱是陪伴

24届4班 徐梓倩

我的孩童时期基本上是外公陪我度过的。

外公称得上有一个胖的身材,头上仅寥寥几根头发,皮肤比常人略红一点,下巴坠着几根胡茬。我记忆中的外公生起气来,眼睛总瞪得像铜铃,还带着他惯有的大嗓门儿。

但他在我的生命中,却是既温暖了岁月,又充实了年轮。

幼儿园时,外公常带我在小区散步,边走边认车牌上的字,于是我对冀、京、津、渝、鲁、赣……这些汉字有了初步认识。这些复杂的汉字在外公的眼中一点也不难,他还能够轻易地说出它们所对应的省会城市,我对他仍保持着最初的敬意。我常常回忆儿时的画面,像是在清静的湖面上坐着木船,外公在前面摇桨,我在后面哼曲赏花,在芦苇丛中穿梭而过,他悠然地摇,我自在地唱,总能合到一块。

冬日的早晨,太阳还未出来,隔着窗寒意袭来。我正寻思外公去了哪儿的时候,门开了,迎面而来的是裹着大袄的外公,他欣喜地看着我,手里拎着透明的袋子,里面放着一杯豆浆。他把吸管插进豆浆,感叹着"今天气温下降了不少,给大宝加点衣服,别冻着!"喝着温热的甜豆浆,我心中涌来一阵涩意。我一阵心疼,泪水沾湿了我的下眼眶,我并不想让外公看见我这副窘样,便赶紧别过头去。外公眼尾和嘴角那一丛笑充盈着整个脸庞,只听到他豪爽地说:"大乖!赶紧喝吧,别凉了!"说着,他搓了搓自己的大手,握着我的小手捂起来。外公的手很是粗糙,曾记得外公的手抄摹过医书和名著、诗词,那双手也常常牵着我漫步乡间小道,可如今却爬满了褶子。但在那一刻,我感受到外公的手又是丝滑的……

到了初中,一年见到外公的次数寥寥无几,我看着他脸上的皱纹像是雕刻般深了下去,又渐渐增多,心中除了见面的愉悦更有数不尽的心疼。

常忆起,外公陪着我,不仅仅是为我买期待已久的水彩笔,不仅仅是抵不住我幼稚的话,清早到大商场玩具店买魔仙宝盒却发现店还未开,不仅仅是在我生

病时将感冒药放进奶粉中被我嫌弃,不仅仅是为我在冬日寒风中买来一杯热乎乎的豆浆……更是贯穿了我的整个童年,外公对我的爱是无声的,是照看,更是陪伴。

外公与我像是走进了一幅绚烂的油画中:我们看一片片红中染黄的枫叶,轻轻地,从树上飘落下来。我们一起看日出,看日落,看涨潮,看退潮。"哗——"微风又吹得那么温柔。树上的叶子沙沙作响,再一看那星星点点的枫叶,染红了枫树,染红了小径,染红了整个绮丽斑驳的童年。

在我眼中,外公的爱就好比永不干涸的河,它能将我永远地怀抱,虽然颇为笨拙,但却永远关怀我,宠溺我。想对外公说声感谢,却始终未说出口。

一载,匆匆岁月;二载,沧海桑田;一生,一首诗;一世,又有几载?

亲爱的外公,希望您在生命中,做自己喜欢的老少年:不求满目星辰,只求有了梦,就去追;有想做的事,就去做。记住,我会好好长大,我也会陪伴着您。

点评:

陪伴是幼儿时外公教"我"认识车牌上的汉字,是冬日时外公送"我"的暖心的豆浆和细细的叮咛,是不辞辛劳为"我"买来期待已久的水彩笔……外公的爱不似母爱那般细腻温柔,不似父爱那样不露声色,而是好比永不干涸的河,是永远的关怀和宠溺。小作者从生活中几件朴实的小事入手,用细腻的语言寓爱于外公的一举一动之中,将外公对自己那份独特的爱表现得淋漓尽致,那一件件陪伴作者成长中的小事构成她绮丽斑驳的童年。读罢整篇文章能感受到语言之间的细细温情,令人感动。

(指导老师:邢素素)

这是我们一起完成的

24届5班 贾子衿

熬过漫长的疫情封控,阳春三月,美丽的春申湖恢复生机,大片大片的金黄油菜花沿湖畔铺展延伸,令人精神为之一振。湖边的商务区正宣传"大爱春申湖"短视频比赛,我和妈妈都想尝试,自然一拍即合。

我选景、写录旁白,妈妈拍摄、剪辑,分好工,我便迫不及待地展示自己的构思,妈妈凝神倾听,不时会心地微笑、点头,并将她的想法与我交流——这种

亲情世界

感觉真是久违了，平时妈妈忙于工作，而我觉得自己不再是小孩子，凡事喜欢自己做主，很多时候，和妈妈说不上几句就争吵起来——这样坐下来倾听彼此的机会着实难得。

"那天大家各种长枪短炮，甚至有航拍，论画面和技术我们肯定比不过他们，只有在构思上创新。"妈妈提醒我。"你有什么好主意吗？"我下意识求助妈妈。"没有哎，你脑子快，想想看。"妈妈鼓励我。我点点头，翻看以前的影像资料，沉思。二十多年前的春申湖荒芜一片，杂草丛生；而现在，岸侧堤旁，油菜花开，满眼金黄，一朵朵油菜花在春光中生动成一张张嫣然笑脸，清风吹来，款款低语，顾盼生姿。小时候，我只要一钻进那片金黄色的天堂中，便再也没了踪迹，妈妈每次唤我回家都要费好大劲，泡在油菜花里与妈妈温柔的呼唤，成了童年里最深刻的一抹色彩……"妈妈，我们每年春天都会来春申湖踏青，可以说是见证了这里的发展，我们把新旧春申湖剪辑到一个片子里，进行视觉和年代上的对比，怎么样？"妈妈耐心地听着我的点子，点头表示赞同："好主意！"我们俩愉快地击掌通过。

统一了想法后，便开始行动。这是我们的初次拍摄，各种意外层出不穷：我酝酿了半天情绪，结果妈妈忘了按下拍摄键；妈妈举着相机拍得起劲，我却笑场了……但是我们谁也没有责怪对方，只有彼此的相视而笑。我们母子的合作渐入佳境。

"希望疫情早日过去，让我们静待花开。"结尾部分的旁白，我用字正腔圆的普通话强调。妈妈反复推敲后，和我商量："从上海发出的声音，用方言会更接地气吧？""我不会呀——"我有点儿为难。"我会啊！"妈妈便一个词一个词给我正音。听着妈妈温柔的语调，我恍惚忆起儿时咿呀学语的时光来，原来不知不觉间我竟走了这么远，而妈妈一直在我身后……"上海加油，中国加油！"最后，我终于用纯正的上海话加上了自己的声音。那也是一对普通上海母子对故乡和祖国未来的期许和祝福。

我们的作品一经发表，就得到大家的点赞和夸奖。接过奖杯和400元的奖金，我和妈妈满满的自豪感，我不禁在心里点了个赞，为这份我们一起合作完成的作品点赞！

拍摄的时光并不长，但是我和妈妈一直记得这份我们母子合作完成的作品。我们一起用摄影叙述时光，用镜头记录变迁；一次次的沟通对话中，有我们思想火花的碰撞和包容，亦有共鸣和融合，正如温柔春光，一点一点融化着彼此的心。

点评：

文章记叙了小作者和妈妈合作完成一份视频作品的经过，"我们一起用摄影叙述时光，用镜头记录变迁；一次次的沟通对话中，有我们思想火花的碰撞和包容，亦有共鸣和融合，正如温柔春光，一点一点融化着彼此的心。"一次偶然参与的活动，却因为母子相处的温情而变得意义非凡。小作者用柔软的心去感受与体悟温暖亲情时光，同时，用生动的语言和神态描写等表现母子相处的愉悦，而翻看影像资料时和学习上海话时两处对儿时的回忆让文字更加柔软动人。

（指导老师：金国旗）

相处的时光

24届5班 刘宝泽

我和父亲都痴爱书，我们父女大部分的相处时光都和书是分不开的。

小学四年级时，我迷上了网络小说，青春类、武侠类，都是我喜爱的。那时候，我经常吃过晚饭就坐在沙发上津津有味地看起了网络小说。我完全沉浸在里面，连父亲说了什么也没听进去。一天，父亲实在忍不下去了，一把夺过我的iPad，又拉掉了家里的网线。"平时总让我看书，现在我看了，你却有意见！"我生气地叫道，并决心不再理父亲。

隔两天正好赶上世界读书日，父亲照常接我放学。由于我还在跟父亲冷战，他开启了车上的广播，交通台正应景地以读书为话题"……目前中国的读书状况很让人担心……不选好书，将会严重影响他们建立正确的思想体系……"原来网络小说有这么大的危害，我大吃一惊，隐隐地开始理解了父亲的举动。

后来我发现，我的书桌边上会出现一两本书，每隔一两周还会有更换。书里常有父亲的圈画和一些他的阅读笔记。我为父亲的行为而感动，并且那些笔记和书也让我产生了兴趣。于是我会在休息的时间，翻开来读一读。

茶余饭后，父亲开始主动找我谈论书中的内容和思想。"《西游记》原版读完了，但我认为一路斩妖除魔，只是告诉我们坚持的道理，似乎没有其他意义。"我发表自己的观点。而父亲反驳："《西游记》看似降妖除魔，但深层上是告诉我们，人的一生跨过很多坎坷，打败心魔，才能取得人生的真经……"听父亲评讲里面的情节，我才觉得理解浅了，开始跟父亲请教探讨。二人在书香中谈笑风

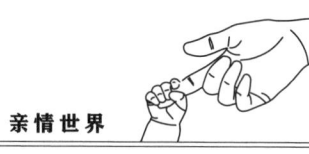

亲情世界

生，我也了悟咀嚼经典的乐趣是之前读的那些快餐书所远不及的，心底为自己之前的粗浅暗暗惭愧，而父亲似乎从不记得那些争执，我们的矛盾也就烟消云散了。

慢慢地，我养成了读纸质书、读好书的好习惯。周末没事就拉着父亲去逛书店。父亲总是和我细细讨论哪本书最适合我并买下来。我们也常谈论书的义理。更多的时候，我们一起坐下，静心品读。母亲说我爱上读书多亏父亲。是啊，我含笑抬头，对上父亲读书时抬起的目光，父女相视一笑，又继续投入书海。

我与父亲相处的时光行走在书香中，读书让我们父女二人心灵靠得更近了。我也十分感谢父亲，他的陪伴，让我对文字多了更深的理解，不知不觉中，个人的修养提高了，心智也更成熟了。每当我与父亲一起相伴，畅游书海时，父亲给予我爱的温暖，便会悄然迎上我的心头。

点评：

父亲的态度和格局，影响孩子的一生。小作者的父亲，懂阅读，懂教子。文章记叙了父女相处的时光中，父亲对"我"在读书上的引导和帮助："我"喜爱读网络小说，父亲循循善诱，引导"我"读好书，而"我"也在阅读时光中觉悟经典的韵味，体悟好书的力量，并慢慢地理解了父亲的良苦用心。"我与父亲相处的时光行走在书香中，读书让我们父女二人心灵靠得更近了。我也十分感谢父亲，他的陪伴，让我对文字多了更深的理解"。文章层次清晰，语言简洁优美，是一篇优秀的习作。

（指导老师：金国旗）

外公的电瓶车

24届6班 徐启珩

自从我上幼儿园时，外公就拥有了那辆蓝色的小电瓶车，方便接送我上下学。放学以后，我总会因学校午餐难吃，没吃多少而叫饿。于是外公每次放学时总会给我带点儿点心。有些时候一个条头糕，有时候一个叉烧酥。于是我坐在外公电瓶车座的前面，一边吃，一边问外公各种各样千奇百怪的问题，外公每次都斥责我说："吃东西不要说话，要噎着的。"但他依然每次都会笑着仔细回答我的问题。

上海黄梅时节几乎天天下雨。很小的时候我还能坐在外公前面。外公也拿他

的雨披罩在我的身上，为我挡雨。为了让我看看外面的世界，外公还特地在他的雨披上面剪了一个洞，用塑料薄膜罩住。我于是通过这扇"小窗户"，看着雨点噼里啪啦地打在雨披上，然后再弹开，感觉好有意思。

长大了一点，我坐到外公电瓶车的后座上，也有了自己的雨披，但我还是喜欢紧紧地抱住外公，让他宽阔的身子为我挡雨。

外公载我的时候，那辆电瓶车永远是慢慢悠悠，不慌不忙的，生怕把我摔痛了。上坡时，他总是让我坐着，他来推，生怕轮胎打滑，滑下去了。下坡时，外公一路刹车，绝不开快了。但小学一年级时，有一次我书包居然忘带了，等我们俩到了学校才傻了眼。眼看还有15分钟就要上课，外公安排我待在保安室的小亭子里，他回去拿书包。保安室的亭子里面有面钟，走秒时会发出"嗒"的一声。我于是在心里暗暗数着：一下、两下……等我快数到700下的时候，他终于来了。外公骑着他那辆电瓶车飞一般地往学校赶，甚至超过了旁边的汽车。路边的行人也纷纷为他让道。终于，在外公的努力之下，我的书包及时送到了。

后来外公病了，那小电瓶车就放在了自行车库，座位上也落满了灰。等到外公出院前，我特地同妈妈说好，一起拿上了抹布与洗洁精，把外公的电瓶车从头到尾擦了个遍，还把电瓶车的电瓶拿到家里充电。外公回来后没几天，果然急不可耐地去车库看他的电瓶车，怕太长时间不骑，车子会坏。当他从车库回来见到我，笑嘻嘻地拍拍我的肩，给我比了大大的赞。我不禁开心地告诉他，希望他能早日骑上他心爱的电瓶车，再次健康出发。

现在的我，已然不能再坐在外公的电瓶车后。那就等我再长大一些，由我驾驶我的车，带外公去想去的地方，看想看的事物，让我们的快乐一直继续下去。

点评：

文章以"电瓶车"为线索，记叙了"我"与外公的美好时光：小小的"我"坐在外公的电瓶车后吃点心，和外公"嘎三胡"；外公帮"我"在雨披上装个"小窗户"，好给"我"解闷儿；天雨路滑，外公宁可自己受累，也要推车上坡，下坡时更是不敢开快，生怕"我"受伤，但当"我"书包没带到学校，他却把电瓶车开得飞快，唯恐耽误"我"上学；外公生病期间，"我"提前擦洗外公的电瓶车，希望病愈归来的外公能再次像以前一样健康出发。小作者善于从生活中捕捉温暖的点滴，将它们组合起来，用质朴的话语娓娓道来，让读者的心融化在这珍贵的亲情中。

（指导老师：金国旗）

亲情世界

凡人小事

24届8班 马景轩

宇宙是如此的浩瀚无垠，地球也仅仅只是其中的沧海一粟。身为凡人的我们更是渺小到了极致，但我们也可以通过一些平凡小事来谱写属于自己的乐章。

我的爷爷是一名普通的乡镇高中英语教师，教书四十余载，桃李遍布天下。他退休后来上海帮忙照顾年幼的我，在我九岁那年又回到了家乡。由于爷爷之前教学工作出色，在学校德高望重，学校一直对他念念不忘，有意聘请他为督导，负责听评年轻教师的课堂，并让他把自己丰富的教学经验传授给新人。爷爷已经年近七十，奶奶和爸爸都觉得该是他享清福的时候了，没必要再去劳心劳力了。可是一生酷爱教育事业的爷爷笑着说："户枢不蠹，流水不腐，我这把老骨头多动动，既可以为国家做贡献，自己也不容易过时，更不会老年痴呆了！"就这样爷爷欣然答应了学校的聘请。

虽然督导工作可以十分轻松，但是爷爷没有一丝懈怠，全身心地投入了进去。时隔多年，英语教学已经日新月异，可以说是发生了翻天覆地的变化。相比以前，现在不仅增加了很多新的知识点，语法词汇上也有了不少变动。爷爷白天拿着笔记本在教室后排一丝不苟地记录着，晚上回来写参考意见和改进建议，经常夜深人静的时候他还戴着老花镜在潜心研究记录新旧教学的不同，写上自己的心得，并且在自己以前编写的试卷上进行修订。某次回到家乡后我看着爷爷满头的银丝和他那认真专注的眼神，不禁感到了一丝骄傲，爷爷真的是以实际行动诠释了"活到老，学到老"的精神。

在老家爷爷教学的名气很大，经常有老师慕名而来请求指点迷津。爷爷对这些人总是来者不拒，有求必应，却不求任何回报。有次一位年轻的老师带了很多礼物登门拜访，他负责高三毕业班英语，已经使尽了浑身解数，但班级成绩始终提不上去，苦于现状，压力很大。爷爷不仅对他讲了自己的教学心得，还毫无保留地拿出了自己精心整理的资料和编写的考卷，最后还让他把礼物都带了回去。后来听说那位老师的班级高考成绩很好，爷爷很欣慰，用他的话说就是"独乐乐不如众乐乐，这些知识和心得分享给别人，能够帮助到大家，让孩子们更好地学习，才是最重要和最高兴的！" 就这样，爷爷不断为年轻教师们排忧解惑，如灯塔般照亮他们前行的道路……

我的爷爷虽然只是一位平凡的人民教师，但他却在平凡的岗位上，数十年如一日，耕耘不懈，书写了不平凡的人生华章，他是平凡的，也是伟大的。正是有

许许多多像他这样一丝不苟、无私奉献的凡人在，这个世界才会更加美好。

点评：

说起祖辈，同学们往往会以他们对我们生活中的关怀、照顾作为写作的切入点，而本文小作者在用心地了解了爷爷在教育事业上的经历和贡献后，为我们展现了一位以教育为伴，平凡而又伟大的教育工作者形象。以爷爷退休后担任督导，发挥余热作为文章素材，通过对爷爷工作时的认真专注，以及热心帮助一位年轻教师的具体事例，突出表现了一位老教师心系教育，又愿意尽心尽力扶持年轻人的形象。祖辈不仅仅是在生活上照顾我们的慈祥老人，更以他们宝贵的人生经历和高尚的品质引领着我们成长。

（指导老师：曹佳妍）

我眼中的你

25届1班 何一承

我眼中的你，天真中透着可爱，可爱中又藏着顽皮。你像草地上的朵朵鲜花，装点着我的花园；你像夜空中的点点繁星，照亮我的生活。你就是我的妹妹，为我的生活增添了许多别样的色彩。

超长续航

你似乎总有用不完的精力。封控居家前几天，你每天还乖乖午睡。难得享受这样清静的时刻，我在阳台上悠闲地喝着下午茶，心中别提有多惬意了。可这样的好日子没过几天，午睡时你开始不安分了，不仅躺在床上喃喃自语，还趁我们不注意，偷偷摸摸地把你最喜欢的小玩偶排成一排，给她们发指令，我和妈妈真是又好气又好笑。再后来你竟然更是得寸进尺，甚至跑出房间，完全无视午睡的存在。我和妈妈这才恍然大悟，原来你在一步步试探我们的底线啊！我觉得有一句广告语很适合你：充电5分钟，续航8小时！

小秘书

精力充沛的你怎么可能只满足于自己开心呢？你总是趁我不注意偷偷钻进书房给我帮倒忙，美其名曰：做小蜜薯（秘书）。

记得有一天晚上我埋头奋战在"题海"中。你踮着脚，轻轻推开门，蹑手蹑

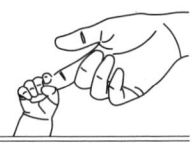

亲情世界

脚地走到我身边,细声细气地说:"哥哥我看你做题很辛苦,要不要我来做你的小蜜薯啊?""好啊!"于是你就顺理成章地跟我挤在了同一把椅子上,完成了霸占书桌的第一步。很快你又以拿笔为借口,"占领"了书桌的一半。看到这情形我有些急躁了,而你却眼珠一转,黏在我身边,说道:"这都是为了给你帮忙呀!"我顿时笑得前仰后合。你真是我的开心果啊!

我爱核酸

一天,你兴冲冲地跑来对我说:"哥哥,我最喜欢做核酸了。""为什么啊?""因为每次做核酸'大白'都夸我乖。哈哈哈,其实我在家里一点也不乖,我很烦的……"于是我回想起你做核酸时的场景:你轻轻地把抗原递给"大白",又乖乖回到队伍里静静等待,一言不发。轮到你时,你又极度配合,拉开口罩,张大嘴巴,"啊"的一声,测完后又立即把口罩拉回原位,俨然一个小大人。连续好几天,做核酸的医生们都毫不吝啬地表扬了你。难怪你那么喜欢做核酸啊!

妹妹,我总在想,你身上带着春天的味道,活泼、温暖。像春使万物复苏一样,总能让我沾上快乐的气息。嬉笑欢闹中,我们已一起走过了五年。我眼中的你永远是那么可爱,那么活泼,给我带来了无尽的快乐和乐趣。

点评:

一个是已经进入中学的哥哥,一个是还未进入小学的妹妹,二者之间不但没有年龄差距的代沟,字里行间更是流露出哥哥对妹妹的无限宠爱。逃避午睡时的精灵古怪,给哥哥帮倒忙时的天真无邪,做核酸时的乖巧懂事,小作者通过三个场景巧妙而生动地勾勒出妹妹的可爱形象。同时,运用富有趣味的小标题和轻松活泼的文字吸引读者的阅读兴趣。开头和结尾则运用比喻的修辞手法,将妹妹比作鲜艳的花朵、夜空的繁星、温暖的春天,结构上首尾呼应,也进一步抒发了对妹妹的疼爱之情。文章情感真切自然,体现出美好的兄妹之情,温馨的家庭氛围。

(指导老师:朱依婷)

我眼中的你

25届3班 薛胤晨

我在自己的房间里，默默远离客厅中的"战争"。"做这么点题还会漏做？！不要做了好嘞！"妈妈的吼声接连不断，随之而来的是你的哭声。我的心一下子抽紧了，内心十分焦急想来帮忙又怕惹来"杀身之祸"。我竖着耳朵洞察着客厅里的动静，你的哭声渐渐平息。

我正担心又发生了什么，突然，传来了轻轻的敲门声，我知道是你，但还是像模像样地喊了声："请进。"你吸着鼻子进来抱住我。我问："怎么了？"以为你要放声大哭，却异常安静，看了一下怀里的你，竟然眨着红红的眼睛笑了出来："姐姐，今天六一儿童节，妈妈给我们买了提拉米苏蛋糕，我们一起到客厅去吃，好吗？""瞧你个小馋猫，口水都出来了，刚刚怎么回事，题目怎么会漏做啦？""哎呀，我也不知道怎么回事，就漏了，嘿嘿。"好一个乐观的你啊，让我有种错觉，之前在客厅的不是你。

你说完就飞奔出房间，比我抢先一步到了蛋糕面前。俏皮地眨着眼睛对我说："姐姐，你闭上眼睛，我给你一个惊喜。"好个淘气包，又在打什么"坏"主意？我还是配合地闭上了眼睛。咦，鼻子被什么东西摸了一下，凉飕飕的？"好了吗？""好了！"我睁眼发现蛋糕缺了个角，"是不是你偷吃的？""哈哈，姐姐，是你的鼻子偷吃的！""啊？"我从鼻子上刮下奶油塞进嘴里，一股巧克力味蔓延开来，软软甜甜的真好吃。

见我一脸的满足样，你也坐下来享用六一蛋糕。只见你拿着小勺子，把一块蛋糕放入小碗里，我以为你要自己享用，却发现你把小碗放到一边，接着你把脑袋凑过来和我挖同一块蛋糕，我不禁心想：嗯？你是不是想多吃一点。这时妈妈从厨房出来坐了下来，你不声不响地把小碗推到妈妈面前，马上又低头挖蛋糕吃，妈妈看见了没忍住，扑哧笑了出来，你听见妈妈笑了，抬起头也咧着嘴笑了，我看见你们笑了，也笑了。

你在我眼中永远是那个乐观、淘气、可爱的开心果弟弟！

点评：
　　文章从"战争"写起，用妈妈的吼声、弟弟的哭声营造出紧张的氛围，从听觉角度来写留出了想象空间。之后笔锋一转，弟弟在姐姐的怀抱中恢复了情绪，提出和姐姐一起吃蛋糕，氛围由阴转晴：淘气地把蛋糕抹在姐姐的鼻尖上，和姐

亲情世界

姐一起吃蛋糕时还不忘给妈妈留一块，大家都笑了。作为读者看到这里也忍俊不禁，仿佛听到弟弟对妈妈说："妈妈，你吃了甜甜的蛋糕就不要生我气了，好吗？"小作者善于抓住生活中的细节，刻画了一个乐观、淘气、暖心的开心果弟弟，展现了其乐融融的家庭氛围，让人感受到亲情的美好。

（指导老师：周颖）

这里的秋天

25届2班 邓凯睿

秋的步伐，已经悄悄地踏入我的后院，她带来了一片金黄的世界。

秋风习习，她好似一位偏爱黄色的画家，她的手一拂，树叶子被染黄了。后院里的那棵银杏树，就受到了秋风的点缀，叶儿都成了金黄的小扇儿，有的在树上继续被秋风勾勒，有的已将秋的喜讯传播给了大地。我一进后院，脚底便传来清脆的"沙沙"的响声，好像在喜悦地告诉我："秋天来了，多美呀！"

院角的桂花树上，也有了"喜报"：在绿叶郁郁葱葱的遮掩下，如碎钻般的桂花也镶上枝头。我踩着银杏叶，走近桂花树，果然是"一年秋意浓，十里桂花香"。清新、芬芳的桂花一下子沁入我的心田，带着些甜味儿。桂花不像其它的花，一到时候，就在花枝上骄傲地怒放，互相争奇斗艳，生怕别人看不到；而桂花却很谦逊，藏在绿叶中等着别人来发现，这便是桂花低调内敛的品质。

这棵桂花树是我和外公共同栽种的。5年前的秋天，外公带来一棵小树苗。它那么柔弱，仿佛一吹就要断掉似的。外公便用手护着它，和我一起将它埋进土里。几年后小树苗长成了如今的一棵大树。每逢秋天，我总是和幼时的琦君一样，盼着摇桂花。在十里桂花飘香时，我和外公抱着树干，使劲儿地摇。金黄的桂花纷纷落下，像周围下了一场"桂花雨"。于是我就与外公欢呼着，捧着桂花，回到后院中。最喜爱的，莫过于外公接下来要做的桂花糕了：将面团与白砂糖揉散，晾干，放到模具里蒸上半小时。最后刷上糖，给糕也下一场"桂花雨"。

做完后，我和外公就要等桂花糕凉下来。之后，泡壶茶，搬张小桌小椅，在后院里，边喝茶、边品糕、边赏景，真是一种享受。不仅如此，我们还会把桂花糕送给邻居们品赏，将这份享受传给他人。5年过去了，看着眼前的桂花树，便会想起那甜甜的桂花糕和外公。

果然是"空山新雨后，天气晚来秋"。雨过天晴，空气中弥漫着凉爽、醉人的气息。在这之后，天气便渐渐转寒，秋的帷幕才正式拉开。又是一年秋天，后院里可谓"秋色满园"：凉爽的空气，梦幻的银杏和清香的桂花，象征着秋的到来。秋天将清凉带入我的后院，也将沁人心脾的芬芳和爱吹进我的心里。

点评：

有人写秋天的凉，如《故都的秋》那般清冷；有人写秋天的通透，如《济南的秋天》那般明澈；有人写秋天的生命力，如北海的菊花开得灿烂，而小作者写秋天的景和情，如山水画般充满了诗情画意。

作者描写了外公后院里的秋天，文笔细腻，将环境描写和议论抒情相结合，把视觉、嗅觉等多种感官和修辞手法融为一体，刻画了一个如梦如幻的金黄色的世界，尤其引人注目的是"我"和外公一起栽种的桂花树，从栽种幼苗到要摇桂花树，做桂花糕，分享糕点，这里的秋天见证了我的成长，也承载着"我"和外公的浓浓亲情。

（指导老师：刘慧）

我想对您说

25届3班 邹思瑾

奶奶，我有好多话想对您说，却没能在您生病前亲口对您说。

6岁那年，我冬天的棉靴小了。您拿出从老家带来的鞋底子和毛线，让我选了一个自己喜欢的颜色。您从鞋底开始织起，手臂随针线上下起伏，细致又柔和，我的小脑袋也随着针线上下摆动。时间就这样慢慢流逝，它似乎也不想来打扰我们，只是静静地随着那不知何时落下的太阳一同消失。没过几天我的鞋子就织好了，我赶紧穿上鞋子，正合适，暖和又舒适。您看着我灿烂的笑容，脸上也浮现出笑意。那年冬天，因为您，我不再寒冷。

7岁那年，我转到了附近的舞蹈班，正好缺个包。您带我去布店选了一块布料，红底白点，很好看。回家后，您先将布料裁剪好，接着拿出针线，将其缝好。做成后，还加了一个可调节的带子，精致又不失童趣。我拿到后，笑得合不拢嘴，还央求您多做几个。您一边说我贪心，一边拿出料子做了一个围裙和桌布。您看

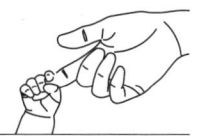
亲情世界

着我天真可爱的模样，笑眯眯的。

8岁那年，我上学了，当我用稚嫩的声音一字一句读我新学的课文时，您总是夸我，我却笑话您的普通话蹩脚。您时常拿着《圣经》来找我问不会读的字。可是我却渐渐骄傲起来。当您再拿着《圣经》来找我时，我不耐烦地抱怨您烦人。也许是被我吼怕了，您再也没有来找我问过字。我却更加嚣张跋扈，时不时地抱怨这抱怨那，这让我们的关系变得冷淡。

那时候的我是个懵懂无知的小孩，只知道抱怨挑剔却不懂得感恩。再后来，我长大了，对自己犯下的错误感到万分愧疚与自责，却没有勇气去弥补。我一直在傻傻地等，等待有一天我能有勇气向您道歉。

然而没有等到那一天，在经历了疫情和姨奶奶的去世后，您似乎更加苍老了。您的头发又白了几分，动作迟钝了，记忆不好了。那一天您拿不起筷子，说话也不利索。在父母的尽力劝说下，倔强的您才同意去医院。也是在那一天，我知道您得了阿尔兹海默症，再也无法回到从前的那个眉眼弯弯、心灵手巧的您。正当我回忆起与您闹矛盾的时候，回忆起一起读书的日子，回忆起您为我缝衣服的时光时，您回到故乡湖北去的消息来得猝不及防，以至于我还未向您道声再见。

奶奶，我想对您说，谢谢您多年的辛勤照顾，对不起，直到您病了，我才懂得珍惜您。您为我的童年带来快乐，我却让您内心受伤。您看着我的成长怡然自得，我却望着您的老去无能为力。

点评：

小作者用第二人称诉说了对奶奶的心里话，以时间为序，回忆了与奶奶之间的相处，真挚动人。奶奶陪伴"我"走过童年，帮"我"做棉鞋、做小包，细心熨帖、心灵手巧，字里行间流露出祖孙俩亲密无间的浓浓亲情。"我"上学后却开始嫌弃奶奶发音不标准、不识字，与奶奶的距离远了。等"我"意识到自己伤了奶奶的心，想着有一天和奶奶道歉，可惜时间不等人，奶奶得了阿尔兹海默症回到了故乡，千言万语汇成了最后的"谢谢您""对不起"，读至此处，让人心情沉重。我们无法掌控生老病死的生命轨迹，能做的就是珍惜现在，学会感恩。

（指导老师：周颖）

温暖的时光

25届4班 宋青潼

在我们家,有一把破旧的芭蕉扇。芭蕉扇的扇面是棕灰色的,上面布满了褶皱,好像外公脸上的皱纹。一次偶然的机会,我在外公的柜子里发现了它。轻抚着它,和外公在一起的温暖时光又浮现在眼前……

上幼儿园时,每逢暑假,外公手里的这一把芭蕉扇便成了宝贝。印象中那时的芭蕉扇还是崭新的,朴素而淡雅,而外公是我的大树、我的保护伞。早晨,外公牵着小小的我,在小区里散步。毒辣辣的阳光下,外公用他粗糙的手为我遮挡日头,另一只手为我扇风;午饭后,外公会坐在摇椅上,一边扇着芭蕉扇,一边给我讲他小时候的事,我常常被这些故事吸引,在弥漫着花香的屋子里,在摇椅的"嘎吱"声中,带着微笑在外公的怀中酣然入梦;夜晚,最开心的莫过于和外公搬两张低矮的凳子,拿着"象耳"般的芭蕉扇,坐在庭院里乘凉,轻风拂动下,我靠在外公的腿上,他的手轻轻柔柔的,拂过我的脸颊,让我想到春天的风,冬日的暖阳,让我想到所有温暖的画面。现在回想起来,有外公呵护的童年,是幸福的、温暖的。

渐渐地,我长大了,但那把扇子并没有"退役",只是逐渐褪去了原本光鲜的色彩。每年夏天,接我放学时,外公依旧会随身携带着这把芭蕉扇。回家路上,我滔滔不绝地跟外公讲述着校园里的趣事,而外公则笑眯眯地跟在我身后,一手拎着书包,一手摇着扇子,眼中满是慈爱。走走停停、说说笑笑,阳光透过树叶的缝隙,斑驳地洒在我和外公的身上,周边的景色在阳光中弥漫,幻化成一幅温暖柔和的画卷,几分钟的路程,总是能被我们祖孙二人走上很久,这是我一天之中最快乐、最温暖的时光。

随着时间的推移,外公脸上的皱纹愈来愈深,头发渐渐花白,而手中的芭蕉扇也变得更加破旧,留下了许多岁月的痕迹。由于学业繁忙,我很少再有时间和外公一起散步、聊天。我是多么怀念曾经拉着外公的手,在树荫下漫步的日子啊!就在几个月前,昔日里健步如飞的他,突然住院做了手术。暑假里,我自告奋勇,负责"监督"外公在家休养。每天中午,外公都会"听话"地躺下午睡,我轻轻地帮他扇着扇子,看着他安然入睡,心中默默祈祷:愿外公能早日康复,愿这温暖的时光能久些、再久些……

亲情世界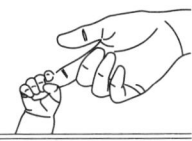

点评：

在我们的成长历程中，总有一些人和事，触摸着心中最柔软的地方。对于小作者而言，外公用芭蕉扇陪伴"我"成长的岁月就是心中最温暖的时光。

本文以时间为序，将"芭蕉扇"作为线索贯穿全文。幼时，外公用崭新的芭蕉扇为"我"扇风乘凉，呵护着"我"温暖幸福的童年；长大后，芭蕉扇不再光鲜，而外公依旧用它接送"我"上下学；如今，芭蕉扇已经破旧不堪，外公也因病住院，"我"勇挑重担，用芭蕉扇照顾外公安心入睡……岁月流逝，光阴流转，时光可以改变很多，而唯一不变的是外公对"我"的爱与陪伴。文章情感真挚，文字质朴而有感染力，读来让人为之动容。

（指导老师：刘慧）

温暖的时光

25届5班 郝亮

我的书桌上有一张照片，小小的我在奶奶的怀抱中，祖孙俩开怀地笑着。奶奶亲切的笑容，总会将我拉回到那些温暖的时光。

小时候，印象最深的就是奶奶做的汤。"喝汤咯——"每当听见奶奶的一声招呼，我往往第一个冲进厨房，端起盛得最满的一碗，"咕噜咕噜"地大口喝起来。这时，奶奶总会笑眯眯地站在一边看我，满是疼爱地数落着："小猴子，慢点喝呀，又没人和你抢！"

奶奶的汤种类很多，从冬天的排骨汤到夏天的绿豆汤，从春天的竹笋汤到秋天的银耳汤……时令的变化我总是在奶奶的汤里最先感受到。刚出锅的汤很烫，奶奶总会耐心地用蒲扇把汤扇到合适的温度——她不用电风扇，怕有灰尘——才叫我来喝。奶奶做的汤是那么丰富且美味，以至于往往是等嘴巴毫无自制力地把汤碗喝得见了底，我才猛然想起奶奶还在一边。这时，我便颇有些不好意思了，把几乎一干二净的碗递给奶奶，挠着头道："奶奶，您也喝。"厨房里汤的热气暖融融地蒸腾着，将祖孙俩氤氲在一团温暖的雾气中，奶奶给我的爱就在不知不觉间随那一碗碗汤的热量悄然融入我心中，成为我生命中的一部分了。

但奶奶可不仅仅是做得一手好汤而已，更让我啧啧称奇的是她有一肚子的"文化宝库"。每晚睡觉前，就是独属于我们祖孙俩的夜聊时光。每到这时，无论奶

奶手上有多么重要的事，她总会用一支童谣、一段故事，抚平我一天躁动的心，伴我入睡。

奶奶似乎知道这世上一切有趣的、美好的歌谣或故事，仿佛那些歌谣和故事就是从她口中诞生的，让我听得津津有味，如痴如醉。有时听到有趣的地方，我便笑得在床上翻来滚去。奶奶也跟着笑，又把我拉回她暖暖的怀里，"小猴子，莫闹腾了，否则就不讲了。"我立刻不动了，仔细听着。有时听到关键部分，奶奶却突然顿一下，我便急得龇牙咧嘴，不住地问："然后呢，然后呢？"奶奶见我这么急，便不再吊我胃口，又笑着缓缓说了下去……暖黄的灯光下，温暖的被窝里，奶奶泛着笑意的声音带给了我最初的启蒙，那些饱含真善美的歌谣、故事，都伴随着一夜夜的好梦钻进了我的心扉，助我谱写独一无二的成长乐章。

奶奶就像冬日里的暖阳，有她陪伴的日子，我总能感受到妥帖、柔和的暖意，那是镌刻在记忆深处，永远能予我温暖的时光！

点评：

文章紧扣住"温暖"一词，描摹出一幅幅祖孙相处的画面，奶奶的一片慈爱，小作者的天真烂漫，跃然纸上。

紧随时令变化的一碗碗羹汤、每晚雷打不动的一个个故事，正是在这些日复一日的日常中，根植着奶奶对小作者纯然无私的爱，给予了小作者持久不灭的光。文章最为出彩的也正是对这些日常的刻画，小作者抓住生活中的细节，寥寥数笔勾勒，祖孙互动的画面便呼之欲出，真切可感。

看完文章，暖意仍停留心间，或许这就是"隔代亲"最美的模样。

（指导老师：陈惠卿）

我的宝贝

25届4班　吴铭茜

她正静静躺在梳妆台上，在纯白色的桌子上，显得无比耀眼，这就是我的宝贝——那把檀木梳。

紫檀木制成的木梳，极为醇厚深沉的赤色木料，泛着灵动的光泽，那如同从香炉中萦绕着的焚香气息丝丝缕缕沁入鼻翼，寸寸段段刻骨铭心。木梳上雕刻的

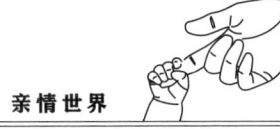

花纹虽有些模糊，但仍挡不住我对它的喜爱。

我清晰地记得这是幼时太祖母给我的。幼时的我，继承了母亲浓密的黑发，女孩的天性使我钟爱长发却又没有耐心梳理。那个带着暖阳的冬日，阳光悄悄踏入窗棂，我正气急败坏地对待着打结的头发，太祖母见了我这窘样，从小包里掏出一个宝贝，就是那把檀木梳。

小小的檀木梳好似有魔力一般，太祖母笑盈盈地把我按在椅子上，她用如松枝般粗糙的手掌握着檀木梳，细心地为我梳头，透过桌前的镜子，我看见那梳子从发丝的一端滑过，我闭上眼感受着木梳是如何在打结的发丝中游走，太祖母放慢速度，一点一点轻轻拨动，最终木梳竟顺利解开这些结滑落到另一端。"梳头发需要耐下性子来，不要烦躁，不要心急，一缕缕地梳，头发就会变得顺畅，头皮也会很放松，烦恼也就随着发丝梳掉了。"太祖母语重心长地道出这番话，温暖的声音响彻耳边。

镜中，一个稚嫩童真的小女孩，一袭黑发垂落耳畔，笑容满溢脸上。显然太祖母的这番话当时我并不理解，烦恼、耐心和梳头有什么关系，怀着似懂非懂的心情，我似乎只记住了这把檀木梳是我太祖母留给我的宝贝。

如今，我愈发视檀木梳为珍宝，它在岁月的沉淀中愈发光亮，赤色木料中透出一丝深紫，当我深陷紧张的学习生活，内心焦躁不安时，我就会拿起那把木梳，模仿着太祖母的样子，散下头发，一点点地用梳齿拨开那些打结的发丝，梳子从一端顺畅地滑落另一端，那檀木的清香沁入心脾，太祖母的教诲萦绕耳畔，我慢慢理解了当年太祖母的话，梳理头发的过程也是在慢慢解开心结的过程。

生活中总有坎坷和起伏，人生的道路也不会是一帆风顺，面对压力，面对挑战，用平和的心态解开内心的结吧，总会遇到柳暗花明时。太祖母用那把木梳解读了生活的真谛，用温暖的话语诠释了对我的爱。

温暖的阳光又一次照在那把檀木梳上，凑近一闻，仍然是熟悉的淡淡清香，抚摸着磨得有些钝的梳齿，望着上面淡去的花纹，正如我心中淡去的烦恼，我更加坚定地认为这就是我的宝贝。

点评：

本文以"檀木梳"为线索，叙述了"我"与宝贝檀木梳之间温暖的故事。于"我"而言，这不是一把普通的梳子，而是外祖母送给"我"的珍贵礼物。小时候，她用檀木梳耐心地为"我"梳理打结的发丝，告诫"我"不要烦躁和心急。年幼的"我"当时还不能完全理解太祖母的这番话，但随着年龄的增长，才慢慢

理解了当年太祖母的话:梳理头发的过程也是在慢慢解开心结的过程。这是"我"从宝贝檀木梳中得到的启示,也是外祖母教给"我"的人生智慧。小作者的文字功底深厚,措辞精妙,通篇读来,毫无矫揉造作的痕迹,饱含真情,令人回味。

(指导老师:刘慧)

我想对你说

25届8班 张梓苏

爸爸,你辛苦了!

平时你就经常在单位加班,经常要忙碌到十一二点,有时候甚至还要等到凌晨一两点才能到家,而第二天你总是六点多钟就要起来去工作。你的脸色越发疲惫,你的发际线日渐增高,白发也不知何时爬上了你的双鬓。我知道,你这样忙碌,是为了让我们一家过上更好的生活。

3月中旬,面对日益肆虐的疫情,很多人被隔离在家,你越发忙碌了。后来单位成立了最低保障小组,要住在单位办公。当时,你的单位里已经有了几位阳性患者,但你还是不顾我和妈妈的劝阻,义无反顾地报了名。你在单位里只能睡折叠床,只能吃一些盒饭和泡面,但是你一直在认真、勤恳地工作,没有周末,也没有小长假,还是那么忙碌着……在忙工作的同时,你还不时地给我打电话,叮嘱我好好学习,别太累,要注意休息。

4月初,你不幸感染,出现了头痛、发烧等症状,只能去方舱医院隔离。面对我和妈妈对方舱医院环境好不好,能不能好好休息,有没有足够药物等的担心,你只是笑着告诉我们,方舱的饭很合你的胃口,你也休息得很好。你还给我们看了方舱的视频,那是一幢刚建好的办公楼,一层楼密密麻麻地摆满了病床。你整整在那里待了十天,其间还视频参加单位会议,用笔记本电脑继续远程工作,忙着写材料。你笑称,那里的床板很硬,比单位的折叠床舒服,你的腰都不那么疼了。我听着,也笑了,但泪水却忍不住盈满了眼眶。

过了几天,就到了爸爸你的生日,可是方舱里没有蛋糕和礼物,也没人给你庆祝。我们只能在手机上向你道一声生日祝福,为你录制了一首生日歌。我想那一定是你最苦涩的一个生日吧,也是我们家最难忘的一个生日。当你终于核酸转阴,从方舱医院出来的时候,我们都很为你开心。只是小区还没有解封,单位又

忙，你直接回了单位继续工作。爸爸，等到你从单位回来，我一定要给你买一个又好看又好吃的超级大蛋糕来补偿你。

爸爸，你已经50多天没回家了，我们都很想你。爸爸，我想对你说，你太辛苦了，平时工作的时候其实也不用那么拼，多休息休息吧！我和妹妹一定会努力学习，不辜负你的期望。期待疫情早日结束，你能早点回家……

点评：

在城市进入全域静态管理，爸爸与家人分隔两地期间，小作者书写下想要对爸爸说的话，字字情真，句句意切。为了担起守护家庭的责任，爸爸选择了早出晚归、栉风沐雨；为了担起保障运营的责任，爸爸选择了坚守单位、备尝辛苦。即便身处方舱，爸爸依然用乐观的话语安抚家人。方舱里特殊的生日，虽然没有蛋糕和礼物，但录制的生日歌里满是说不尽的祝福。一处处细节，不仅体现爸爸的辛苦付出，更流露出小作者对爸爸的关心与牵挂，展现家庭成员之间彼此为对方着想的融融亲情、浓浓爱意。

（指导老师：朱依婷）

属于我的阳光

26届7班　邵玥桐

晨曦穿过我心中的裂缝时，我就知道，你会一直是属于我的阳光，永远在我身后，当我的听众。

"又落选了。"

黑暗的舞台下，我孤独的身影默默地衬托着舞台上闪闪发光的合唱团。老师的目光不曾为我停留，同学们的掌声也不曾为我响起。我呆呆地凝望着舞台上的灯光，恍惚中仿佛看到了不被老师看好，被同学嫌弃的我，心不停地刺痛，刹那间，我的世界阳光隐匿，乌云密布。

回到家，又听见爸爸在哼着歌，在沮丧和灰心之下，我一股脑将我所有的不快和郁闷都讲给了爸爸听。爸爸转过头，嘴角带着笑意，拍了拍我的肩膀："没关系，还有机会，我陪你一起练。"他拿出纸和笔，奋笔疾书起来，为我制订练习计划：从识谱到练声；从开嗓训练到错音纠正；从节拍的把握到停顿的掌控……密密麻

麻的练习计划上，承载着爸爸对我满心的期待和倾心的陪伴，我凝视着爸爸眼中的光芒，仿佛看到了那属于我的阳光，让乌云不再浓密阴沉，点点光辉，让我有勇气继续我的梦想。

于是，每个清晨，房间中总回荡着我们嘹亮的歌声，穿透清晨的薄雾；每个黄昏，我们用动人的旋律驱散一天的疲劳，送别夕阳最后一道余晖；每个夜晚，我们用心去感受乐曲中沉淀的感情，品味歌声中的喜怒哀乐……爸爸的陪伴和呵护成为我的阳光，让乌云渐渐散去，让我不再踯躅于梦想的路口，勇敢地穿梭遨游于音乐的海洋中。

随着合唱团选拔一天天的临近，我再一次感到了害怕，害怕婉转悠扬的歌声不能战胜对失败的恐惧，害怕阳光的光辉无法穿透乌云的影子……紧张无措的我抬头却望见了爸爸亲切的笑容："歌声是给人带来温暖的，相信你会把更多的爱传递给更多的人，你是属于这个舞台的。"

带着爸爸对我的鼓励与支持，我再一次站在了台上。

"阳光总在风雨后，请相信有彩虹，风风雨雨都接受,我一直会在你左右……"

歌声穿透了乌云的影子，打开了心灵的枷锁，去寻找阳光的所在，而我也穿过乌云和风雨找到了属于自己的阳光。

"爸爸，感谢你成为我的阳光，我入选了！"

点评：

阳光之所以能温暖人心，是因为它有穿透乌云的力量和播撒光辉的柔情。本文的作者用温暖的笔调书写着她与爸爸的故事——曾经阳光隐匿的舞台乌云密布，所幸追梦的路上有爸爸温和的鼓励、倾心的陪伴、坚定的支持，这样阳光般的相伴相随踏着歌声奔驰在成长的道路上，既写出了父爱驱散乌云的强与热，也记录了沁入孩子心间的光与暖。小作者在对父亲形象的刻画上是多元而饱满的，语言上、行动上、父女之间心灵的沟通上……这样丰富的细节让文章充满了阳光的氛围感，读来心里暖暖的。

（指导老师：李婧熔）

故乡情结

故乡情结

常常想起那个地方

22届1班 徐若菡

又是端午，又见艾草。它们斜倚着，抱成一束，齐齐伸出碧色的温柔小手轻叩门扉，似在试问"尚忆否？"我抚着叶片上薄薄的青绒，清洌的气息弥散开来，引我踏过隐隐的山，漫溯迢迢的水，又回到了那片盈满艾香的地方……我的故乡呵，我怎么会忘，怎么舍得忘。

懵懂岁月，我随外婆生活在一起。外婆家临水，屋后不远处是一条河，人们依水而居，草木也傍水而生，其中最多最好认的就是艾草。一样高，一样齐，笔直挺拔地立在一处。我那时总在想，艾草若能化得人形，定是高高直直的清瘦模样，一身傲气。

平日里，我们和艾草是互不惦念的，可到了端午这一天，又有着心照不宣的默契。这一天，外婆特意起个大早，赶在农活前去割艾，我跟在她身后，去赴这一期一会。

初夏是艾草的时节，连成丛、连成片的艾草在和暖的阳光里肆意疯长，最是蓬勃葱郁。外婆将艾草拦腰割下，我便将它们收拢成束，放进背篓。有时，她将一株艾草连根拔起，将嫩嫩的叶芽撸下。我学着外婆的样子，却因没什么力气，只得一片一片扯下。采过艾的手，满是苦涩，再闻闻，竟还有些香气。我问外婆，艾草到底是苦还是香？外婆笑笑，"你说呢？"我歪着脑袋眨眨眼睛，"又苦又香。"外婆的笑意更浓，"说得好呀，没尝过苦，怎么知道什么是香？没错，也苦，也香！"我欣悦极了，竟勘破了艾草气味的谜题！

吃过晚饭，我们在小院里架起竹椅竹桌，燃起艾草，围坐在一起听太外公讲故事。太外公的故事里有被时光敲敲打打、挑挑拣拣的人生百态，我们百听不厌。艾草味道渐渐浓了，太外公顿了顿："说起艾，没粮的日子，全靠它过活！""艾草？那么苦！"太外公点点头："人呐，总要用力活，吃点苦算啥，要不哪有现在的好日子？"吃苦？外婆也这样说，太外公也这样说，我还没琢磨清楚，已睡意昏昏，眼前的月色愈发朦胧起来。

外婆见我睡了，背我回屋，替我掖好被角挂好香包，再轻手轻脚地关上门。我打小就睡不踏实，外婆特意寻了个方子：反复晒杵、捶打艾叶，不断过筛直至成绒，再配上菖蒲、菊花、薄荷，制成囊。夜晚，一切都静悄悄的，唯余空气中氤氲着的清香，轻轻抚慰着我。而屋外的外婆，还在忙个不停，她似乎从没闲下过，也从没喊过累，一天又一年地守着一大家，守着我们馨香的好梦……

　　后来，外婆家拆迁了，艾草地也成了回忆。我常常会想起那片艾草地，或是淡着素衣的初长成，或是乐观坚韧的轩昂气，只是那片苍绿中说不尽的故事与秘密，终究是散在回忆里了。

　　再重逢，是在诗卷中读到"芳名自有庶民知"，吟道"唯昭质其犹未亏"，我渐渐悟了太外公、外婆所说的苦与难，甜与香。于青青艾草，那是天生天长的不扶而直，自荣自枯的不落俗流；于土地上挣生活的世世代代，是艰难岁月的不低头、不退却，也是平凡生活中的勤恳踏实、乐天惜福。苦和乐，他们都一肩扛了。

　　念及此，那方水土上的故事就又在目底了，一并回忆起的还有时间酝酿的清苦与醇香，以及敦厚土地带给我的安心、安宁。

　　往事萦怀，教人如何不常思、常忆……

点评：

　　水泽之畔的故乡仿若城市生活的方外之地，绝无繁盛欢闹。质朴如斯的生活竟让小作者常常想起，这就引得读者想要一探究竟。小作者善布局巧构思，寓情于景，借物兴怀，先用艾草的气味串联起过往与现今，再讲述人们与艾草的累世情缘。这两层的书写，逐层推进，借生长在故土的艾草来写生活在故土的人，这样就使得故乡的图景有了色彩、温度与情味，结尾处的议论抒情也就有了铺垫与依托。文章的最后，作者用极淡的笔调告诉我们故乡已湮没在尘烟之中，虽是怅然，却不落寞，因为故乡印刻下底色的，是向上而生的韧性，是甘苦一肩扛的底气。记忆中的艾草蔓生，心中就不会荒芜。

（指导老师：宣琰）

那个地方……

22届3班　蒋雨轩

　　故乡在崇明岛，一片种着瓜果蔬菜、养着花草树木的意趣盎然的地方。

　　虽然是同属上海地界，但是一旦跨过了上海长江大桥，便仿佛是另一个世界一般。我小时候的时光大多是在这一片蓝天碧水映衬的土地上成长。这里的生活从未有过烦躁和急促的气氛，慢慢地走过每一天的光阴。外婆是崇明本地人，享受着在这片乐土上简单悠闲的日子。

故乡情结

小时候,父母在城里上班,便把我托付在这儿。这里是我记忆的开始。

每天早晨太阳出来,我就跟在外婆身后忙里忙外,在菜园里育苗、灌溉、除草。太阳火辣辣地在头顶上放着响晴,我抹着汗水在这闷热的空气里小步跑着,一会歪着身子拎水桶,一会又学着外婆的样子把土埋到菜根上捂实,乐此不疲。年幼的我心中,劳动俨然是每天生活必不可少的乐事。当菜苗探出头来的时候,便盼来了外婆的夸奖。这可是小孩子引以为傲的事情。

这里勤劳的人们恪守着简单而严谨的作息:每天早晨太阳斜斜地挂在天边时,便如同定了闹钟一般,不约而同地出现在了田间地头。清晨的空气是静谧的,邻里间也没有太多交谈,谁会为一点闲情耽误了一日之计的大好时光呢?每户人家都是如此,从天蒙蒙亮就开始一天的耕耘,孕育着未来的收获。

后来回城求学,时日久了,故乡的那几年时光,在回忆里渐渐模糊。只有那些日光里的汗水连带着外婆爽朗的笑声,尚且清晰。

越来越繁忙的学业,更是让我这两年很少再有机会回到崇明。没想到的是,去年春游,我竟以一个旅游者的身份重新踏上了这片久违的土地。那时,花博会正在这片春意盎然的土地上预备着。来到东平国家森林公园,呼吸着新鲜的空气,和着青草和泥土淡淡的气味,这里是崇明最闪亮的地方——一草一木,带着鸟语花香的清新,将春意推至高潮。意外碰到老相识的邻居,对方先一步热情地喊出我的名字,歇一歇手上的活,和我唠起家常来。一种熟悉而亲切的感觉扑面而来。无论是在自家的菜圃,还是在花展的景致中,这些像外婆一样朴实热忱的人们,用那双满是老茧的双手,却让属于这里的最美丽的春光夏景精致、绚丽地绽放。

回到城市之中,回归到学校家里两点一线的生活,也会遇到学业的压力,也会遭遇生活的困难,但是总会想起故乡的人们。"土地永远不会辜负勤奋的人。"外婆和故乡的所有人,我想,都坚信付出就会有回报,这是上海人、更是崇明人的精神。也许需要成月的等待,但是最终总能开出烂漫的花朵,收获沉甸甸的果实。

点评:

文章讲述了一个孩子的成长,也展现着崇明的发展,更为我们讲述那片故土给一个孩子带来的成长的力量。"崇明"不同于城市化的上海,她的宁静、安闲让儿时的"我"享受着童年的快乐,更让"我"看到崇明人的耕耘与劳作。花博会的召开,让世界看到了崇明的魅力。当"我"看到熟悉的邻居在此劳作,朴质热情地布置场地,欢迎四方来客的时候,"我"心中除了自豪,还有深深的感触:"土地永远不会辜负勤奋的人"。故土是那个让"我"魂牵梦绕的地方,更是"我"

的"精神家园"。

（指导老师：朱海）

粥

22届3班 石紫鑫

日复一日，那蒸腾而上的热气中似有流光溢彩，缠绵着整个世间的美好。

又到寒假，疲惫的我从远方归来。这个季节，雪花儿开了，伴着风铃漫卷飞舞，北方的小镇以她特有的纯情迎接着我的归来。

窗外，一缕缕青蓝的炊烟在覆盖着白雪的屋顶上袅袅浮动，粥香在晨曦中溢满小屋。躺在温暖的被窝，粥香萦绕间，我仿佛又回到了儿时。

懵懂岁月，我随外公外婆生活在一起。犹记得红砖白墙的院子里，有一棵枝丫参差却异常繁盛的无花果树。每逢秋意渐浓，紫色透红的果实沉沉地绰约地隐在翠绿浓淡之中。在被大人严禁吃糖的日子里，蝉鸣凋谢，朽叶扫地，无花果那久久不散的香甜味是我心底最美妙的期盼。

无花果娇嫩，保存期只有几天，所以采摘、食用必须及时。外婆会乘着天气好，挑出最饱满结实的果子风干晾晒成果干。我打小就容易咳嗽，外婆特意打听了个偏方：无花果晒成干，切碎，和白米一起煮成粥，益胃又润肺。夜晚的小院，月色斑驳，犹如细碎银子铺满院子。一切渐渐安静下来的时候，外婆却还在院子里忙碌着，翻拣摘下的无花果，削皮，切好，摆放到透气的筛子上。月色如水的小院中飘着新鲜果子的香气。记忆中，外婆似乎从没闲下过，也从没喊过累，一天又一天地守着一大家，守着我们馨香的好梦……

长大后每每回老家，外婆也总是起个大早，架起那口大锅，倒入井水，灶里烧上滋滋冒着红光的柴火。各色食材下锅煮开后，外婆再把切碎的无花果干撒到锅里，加上冰糖一起煮。等到天亮，各个屋子就已经弥漫着粥的香气了。

想到粥的美味，我急忙起身，来到雾气萦绕的厨房。古旧而洁净的灶台边，外婆正围着粗布围裙，执勺在一口热气腾腾的大铁锅里轻轻搅动。红红的炭火之上，锅中的粥"咕嘟咕嘟"地响着，糯米、红枣、红小豆、花生等食材在锅里已经煮得软烂，更有无花果那独特的清甜气息扑鼻而来。晶莹的粥面氤氲着热气，甜糯幽香，滋润着肠胃与乡愁。

故乡情结

屋外，昨夜的雪已染白整座小镇。极目望去，无垠的洁白覆盖了往日街市的繁华与斑斓。小镇蒙着晶莹的外衣，古朴单一又平坦如胸怀的洁白。几只早起觅食的麻雀倏地飞起，划破清晨宁静的天空，小镇突然具有了别样的生机。

点评：

心中有爱和眷恋，下笔便有诗情画意。作者的语言流畅而细腻，文章画面和谐动人，"红砖白墙""紫色透红的果实""隐在翠绿浓淡"中，对比强烈的色彩，如同一幅水彩画，秾丽可爱。在构造场景的同时，作者更是用凝练的语言，为读者讲述外婆的故事。她操劳的一生，她的耐心细致，她对家人的爱，都融在这一碗粥中。文章以小见大，选取几个有代表性的意象，展开了一个意蕴深厚的故事。外婆院子里的一棵无花果树，一碗甜粥，温暖了整个冬天，也慰藉着远行的游子的乡愁。

（指导老师：朱海）

故乡的奶奶

22届1班 陈浩宇

近年来连逢疫情，我已多年未回故乡看奶奶了。每年暑假，窗外传来蝉鸣阵阵，我们都会收到奶奶寄来的莲心，那带着一丝苦的淡淡的清甜让我想起奶奶，那个坚强乐观的、富有智慧的奶奶。

奶奶家住江南，家旁有一片池塘，每年七八月，家乡的池塘那些叶色油绿托着朵朵莲花的莲叶挤占了每一方小域，在阳光下，微风里上下浮动，它们总是不遗余力地生长，成为水乡最动人的覆盖。奶奶也要去采莲，近两年奶奶的风湿病越来越严重，家里人都劝奶奶不要下塘了，奶奶不依，坚持要下塘采莲。我对此有些不理解，但也拗不过奶奶，跟着奶奶一起去。

七八月的荷塘，阳光将水洒得蒸腾起来，塘里的水蚊子好像也被热气卸了劲，趴在那一动不动。黄昏之时，暑气微散，奶奶便张罗着采莲。奶奶坐于"澡盆"中下水采莲，我则在岸上帮忙，将莲蓬拖到水塘边的农用车上。"澡盆"在水中展开一道白亮的水痕，隔段时间又被冲散的莲叶缝合。奶奶操纵着锅铲大小的桨在水中滑动。手像鸡啄米一样将成熟的莲蓬采下。荷叶边沿上有绒毛，叶柄上有尖刺，纵使奶奶身着长袖，手臂上还是会留下几道划痕。岸边的我早已等待不及，蚊子的叮咬，更是让我耐受不住，我拼命地向塘里张望，盼着奶奶快些回来。

　　一个人，伫立在田间。此时的池塘没有半点风景可言，全然一个劳动的场所。这一瞬的静谧，亦是一种感动。奶奶她常常需要在烈日里、风雨中劳作。那苍老的手在水的洗礼下显得沟壑纵横，也未曾听见她一声抱怨，生活就是这样不容易的。大概和草木在一起久了，奶奶身上也会沾染草木之气，变得了坚韧、温暖、充满力量。奶奶上岸了，见我失神以为我累了，递给我一个大大的荷叶当扇子。当我们将莲蓬拖上车，晚风带余热灌进我的衣服，挤过我的头发时，路上留下奶奶一串欢乐的小调。

　　晚上，我与奶奶坐于庭院中聊天，奶奶挑一些嫩的莲心给我吃。她那粗老厚实的手在此时显得格外灵巧。轻轻一剥，青嫩的莲子，整齐地坐在白色的帷帐里面，紧挨着热闹有趣。奶奶取过莲子，用指甲划出一道印子，双手一扭，莲子的肉便躺在她手上。我央求奶奶把莲心去掉，奶奶不肯，整个塞入我嘴里，说苦有苦的好。人生就像这莲子，苦中有乐，有苦才有甜。

　　每当生活有所波折，我总会想起奶奶，一个心地善良的人，以岁月为笺，在时光中播种下无数温暖。以一颗无尘的心，还原生命的本真；以一颗感恩的心，对待生活中所有磨难。因此，我也欣然接受每一个日出，释然每一次日落，用心聆听，抖落一身岁月的尘埃。

点评：

　　何为故乡？小作者用清新隽永的笔调书写了他的回答。故乡应是故梦萦怀之乡。思故乡，难舍故乡水，闭目回想，眼底还有荷叶的碧色漾漾；凝神细听，耳畔回荡着拂过莲蕊的清风呓语。念故乡，最忆故乡人，她最知莲蓬怀抱于心的甘甜与清苦，也最晓把平淡生活过得有味道的真谛。读罢文章，我们仿若与小作者一起立于江南水畔，为景之美而痴，为人之美而醉，更让我们欣喜的是见证了小作者的成长。从岸边看采莲的懵懂童稚，到品尝莲子、莲心百般滋味的淡然恬然。这便是温柔故乡对孩童的滋养，一如她养育生长于此的世世代代，于无声中给予无限柔韧的能量，也带给每个领略她风光的人无尽的沉思与遐想。

（指导老师：宣琰）

童年的美好

22届7班 高铭轩

美好总能带来愉悦动人的情愫，但又常常好像梦一样遥不可及。当我放慢脚步，蓦然回首，才发现原来美一直就在我身边。

走在回乡的路上，故乡的景渐渐明晰，记忆中的画面真实地浮现在眼前。双脚踏在松软的黑土地上，沿着走过无数次的小道前行。无比熟悉的芙蓉花香愈发的浓郁。杨花倾诉着她的心绪，花苞上的雪白，是她随风捎来的私语，深呼吸，飘絮起舞着这春的气息。闭上眼，脚步跟随着春的指引，故乡景色的美好印在我的心田。记忆也随之来到了那个金色的童年。

童年美好的一天就从那幢水泥砌的小矮房开始。清晨，当温暖的阳光从窗间洒落，唤醒了清脆的子规啼，外婆忙碌的声音在我耳边响起。一碗热气腾腾的糯米粥已静静等待着我的到来，用勺子撇去粥上那层凝如琼脂的精华，米汤中横卧着的是一枚半熟的鸡蛋。洁白软弹的蛋皮浸在雪白的粥里，是外婆给我的小惊喜。一口咬下，溏心的黄儿入口即化，橙红流淌，像是温暖大地的晨光。

饱餐一顿后，便迎着朝霞，随外婆一起去"踏春"。邻家的奶奶向我们问好，隔壁的大黄狗时不时提起前肢撒着欢，尾巴左右摇摆。嫩绿的瓜藤爬出了谁家的院墙，留不得这春色满园。嫩黄的花开放在秧头，那些柳树、杨花、榆荚在这一年之初争相展示着春的身姿，芙蓉花便在枝头含着花苞羞赧地笑着。走到大院尽头，小卖部的老板正骑着他那辆蓝色的电动三轮车，满载一车货物缓缓驶来。他在店门口停下，卸下货物。见到外婆，便麻利地解开一麻袋面粉，一铲子下去，装袋、上秤。外婆照例不用插手，只是在一旁笑着看着，绝不缺斤少两，而且面质细腻雪白。

静谧的午后时光，便是外婆与邻居谈天、我与孩子们嬉戏的美好时光。日渐西斜，我脏脏的小手摘下一朵最矮处的芙蓉花，踮起脚尖，插在外婆发鬓。有时，芙蓉花会顺着外婆还未半白的发间轻轻滑落，飘过一阵清香。心灵手巧的外婆总能够用面粉加上几只鸡蛋做出美味的芙蓉糕，糕上插上一朵更大更美的芙蓉。芙蓉糕的甜蜜软糯的香气与春风融合在一起……

眼前又是那一幢小矮房。刚踏进院子，我连忙转身，摘下高处一朵最大最美的芙蓉花，奔进屋里，插在外婆早已半白的鬓角。这个春光洋溢的午后，与外婆的团聚定格了我的美好时光。

与家乡亲人的短暂相聚之后，再次踏上回城之路，脚上还残留着故乡的泥土，

不舍与眷恋让我放缓脚步,偶然发现路边的红叶李已绽放,那就让它在我的心里继续倾吐着美好吧。

身边的小美好,有时候,就这么简单。

点评:

作者用充满生机活力的笔墨描写了故乡那处处弥散着的泥土的芳香,时时充盈着的灿烂霞光,一幅莺啼燕舞、鸟语花香的乡野村社图。童年总是如此烂漫多姿,可以有大把的时间去看大狗叫、小狗跳的热闹,可以尽情地去追逐朝阳抑或是晚霞,可以肆意地爬上墙头去近瞧杨花、榆荚的嫩叶蹁跹。乡村的一切都是亮黄黄、金灿灿的,照亮了"我"的童年,给予了"我"自由自在、天真烂漫的童心。还有那一株芙蓉花,它有时是外婆鬓角上的一缕风姿绰约,有时是糕点上的一袭暗香浮动,最后在"我"心中它幻化成了生活的一种美和诗意,怎能不让"我"念念不忘、时时想念呢?

(指导老师:王静)

弄堂回忆

22届7班 赵可妍

阳光斜斜地洒下,落在老屋的一砖一瓦上,落在爷爷奶奶满头的银丝上,平添了几分祥和与温馨。相伴十余载,刻进我命脉里的,唯有爱与美的给予。

记忆中的清晨似一曲交响乐,枝头鸟儿的清脆欢啼,厨房刀板的起起落落,街坊邻里的寒暄问候,交织出平凡却温暖的弄堂画卷。爷爷将睡得迷迷糊糊的我抱上他心爱的大"永久",骑出了弄堂去买菜。车轮咯噔咯噔地碾过青石板路,微微有些摇晃,于我却是不可多得的乐趣。爷爷轻车熟路地来到一个卖蔬菜的摊位前。那摊主是一位脸蛋红扑扑、扎着两条粗大的麻花辫的妇人,常常光顾便已彼此熟识。没有讨价还价,三言两语之间,那妇人已挑好最鲜嫩的菜,手脚麻利地包装起来,顺便和爷爷扯扯家常,夸夸可爱的小孙女。那直率而淳朴的吴侬软语,胜过任何华丽的辞藻。回家的路上,爷爷也不忘去弄堂口的糖糕店给我买一盒桔红糕,遇到小伙伴,定要教我把糕分享。这本是寻常的一幕幕,却因一份友善与默契而多了份人情的温度。

故乡情结

回到家，简单的食材与灶头间成了奶奶施展的天地。她尤爱阳春面，不知是在艰苦的日子里养成了勤俭的习惯，还是看透世间百态后想要回归平淡。她做面的手艺极高超，做法也极讲究。汤底需是前一天晚上用猪骨熬成的，历经三白三清，只留最精华的沉淀。面团用清水、面粉和盐亲手揉成。奶奶饱经风霜的手一刻不停地摔打、挤压，面团被她揉搓得服服帖帖。须臾间，只见一条白练上下翻飞，似银蛇出洞。正看得人眼花缭乱，又以迅雷不及掩耳之势落入锅中，片刻又起，停歇在锅沿。一勺滚烫的猪油一泻入碗，与生抽一起拥抱了新出锅的面。翠绿的葱花散乱不失美感地星点其上。我看得愣了神，除了赞叹，只剩下满心佩服。

袅袅炊烟中，热腾腾的阳春面被端上了桌。三口人围着一张小方桌，说说笑笑地，共度这一段温馨的时光。我小时候有些挑食，饭量也小，可对这阳春面埋头吃下一碗都觉意犹未尽。舌尖，面条与葱花开启着美丽的邂逅；耳畔，吸溜吸溜的吃面声中偶尔一声"慢点吃，别噎着了"的叮嘱，一份绵长的情意便恰如其分地融入面中，增添了亲情之味。爷爷奶奶絮叨着家长里短，不时拿我狼吞虎咽的样子打个趣。我享受着这番美好，不知不觉中在心底埋下了什么，跨越时空的界限，似在召唤，似在留恋，似在向如今彷徨的我指引生命之源。

爷爷奶奶与弄堂、与老上海相守了一辈子，没有什么豪言壮语，唯有一颗淡定与热爱生活的心。长长的时间卷轴上，他们持一支朴素的笔，以谈笑言语传递人间温情，以柴米油盐绘出诗与远方。他们给予我的，是亲情之爱，是默默陪伴，更是上海人骨子里的生活态度——从容平和、精致诗意。

长大后的我离开了弄堂住进市中心的公寓楼，更发现了那份美好的珍贵。念念不忘童年的时光，所以即便学业繁重，我依然挤出时间回到弄堂看望爷爷奶奶，我乐此不疲地与他们分享学校生活的点点滴滴。幼时积下的上海话底子已被抛掉大半，我却坚持组织着语言，只为在言辞中多一份亲切与温暖。爷爷奶奶饶有兴致地听着，笑意盈盈的眉眼间，浓浓的慈爱中多了一分欣慰。也许我能给予他们的甚少，唯有陪伴是最深情的回报。

时光荏苒，爷爷奶奶守着自己的一方天地，过着平凡而静好的日子。远在城市另一头的我依然能够感受到他们浓浓的爱和牵挂，他们给予我的不仅仅是美好的童年，还有一种从容不迫的生活态度以及上海人独有的味道。

点评：

作者描写了一幅上海弄堂平淡而宁静的生活画卷，充满着烟火气：永久牌的自行车的铃声清脆悦耳，浓汤葱花阳春面飘来的浓郁香气，小商贩们清脆软糯的

叫卖声充满着上海风情,在这里徜徉着浓郁的上海味道,在不算繁华宽敞的小小弄堂里,爷爷奶奶依旧保有着上海人的气质优雅而从容地生活。

在爷爷奶奶的陪伴下"我"慢慢长大,即便"我"已在城市的另一头艰苦求学,但依旧忘不了那亲切的吴侬软语,依旧念念不忘宁静而祥和的弄堂生活,上海人在柴米油盐中透露出的悠闲从容的生活态度,在衣食住行中所追求的诗与远方,都已深深融入我的血脉。

（指导老师：王静）

乡音

22届8班 吴昊天

秦腔,发源于陕西。

小时候回到老家,爷爷总是喜欢带我去看秦腔,年幼懵懂的我只是觉得戏台子下当真拥挤得很,人来人往嘈杂之声也令人感到头疼,台上"面色"各异的表演者不断地来回踱步,嘴中念念有词,咿咿呀呀地唱,也听不明白,只知道秦腔是家乡独特的声音——带着三秦大地独有的韵味,甩着长音,却又有着不拖泥带水的干脆。

长大些回到老家,爷爷在耕田劳作之余,总会唱上几嗓子,这也不是爷爷独一份的"癖好",每每走在田间,也总会听见几声粗犷而嘹亮的秦腔歌声,我怀着好奇询问为何人们都爱"吼"这一嗓子,爷爷听着忍不住笑道:"唱出来整个人都舒服了。"于是回家的路上我也学着唱上几句,爷爷爽朗地大笑,拍拍我的头说道:"唱秦腔啊,俺字要读ngè,一定要遵循正确的发音,这样秦腔才会有味道。"我也算是上了秦腔的道儿,开始了懵懵懂懂的学习。

《三娘教子》是我当时最喜欢的曲子,在傍晚时分,我便总是拉上奶奶做我的观众。我将当天学来的曲段唱给奶奶听,奶奶也是饶有兴趣地听着,一边摇头晃脑地给我打着拍子,然后配上一些言过其实的赞美。偶尔遇到了唱不上去的地方,爷爷就鼓励我,吼出来,嗓门要亮！我眼睛一闭,嘴巴张大,带着些破音吼出长音的时候,奶奶总是笑吟吟的,爷爷总是甚感欣慰,"这也算后继有人啦！"

回到上海,我仍旧怀念着爷爷教我唱曲、奶奶听我唱曲的时光。快活的时候,我便学着爷爷唱上几嗓子；失意的时候,哼几曲秦腔,心情也会随之开朗。秦腔

便一直陪伴着我,成为我生活中的一部分。

那年春节又回到故乡,已经略有些破旧的戏台,却依旧对人们有着吸引力。爷爷照例在台上演出,我在台下听着爷爷悠扬恢弘的声音,如痴如醉。等能唱的角儿们都亮了嗓子,台下的人们就开始起哄,我们这些能唱几句的半大小子们,也就半推半就地上去试练试练。我走上台去,虽然有几分不好意思,却也是真心实意的欢喜。唱得自然是有些荒腔走板,但我也学着爷爷拖出长音,吼出气力。当最后一句"欲尝甜瓜自己种自己种,自种苦瓜自己尝"嘹亮地从丹田直冲脑门,台下某个角落爆发出热烈的掌声,并携着一声响亮的"好!"寒风吹过,我的声音与喝彩很快消散,但内心却无比激动。这简陋的舞台上,我竟体会到了苍凉中的力量。

每每唱起秦腔,每每想起故乡,那寒风吹过的清醒和那踩着就让人有安全感的黄土高坡的土地,都会在我脑海中浮现。风是故乡清,月是故乡明!

陕西,是秦腔的故乡。

点评:

贾平凹说过,秦腔乃"历史最悠久者,文武最正经者,是非最汹汹者","我"深爱家乡陕西的秦腔味,更爱这方土地上蕴养出的风骨和柔情。爷爷是"我"学艺路上的灯塔,照亮前方,带"我"咂摸秦腔之韵味,读懂秦腔中蕴含的文化。其实,秦腔说穿了也是一种生活方式。像任何一种艺术形式一样,秦腔也根源于深厚的秦地文化土壤之中,经历各代伶人名角的加工整理演变至今,包含了秦俗秦风,秦人秦民。每每唱起秦腔,就会想起故乡,勾起心底这一段段最美最甜的回忆。

(指导老师:戴卉)

永存心中的银杏树

23届1班 蔡麦克斯

虽然回老家时大多是在寒冷的冬季或者闷热的夏季,我却总爱把回忆中那个故乡定格在充满诗意的秋。天高云淡,凉风习习,天很晚才渐渐暗下去。

与秋天相伴而在心中挥之不去的,是一棵高大的银杏树,从我有记忆起便伫

立在庭院之中。印象尤其深刻的是初秋傍晚一抹暖阳，不偏不倚笼罩在树冠上，一树折扇形的叶子如金色的蝴蝶般在柔和而逐渐消逝的光线中飘舞。这一幅唯美的景致，一下就久久停留在我彼时尚还年幼的心灵。懵懵懂懂中，我以为这就是美的最高境界，能够跨越时光，成为永远。

外公也最是喜欢这棵银杏树，他常常搬着板凳到树下休息。傍晚吃过了饭，外公时而来了兴致，搬来小木桌，又拿来笔墨纸砚，翻开一页白色宣纸，倒上一壶清茶，准备开始练习书法。平日不多言语的外公，这时显得更为沉静。他像那棵银杏树一样端坐在桌前，极缓慢却又极耐心地写下一笔一画。当时我曾为外公的专注惊叹不已，看的时候也不由得屏息凝神。渐渐地，洁白的宣纸上分明有了墨黑的字迹，很端正，很有力。那是我第一次对文字有了印象：原来，汉字也能这么美。一白一黑，最简单的两色，与我平时花花绿绿的涂鸦大为不同，越是简单，就越有意味，越深藏玄机。外公放下笔，提议让我也来试试。于是稚嫩的小手接过早已用过多年而陈旧的毛笔，小心翼翼地给笔尖蘸上墨，学着外公的样子写了起来。起初的字写得很笨拙，歪歪扭扭，可我却沉浸其中，回味我写的"作品"。"外公！"我开心地叫起来。一转身，外公正捧着茶杯，眼里仿佛有与银杏叶一样的金色光芒在闪烁，微微透露着赞许。

后来我把这个情景也写进了随笔："汉字的一竖，就像一棵高大的银杏树；一点，就像树下小小的人影。人与树，就这样在时间长河里相守，孤独却又坚定。"

外婆则更为开朗，她教我用银杏叶拼贴出各种美丽的小动物，又给我讲了许多许多故事。一个个月明星稀的秋夜，露水渐浓，树影朦胧。我总在树下听外婆讲她的故事，听得入神。其实有时外婆讲的故事我无法理解，有时也没有吸引人的情节，只是外婆一个人，不紧不慢，乡音苍老却温柔，那样从容地从我心中掠过，现在回想起来，大概是我享受这安静的氛围吧。还有白天趁着干活的空当，她又一次次教我用银杏叶拼出栩栩如生的金鱼，至今有一幅挂在我的房间，连同外婆慈祥的微笑一起永存我心中。

现在我慢慢回想儿时如流水般悠长的往事，十分感激外公外婆给我的陪伴。或深沉或有趣，它们都点亮了我儿时的心灵。其实外公没有我曾经想象的那样高大，外婆也没有我曾经想象的那样全能，他们都不过是故乡小小一隅的乡野百姓，甚至离开县城的次数也少。可他们很热爱生活，在柴米油盐的琐碎之余也寻找到了一点点艺术与美的追求，也在无形之中触动了我对美的热爱。

正如银杏树，它无声地伫立狭小庭院之中，经历秋风秋雨并在其中成长起来。谁也不知道它是长那么高的，就连外公也说不清楚。没有人特意照料过它，它的

每一扇叶片上沾染着一日三餐的烟火气,它的根系交错在并不肥沃的故乡土地中。但它确实长起来了,它并未被生活的困境所打倒,它的枝干始终是向着天空的!我不知道外公外婆看见银杏树,会不会也看到了自己的影子呢?

去年又回了一趟老家。头一眼望到的银杏树还是几年前的模样,外公外婆却又苍老了许多。见到我,他们脸上浮现出格外灿烂的笑容,一下子令我心里充满幸福。他们与父母聊起老家的日常,舅舅的生意,等等,唯一放不下的就是对儿女的牵挂。他们都已清楚,自己生命的小溪就快流到大海了,所以分外珍惜亲人的陪伴。我看向窗外的银杏树。许多年光阴流转,四周只剩下它,自顾自孤零零立在秋日中。我想,无论多么坚强,无论克服过多少困难,它总会孤独的,它总会在时光里老去。而我的外公外婆又何尝不是如此呢,我唯一能做的就是让他们在生命的最后半程里走得顺利、安详。

风又起了,恍惚间眼前满树金叶飘动……我定了定神。"我一定不会忘记你们的。"我悄悄对自己说。

点评:

"银杏"是故乡的故事树,这故事如此令人动情,因为那里有童年的色彩和温情。树影婆娑,爱意流转,一帧帧定格的画面,一段段难忘的往事。祖辈用他们对生活的热爱,对美的朴素诠释,滋养了作者小小的心灵,在作者的心田埋下真善美的种子。在爱和美中长大的作者,也长成了祖辈期待的样子——时时用善意的眼光触摸世界,用感恩的态度回馈亲人的爱。文章的语言富有诗意,营造了温暖的氛围,极富有感染力。银杏树的意象更是令人印象深刻,寄寓着无穷的韵味。

(指导老师:高丽君)

破例

23届2班 徐可颐

迎着朝阳,夕阳的云霞投染出微热的云光,他便乘着星光,踱步走出那蜗居的库房。苔藓上墙,却受着那新鲜的风的吹拂。那厂房里的暗淡的油纸伞,终见阳光。

"李大爷要办油纸伞展览了,还要开那个什么云上直播呢!"消息便如同北

国的风一般呼啸而过，卷起了千堆风浪。

是啊，谁也未曾料想到，最为迂腐、最为宝贝他的油纸伞的李大爷，竟会同那政府来的什么弘扬非遗文化的小年轻，合办一个云上展览呢！可真是破例了啊，我如此叹道。

李大爷的伞，是一流的。

倚窗刻竹，竹枝在他手中流淌。风拂着油纸，唱出自然的歌。油纸孕育着自然的美好，蕴着江南的歌。那是古朴而风雅的歌，那是遗世而独立的歌。那是传承，是文化，是将自己数十年如一日地锁在那厂房的，那坚守的歌啊！它理应被封存，被保护。当后世的人开始寻觅文化的根，那油纸伞，便是文化的封存。

我曾以为，它是寂静的，是无人的歌，并将永远无人下去。

但如今，这油纸伞竟开了展台，办了线上线下的展览。开展定在春分那日，但不知，后路为何啊！

开展了。

油纸伞重叠出纸伞的花，人群却绘出熙攘的画。人来人去，人不知。那花，便随着人流，开向了更远的地方了。临乡的人在看，村里的小孩闹腾地把玩，大城市里的年轻人，也瞪大眼睛在看。

那政府来的小年轻，在台下发表着弘扬文化的演讲。李大爷站在台上，手指翻飞，画笔上下，台上便谱出那纸伞的花。渐渐地，台下听演讲的人们，注意力都被李大爷那灵巧的双手吸引去了。线上的，线下的；村里的，城里的；国内的，国外的，他们都凝神看着那纸伞的花。

我的思绪仿佛被迷乱了。恍惚间，我似乎看见纸伞上的鱼儿轻快地游，看见屏幕上的投影荡漾着江南的画。细看来，那展台上的大屏幕上，明灭闪烁的亮灯间，纸伞在唱着想说的话。LED大屏好像模糊不清了，我眼底倒映出江南水乡的河，倒映着台上李大爷的久不见生的那羞怯的笑意，倒映着那李大爷曾说的话："我要跟政府一起办展览喽！"

当他推开爬满青苔的厂门，他便推倒了那界限的门，而现在，他将要带着他的伞，破着更多的力，推开那每个人心中一层又一层的门了。

他将不再抗拒使人眼花缭乱的互联网世界，他将带着他的伞，在网上，将伞的故事讲给更多的人听。他宛如将赴战场的战士，纸伞化为一柄锋利的剑。他带着最趁手的武器，将打破一次又一次的先例，凭着一腔热血勇往而直前。

这破例当然不仅仅是为了他自己，他是为了那伞啊。它们蕴着从三皇五帝而来的历朝历代，蕴着一代代匠人传承至今的坚守与热爱，蕴着江南水乡荡漾起的

悠扬微波，那伞，又不仅仅是那伞，它们都在叫嚣着："要发扬，要创新，要破例呢！"春分日时，大屏幕上，时代的歌在回响，李大爷的笑意也和着那伞的叫嚣，顺着网络传至四面八方了。

我想，这破例，定会带来更多的时代回响。假以时日，城里的少年将许下"一人，一伞，漫步江南水乡"的心愿，将有更多的人听见油纸伞的歌吟，将有更远的地方开出油纸伞的花呢。

这些，恐怕也是那政府派来的弘扬非遗文化的小年轻，心心念念想看到的吧。这破例是一个新时代的序章，它将吹响油纸伞，不，更多的非遗文化复兴的号角。假以时迁，必将会有更多的李大爷，走出那被青苔覆盖的厂房，破开他们心中的界限的门，走出那厂房，走出那小村，直至走向那万千的世界。

这破例，可破得了不得啊。

流光舞动，油纸伞的花，终将开满世界。

点评：

非物质文化遗产是一个民族的灵魂，中国传统工艺是指尖上的传承，蕴含着中国人民的智慧，镌刻着中华民族独有的民族气质和文化基因。不过，要把"非遗"这个深沉的主题通过叙事展现出来，并非易事。小作者巧妙地选择了"破例"这个切入点，通过一场开展在春分时节的展览活动，油纸伞从地方走向世界，从传统走向现代，这既是"李大爷"所代表的传统手艺人的突破，更是传统手艺的"又一个春天"，实可谓匠心独运！文章宛如一首优美的散文诗，引人梦入江南，感受油纸伞的轻灵美好之境。

（指导老师：赵艺）

阿爷和建业里

23届2班 章翀睿

"笃笃笃，卖糖粥，三斤胡桃四斤壳……"，每每唱起这首耳熟能详的上海童谣时，阿爷布满皱纹的脸上便会渐渐荡漾起笑容，他眯缝起眼睛，在娓娓的讲述中，他仿佛逆着时光又回到了建业里——那条陪伴他长大的弄堂。

建业里是上海石库门风格的里弄住宅，建于20世纪三十年代，坐落在建国

西路和岳阳路的交界处,清水红砖、马头风火墙、半圆拱券门洞形成其鲜明的建筑特色。近二百栋房子分为东弄、中弄和西弄三部分,阿爷的童年,便在东弄里度过。

在阿爷的回忆中,建业里的早晨是被各种声音唤醒的。主妇们用竹扫帚洗刷马桶的"哗哗"声、点燃煤炉时蒲扇"啪啪"的拍打声、锅碗瓢盆"叮呤哐啷"的碰撞声陆续响起。中弄的菜市场周边也渐渐喧闹起来,买菜的、骑三轮的、补鞋修小东西的,人来人往,络绎不绝。不一会儿,豆腐坊里香浓的豆浆热腾腾地出锅了,大饼油条、油墩子、生煎馒头……各色早点铺子边经营边吆喝,空气中弥散着令人垂涎欲滴的香味。阿爷的早餐通常是一碗泡饭就着点咸菜腐乳。最让他怀念的,是太太有时会让他买豆浆油条,用小铝锅盛着豆浆,一根筷子上串着三四根油条。他几乎一路小跑着回家,迫不及待地享用。

忙碌的清晨交响乐渐渐平息,上班上学的人群一阵风似的将喧闹带走,白天的弄堂一下子安静下来。"买汰烧"的家庭主妇们在琐碎的忙碌中不时和邻里轻声"嘎三胡",邮递员骑着"老坦克"打着铃铛穿行而过,为各家各户送信投递报纸。

黄昏的弄堂迎来了高潮般的乐章。孩子们放学了,沉寂的里弄突然热闹起来。太太对阿爷管束得严,不做好功课是不放他出去撒野的。他通常一边写着作业一边侧耳听着外面的动静,几声约定好的暗号传来,阿爷再也按捺不住,悄悄地溜出去,像一条灵巧的小鱼游入池塘,无拘无束开来。孩子们三三两两,这边是轰轰烈烈的"官兵捉强盗",那一圈在"打弹珠、飞香烟牌子",还有的"拉叉铃""滚铁环""跳房子"……阿爷和小伙伴一起踢皮球,砸中别人家的大门或窗户便吓得一哄而散。他们像一个个跳跃的音符,在弄堂这个纵横交错的五线谱上弹奏着交响乐。在没有电脑游戏的时代,阿爷这种摸爬滚打的玩耍模式所带来的快乐是我无法体会却又非常羡慕的。

夜幕下的建业里是温馨的。路灯亮了,饭菜的香味也从门窗的缝隙间飘散出来。大人们带着忙碌后的疲惫,孩子们带着意犹未尽的汗水,围坐在不宽敞的屋里厢那一方小小的餐桌边。晚餐远不如现在丰盛,但暖暖的亲情洋溢传递在家人之间。饭后几句闲聊,然后各自早早地沉入梦乡……

"落雨喽,打烊喽,小不拉子开会喽……"阿爷轻哼起弄堂童谣,混沌的眼角漾出一丝晶莹。

"阿爷,哪天我再陪您去看看建业里吧?"我安慰着他。

"我一直看着它呢,你来看。"他招呼着我,一边熟练地打开电脑的网页,

翻出一帧帧建业里的图片和文字。

"这还是您说的石库门弄堂吗?这是别墅酒店吧?怎么大变样了呢?"我盯着图片里精致高档的房子,不可置信地发问。

"是它,就是建业里!我曾经也以为它会成为废墟再被高楼大厦所取代,想不到它不仅被保存了下来,还能经过改造变得更新更好,想不到啊!"阿爷有些激动,声音里充满了自豪。

我们浏览着网页上面貌一新的建业里,如今已华丽蜕变成别墅式城市度假酒店。经典的海派文化和浪漫的巴黎风格相结合,充满着浓厚的艺术文化气息,它蕴藏着一座城的记忆,也承载着阿爷这样的老上海们的"海上旧梦"。仿佛是一座时空的村落,无论光阴的荏苒,世事的变迁,它依然在那里守望着,给寻梦的人、追梦的人一个安放心灵的空间。在这样一个偌大的、步履匆匆的城市里一面折射历史的风情,一面闪烁现代的光辉,这是令阿爷魂牵梦绕的建业里啊,这就是上海这座城市无与伦比的独特魅力!

阿爷和建业里,相隔半个多世纪的重逢,改变的是彼此的样貌,不变的是对这个城市——上海,那深深的热爱和眷念。

点评:

上海的弄堂,是一个长满了故事的奇妙场所,等待着许多倾听的耳朵。正如茅盾文学奖得主金宇澄在他的长篇小说《繁花》中展现的那样,弄堂是上海的灵魂,承载着几代人的记忆,苍老的石库门仿佛有"千年的历史","如果把它们拆光,历史上海的记忆就被抹掉了"。在小作者生动的笔下,追随着阿爷的脚步,读者仿佛穿越时光回到老上海的弄堂中,搬一只板凳,抱着西瓜,看着星星,听爷叔们摇着扇子讲述着上海角落里的传奇和精彩!柴米油盐,市井百态,这是最具烟火气的人生,值得细细体味。而文章后半部分,小作者则巧妙地展现了历史与现代的碰撞之下,上海这座国际化都市独特而迷人的气质,令人眼前一亮!

(指导老师:赵艺)

再次遇见你

23届3班 杨涵喆

我再次回到你身边，我的故乡，兰州。再次遇见你，帧帧儿时画面仍会浮现在眼前。好像什么都变了，又好像什么都没变。

我深爱着你独属家的温暖与柔软。通往老家的城际列车上，望着尘沙飞扬的黄土高坡，仍不相信我已站在你的身旁，当然我最挂念的还是你身边我的姥姥姥爷家。小区门口摆着斑驳了岁月的木质长凳，小时候就认识我的阿姨奶奶们直夸我长高了。一推开门，昏黄的灯光下流淌着温暖又熟悉的味道，低头便见姥姥给我准备的新拖鞋，每年都会变，大小却永远刚好。狭小的厨房里有我记忆中梦魂萦绕的美味，除夕夜里小巧饱满翠得淌汁的韭菜饺子，再长的路途都比不上那一口热乎。还记得小时候姥姥姥爷做拉面，案板上一摔，粘上面粉一揉，小小的面团就能被拉成纤细柔软的细绳。面团从厨房的这一头拉到那一头，我便总调皮地从如绳长的面团下钻来钻去。卧室里总有一种独特的淡淡香气，夏夜里姥姥会给我细心塞好蚊帐和棕黄的凉席，伴随着艾草味蒲扇的轻摇，听着姥姥翻来覆去讲的小黄猫故事，渐渐沉入清凉的梦乡。无论你如何变化，我深知在你那里，我永远会遇见姥姥姥爷的爱。

我喜爱你平凡的人间烟火与慢生活。小区旁边有一条小摊小店组成的街道，树下五颜六色的水果车，一年四季都热气腾腾的牛肉面馆，这次遇见你我依然兴致勃勃穿梭其中。已经放暑假的我总会在中午张望你那儿还在上学的孩子排成一路回家午休，还有些会三三两两聚在热情好客的"小饭桌"。下午我喜欢黏在姥爷身后一起在巷口打羊奶，看着哗啦哗啦雪白的奶从大铁桶里倾泻而出，我就知道今晚又能喝到一碗香喷喷的羊奶，和姥姥撒个娇说不定还能加勺蜂蜜呢。对于你晚上的记忆，便是冻梨味的蒲扇和白兰瓜味的星星。你的城市面貌虽然正悄悄改变着，但缓慢闲适的平凡生活依然未变。

你最著名的景点莫过于五泉山和白塔山，以前还得打车，近两年你的变化可大了，跟着现代化的步伐有了地铁。白塔山的中央能俯瞰你的全貌，一条如龙的巨河穿梭其中，两岸楼房高低错落，肃穆中不失活力，苍劲中饱含生机。白塔山不远处就是张掖路步行街，美食让我从上次垂涎到这次相遇。最香的非羊肉串莫属，一把羊肉串在师傅手中利落地上下交错飞跃，不时散落通红的辣子粉与孜然粉，底下的锅炉内不时滋出丝丝火星。杏皮水由上方金黄转至杯底橙红色沉淀，使人唇齿生津，拍案叫绝。外焦里嫩的羊肉串配上清爽酸甜的杏皮水，一口下去

仿佛能抵挡一个夏天的炎热。牛肉面必然是最正宗的！吸饱了汤汁的面条，大宽、二宽、韭叶子、二细、毛细，任君挑选。红的辣子，绿的小葱香菜，棕红的牛肉，黄绿的萝卜，一碗牛肉面让多少人期待与你的再次相遇。再次遇见你，你的发展更迅速了，但唇齿间的留香依然未变。

你被许多人熟知是由黄河穿过的城市，再次回到你身边，我总会去黄河边走走。一轮红日半坠入水，涨潮的黄河水迎面带起湿漉漉的水雾，聆听河水冲荡诉说的故事，仰望萋萋杨柳拂面的风姿。那风仿佛能吹走一夏的烦恼，能抹平我对你几年的思念。我和表哥表妹下到河边打水漂，还记得小时候我能一连打好多个。"听说打到十个水漂就可以许愿。"我们笑着、闹着，在河边石头上留下脚印，任凭黄河水冲淡，再将它们带去远方。我们三人最终凑起来打了十个水花，虔诚地闭上眼睛，双手合十，把三个人的愿望倾诉了那生生不息、永远奔腾的黄河。在黄河里，留下了最美好的憧憬和最温暖的岁月。

"会实现吗？"妹妹兴奋地问。

"会的，我们的愿望会随着黄河保存很久很久，漂到很远很远的地方去。"

黄河的水每年都在变，但你说，无论何时遇见你，家人之间的感情是不会冲淡的，对吧？

再次遇见你，你变了好多啊，崭新的高楼大厦，从未有过的地铁，新开张了店铺的张掖路步行街，还有每年都奔腾不息的黄河水。但你又好像与从前从未变过一样，而且我相信，不管再过多久，这个"情"字永远不会变。

兰州，时隔五年，再次遇见你，我的故乡啊，还是让我爱得不能自已……

点评：

"到处青山山有树，如何偏起故乡情？"叶圣陶先生曾说："因为在故乡有所恋，而所恋又只在故乡有，就萦系着不能割舍了。"在小作者的笔下，故乡里有亲情的温暖与柔软，有平凡日子里的人间烟火，有徜徉母亲河畔的悠闲生活，更有"丝路重镇"兰州的独特风光与历史沉淀。脑海中的记忆穿越时光的长河，与重逢时的所见缠绕相连，"萦系着不能割舍了"。在轻快灵动的文字下，朴实温暖的亲情和现代都市的风貌共同构成了属于故乡的珍贵画面，让人感受到了作者对故乡沉甸甸的爱意！

（指导老师：李婧熔）

我喜欢这里

23届5班 汪家优

举目凝望，悠长的老街和着古朴安逸的格调，低头端详，狭窄的小巷弥漫着故乡独有的温婉沉静。楼阁雕花，酒旗摇曳，时光在青石板路上镌刻下凹凸不平的印记，也在我心里留下了难以割舍的乡情。踏过许多江南水乡的小路，然而我却把那份深沉的爱始终留给了她——我的故乡，将吴越江南的婉约集于一身的枫泾。

阔别多时回到这里，望着熟悉的牌匾，对这里的喜爱便荡漾在舌尖。幼时逢年过节，外婆就领着我去隔壁阿婆家的铺子里尝刚出炉的丁蹄，仍记得阿婆总把油光发亮的整只丁蹄塞到我手里，那是用上好的蜡纸和竹篮片包扎的，却也裹不住浓郁的酱香。常是舍不得吃它的，细细品味每片丁蹄的精油混杂，将味蕾上片刻的满足深留于心间，而后回忆起故乡便多了层独特的味道。也是长大后才了然那制作之艰，以及即使供不应求也留我一份的偏爱。对故乡的喜爱，始于嘴边的美味，终于故乡人细腻的温情。

再寻那古戏台，歇山式顶，飞檐翘角，一派古意。在鳞次栉比的高楼间待久了，渐发觉这木质古老的一方天地，有种别样的抚平人心的力量。一如往常，古戏台上一阵咿呀唱打，拣张板凳坐下，一缕昆曲吴越春秋是从小便耳闻的，它不及京剧那样高山流水，没有沪剧的吴侬软语，却是在玉润珠圆间道尽了越王勾践忍辱负重、卧薪尝胆的千古佳话。婉转典雅的唱腔遏云绕梁，也勾起些对故乡的眷恋，富有韵味的曲调在心中激起阵阵波澜，便哼吟起来，微微摇头，颇有些唱戏的腔调。我想，骨子里的些许温文尔雅，很多都是因儿时的耳濡目染所塑。我喜爱这偌大的戏台，一如我热爱着故乡在唱念做打间独有的清韵，浓而不腻，淡而不寡。

这里，是承载着我厚重记忆的古镇水巷，目之所及皆染上了乡情的色彩，既是小桥流水的青灰淡雅，亦是粉墙黛瓦的相得益彰。这些年，故乡早已翻新了面貌，然而我却不曾觉得故乡的古朴与时代的更迭相矛盾，农民画搬进了展馆，非遗传承的丁蹄开起了纪念馆，牌坊上了新漆，小桥架了石板……深爱着的故乡换上了时代给予她的新衣裳，以更包容的姿态向更多人展现出她的无穷魅力。我喜爱她与时俱进中，却仍是那样的淳朴与亲切。

她的娟秀让我痴迷，她的质朴让我驻足，潺潺流水晕开名为枫泾的水墨画，扑面而来的别样韵味沁人心脾。

我的喜欢便永远流淌在了这里，故乡，枫泾。

点评：

文章如一首江南小曲，亲切、婉约地娓娓诉说着自己的故乡，一个宁静的江南小镇；文章如一幅水墨画，悠长、动人地展现自己故乡的特征，油光发亮的丁蹄、婉转典雅的昆曲、青灰淡雅的小桥流水、酒旗摇曳的狭窄小巷……徐徐掠过读者的眼前，溢满了对故乡的爱和眷恋。文章华美又细腻的描摹，将故乡化作心中的痴迷，而如今古朴的故乡又和新时代的变迁有机地融合在一起，焕发了新的生机，更让人回味无穷，意犹未尽。

（指导老师：唐轶）

我的乐园

23届6班　刘佳怡

老家后面的庭院是我的乐园。它不像鲁迅先生笔下的百草园那么大，可能也没有江南园林那么精致，但却是我离开多年后仍然魂萦梦绕的地方。

很小的时候，便喜欢让妈妈把我放在那院子里的老树上，坐在上面抬头看天。如今想来，那棵老树并不算多高，也就现在一层楼的高度不到，但那时我似乎认定了，只要坐在它的枝丫上，伸出手就能碰到蓝天。于是，我总是把手努力地举过头顶，去揪那飘在蓝天上一团团洁白的云彩。自然是揪不到的，可那时我却煞有其事地攥住一把云彩，把它塞进嘴里，用力地嚼啊嚼啊，做出一副陶醉的表情，还不忘鼓起腮帮子，显得好像满嘴的云彩都快要塞不下了。

大人们每次看到，都要来很认真地问我云彩到底是什么味道的，是甜的还是咸的？小小的我却怎么也解释不清楚想象中的味道。是嘛，天上才有的味道，怎么能用人间的语言表达呢？可他们不懂，他们只会冲我笑，说我馋到连天上的云彩都想吃。于是，我也冲着他们乐，因为我觉得，那是他们对我羡慕嫉妒恨，因为这么多人里，只有我才抓得到天上的云彩，只有我尝过云彩是什么味道的。我才不会跟吃不到葡萄说葡萄酸的大人斤斤计较呢！

长大一些后，我不再抓云彩了，而是开始在院子里"种草种树"。我蹲在地上，捡来树枝在泥土上戳出一个个小洞，再从墙根拔些杂草，种进去，再用土盖上，这样就种了一棵草。种完草，再把树枝末梢用力地插入泥土里，又算种了一棵树。种完以后，我就开始一整天一整天地盯着它们，看它们什么时候长高一点。

我太盼着它们长高了，于是每天早上都要把草叶和树枝拔出来，仔细地看它们到底有没有长根，结果总是大失所望，于是又栽回去接着种，继续期待它们长高的那一天。记忆里，我从没看到过它们中的任何一个长出哪怕一丁点的根，或是长高一厘米。毕竟，且不论直接把草叶子和树枝埋进土里的栽种方法是否有效，单单是我的"每日检查"就足以让那些草木打定主意不长根了。

再后来，我就和这里的老树、泥土说再见了。在这些老朋友看不到的，离我的乐园很远很远的地方，我一天天长大了，逐渐知道云根本不是一团棉花糖，只不过是一团水雾罢了；我也知道了，那时我的"栽培方式"，是种不出来任何东西的。

可是这些都不是那么重要的，重要的是，那个乐园，曾让我做过世界上最快乐的孩子。而每当我回想起它，那时的快乐，又似乎都会回来，就好像我从不曾离开一样。

知道那里过去是，现在是，将来也还会是我的乐园，真的太好了。

点评：

这篇文章最可贵的地方在于写出了孩子眼中纯真而美好的世界。有很多同学在写作文的时候喜欢故作高深、成熟。殊不知这样反而会让文章显得幼稚，从而失了本真。要写好作文有时候需要"返璞归真"，把自己的所作所为以及真正的所感所想，就用这个年龄的孩子该有的视角生动传神地表达出来，这就足够了。小作者在文中就做到了这一点，她将自己眼中"乐土"的美好表现得朴素而充分——那些再普通不过的白云、泥土、老树和花花草草，用孩子眼睛看，都是富有趣味和美妙的，文章整体颇有"天然去雕饰"的况味。

（指导老师：陈琦）

火热的暑假

24届1班 王诗哲

今年暑假，由于疫情的原因，我一直待在乡下。有事没事，总喜欢在附近的田野里走一走，转一转，感受周遭万物的变化。

田野时刻都在变幻着，简直像画又像诗。

　　站在高处，放眼望去，眼前的田野分明是一幅画。以绿作为底色，那横平竖直的线条将大地分割成大小不一的田地，跟蒙德里安的抽象画别无二致。田地长宽的比例，田埂线条的疏密相间，被农民拿捏得恰到好处，是那么的宜人、舒适。走在田埂上，那绿色的田地被一些早熟的水稻画上了金色，并向外层层染开，像极了中国的水墨画，那裸露的黄土地，恰似画中的"留白"，时刻准备孕育出新的生命。当我凑近时，那一株株禾苗排列得整整齐齐，线条优美，一丝不苟，绝不越田埂一步。这不就是缜密的工笔画吗？我被农民泼洒的画作惊呆了，在这火热的暑假。

　　农民也会作诗。诗人在稿纸上写诗，农民在田地里用双手、用锄头写诗。他们埋头侍弄土地的时候，一点也不亚于诗人在稿纸上写诗时的专注。在农民的双手和锄头下，初秋的田野仿佛是一本本打开的笔记本，上面写满了一行行字，写在田垄上的是诗词，有工整的律诗和绝句，也有参差有致的宋词和小令；写在田畦里的多数是散文，早些时候在田里撒下的种子，现在仿佛是一个个灵动的文字，恣意、自然。三岁的孩子能读懂，八十岁的老人也依旧喜欢。这样的诗篇，这样的美文，对于游弋在其中的我，哪怕只是看上一眼，都会让我得到极大的满足。这火热的暑假，我读着耕耘的诗，念兹在兹……

　　在这个火热的暑假，令我感动的不仅仅是农民精心刻画的画作，巧妙构思的诗篇，更是他们隐藏在这些画作诗篇背后的从容和自信。

点评：

　　这篇小文情节简洁，结构工整，文笔凝练，读来字字珠玑，饱含着小作者对生活的浓浓热爱之情。在乡野中，小作者一字不提生活的艰苦，反而充盈着精神世界的美和富足。在小作者眼中，田野是水墨画——既有缜密工整的细致，又有恣意盎然的洒脱；农民是诗词家——既能细腻刻画出参差有致的小令，又可信笔泼墨而成豪迈真切的散文。而小作者更是作为一位腹有诗书气自华的小艺术家，用其慧眼慧心细细感受这乡野的灵动。"此中有真意，欲辨已忘言"，沉浸其中不禁感慨：大美之美！

（指导老师：田楚翘）

曦晨慢

24届1班 佘焱婼

晨雾霭霭，含笼成纱，笼盖苏州小城里里外外。

路过路旁刚刚拉起卷帘的小店，用着略带青涩的苏州话问候了句"早阿"。看着今天的第一个荷叶包美人热气出锅，薄饼的绵软细腻配上油条的酥脆嚼韧，急急喝上两口咸豆浆，便快步往不远处的一个小巷拐去。

小巷的尽头，豁然开朗的马路上偶尔有两三辆车路过，对面的高门上，白石黑字，笔法苍劲有力，书着"拙政园"三字。

移步换景，景物在眼前快速变迁。晨上的拙政园，没有鱼龙混杂的游客，没有喧闹的人群与大喊大叫的导游，所有的所有都在朦胧的雾霭中缥缥缈缈。自觉呼吸放慢，感受着清晨的湿润水汽滋润着皮肤，松下头上盘着的发簪，倚在古朴的木凳上，看着园林里老人脚踩着乌舟，竹竿撑起又滑落，在水上带起片片涟漪，挑起一竿水草，轻落在脚边；看着美术生手中握笔，在纸上簌簌唰唰，几笔勾勒成型，画布上的景色映在安静少年的脸庞上，时不时抬头舒展筋骨，伸个懒腰，缱绻惬意；看着身姿曼妙的女人，身着斜盘扣旗袍，侧腿而坐，怀中五弦琵琶悠悠轻弹，随意又柔软，吴侬的小调与外面卖座的不同，更加呢喃，更加妩媚，玉指纤纤，轻拢慢捻。

时间放慢，没有钟表滴答，也没有快时代的手机通信。只是随着竹竿划水声，炭笔在粗粝纸上的嚓嚓声与随意哼唱，流畅悦耳的琵琶声慢慢飘过。伴随着四五月份的清爽晨风，吹乱发丝，模糊双眼。

这才是拙政。

王献臣先生的拙政，不仅仅是宾客往来，嬉笑满园，更是清晨的宁静与鸟叫，诗词歌赋与山石玄景。

吃完早点，信步走向出口，狭小的角落里，一树紫藤怒放。四百年前，文徵明先生亲手种下；四百年后，虽世事变迁，却也藤枝遒劲。紫花盛艳，站在长垂的枝条下，小片的紫花瓣随着微风徐落。落上肩头，吹上发丝，与历史的交谈凝重空远，身心沉溺。

末了，裹挟一身极淡的紫藤香气，漫步在狭巷街头。转眼，晨雾散去，苏博泼墨山水展现眼前。

白墙黑瓦，绿水红鱼。

我沉溺，不能自已。

"嗒啦",笔尖掉落在地上。

带着些尖锐的沪腔冲破了姑苏的软糯,我蓦然惊醒。

回不去了。

那些个软语呢浓的清晨,慢节奏的早餐店和姑苏的美人美景,都回不去了。

胡乱搓了把脸,捡起掉落的笔,继续和数学几何题艰苦奋斗。

点评:

文能怡情,写文如此,读美文亦然。小作者笔尖流淌出的江南水韵与小城烟火,仿佛自纸面飘然而出,灵动鲜活,不禁使读者也宛如画中人。本文情节简练,小作者在晨雾朦胧中,沿着那条熟悉的小路来到园林吃早点。在作者的记忆中,"拙政园"并非游人如织的打卡景点,而是自己幼年记忆中的乌篷、水草、琵琶、紫藤和旗袍。一点勾勒,两笔晕染,便从细节处将苏州小城的青砖黛瓦白墙装点得清丽淡雅。然而如今只能埋首于纸堆的繁杂喧嚣中,似乎记忆中的恬静已遥遥不可及,但心存一方栖息之地,终能皈依心灵的净土。

(指导老师:田楚翘)

我钟情的颜色

24届2班 林子竣

生活中的情趣就是在绿绿的塔菜炒冬笋中,在绿绿的竹林中,在绿绿的家乡。14年走来,一路,绿相伴。

——**题记**

我的家乡在上海的西边,那是一座再普通不过的小城罢了。它就是浦江之源——松江。它在我眼中,到处都是绿绿的一片。嫩绿的一切都多么叫人欢喜。在松江,到处都有着生活中的情趣。

生活中的情趣就是和奶奶一起炒塔菜。

望着绿色塑料盆中那被洗净的塔菜,那绿油油、水汪汪的塔菜,可真是叫人怜爱。它们像娃娃般躺在摇篮中,将冬笋焯水,与塔菜一起放入锅中翻炒。"哗啦——滋啦滋啦"塔菜那绿油油的菜叶在锅中舞动,系着绿色围裙的我熟练地用锅铲咣咣地敲击锅底,哼着松江话的民谣,与塔菜在锅中发出的声音相应和,交织成了一首美丽的交响乐。

"塔菜（ta cé），在松江闲话里相好让人想到'tā tā vā vā'，也就是'顺顺当当'，所以，松江人会得在年夜饭额台子上放一盆塔菜吃。"我的奶奶操着松江话向我解释说。

每年年夜饭桌上，首先要烧的，也就是绿绿的塔菜了。那一盆绿绿的佳肴装点着整个饭桌，也满足了我们的食欲。啊，我那最钟情的绿啊！

生活中的情趣还在于和爷爷一起挖竹笋。

每年初春，当枝上吐出绿芽，我与爷爷便扛上锄头向那早已布满绿色的佘山竹林进发。我们在那翠绿的竹林中一遍遍探寻那竹笋的一点点的绿色身影。良久，爷爷叫我去挖。穿行在翠绿竹林中，风呼呼地掠过我耳边。我扛起锄头，对着那点绿的根探去，我使劲往下顶，再用力一挑，那点绿稍微动了一下，我费尽九牛二虎之力将它挖出，小心地拭去上面的泥土。那竹笋带着春的绿意，静静地被捧在手上。而我像看一个新生的孩子般看着它。啊，我那最钟情的绿啊！

生活中的情趣就在于那绿意盎然的家乡松江。它充满无限生机，那一片片的绿间，总是我永远的心灵归宿。这是上海之根——松江！

啊，我那最钟情的绿啊！

点评：

本文以作者对故乡的感情为线索，点出"绿"是他最钟情的颜色。文中的绿，是塔菜的绿，是竹笋的绿，更是故乡大自然间那随处可见的可爱的绿。在作者眼中，城郊小城——松江，带着盎然的绿意，永远是他最钟情、最温暖的依靠与寄托。"望着绿色塑料盆中那被洗净的塔菜，那绿油油、水汪汪的塔菜，那可真是叫人怜爱。它们像娃娃般躺在摇篮中"一句运用拟人手法，生动形象地写出作者眼中塔菜的可爱与动人，也表达了他对绿绿的塔菜的喜爱之情。全文选材独特，感情真挚，朴素的语言间透出隐隐的江南水乡的柔和与引人入胜，令读者心向往之。

（指导老师：汤琳）

故乡情结

我钟情的颜色

24届2班 杨天悦

我钟情的颜色是红色，但那不是普通的红，是承载家乡滋味的，透着一缕金光的红。

中午，我照例守在电视机前，等候一部令我"垂涎三尺"的纪录片——《舌尖上的中国》。随着熟悉的开场音乐响起，映入我眼帘的却是那个记忆犹新的山区：我的家乡云南诺邓。

人们都说，金华火腿天下一绝；而在我看来，我们村的诺邓火腿才是真的美味。记得儿时，小姑曾带给我一条火腿。将火腿丁与米饭、葱花等翻炒均匀，出锅趁热用手团成饭团后，朴素的火腿饭就有了家的味道。扒下一大口饭，火腿腌制用的诺邓盐与米饭混为一体，诺邓火腿的咸香在口中挥之不散，带来无限的满足。

我回到家乡，决定向祖辈们寻求这传世美味是如何"炼成"的。

穿过崎岖的小路，诺邓山区那红色的砂岩之中有着不少盐井。人们都说，这盐井是上天给诺邓的馈赠，其中熬制的诺邓盐能制作出当地的特色美食。爷爷带我去了地窖，百余条诺邓火腿在这里接受洗礼，风干成那一片浓郁的红。正如纪录片所述的那样："高端的食材往往只需最简单的烹饪方式。"取一条火腿，均匀地撒上村中自制的诺邓盐，反复揉压，最后放在地窖中风干，三年后便可食用。做法简单，但揉压时，手的力道，盐的多少，都是只可意会不可言传的东西。你的技艺好不好，只有时间知道。

我学着爷爷的动作，在红色的"土地"上撒下"白雪"，努力地用手把它们融在一起。时间不断地流逝，我也累得手臂酸痛，但看到爷爷把我亲自制作的火腿吊上木架，他慈祥的目光成就了我对家乡的自豪。我开始等待，等待三年后的那一天到来。等待的过程是漫长的，日子却过得飞快，一晃三年便从我的台历中溜走。我知道，是时候了。

再度归乡，从地窖中解下完全风干的诺邓火腿，我将这红色变为了中午的火腿饭。不得不承认的是，我的手艺自然不如老一辈们好，但它所带来的家乡味道，自己的成就感，以及能够发扬传统文化的感受——深切地成为，我最爱的家乡，我钟情的颜色。

点评：

小作者钟情的颜色是红色，是家乡云南诺邓火腿的颜色。《舌尖上的中国》

让"养在深闺人未识"的诺邓火腿揭开神秘面纱，走出大山，款款走进大众视野，也让小作者自然引出与之相关的回忆。文中对诺邓火腿每一个制作步骤的精细刻画，既展现了小作者的耐心，也表达了她传承家乡饮食文化的决心，富有感染力。与此同时小作者将祖孙在一起度过的时光描摹得情真意切，那一段生活美好得令人念念不忘，不只是舌尖上的味道，更是心灵上的回味与珍藏。乡情与亲情紧紧交织，以物传情，引人共鸣。

（指导老师：汤琳）

我钟情的颜色

24届3班 陈诗颖

我的童年，与我的故乡，和我最钟情的橘黄色，一同深深烙印在我的心底。

故乡的秋季，梧桐漫天。走在梧桐大道上，夕阳铺展，似乎也是被梧桐晕染的橘黄。秋日本应萧瑟凄迷，温暖的橘黄却叫人心生愉悦。道路尽头炊烟袅袅，我知道那是奶奶在等我回家。

每个秋天，奶奶都会领我去捉田里的稻花鱼。尽管大多数是我在戏水，奶奶也不介意。走在田埂上，身边的稻海随风飘动。下到田里，捉到稻花鱼前，先要在田里挖个小坑，再将水从田里排出。我在田里玩耍着，在橘黄的稻下雀跃着。奶奶只在一旁，看着那年幼的我在夕阳中玩闹，布满皱纹的脸上，洋溢着和蔼而温暖的笑容。

梧桐树叶不知何时飘进了田里，奶奶轻轻将它们从水面拂去。她拿出铲子，凭着多年的经验，在水下挖坑。已经在田里将自己变成了"泥猴"的我，也连忙抹掉一脸污泥，高举着不知从何处借来的小铲子，奔到奶奶身边，蹲坐在地上。紧紧攥住手里的小铲，向泥泞狠狠一凿。奶奶已经挖出的那个小浅坑，便又深下去了不少。奶奶温暖的大手略有些粗糙，握着我的小手，紧了紧小铲，带着我一起挖。尽管节奏比奶奶独自挖慢了不少，但我耳边，只有奶奶令人温暖的笑声。

日暮时分，夕阳已快被远山淹没了踪影，天边满是橘黄的彩云。奶奶打开田边的水闸，用力拧开。稻花鱼们顺着水流滑入坑中，不停地"扑腾"作响。我便将它们倒入奶奶的竹筐里。还在田泥里的几条"漏网之鱼"，也全被奶奶一把抓住，塞入筐中。在夕阳中，一箩筐的稻花鱼被染成了橘黄。祖孙二人背着竹筐，

故乡情结

在田埂上一边走,一边唱着民谣。回到家,这些稻花鱼或蒸或炒,都是童年的我心头的美味,记忆里的故乡。童年,变成了这样的橘黄。

"童年啊,是梦中的真,是真中的梦。"橘黄,伴随着我的童年与故乡,是我最钟情的颜色。它包含了奶奶对我的爱,也包含了我对往昔最真挚的怀念。

点评:

橘色的梧桐叶在秋天飘扬,浪漫而美好;橘黄的稻谷是丰收的味道,令人感到踏实而满足;橘黄的彩云是夕阳赋予的绚烂。而让小作者沉浸在一片橘色的美好氛围中的不仅是这些令人为之动容的景致,也是在故乡与奶奶一起生活的点滴,更是祖孙之间浓浓的亲情。小作者将与奶奶一起捉稻花鱼的片段写得非常传神,与奶奶之间的互动将祖孙俩在田间的快乐与温馨展现得淋漓尽致。作者善用人物的动作描写,准确地使用动词仿佛带领着读者也一同走进了美好的乡野,一同去感受质朴的自然之趣。

(指导老师:曹佳妍)

慢下来的时光

24届5班 叶艺萱

在东北辽阳周围那块地方,是我的家乡,也是爷爷奶奶居住的地方。从小房子开车几分钟就可以到自家的一块小地——那是奶奶的地瓜地。地瓜地不大,其中松散地排布着浅浅的坑,地的四周几株瘦长的杨柳稀疏地摆布在泥地的怀抱里,每到秋天就满树满地的黄叶,挺普通但也挺美的。

当萧瑟的秋风,熏醉金色的麦浪,奶奶开始下地收地瓜。这是我极为感兴趣的。奶奶在前头弯着腰慢慢锄,我在后面小心地捧着箩筐——挖到地瓜了奶奶会扔进来。我蹦跳着为奶奶叫好,仿佛这土褐的地瓜,是奶奶挖到的什么宝藏。我们的脚在地上缓慢地摩擦着,扬起些尘土粒粒卡在裤脚上,仿佛一枚枚荣誉勋章。很奇怪,明明是秋天,我和奶奶的额头上却都蒙上了一层密密的汗珠。干活累了,奶奶会给我讲和邻居相处的趣事,以及大家种的瓜果蔬菜。我对这些繁华城市不曾体验过的事儿充满了好奇心,总是愿意一遍一遍听着那些普普通通的琐事。也许,这就是农村慢生活的美好。

挖地瓜是可以挖一整天的。每近黄昏，夕阳从云雾的空隙中迸射出一条条霞彩，给世间万物都镶上了一道金边，那是极其美好的时刻。奶奶的金色背影融在一片灿烂中，一锄头一锄头地敲着地面，时不时笑着说："妹妹，看奶奶又挖到了一个大的！"我欢喜地凑上去，用最后的几个地瓜把竹箩筐的空隙填满，载着满满两箩筐的地瓜回家去。在坑坑洼洼的窄路上颠簸着缓缓前进，看着金黄的万物，释放一天的疲劳。

返回家中，我和奶奶一起装些地瓜，分给邻居、朋友，大家笑着收下并称赞着地瓜。奶奶的嘴角微微上扬，眼里藏着喜悦，大大的好似水里熬出的月亮。好想把时光定在那里。现在远在上海，奶奶也会给我寄来地瓜。我感受到了慢节奏生活的美好，村里人的热情和大度。奶奶教会了我很多，在这里，她教会了我怎样去分享。

和奶奶在农村的生活，让我体会到了慢下来的时光。我们在城市中驾着光速奔跑，途中也别忘了慢下来，欣赏沿途的风景，沉淀所有的苦涩，品味生活的美好。与其听任城市的喧闹，汽车的飞驰，不如好好体会在铺满金黄色落叶的大地的背景里，锄头一下一下敲击地面欢快的突突声，在夕阳下奏响。

点评：

城市里的孩子对乡土格外有一种怀恋。在喧闹的城市里，匆忙的节奏中，乡间的一切都是那样的牵绊着小作者的心。文章选取挖地瓜这一小事，用优美细致的语言描写外婆，描写自己的体验与感受。"我们的脚在地上缓慢地摩擦着，扬起些尘土粒粒卡在裤脚上，仿佛一枚枚荣誉勋章"，这是孩子眼中快乐而又自豪的事情！同时，东北乡间的黄昏在小作者笔下也美如油画，令人神往。小作者曾言，段落中间的一些环境描写是读书中的积累，这也是给读者的又一启示。

（指导老师：金国旗）

时光的香气

24届6班 孟佳琦

逢到长假，我是必定要回六安的。村间的小路依旧绵绵延伸至脚下，金灿灿的刺槐叶子开始纷纷落下来，只留下几片挂在枝头，随风摇曳。小村几乎家家都有一块儿地种玉米。那一大片老绿色的玉米已经大方地递上鼓鼓的果实，一缕缕褐色的玉米穗从外皮抽出，等待着人们的收割；嫩绿色的秆儿依然保持温文尔雅的风度，想要跟着风的节奏舞动，却不再似往日的轻盈了。

远远看见奶奶的身影了，六十多岁的奶奶依然身板儿笔挺，她一边朝着我们招手，一边迎上来。一路小跑到我们跟前，奶奶摘下身上的围裙搓了搓手，又一把接过我的行李，领着我们回家去。

回家后的时间过得总是格外快，一晃就到了傍晚。这个时节，几乎家家都会煮上一大锅热气腾腾清香扑鼻的玉米，劳累了一天后守着小小的厨房转悠，安心又自在，这是一天里最惬意的时刻。

大大的铁锅里码上了一摞洁白的玉米，那些都是奶奶知道我们回来时早已挑选过的，整齐饱满。"嚓——"，奶奶捏着一小把稻草把灶下的火点着后，让我帮忙添柴火。我就不时地往里添上掰成段儿的玉米秸秆。玉米秸秆晒干后是很得力的柴火，灶膛里的火呼呼地燃着，不一会儿我的脸就红通通的直冒汗珠儿。奶奶拿来热乎乎的毛巾帮我擦干净，"这个子，高奶奶一头了！"她一边擦，一边感叹，眼中满是慈爱，仿佛在看一件珍宝。

我急于吃到热乎乎的煮玉米，擦完了，就蹿到锅台前，要把锅盖掀开看。"烫着了！"奶奶大喝一声，抢先一步掀开锅盖给我看，告诉我玉米还要再煮一会才更软糯，又哈哈笑着说我是馋猫儿。我就只好缩回灶膛前，继续等着，时不时问奶奶好了没有。"没呢，没呢。"奶奶总是不厌其烦地回答我。

奶奶在灶台前忙活，脸蒙上了一层细细的薄汗。她似乎一直这样的忙碌。爷爷过世多年，我们早就在上海生活，只有奶奶一个人至今守着老家的地。她说，自己有地，吃东西才随意。不似别家，奶奶会在那块不大的地里种上各式各样当地稀奇的蔬果。于是，春天里嫩绿的豆苗儿，夏天鲜香的蚕豆米儿，秋天上市的各式瓜果，冬天里脆爽的芽菜……我家的餐桌上总有奶奶快递来的时令菜。不知道那个在烈日下劳作的年迈身影有没有直起腰身来，遥望大城市的儿女们？

火苗在炉膛里跳动，香味从锅中飘出，秸秆在"噼里啪啦"地作响，锅中的玉米"咕嘟咕嘟"地冒着泡，蒸汽缭绕的厨房，仿佛是仙境一般，到处弥散着玉

米的奶甜香气……这一刻的时光，是奶奶用无尽的思念和关爱凝聚而成的，就像秋日的金黄暖阳笼着我的全身，灿烂、温暖、幸福……

点评：

时光的味道是怎样的？每个人都有心中的答案，在小作者的记忆中，那是奶奶煮玉米的奶甜香气，因为那是"奶奶用无尽的思念和关爱凝聚而成的，就像秋日的金黄暖阳笼着我的全身，灿烂、温暖、幸福"。小作者用细节去放大煮玉米的时刻，火苗的跃动，奶奶递上的热乎乎的毛巾，奶奶的叮咛笑语……点点滴滴都是时光中温暖的记忆。同时，小作者还插叙了奶奶给儿女们的许多付出，"春天里嫩绿的豆苗儿，夏天鲜香的蚕豆米儿，秋天上市的各式瓜果，冬天里脆爽的芽菜"，使得这份关爱更加厚重，令人感动。

（指导老师：金国旗）

我钟情的颜色

24届7班 顾予阳

望着天空中那高高悬挂的金黄太阳，望着远处那发光的金黄色天际线，看着照片中我与外婆的合影，我的思绪不禁又回到了那个金黄色的故乡。

那一年，正值酷暑，每天火辣辣的太阳无情地照射着，好像要将自身的热量全部传播给这大地。但是就在这样的环境下，稻谷却得到了温情的呵护。一天清早，我和外婆步入田野，只见是一片金灿灿的黄。稻子弯下了腰，好像一群在田地里工作的农夫，辛勤劳作着；稻子上的露珠晶莹剔透，轻拂稻叶，露珠就从上面滚落，就好似农民伯伯的汗水；稻谷迎风摇曳，好像是在田野里嬉戏，欲要将阳光全部占为己有，以供自己的成长……我在外婆身旁高兴地说道："哇，好美的景象啊！"是啊，正是这些农作物，养育着我们，让我们每天充满能量和活力。如此默默奉献的品格，怎么能不美呢？

感受过那田地里那豪爽洒脱之后，也必然要品尝一下家乡的美食——梅干菜饼。"虽然梅干菜饼很好吃，但我不会做啊。""没关系，外婆来教你。""你看啊，我们先将已经发酵好的面团均匀切成许多块，取出其中的一块，并将其按压成一个圆饼状，不能太薄也不能太厚，适中就行了。然后将事先准备好的馅料

取适量放入其中,再将四周没放馅料的面皮往里面裹到中间,接着再一次按压成圆饼状就行了,注意不要太用力,不然面皮会破开,里面的馅料会漏出来的。"说着,外婆就做好了一个。之后,一双粗糙的大手握着一双细嫩的小手,继续制作。一个个梅干菜饼逐渐呈现在眼前。

接下来要做的事情就是用油煎了。外婆在灶台上煎裹好的饼,我在后面拿着一个长长的火钳给外婆添柴加火。顿时,房间的温度升高,一幅温情脉脉的画面也展现在我眼前。看着那一闪一闪的火,我的思绪也快速跳动着,脑海中浮现出与外婆相处的美好时光。

煎毕,展现在面前的是一盘色泽饱满、金黄发亮的梅干菜饼,令我垂涎欲滴。咬上一口,柔中带脆的面饼,带着嚼劲的猪肉和梅干菜,混合着猪油的香气和韭菜的清香,怎么不是一道人间美味呢?

看着眼前金黄的梅干菜饼,我想:这不仅仅是一道美食,更是一份传承,一份情谊。但愿故乡那永远的金黄色,能留在我的心中,一直在我的身边,陪伴我成长。

随着学业的压力越来越大,再加上突如其来的疫情,我回故乡的次数也渐渐变少了。但是不会改变的是那段金黄色的记忆……

点评:

本文以"金黄色"作为贯穿全文的线索,用优美的散文笔触将田野间的怡人美景和餐桌上的人间美味细致地展现在读者面前,其中极具农村特色的生活细节让人如临其境。文章语言较为生动,对于梅干菜饼制作过程的描写颇有几分"舌尖上的中国"的神韵,梅干菜饼俨然成了祖孙情的载体。祖孙情中,不只是外婆对"我"的宠爱,更是一老一少相处的美好时光。小作者钟情的"金黄色"也唤醒了每一个读者心中关于故乡、关于祖辈、关于童年的记忆,这种情感共鸣正是本文的动人之处。

(指导老师:汤琳)

那些美好

24届7班 顾铮

美好，很多都发生在自己的身边。那些普通的小事、寻常的经历、平凡的地方都可能会产生美好的记忆。在我看来，菜市场里就有许多我的美好记忆。那些美好让我难以忘记。

当我去到妈妈东北老家的菜市场时，一开始的记忆并不能说是有多美好，那里的风土人情独特而又新奇。但是，当我对那片土地的了解渐多，我会发现粗犷下藏着的乡土气息与文艺，就像剥开粗糙的荔枝皮，发现皮下那颗晶莹的瓤。

菜市场大妈做的藤花饼，紫得妖艳，芳香馥郁。而我青睐于擅腌酸菜的王摊主所创作的画作，于是常在他的蔬菜与写生前流连。有一天，他把我拉过去："小伙子，你来给我们搭把手，行吗？"我爽快地点点头，他笑着指了指面前的一小堆白菜，让我摘出老菜帮子。我摘了又摘，等我终于弄完时，他又拉着我用黄泥和上老菜帮子弄成一个盖子状的模样。我之前从姥姥处得知，这是酸菜坛子盖的原生态做法。

正当我满头大汗，准备告辞，王摊主却让我别走。他拿着一把小刀，在未干的黄泥上刻出了我的形象，简直栩栩如生，让我大为震撼。只有热爱生活的人才会这么做，我认为。"等你要走的时候，来我这儿一趟。这个盖子就送给你了。"他这么说。冬日的暖阳洒在我的身上，我的心里顿时充盈着温暖。这些美好是来源于菜市场里人们对于生活的热爱和人与人之间的人情。

我还去往了江南的故乡，没错，还是在菜市场。我又发现了一些美好。我去探访了菜市场里的"江南水八仙"。"八仙"实为"八鲜"，是各个季节菜市场里水生蔬菜的主角。在菜市场里，我学到了曹雪芹的名菜"老蚌怀珠"，还能看到莼菜和鲈鱼，听别人讲起张季鹰的"莼鲈之思"。

但我也发现了别的美好。那个下午，最让我难忘的就是去划菱桶了。菱桶十分精巧，是江南所特有的采摘用具。我看到了古朴的菱桶和一位位戴着竹笠的菱农在绿波间穿梭，简直是幅绝美的画卷。我也坐上了菱桶，起初还很容易，但当我开始尝试采摘时，我才发现，要保持平衡是很难的。经营菱塘的阿婆告诉我，要想保持平衡，必须使上腰力，一只手伸入水中去采摘。同时另一只手不断划动，寻找下一个目标。我于是也缩在桶中，僵硬地趴着，自己在桶中扑腾的身姿稍显笨拙。斜阳下，我逐渐掌握了技巧，收获了不少菱角，暖阳笼罩着我，在池塘上显出粼粼波光……

故乡情结

故乡的菜市场是一个充满人情与生活气息的地方。它是故乡美好记忆的载体。在我眼里,它是无数美好凝结成的。它能让我想起,阳光下,故乡总在温暖着我,带来无尽的美好,带来无尽的幸福与温暖……

点评:

本文用优美的笔触展现了菜市场中的人间烟火和乡土气息。菜市场里,那些新奇或动人的事物被小作者一一记录,字里行间折射出小作者因故乡之美而感到的温暖与幸福。文章语言生动而饱含真情,将故乡最平凡的地方描写出诗情画意,刻画出平凡的人们身上的闪光之处。既有细致的环境、人物描写,也有"我发现粗犷下藏着的乡土气息与文艺,就像剥开粗糙的荔枝皮,发现皮下那颗晶莹的瓤"这样的真情流露。小作者笔下的故乡,既是美好的远方,也带着纯粹的诗意。菜市场是故乡美好记忆的载体,这些美好的记忆,总能给我们的心灵带来抚慰和温暖。

(指导老师:汤琳)

我钟情的颜色

24届8班 杨乐彬

我失落地看着贴在门上已经卷起一角的春联,夕阳的光芒轻拂着上面的一层薄灰。春节将至,但因为种种原因不能回乡团圆,令我怅然若失。又见各家已经在门口贴好的"福"字,我不由得想要感叹:春节在哪里都是一片火红的气氛,而故乡的那抹红是最令我钟情的。

时光在脑海中倒回了我六岁那年的春节——那是我第一次踏上"天府之国"四川的土地。腊月二十几,我看着外婆外公把一串串红颜色的东西挂在院门两旁,一边各三串。我一开始以为是鞭炮,仔细一看,竟然是一串串火红的辣椒。外公笑着告诉我:"这是要迎神的!待到除夕夜,神仙要循着这股辛辣的味儿,一户户入门巡视。若是挂得不多,或是太无规律,那神仙只能乱游,上天之后向老天爷汇报情况,准不会有什么好话!我们这是要多沾点福气,才有来年的好运!"于是我就想到了一个"好主意",我找来一根棍子,在上面系上一串辣椒。年三十那天晚上,我拿着这根棍子开心地在家里院中跑来跑去,一路笑着,脸也涨得和辣椒一样红,直到我被一根不知道用来做什么的管子绊了一跤才作罢。可不

是吗？我在给神仙当导游！后来，在大年初一的中午，那串辣椒被拿去做水煮鱼调味了，但那段火红色的、充满童真的记忆仍留存在我心里。

在爷爷的家里，我又一次见到了火红色的美食——火锅。大人们在屋外支起一张很特别的桌子，点燃了锅底的炉灶，再把食材一盘盘端出来。时值冬日，在屋外的风中能吃上冒着热气的火锅，着实是一件幸福的事。我与妹妹被辣得吐着舌头，仍开心地叫着"好吃"；大人们边吃边聊，一直到深夜。红红的火焰在眼前跳动，不断变幻；不变的是那抹红色的，对来年的企盼与展望。

生活中的颜色有很多，但只有故乡的红色最让我钟情，让我思念。这抹红，是对新年的期待，是四川人如辣椒般火热豪爽的情怀，是冒泡的火锅中喷薄而出的幸福。故乡春节那充满激情的红色，也是故乡留给我的美好回忆的基色。

点评：

火红，是中国人所钟爱的颜色，它代表了喜庆、热情。而小作者所钟情的红色不仅仅是春节这一传统佳节的红红火火，更是家乡地道美食的代表色——火红的辣椒代表着生活的蒸蒸日上；火红的火锅传递着对美好生活的企盼；热烈的火红色的更是家乡人的那份火热豪爽。"一方水土养一方人"，而这一片片火红色浸润下的故乡人也是让小作者念着故乡的原因。在文中巧妙地通过对外公外婆春节时的言行，将民风民俗也一并展现在我们面前。故乡，不仅是一个地名，更是让游子魂牵梦萦的回忆。

（指导老师：曹佳妍）

我家餐桌上的故事

24届8班 周小然

一张苍老的圆木桌，围坐着的三代人，这就是我家餐桌上的故事。

木门、稻田、白墙青瓦；灶头、铁锅、炊烟袅袅。乡村，没有都市的繁华喧闹，没有市区的车水马龙。乡村的餐桌宁静而悠闲，平淡而不失精彩。

外公外婆在厨房里做好了朴实、具有浓厚农村特色、新鲜又可口的饭菜。弟弟妹妹们争先恐后地帮着大人把菜饭端上圆木桌，再小心翼翼又偷偷摸摸地将他们自己喜欢的菜放得离自己近一点点，只要近了那么一点点，他们脸上的笑意早

就藏不住心中的欢喜，就像成功偷吃了蜂蜜的小熊，灵动、可爱，又有点小聪明，但绝不会让人有一丝讨厌。

开饭了，圆桌上，摆几样小菜。一家人，孩童们搬来高高的板凳儿，老人摇着蒲扇，开着木门，迎着暮春稍带有一丝凉意的晚风，在屋里乐呵呵地享受着这傍晚时分才有的美好时刻。夕阳仿佛醉酒的青年，脸颊上的红晕染红了天际。

下午小河里捕的小虾成了清蒸河虾，早上田里割的马来头成了干炒蔬菜，昨天林子里刨的竹笋配上镇上买的猪肉成了鲜笋炒肉……淡雅的温情藏在盘盘可口的饭菜之中，不需多少言语，便是美好永存。弟弟熟练地用筷子夹起盘中最肥美的一块肉，送到外公的碗里，又挑了一只最大的虾，递到外婆的盘中，然后他便坐下来吃起自己碗中的饭。"辛苦了，你们多吃点好的。"爸爸边说着，一边又给外公开了一瓶黄酒，并将其倒入青瓷杯中。随后我们大家都吃起晚饭来。在我们家，吃饭时如果没有什么特殊的事，就不能说话，一是直接杜绝了吃饭噎着的情况，二是能让我们更好地品尝饭菜最原本的滋味。不用过多的油盐酱醋调味品，只要有份真心，那必然是一道天下独有的绝佳美食。

敞开的木门外的梨树上，鸟儿们清脆悦耳的啼鸣，乘着舒缓的微风从远处驶来，伴随着也不知从哪儿飘来悠扬的笛声，给这寂静的村落增添了风趣，同时也成了我们家餐桌上的背景音乐。

在乡村田野之中，我仿佛感觉在城里被繁杂事务烦扰的灵魂得到了洗礼。在乡村的餐桌上，能体会到生活的纯质与美好，没有繁杂的装饰，没有高调的食物，没有高楼大厦中等待上菜的优雅，没有学校里抢着窗口买饭吃的急迫。在我家的餐桌上，无声中充满了温暖与爱。我家餐桌上的故事，平淡又精彩，反复又不同，从从前到以后，从过去到未来，我家餐桌上的故事，从未完结。

点评：

"民以食为天"，餐桌，自然也就成了家庭生活中非常重要的一方天地。小作者带领我们来到了乡间，来到了农家的餐桌。在她生动细腻的描述中，仿佛美食的袅袅香气扑鼻而来，而乡间美景也随着作者的笔触跃然纸上。不同于城市的喧闹，来到乡间让人感到静谧和悠闲。当然，这份内心的宁静不仅仅来自环境的变化，更是回到老家后有亲人相伴左右的幸福和满足。外公外婆在厨房的忙碌，孩子们的天真活泼，还有在餐桌上家人间的互相照顾，使得亲人间质朴而有深刻的爱意蒸腾于菜肴丰盛的餐桌之上。

（指导老师：曹佳妍）

我最钟情的颜色

25届2班 曹瑞东

我的家乡是湖北。一提到湖北，人们最先想到的就是驰名全国的热干面。好多年不回家乡，热干面的那一抹橙色却让我魂牵梦绕，是我记忆中最钟情的颜色。

湖北的热干面口感筋道，酱汁浓郁而不腻，不像外地的，面一咬就断，吃几口嘴巴里就发腻了。而最能体现湖北的热干面与别处区别的，是萝卜干。萝卜干可谓是热干面的灵魂。而湖北的萝卜干带有一种独特的橙色，橙得发红，似乎怎么洗也洗不掉，永远不会褪色。一碗热干面端上桌，第一眼看到的不是面条，而是那零星点缀在上面的橙色的萝卜干。正是那抹橙色，让小贩分分钟做好的热干面，成为一件艺术品，而萝卜干的橙色，就是这件艺术品的画龙点睛之笔。橙色的萝卜干衬托着棕色的酱汁，让人看了一眼就忍不住非把它吃完不可。

而外地的萝干虽然也是橙色，但却橙得发黄了，远远不及家乡那抹鲜艳的橙色。甚至有的热干面连萝卜干都没有，那怎么称得上热干面呢？我很久没有回老家了，萝卜干的那抹橙色伴随着对家乡的怀想，成了我最钟情的颜色。

在湖北，热干面十分普遍，毕竟那是家乡引以为豪的美食。地铁口、十字路口、大街边上……处处都能找到热干面的影子，这抹橙色，也随之点缀在大街小巷之中。忙碌的上班族一大早起来没吃早饭，匆匆地去赶地铁，忽然闻到热干面那霸道的香味，寻眼望见这抹橙色，哪里还忍得住？就算再赶时间也要来一碗。家乡的热干面大多是用纸碗装的，很方便带在路上吃，那抹橙色，也随之徜徉在车水马龙之中，让整座城市洋溢着人间烟火气。前年武汉因为疫情封城，全国各地纷纷伸出援手，喊出"小笼包支持热干面"等口号，习爷爷更是说："全国人民都为'热干面'加油！"热干面的这抹橙色，成为那个最困难时期人们的希望。

当然，食物最重要的还是味道，正宗的热干面一口咬下去咬不断，还需再扯一下才行。筋道的面条拌着香浓的卤汁，时不时吃到一颗脆脆的萝卜干，让人精神抖擞，顿时抛开所有的忧虑，沉浸在美味之中。正如橙色所象征的健康、快乐、乐观、勇敢。

现在我步入初中，学业的繁忙让我很少有机会再回到家乡，但是热干面的那抹橙色却始终难以忘怀，成了我最钟情的颜色。

点评：

世界再美，家乡的色彩，依旧是我们最难舍的牵挂和最钟情的颜色。对于作

者而言，记忆里家乡热干面最独特的莫过于上面的萝卜干，那抹橙色伴随着对家乡的怀想，成了小作者最钟情的颜色。

这抹橙色，点缀着这个城市的大街小巷，让家乡洋溢着热闹的人间烟火气；这抹橙色，随着时光的沉淀，成了乡愁的代名词，成了我内心深处最钟情的颜色；这抹橙色，象征着健康快乐和勇敢乐观，疫情时期，带给了人们战胜病毒的希望和勇气。作者情感真挚，饱含着对家乡的热爱与思念，勾起了读者的思乡之情。

（指导老师：刘慧）

我钟情的颜色

25届4班 刘峻赫

金黄色——那被认为是高贵的颜色，因为金子昂贵，金黄色似乎有一种价贵之感。而对我而言，金黄色不是昂贵，而是珍贵，我钟情的金黄色是家乡那一片金黄色的稻田。

家乡的稻田，那和金子一般金灿灿的稻田，不过，与金色相比，又似乎总少些什么。阴天里，它是暗黄色的，黄色是那样的平凡，那样朴素，只有在晴天，在阳光的照耀下，那份高贵才会突显，那抹金黄，是那样耀眼，闪烁着热烈的光芒。

家乡的稻田，是我和玩伴的乐园，那时候我还没上学，每到夏天，爸妈就会把我送回乡下奶奶家，奶奶家是一个叫九龙圈的村庄，因为九座山头围绕着一片平地，由于这九座天然的屏障，村庄里的田野总是格外肥沃。夏天的傍晚，气温已经没那么高了，阳光也没那么炙热了，这时候阳光温柔地洒在稻田里，就是那种温暖又闪耀的金黄色，让我们流连忘返。我们几个小伙伴喜欢在堆满稻草垛的田野里嬉戏，捉迷藏，我那时候又矮又小，常常钻进稻田中，让高高的稻穗掩护我，不过探出的一团黑发总是出卖我，让我很快被玩伴发现，这时候金色稻田中就会传来我们欢乐的笑声。

稻田还是我们的秘密基地，村东头的那片稻田，对我们来说总是充满了神秘感。因为它和其他稻田隔开，穿过三条土路，走过鸡舍旁的小树林，再穿过一条灌木丛后的小路，大约两分钟后，眼前会出现两座破旧不堪的红砖头房。房主已经去城市生活，这边已经废弃了很久。两座房子的中间有条隐蔽的小路，因为房子已空置多年，加上杂草丛生，经常有蛇虫出没，让这条路格外阴森恐怖。我们

总是为了证明自己的胆量，挑战这条道路，为了尽快通过这条路，小伙伴一个个像离弦的箭一样，纷纷冲过去，冲过去眼前就会出现一大片金黄色的稻田。当你经历过阴暗的，充满未知危险的道路后，再看到这片无边无际金黄色的稻田，你就会被巨大的反差感所震撼，这就是这片稻田无论如何也看不腻的原因。

证明了勇敢的我们，这时候就会安静地坐在田埂上，看着静止的稻穗微微抖动着它们的稻谷，仿佛在骄傲地跟我们说："又是一个丰收年！"

虽然我现在已经离开了家乡，但我永远无法忘记那片金黄色，那片长在我心中的稻田。每当我遇到挫折，我都会想起冲破那条阴暗危险道路后，看到的那片金黄色的震撼，家乡的金色稻田，总是默默再次给我力量。

这就是我最钟情的颜色——金黄色！

点评：

小作者的文章细腻真实，情感真挚，回顾了"我"儿时在故乡稻田里的美好记忆，富有情趣的生活细节让人如临其境。

故乡金黄色的稻田，是"我"和玩伴的童年乐园，它承载着"我"儿时美好的记忆。稻田还是"我"和小伙伴的秘密基地，在勇敢地经历过阴暗的道路后，它给予了"我"面对未知世界的胆量和敢于挑战自我的勇气。金黄色是高贵的颜色，而对小作者而言，它是弥足珍贵的色彩，是记忆深处对于故乡的美好回忆和眷恋，无论走得多远，它都会给予"我"成长的滋养和奋斗的力量。

（指导老师：刘慧）

樱桃与樱花

25届7班 危懿轩

在我的家乡，有着漫山遍野的樱桃树。樱桃树，俨然成了我对家乡的回忆与印象。

记忆里，家乡的樱桃树通常在4-5月开花，每年那时候，数千亩樱桃如期开花，从高空望去，雪白的花朵一簇簇地铺满一座座连绵起伏的山，给大地披上了一袭雪白的外衣。那时幼小的我随父母漫步其间的小路，路的两旁满是一棵接着一棵的树，一树接着一树的花。一团团一簇簇地，洁白似雪，晶莹美丽，在春风

中如仙子般翩翩飞舞。这花、这景，是我最圣洁、最浪漫的记忆。每每回想起童年，大脑中就充斥着樱桃花的那一股幽香。我曾读到过的元稹写的一首乐府诗"樱桃花，一枝两枝千万朵。花砖曾立摘花人，窣破罗裙红似火"以樱桃花引发了他对辜负生命中的友谊的惆怅，而对我来说，樱桃花寄托了我对故乡的浓浓的思恋，也正是我对春天的新生美好事物的最好象征。

但樱桃树并不只有艳丽的花，花落后不久，便等来了樱桃的成熟。家乡的樱桃并非市面上常见的欧洲甜樱桃，它口味偏酸，但细细回味就会品出一股沁人心脾的清甜，而不是那种浓烈的甜。小时候，我常常与玩伴在樱桃林里追逐打闹，偷摘樱桃吃。在林中，我们有时会被自己摘到的果子而酸得龇牙咧嘴，有时会把自己尝到香甜的樱桃毫无保留地给同伴分享。在樱桃林中，我见证了童年里与同伴纯真的友谊。

樱花林里的时光并不长，不久后，我随父母来到上海。对于我而言陌生的城市，我感到有些拘束与不适应。在五月间，我惊喜地在小区中发现几棵树开着与家乡樱桃花一样雪白、有着类似的形状与香气的花。霎时，我感到十分熟悉，勾起了我对那些樱桃树下的快乐日子的怀念。在陶醉与细细观察间，我又发现这花比樱桃花要娇艳的多，也茂盛的多。但我并没有当回事，认为这树就是家乡的樱桃树，于是日日夜夜期盼它结出美味的樱桃。小小一棵树，就让我很迅速地融入了上海的生活，充满着希望。然而，花落后许久，分明已待到了仲夏，却不见树上结出一点果实，只有层层叠叠的绿叶。这给我幼小的心灵带来了无尽的失望与惊异。妈妈看出了我的不解，告诉我这是樱花树，而非家乡的樱桃树。我这才知道一种新的植物——樱花。

抱着对两种"樱"的困惑，年幼的我决定弄清它们的"庐山真面目"，我开始翻阅一些那时根本读不懂的资料，毫无所获。直到多年以后，我才偶然间在科普报刊中发现了"蛛丝马迹"：两者虽为同科植物——均是蔷薇科；但不同属，樱花是樱属，樱桃树则是李属；樱花的主要用途是供人观赏，而樱桃树属于果树。樱花树虽原产于中国，但现在冠绝世界、观赏性更强的樱花品种来自日本；樱桃树主要是为了结果，也有开花的，但较樱花逊色不少。

于是，童年的疑惑被解开，幼小的我开始有了些思考——樱花虽极美极艳，却无法结果；而家乡的樱桃，花并不最美，果也不很甜，那些特甜的品种，花却不美。

这不就是"鱼和熊掌不可兼得"吗？我便有了最初的关于得与失的观念。

但无论如何，看到开得绚烂的樱花，我依旧会想到家乡梦幻般的樱桃树，想

起自己快乐的童年。毋庸置疑,在我心里,家乡的花与果一定是最好的。

点评:

小作者笔触细腻动人,从视觉、嗅觉、味觉等多个角度来写樱桃树,还引用了元稹的诗。樱桃树花开烂漫,是春的信使,果实酸甜,见证了与同伴纯真的友谊,字里行间流露出对樱桃树、对故乡的深情。正因如此,在陌生的城市见到相似的樱花树时才有种"他乡遇故知"的惊喜。但毕竟此树非彼树,"我"从惊喜到失望,从失望到好奇,终于弄清了两者的区别,甚而有了关于得与失的思考。得失之间是成长,读来有些许怅惘。最后小作者将"花并不最美,果也不很甜"的家乡樱桃评为"最好",让人不觉莞尔,感受到了作者对故乡的热爱与思念。

(指导老师:周颖)

我钟情的颜色

25届7班 袁想

新年,在我的眼里是大红色的,而元宵节则变成了一种火红色,更加令我钟情。

故乡的元宵节要"照财",据说是要用火把照亮自家田地以求来年丰收。大人们嫌累,于是孩子们就光荣地接受了这个任务,因此大人们也不会过多管孩子们,这使我们甚至比过年更加兴奋。

火红色在白天便已经开始孕育了。清晨,太阳刚越过地平线,我就开始满村子寻找树枝和干柴,盼望自己的火把能做得最大最好,烧得最久,好与其他孩子炫耀一番。我仔细地翻看每个枯枝丛和枯叶堆,像攒零花钱一样,小心翼翼地把找到的树枝装进背筐里面。到下午时分,用铁丝把拾来的树枝和干柴捆在一起,另找一根又粗又长的木棍做手柄,再在空心缝隙处塞上棉花,浇上煤油,一个半人高的火把就完成了。然后就是急切的等待,期望夜晚早点到来。

到了晚上,夜幕刚刚挂起,孩子们就都冲出家门,扛上火把直奔田野。青石板小路上你推我搡,几个倒霉的孩子被撞倒在地,可这些丝毫不影响大家兴奋的心情,也不计较这些小事,拍了拍身上的泥土,捡起火把,又向跑远了的孩子们追去。

到了田埂上,孩子们便围成一圈,围着最大的孩子,打火机一响,"轰"的

一声，火光冲天而起，火把熊熊燃烧了起来，孩子们见到火光都愈发兴奋了，都把自己的火把伸到了那燃烧着的火把上面，几十个火把相继散发出火红的光芒，冲天的火光把我们的脸照得通红，也照亮了头顶的半边黑夜。

也不知是谁一声令下，跑步声又响起来，几十个火把向四周散开，我也跟着跑起来。在茫茫的旷野上，我握着火把，让它下垂以照亮田地和道路。刺骨的寒风迎面吹来，可身体早已被火焰烤得发热，寒意遇到身体就消融了。孩子们纷纷开始叫起来，互相高声喊叫着彼此的名字。那火红的颜色忽暗忽明，几次都以为火焰要被风吹灭，可转眼又烧得更加猛烈，火红色也愈发旺盛，像永远都不会熄灭似的。跑完一垄，接着一垄，相比于猛烈燃烧的火焰，我先放慢了脚步，后来甚至改成了走，只希望火把可以燃烧得更久一些。星星点点的火光逐个熄灭，我靠着仅剩的火红色慢慢走回家。最后火红色变回了褐色，热闹欢乐的元宵照财也在我们的欢笑声中结束了。

如今，每当我看到那热烈的火红色，看到燃烧的火焰，我都会想起那火红色背后淳朴的民风，温暖的乡情。

点评：

从白天到夜幕，从迫不及待的准备工作到烈火烹油的仪式场景，小作者用火红色勾勒出自己这一天的欢声笑语，也映照出故乡热烈的元宵节民俗——"照财"。

文章尤为出彩的是小作者细腻的心理描写和热闹的场面描写：准备工作的小心翼翼、飞奔向田野的兴高采烈、渐入尾声的恋恋不舍，辅以茫茫旷野上的冲天火光，字里行间描摹出极具美感的画面，孩子们的兴奋和欢乐扑面而来。

在快节奏的当下，这样淳朴的年味儿让人新奇，也令人沉醉，带着童年的美好和故乡的温暖，回味悠长。

（指导老师：陈惠卿）

家乡的味道

25届7班 周思源

我的家乡在浙江湖州,每到茶季,那里到处弥漫着茶树那股清幽的香气,而这,也成为我记忆中独属于家乡的味道。

小时候,我对家乡的第一记忆就是茶田,那漫山遍野的、连成一片的茶田层层叠叠,鳞次栉比,在阳光下静静地发出绿油油的光。再仔细一看,你会发现其中一个个移动的小点,他们戴着草帽和头巾,背着篓子穿梭在茶树间,娴熟地采摘着嫩芽——那是勤劳的采茶人。从小我就喜欢跟着大人们在茶田里穿梭玩耍,春夏之交那清新的茶香沁入我的心脾,让我每每想到,脑海中就会浮现出家乡人勤劳的身影。

采下的新茶叶带回家后,经过萎凋、杀青、揉捻、日晒……众多工序后,就可以打茶饼了。这时候总要派出家里最强壮的劳动力,十几位汉子举着木棍不停敲打着集中在一口大缸里的茶叶,直到一片片叶子都层层叠叠挤在了一起,在模具里紧压成型,便成了茶饼。这可是一件苦差事,我曾经不自量力冲上前去想要试试,才没打几下就已经胳膊酸痛,而茶叶却一点都没成型,便悻悻然败下阵来。我接过外婆泡好的一杯茶饼茶,哇!浓醇的茶味涌上舌尖,入口微涩,但旋即回味甘甜,真可谓"浓缩的都是精华"!原来一饼好茶,经由那一道道毫不马虎的工序才能入味。汉子们的木棒、那口大缸和打茶饼的广场上经久不散的浓酽的茶香,让我懂得了匠心最朴素的表达。

家乡人爱茶,不仅爱喝,还爱画。人们拿一根铁针戳到茶那独有的、厚厚的泡沫里,画出各式各样的图案。这看似简单,可稍不留神就会失败。外婆就是个中的高手,仍记得在幽雅的茶香中,她把着我的手,拿起针,戳进泡沫,针戳得深了,茶都跑到泡沫上了!于是,她把针提了提——果然,泡沫如纸薄,针如丝线细,"纸"上一幅优美的画跃然而生。扭头一瞥,不正是窗外那片茶田吗?我问外婆,为什么会有茶画?外婆用手一指窗外,我们湖州山光水色俱佳,才有这绝好的茶,若光为了喝,岂不是浪费了?哦,我懂了,风雅是融进了家乡人灵魂的追求,伴随着那一缕茶香,滋养着一代又一代人的成长。

又是一年茶收季,收到外婆寄来的新茶饼,我的鼻尖、舌间又弥漫起那一股清新、浓醇、幽雅的茶香,那是家乡的味道,是家乡人勤劳、匠心、风雅的写照。

点评：

家乡的味道于中国人而言，不仅仅是一种滋味，更是一种情怀，对一方水土的眷恋和对一方人的认同自在其中，才下鼻尖，又上心间，进而出之笔尖，就不止于一种味道了。

小作者选择了茶香作为湖州的味道，这香味层次丰富，既有茶田里的清新，也有茶饼中的浓醇，更有茶画上的幽雅，映照出乡人种茶采茶的勤劳、打茶制茶的匠心，以及画茶品茶的风雅，也珍藏着小作者感受家乡、品味家乡、想念家乡的一片拳拳之心。

文章语言清丽淡雅，和这一缕茶香相得益彰。

（指导老师：陈惠卿）

那些灿烂的日子

25届8班 陈乐欣

一缕缕金灿灿的阳光洒进延绵幽深的弄堂，朴实无华的阁楼里溢出茗茶的清香，望着外公递给我的一张张老上海照片，我似乎回到了从前，沉浸在那些灿烂的日子里。

昔时，从外婆家门口奔出，蹦跳着拐入弄堂，弄堂笔直而隐蔽，漫步其中，熟悉的马路换为狭窄的小巷，聒噪的鸣笛声淡成悦耳的自行车铃声，耸立的大厦矮作低小的平房……

闭上眼，一阵绵长浓郁的香气袭来，一位衣着朴素的老人推着小车："桂花糕来哉——"许多行人牵着孩子们的手挤到车旁。我向往着桂花糕的酥软甜糯，便跟着排队，排到了才发现我没带钱。老人温和慈祥的目光与我相遇，她眼角的鱼尾纹舒展开来，嘴角上扬，递给我一块三角形的桂花糕。我红着脸轻道一声"谢谢"，便迫不及待地品尝，桂花的甜蜜与糕的柔嫩在我舌尖上绽放，重温老人灿烂的微笑，淳朴温暖，再一口下去，格外香甜。

往前走，弄堂两旁一户人家传来烧菜的喷香，另一户则是麻将牌的响动以及爽朗的笑声。一位阿姨捧着一斛刚炒好的花生米走到邻里门前每户分一点儿，"张家阿奶，来吃油爆花生咯——""好，侬也进来喝杯茶。"我不知何时手里也多了一把花生，嚼在口中，唇齿留香。探头往屋中一瞥，一家人围坐在圆桌房谈笑风生，毫无隔阂地拉过客人一同交谈，碗碟碰撞的声音此起彼伏……老上海弄堂

街角小巷中无处不有浓浓的人情味。

  阳光化为道道金线编织着我的金色回忆。转眼时过境迁，弄堂与石库门多被拆迁，高楼拔地而起，虽然防盗门紧锁，但是任何一副厚重的枷锁都无法阻挡邻里间的真情。春节前夕，身为楼组长的外公拎着一箱日历挨家挨户分发，"侬好，这是侬的日历，祝侬新年快乐！""谢谢侬，也祝侬万事如意。""不用谢。"我看着外公额头的细汗，忍不住问道："外公，为什么你一直每年亲自上门送日历，而不让大家到指定地方取呢？何必这么辛苦！"外公摸了摸我的头："乐乐，给人家送日历是对人家的新年祝福，如果让人家自己取就没有这层祝福了。"我望着外公灿烂的笑容点了点头，似懂非懂。

  风云变幻，疫情的阴霾侵袭到了上海。这次的病毒来得突然，全城人民守望相助，宅在家中的我眼看着米袋中的米量日益下降，不禁焦虑起来。"我家里米可多了，送侬一袋，小孩长身体可不能饿着。"我看到外公将邻居刘叔叔送的米搬进了厨房。过了几天，居委接龙买米的时候，刘叔叔却第一个接龙了。之后的岁月里，我们也将团购到的果蔬分给刘叔叔和楼中的独居老人。俗话说，"远亲不如近邻"，邻里间的互相关怀化作提灯天使，温暖了彼此的心。如今，上海弄堂也许一去不复返，但是弄堂里往昔的温馨和睦并不会随时代变化而消退。

  在那些灿烂的日子里，我细数着饱含真情的上海故事，它们如同市花白玉兰般悄然盛开，浓浓的人情味将会被收藏在每个上海人的心中，流淌在"魔都"的血脉里，化为一代又一代上海人永恒的记忆。

  望着手中的照片，沐浴着晨曦和斜阳交织出的光芒，窗外的车水马龙，高楼林立，我愈发惊叹于上海的日新月异以及变更后恒久不变的温情。我越发热爱故乡上海，但愿这份人文情怀能代代传承，温暖一辈又一辈上海人的心。

  点评：

  在一张老照片的引领下，小作者仿佛带领读者进行了一次穿越之旅。眼前浮现弄堂低矮错落的平房，耳边传来自行车清脆的铃声，鼻尖飘过桂花糕绵长的香气，嘴里蔓延花生米醇香的美味。熟练运用文字，调动多重感官，给人以身临其境之感。时间来到当下，身为楼组长的外公依然用亲自送上的日历传递邻里温情，在外公和刘叔叔的感染下，小作者也参与到了邻里相助的行动中。虽然弄堂和石库门逐渐消亡，但岁月和疫情都没能冲淡联系着上海人民的邻里温情，相信这份情感也将在小作者为代表的上海小囡中焕发出新的生机。

（指导老师：朱依婷）

故乡情结

永存心中的萤火

25届8班 韩雅媛

　　我时常伫立于城市的窗口眺望远方的故乡。在那里，我和祖父母一起度过了天真烂漫的童年。那段夏夜里观萤赏月，听着蛙声安然入眠的时光，心中永存。

　　燥热的夏夜，清风明月，蛙鼓虫鸣，流萤翻飞。萤火像绮丽的梦境，又像圆月，为沉闷的夏夜平添了几分诗意。

　　月夜晶莹，星空迷离，孩提时的夏夜，我便会躺在竹席上纳凉。祖父搬来一张木凳，坐在我身边轻轻摇着蒲扇，划动月光，为我驱赶着炎热。不一会儿，祖父说："囡囡，爷爷教你念唐诗可好？""好啊，好啊！"我欢喜地答应。"银烛秋光冷画屏，轻罗小扇扑流萤……"清丽温婉的诗句伴着微风轻抚我的脸颊。月光下，院里的古树沉静安详，空气中氤氲着栀子花香。我的目光在葳蕤的枝叶和玲珑的庭月之间游走。迷蒙的夜色中，从天边若隐若现飞来一群精灵，它们成群结伴，点点萤火，把深邃的夜色点缀得瑰丽而神秘。

　　躺在祖父脚边的我，望着夜空中的流萤提着灯笼寻寻觅觅，也随声念了起来。祖父的额头沟壑纵横，蓄满月光。念完唐诗，他又为我讲故事传奇，祖父的语调不紧不慢，我听得入了迷。那些古灵精怪的故事，仿佛这点亮黑夜的流萤，在我的想象里翩跹。

　　祖父的故事讲完了，可我仍觉得意犹未尽，便和小伙伴们约着一同去抓萤火虫。这些精灵般的流萤，仿佛在和我捉迷藏：有时它们飞得极慢，如天上的星宿诡秘地眨着小眼。可当我真的走近，它们却又突然飞得极快，如流星划过夜空，让我扑个空。好不容易捉了几只，装进瓶子里，到了睡前挂在帐里，偶尔做了噩梦，睁开眼，看见帐边萤火，听取远处蛙声，便觉得安心踏实了许多。

　　这时起床走到院子里，便会发现萤火点点星光，有一种玲珑飘逸之美。萤火缭绕的小院，没有了人语，没有了房屋的灯火，这样宁谧的夜晚是多么让人留恋。

　　离开从小长大的故乡，来到车水马龙的大城市。喧嚣的现实中，我再无缘见到那如梦似幻的萤火。故乡小院的幽幽碧光、枕边的缕缕萤光，以及河苇丛中忽明忽暗的盏盏"灯笼"，常常出现在我的梦里，牵引着我，回到那有亲情滋养，友情陪伴，天真烂漫的童年。小小萤火永存心中，让我在浮躁喧嚣的现实中找到来时的路，抵达内心最初的清明平和。

点评:

蛙鼓虫鸣,流萤翻飞,故乡的夏夜承载着小作者美好的童年回忆。而祖父的唐诗与传奇故事,更为夜晚增添了诗意与奇幻。如果说萤火虫的微光点亮了故乡的夏夜,有爷爷和小伙伴陪伴的童年也如同一道光,点亮了小作者的心灵。全文以萤火虫为线索,巧妙串联起成长故事,构思新颖独特。小作者善于运用环境描写渲染气氛,人物描写细腻生动,整篇文章娓娓道来,温情动人。结尾段道出成长过程中的思悟,在浮躁与喧嚣中,始终保有内心的一片宁静平和,让荧荧微光永存心中,余韵悠长。

(指导老师:朱依婷)

成长思悟

纸际墨香

21届6班 王笑妍

最后一抹曦光消逝在地平线后方,暖黄的路灯如约亮起,描摹出书报亭的轮廓。我静静地伫立在整齐的杂志报纸前,抽出那本熟稔的《少年文艺》,自顾自地沉浸在白纸黑字的世界中。微风抚过,屋檐上挂着的铃儿细声轻唱,伴着老板收音机里不甚清楚的人声,时间就静止在了这一瞬。

可随着时光的变迁,书报亭已经淡出了人们的视线。

我依旧是走在黄昏的街头,一步步走过身边的喧嚣。夕阳把影子在空地上拉得很长很长,落到了本该是书报亭的青色石砖上。那本是上海市民文化的美好特色吧,却只是在回忆中留下了一片温暖的剪影。在模糊的童年记忆中,行色匆匆的人们总在经过书报亭时捎上一份报纸、一本杂志。地铁上的人们也总是捧着报纸读得津津有味。老人们牵着小孩慢慢地走在路上,从书报亭里拎起一份报纸。小孩抱着老人的手撒撒娇,一本《意林》又被揣在了怀中。

想来,书报亭的旁落已不是突如其来的意外,而是大势所趋了。渐渐的,时代在向前走,人们也亦步亦趋地拿起了手机。那一方小小的屏幕中凝聚了世界各地的奇闻轶事,便利又全面,哪还有人在意被时代抛弃的纸媒呢?

家里的老人总是坚持订一份《新民晚报》,晚饭后在沙发上细细品读报上的每一个文字。我没有手机,杂志和书籍便是我触手可及的娱乐。我当然明白新媒体的优势所在,我只是在惋惜,惋惜那薄薄一页纸上些许的墨香或许已经随风逝去,惋惜那恬淡的文字埋没在了碎片化的信息中,惋惜那温柔的光再也等不到同样温柔的书报亭。

停下笔,合上作业本,拾起微微泛黄的诗集。指尖在书页上摩挲,感叹着古人凝聚在字里行间的智慧,忽然想起有人说过,古人比今人要更有创造力。乔布斯凭着创新赢得了世人的崇敬,却又因过于直观而带走人们的创造力。细细想来,也是有一些道理的。

我想,纸媒是不会完全被新媒体取代的。报纸上的报道要比手机详细真实,书页卷起的纸角是时常翻阅的见证。随着时光流去,手机上发现的一篇好文或许泯没了千万条信息中,纸际的墨香却能长久地萦绕在心头。手机代表着高速、效率,都市生活的快节奏;而纸媒代表的,是细节,是沉淀,是舒缓身心的慢节奏。两者相依相存,自是缺一不可。

合上诗集,指尖留住了淡淡墨香。

点评：

书报亭是都市文化一道独特的景观。我们对书报亭很有感情，其中承载了多少美好回忆，曾经构建着城市基本的阅读形态。散布街头的书报亭带给我们生活中许多"不经意间的温暖"。一份早报能让上班族的候车时间趣味盎然，一本久等的画刊足以满足孩子们每月的期待，对老人们来说，翻上几份常看的报纸能惬意地度过每一个午后。作者在怀念书报亭的同时，也鲜明地提出对纸质阅读的坚守，也许只有鼻子闻着书中墨香，双手触摸着真实的书页，眼睛注视着纸上的文字或图片，才能真正感受到书中承载着的情感和文化的韵味，有"沉浸式"的感受。

（指导老师：戴卉）

我和我的祖国

21届6班 刘翰森

中国，我的祖国，她拥有广阔无垠的疆域、蒸蒸日上的经济、比肩接踵的国民，是近十四亿华夏儿女的母亲，在她九百六十万平方公里的国土上，星罗棋布着无数自然和人文美景。

"山川之美，古来共谈。"在我之前，诸多的前辈写有很多描写祖国美景的文章、诗歌，无论是李白"飞流直下三千尺，疑是银河落九天"的大气磅礴，还是王禹偁"棠梨花开胭脂色，荞麦花开白雪香"的细腻唯美，或是王维"分野中峰变，阴晴众壑殊"的优美灵动，都深深地触动着我的心房。作为一个诗歌爱好者，我在游览祖国的大好河山时，也会创作一些诗词作品。

有一次，我回到自己的老家——河南安阳，专程去参观了有人间天河之称的红旗渠。红旗渠，是为了解决长期缺水的林县人民的生产、生活困难，在太行山间开凿出的一条水渠，看着崇山峻岭间蜿蜒的红旗渠，抚摸着当时简陋的劳动工具，我被当时的党员干部们坚韧不拔、百折不挠带领百姓劈山凿石、造福子孙的精神深深地打动，情不自禁写下一首诗："太行山间盘天渠，自古旱魔今永去。一锤一钎十年功，千秋百代万福聚"，来赞颂中华儿女不畏艰险、克服重重困难的伟大精神。

我曾在清明时节到访南京，访鸡鸣寺、抚古城墙、搀扶着姥爷登上了阅江楼。滚滚东逝的长江、巍峨厚重的城墙、一桥飞架南北的长江大桥、年逾七旬仍努力攀登的姥爷,此情此景令我胸襟激荡、豪气冲天,于是作了一首《破阵子》:"昨日细雨方退,今朝花红叶绯。一千载古寺嵯峨,六百年城墙巍巍。落樱纷飞。百丈高楼雄踞,远眺扬子凭栏。仪凤门外狮子山,阅江揽胜须登攀。蔚为壮观!"

上有天堂,下有苏杭。杭州西湖,是中国旅游的名片之一,素来有"水光潋滟晴方好,山色空蒙雨亦奇"的美誉。我多次到杭州旅游,每次必不能错过西子。当我登临西湖边的宝石山,远眺湖光山色,近观保俶古塔,一首七言律诗脱口而出:"看惯西子水天色,独爱湖畔峻峦峰。保俶曼妙如少女,雷锋端稳似老僧。抱朴仙阁云雾绕,初阳台前五尺松。此山美景何最险?蛤蟆岩中奇石耸。"距上海近在咫尺的太湖也是我钟爱的地方,我爱她的烟波浩渺,爱她的点点白帆,而我最爱的是苏州东山、西山的粉墙黛瓦,以及令人回味无穷的农家菜。我在另一首七言律诗里写道:"三月太湖春水旁,垂柳拂岸枇杷黄。洞庭山间飞黛瓦,绿林深处现粉墙。扁舟争渡起涟漪,玉兰竞开吐芬芳。最爱农家酒旗风,白鱼鲜美草鸡香。"苏杭的景致,每每令我流连忘返。

我把更多的笔墨留给了我生活的城市:上海,这个生机勃勃的大都会,这里的高楼大厦鳞次栉比、直入云霄;百货大楼琳琅满目、霓虹闪烁;交通网络四通八达、方便快捷。无论是在车河中欣赏夜景,还是骑行在绵延二十多公里的滨江岸线,或是在江边咖啡馆里度过悠闲的午后,都是令人难以忘却的享受。盛夏的傍晚,当我漫步在世博江滩,望着南浦、卢浦两座雄伟的大桥,不经意就吟出一首《破阵子》:"桥下灯火通明,江畔云淡风轻。流连梅奔炫五色,小舟不欲连夜行。系岸泊停。浦江蜿蜒北上,两岸桥隧通途。六千年前始成陆,如今繁华不尽数。人曰魔都。"而当我中秋节到外滩赏月,背后是百年历史的万国建筑群,隔江是摩天大楼云集的陆家嘴,一轮圆月低低地嵌在"三件套"的楼顶,一首《苏幕遮》也就自然流露:"人若织,车行迟,外滩东望,广厦繁比栉,霓虹映江胜锦丝,游船闲舟,白鹭入林枝。月如盘,人凭栏,大江北上,八月十八日,黄浦秋涛虽不至,风起水涌,浊浪拍岸石。"

中国,一个有着五千年历史的文明古国,一个锐意改革、蓬勃向上的东方大国,无论是城市还是山野,无论是滨海还是内陆,无论是历史还是未来……我将继续用诗词歌颂你、赞美你。我爱你,我多姿多彩的祖国。

点评:

作者挥斥方道,激扬文字,用青春书写对故土的眷恋;用奔涌的真情歌颂祖国的巨变发展。正是一切景语皆情语,字里行间洋溢着文化自信和民族认同感。

宏大主题的文章并不易写就，作者以小见大，抓住自己的兴趣——吟诗创作来呈现自己的一腔热情。既能彰显自己的内蕴积淀，又能使自己的乡情、爱国情不浮于表面，诗化的语言充满想象和韵律之美，言已尽，意犹未了，令人愿读、爱读，情不自禁投入其中，为文章增添了不少意趣。

（指导老师：戴卉）

印记

22届2班　王梓涵

　　深夜，我理好第二天的东西，照例拉开窗帘。窗上蒙了一层模糊的水汽，氤氲了万家灯火。我吐出一口气，拿起日历，记录刚刚溜走的一天……

　　记录，刻下生命的印记。

　　何时有了写日历的习惯，我已然记不清了。许是小时候为了积累作文素材，母亲递给我一本日历，让我每天写一件让自己感动的小事伊始吧。那时，总有一个小小的身影伏于案上苦思冥想，许久后才在每日的方格里写下几句话。后来年龄渐长，我学会在生活中关注身边的小事，在经历的过程中将感知的触角伸向四面八方。这样的习惯被保留的同时，我让生活中的人和事在我的记忆里刻下印记，见证成长。

　　后来，写日历从每日"任务"变成了每日"享受"。我开始期盼每晚的十分钟，容许我在一片安静中与自己独处。我翻阅白日里邂逅的故事、遇见的温暖，然后在夜晚的静谧里细细咀嚼。"有人记错了我的生日，竟然还送了礼物！""前几天默写的一蹶不振的对比下，今天简直一飞冲天！""校长的致词是好好为大家服务"……夜深，灯暖，照耀着心情，我一笔一画地涂抹下自己的心情，我在独处时感受自己的情绪：高兴的、苦恼的、新奇的，有时我用诗句以代表当时情感，或仅给自己带来美的享受："憬彼淮夷，来献其琛""染柳烟浓，吹梅笛怨，春意知几许""络纬秋啼金井阑，微霜凄凄簟色寒"，截然不同的词句、摘录，皆是记录给生活最细枝末节处刻下的印记。独处时，我体会当时情感，用记录的方式，给思考留下印记。

　　某年除夕，把完成的一本日历放到书橱右上角，却惊异于已有了这么多本日历本。2013年、2014年、2015年……整整齐齐排列着的本子，是我生命的痕迹。

我不禁翻开以往的日历，一页一页看了起来。时光不知不觉溜走，既是我看回忆的时间，又同样是我来到世界的、成长的时间。原来，日日记录，墨色干涸于纸面，刻下的，是生命与成长的印记。

突然，我看到某页上写着的只有六个字："一本本，一年年。"我不觉笑了，为当时的感慨，为刻下的印记。

于是，深夜，写下几句心里的思考，墨色干涸，熠熠生辉……时空流转。记录，予我的是生活中人与事的感动，独处的印记与生命、成长的印记。

记录，那是我的印记。

点评：
本文叙写了"我"从儿时开始保持至今的一个习惯——写日历。写日历，让生活中的人和事在"我"的记忆里刻下印记，见证成长；写日历，让"我"体会独处时的情感，用记录的方式，给思考留下印记。文章构思巧妙，善于选点展开，行文酣畅淋漓，耐人寻味。全文叙述生动，细节描写颇具匠心，生活气息浓厚，遣词造句准确传神，体现了作者较高的语言驾驭能力。文章字里行间流露出的人生体验之丰富和思想感情之细腻让人感到惊叹，称得上是一篇成功之作！

（指导老师：陈玉燕）

那一次偶然的相遇

22届5班 李世元

遇见是一种平凡且美好的邂逅，往往是那偶然的一瞥，不经意的一次擦肩而过，擦出了精彩的火花，在云南遇见你之后，我的生活发生了微妙的变化。

我的云南之旅目的地是丽江的泸沽湖，我就是在那里遇见了你——长发的大姐姐。遇见你时已是中午，你只比我大三岁，却已经挑起了家庭的重担，既要照顾年迈的奶奶，以及幼小的弟弟，每天还要淘米做饭，养家糊口，这和我的生活截然不同但你却生活得很快乐。

放置好行李，你就带着我去了离你家最近的景点——泸沽湖。站在远处眺望，湖面宛如一面巨大的镜子，沐浴阳光，闪着光亮，微波粼粼的湖面，有几叶扁舟，船上传来艄公悠扬的号子，好似一个个音乐家在歌唱。你告诉我，那是猪槽船，

是泸沽湖的特色，坐着那船，漂在湖面上，可以享受这宁静的大自然。我听着也跃跃欲试，迫不及待地去体验一番，享受大自然的美好与惬意，我躺在船中间，闭了眼，聆听着艄公哼的小调，附近的鸟儿也来助兴，美妙地唱着、叫着……两岸树木郁郁葱葱，远处依稀有几户人家，缕缕炊烟飘在空中，仿佛是世外桃源一般，大自然消解了那些疲惫烦扰、世俗繁华、名利牵挂，留下的只是那些看似不起眼的美，却又美得动人，美得可爱，既是对世俗心灵的慰藉，又净化着世间的繁杂。

下了船，天色渐渐暗了下来，你走在前面，远处的夕阳照在你的背上，使你的头发染成了金色，有一种难以言状的美感。到了村里，看到全村人都在忙活着什么，你跟我解释说，我这次的到来正好赶上了他们一年一度的火把节，家家户户门前都会放着一根粗壮的木棒，点燃后连续放置三天。你还对我说，到了晚上，全村的人都会聚在一起，点燃篝火，每人拿着一根火把，围着篝火载歌载舞呢。随着夜幕降临，篝火晚会开始了，我们手拉着手，唱着歌，跳着舞，许下了心中最美好的愿望。

在祥和的氛围中，篝火晚会暂告一个段落。有人端来了美食，有南瓜饼、鲜花饼，还有云南当地特产普洱茶。坐在我身边的一个年龄稍长的村民拿了一块南瓜饼就往我手里塞，说："小伙子，这个是鲜花饼，这些都是我刚刚亲手做的，你快尝尝！"说完对我笑笑。不知为何，接过饼时我有些感动。轻轻咬一口南瓜饼，酥脆可口，味道真是太美妙了。我也想尝试着做这道特色美食，你便手把手地教我，先将面粉与鸡蛋混合，揉成面团，再将玫瑰花瓣捣成花泥放入面团中，搓成圆圆的饼状就大功告成了。虽然我有些笨拙，做的鲜花饼不完美，但却丝毫不影响它的口感，经过烤箱的烘焙，我们和村民一起分享着自己DIY的食物，感受到了一种发自内心的最简单的快乐。

篝火晚会后我们意犹未尽，你又带我去附近的小山丘，那里有美丽的夜空，我不由想起诗句："仰观宇宙之大，俯察品类之盛，所以游目骋怀，足以极视听之娱，信可乐也。"我和你一起躺在山顶，看着美丽的星空，我忽然地问你："姐姐，你有什么梦想吗？"你闭上眼睛，思索了一会低声说道："我想当个老师，因为家里穷，爸爸几年前去世了，妈妈在外地打工，我要照顾奶奶和弟弟，我想当老师是因为我想教山里的孩子知识，让他们可以走出大山，看看外面的世界。"我深深被震撼了，一个山中长大的孩子，却有如此大的志向，我不禁反思起来，我有那么好的条件，又有什么理由不去追求自己的理想呢？

两天后，我离开了云南，离开了姐姐，回到了上海。遇见你之后，我学会了在朴素、平凡的自然中创造美、发现美，在质朴、平凡中感受美的力量以及永不放弃追求梦想的执着坚韧。这一次的遇见改变了我，让迷惘、困惑、懵懂的我渐渐地有了想要奔赴的梦想。

点评：

在美丽的云南丽江遇到了一个美丽的姐姐，一次美好的遇见让作者对生活也有了更美的期待。在那一片山清水秀的自然风光中，让城市中的自己释放了内心压力，回归了自然的纯净，在这种慢生活的节奏中似乎找到了内心的节奏，唤醒了内心的力量。那鲜花饼的醉人甜蜜，那火把节的奔腾喜悦，还有乡里人的淳朴热情，都让作者感受到了纯真的美好和真实的力量，原来生活的快乐可以如此简单，如此悠长。那个肩负着家庭重担却又不忘仰望星空、心怀梦想的美丽姐姐，更使自己懂得了心灵的自由可以冲破生活的局限，每一个人都可以勇敢地去追求心中的理想和美好的生活。

作者在这一次旅行中用心去遇见，遇见了世界的美好，也遇见了更好的自己。

（指导老师：王静）

茶之道

22届5班 刘若彤

相遇，是一种美丽的缘分，正如张爱玲所说："于千万人之中遇见你所遇见的人，于千万年之中，时间的无涯的荒野里，没有早一步，也没有晚一步，刚巧赶上了。"我的生活是如此般寻常，直到遇见你之后……

仍记得你带领我去到你的老家福建，化身茶农，体验劳动人民质朴而又不失端庄的生活方式。"清明早，立夏迟，谷雨前后最适时"，采茶的时间尤为讲究，一大早太阳未出，你便带着我上山采茶。你用指甲小心翼翼地将其一断，把茶芽摘下放入身上装有泉水的木桶中，动作是那么娴熟、流畅……我模仿着你的样子有序地将茶叶一一采下，慢慢熟练起来，便发现采茶并非枯燥的过程，反倒是一种绝妙的体验。

后来我才知道，"采茶需是清晨，不可见日，晨则夜露未晞，茶芽斯润，见日则为阳气所薄"，适时才是关键之道。

炒茶是制茶过程中的重要组成部分，炒青即为重中之重。你把我带到一大口

板锅之前，手持炒茶扫帚，在锅中旋转炒拌，叶子随之翻动。鲜叶中的酶在高温作用下迅速变性失活，你凭多年练就的手感炒动茶叶，使其受热均匀。在速度与高温的双重考验下，一边加高温度，将其搓卷成条，一边抖散茶团，看似工序复杂，你却能有条不紊地完成。你将时间拿捏得恰到好处，高超的敏锐度以及深厚的经验着实让我敬佩与赞赏。

回首当时漫步在石板铺成的步道上，沉醉于古色古香下的景色之中，一股清淡的茶香扑面而来，沁人心脾，我便寻至了你的茶室。现今再次走进这个门面不大，却又不失雅致的居室，一整套泡茶的工序如流水般从你的手中展现出来，我对茶愈发着迷。

茶道，被视为一种烹茶饮茶的生活艺术，以茶修身，不仅能静心，有助于陶冶情操，驱除杂念，还能学习礼法，增进友谊。来到你的茶室，见你先将壶具洗净，把乌龙茶叶放入茶壶，用沸水冲泡，最后将壶中茶汤倒进公道杯，分入几个闻香杯中，茶斟七分满。我轻嗅杯中茶的余香，细品一口茶，独具匠心的特有茶味使我难以忘怀。都说"一方水土养一方人"，茶也一样，不同地域出产的茶也固然不同，乌龙茶的香气浓郁，普洱的苦中带甜，肉桂的醇厚干爽，大红袍的耐人寻味，都是如此独一无二。

品茶静心，你告诉我，每一片茶叶都十分重要，虽不被人关注，但它在水中还原本色，不求功德，不求福报，只是尽心尽意贡献自己的芳香。遇见你之后，我对茶有了更深刻的认识，更学会了透过茶，去体会身心合一的平静，去渴望成为真正的自我。

点评：

作者在此文中细品一壶中国茶，从采茶的悠然自得、闲情逸致，到炒茶的匠心独具、精益求精，最后体会品茶的先苦后甘，回味无穷。在这一壶中国茶中作者领略了茶叶汇聚天地之灵的芬芳和土地无私的馈赠，领悟了做事需要把握火候，按时处顺的智慧以及感受静气平和、心无杂念的浑然忘我，在这一壶质朴的中国茶中我们看到了中国传统文化的魅力和安身立命的智慧。作者通过对于茶道的学习和体验，总结了在此过程当中的收获和感悟，当遇见茶道之时，也就遇见了另一种不同的生活的哲学。

（指导老师：王静）

爷爷的风筝

22届6班 王舜筠

晨光熹微，金黄色的光芒透过结着冰花的窗牖钻入屋内，红泥炉子中的柴火欢快地噼啪作响。爷爷手执竹条，娴熟地忙活着。风筝在舞动，流年在变幻，爷爷就这样，守着风筝铺，守着乡邻，青丝成雪，而指尖温暖依旧。

记忆中，看爷爷做风筝是我最快乐的时光。爷爷一面娴熟地忙活着，一面为我讲述那些风筝形象背后的故事，在慈爱的笑容里，在低缓的絮语中，一段故事便在这方竹架间展开，精卫与神鳖，瑶池与清都，像一轮初升的明月，忽然笼罩了一室的光华。如今想来，我亦是爷爷手中的纸鸢，在爷爷慈爱的浸润下随风潜入一个古老的梦境，一个善良总能战胜邪恶的世界。朝朝复夜夜，岁岁复年年，小小纸鸢上承载的爱，我一直拥有。

年岁渐长，爷爷的眉头钻出了深深的皱纹，风筝铺也日渐式微。看着爷爷佝偻着背劈竹烧火，我未免有些心疼，常常劝爷爷关了风筝铺。爷爷却道："有人还要风筝，我的风筝铺就会继续开。我这把年纪，若是能以纸鸢给大家带来些快乐，便是再好不过了，反正也是闲着。"

我似乎刹那间懂得了爷爷心中的那份坚守，理解了爷爷的匠心与大爱，心中便也想跟随爷爷的脚步。在爷爷期许的目光中，我小心地提起刻刀。刀锋在竹条间上下翻飞，文火蒸成弯曲的汗青，麻线扎成型，宣纸糊其骨，明丽的色彩敷于其表，逼真的形象跃然其上。轻轻包上牛皮纸，系好红丝带，看到临街的小弟弟捧着风筝展开笑颜，我也体会到了爷爷用己所学、尽己所能，无私给予所带来的幸福。

爷爷的坚守，有用吗？工厂中钢铁机器吞吐着拼接而成的工艺品浪潮，席卷了爷爷的风筝铺和其他藏在光阴里的东西。可是爷爷的这些纸鸢，这些爷爷巧手下粉墨登场的纸鸢，这些烈火利刃下涅槃重生的纸鸢，它们的翅膀里藏了岁月的歌谣，藏了爷爷慈爱的笑容，藏了爷爷的精益求精、默默坚守。这个世界上有用的事物已经太多了，所有的因果逻辑都是循着用途连接和推动，那些边缘的次要的性质从因果链上碎裂下来，被淘汰出局过滤干净，变得光滑、坚硬而单一。爷爷的风筝，则闪着温暖而明亮的光辉，使捧着它欢笑的人们，生活变为本来弥漫的氤氲般的形状，柔软起来。或许这就是爷爷坚守着风筝铺的意义——守着岁月，传递温暖，做一个自由而"无用"的灵魂。

爷爷的关怀慈爱，无私给予，默默坚守，予我美好多彩的童年生活，让我明

白了何为匠心、专注、精益求精,也使我学会尽己所能,为他人带来温暖,做一个自由而"无用"的灵魂。

点评:

鲁迅、梁晓声、王安忆等大家笔下的风筝各具特色,意蕴深远,作者笔下的风筝亦是如此。"风筝"在日常生活中愈发难寻,手工制品更是快要淡出历史舞台,消失无踪迹的老物件。作者巧妙地将亲情和传统文化融合在一起,在爷爷带着"我"做风筝的过程中,不仅感受到了风筝本身的魅力和其背后所蕴藏的深厚底蕴,更流露出温馨的祖孙亲情,从而进一步理解了爷爷坚守风筝铺的意义。

手工艺之美,美于朴实无华,美于匠心独具,美于永流传的情意与温度,是流水线作业永不可达到的境界。而老一辈的抱朴守旧也未必是倒退,这是他们关于"无用"的哲学。

(指导老师:戴卉)

一张凳 一把琴

22届7班 黄钰涵

学二胡的路上,似乎只有山重水复。我低着头,雨水和泪水交织着流向脸庞,眼前是一片陡崖,是逃不出的怪圈和诅咒,不知何时才能柳暗花明。

开始学琴也只是为了应付音乐课,浪费周末大好的懒觉时光,本就不是我所乐意的。初来老先生家,对音乐可谓是一窍不通,只迷迷糊糊记得他给我们演奏的那首示范曲,绵长哀婉,如泣如诉。但自己第一次拉出锯木头般沙哑的咝咝声浇灭了内心对音乐的憧憬。

然后就开始了不断努力又不断失败的生活。一次又一次,我用肿大发红的手指按下细如发丝的琴弦,咬着牙憋回要夺眶而出的泪水。但不是所有付出都是有回报的,我好像怎么也练不过那些看起来天赋异禀的同伴们。无数次满心欢喜地迎接挑战,无数次失魂落魄地抱憾而归。我越来越无法忍受,开始怨天尤人,自艾自怜。终于有一回,我照常给先生回课,心思却早不在屋里,一走神,揉弦揉走了音。小心翼翼地抬头,惊恐中对上先生那犀利严肃的眼神,屋里安静得吓人,偶尔传来几声吃吃的笑。我魂不守舍地回到家,砸上琴盒,一连几天不再拉琴。

这山重水复，好像没有尽头。就这样，级也考过了一些，但我对二胡，始终都喜爱不起来。

又是一个周末，我本想逃了这令我心生厌烦的二胡课，却接到先生的电话，只有四个字："来拉琴吧。"我细细揣度着他的语气，不似平时那番严苛，平和里掺了几分鼓励。抱着去接受批评的念头，我来到了先生家。屋里静悄悄的，没人。先生大概是出去了罢，我思索着，来到阳台的矮凳上坐好。调音，擦松香，既是没人看着，便也不急了，往日胡乱略过的几个细节，被我重新拾了起来。架手，拉弓，小时先生的叮嘱又响在耳旁："背要挺直了，精气神可不能输。"拉琴前的准备，仪式感随着我毫不含糊的动作又重新变得清晰起来。第一个长音悠悠响起，在同样的地方，我第一次为自己拉琴。

琴声落下，掌声响起，先生不知从哪里出来，依旧是那不慌不忙的语调："所以嘛，哪里要什么天赋、技巧，心变了，情变了，音自然也就变了。来，我要拉《二泉映月》，给我伴奏。""我……我不……"我摆着手，连连后退，那是一曲难度极高的曲子，而且，只有一个班上最优秀的学生才有资格给先生伴奏。"我不配"是我内心的独白，却在要说出口时硬生生在"配"那里哽住。我深吸一口气，努力让自己的眼神坚定，迎上那道威严的目光。"来吧，这儿就我们两个。"我细细咀嚼他的每一个字。我又一次站在那片陡崖前，要么退缩，要么攀登。不知过了多久，我呼出一口气，"我来。"是啊，尝试总归是冒险的，但不尝试是最大的冒险。就试一下，又能怎样呢？抱着这样的念头，我抛开所有杂念，重新坐回到矮凳上。

《二泉映月》的曲调从弦与弓间泻出，望着老先生全情的投入，我也不由自主地挺直了腰板。本是烂熟于心的曲调，在此刻都有了别样的风情，我抛开了那尘世浮华，与胡琴融为了一体。内心的枷锁终于被解开，原来音乐，是一种灵魂的释放和救赎。我开始享受一张凳、一把琴、一个人的岁月静好，探寻着瞎子阿炳的创作真谛和初衷。胡琴就像他的眼睛，助他听见了天籁，看见了天光。而如今，二胡正引领着我放下心底的执念，为自己演奏，为自己歌唱。

一曲毕，我感觉有点奇怪，耗费的精力大超我平时练习的程度。扭头看到先生因自得而上扬的嘴角，更是不解。他点头道："是的，最后那段，是你的独奏。虽然还是漏洞百出，但最起码，你投入忘我。"一下子，无数细节在我脑海中浮现，先前的谜团都有了答案，刹那间，泪水顺着脸颊淌下，我用手里的弓为自己画上了一条路，终于拨云见日，雨过天晴。

细细回味，我头一次觉察到二胡平淡枯燥的两根弦中透出的丝丝意趣；头一

次用手指感受松木琴把的温度；头一次嗅到马尾琴弓上古朴的芳香。夕阳映出一条路，曾经的我闭着眼盲目前行，错过多少美好的点滴。而如今，我学会了驻足，学会了欣赏，哪里都是最美的风景。

散步在这阡陌间，也许会疑无路，但只要心中还保有对美的期待和无畏的追求，即使被命运摔打得头破血流，也终有柳暗花明的那一天。

点评：

学琴之路充满着艰辛和挑战，时常走入求而不得的迷茫困惑而感到无所适从。我们有时总束缚于音乐的技巧，而忽略了音乐的灵魂，音乐应是尽情地释放内心的情感，去表达你对于生活的理解。所以作者幸运地遇见一个真正懂音乐的老师，鼓励他勇敢地去尝试，表演一段真正为自己的演奏，去探索自己内心最真实的感受，那是"一张凳、一把琴、一个人的岁月静好"。忘却了外界的评价，与弓和琴融为一体，沉浸在自由而自我的音乐世界里。原来只有拉起那把马尾琴弓，才能让内心豁然开朗，带领自己走向柳暗花明，原来这才是真正值得我去追求的音乐的境界。作者自如地将她对于音乐的理解融入了如此细腻的描写之中，读来感人肺腑。

（指导老师：王静）

记一次好的沟通

22届7班　沈致远

每每来到父亲的书房，抚摸着印章上的凹凸字印，心中便涌起思绪万千。我回想起那一次与父亲的沟通，给予了我信心与力量去面对学习的坎坷。

进入初中以来，学业逐渐繁重，回到家中的我便将自己关在房间里，眼中仅有的是繁多的作业。那一日，我向父亲请教一道难题，父亲却是口若悬河，还夹杂着对我不够专注的句句批评。我按捺不住心中的气愤，喊了一句"我不做了！"便飞奔回房里"砰"地关上了门。

此后的几天，面对着父亲精心准备的饭菜，我无动于衷，不善言辞的父亲也无可奈何。一天放学，我回到家中，却听见轻微的咔嚓声。好奇心引着我不由自主地来到了父亲的书房，原来父亲重拾了多年的爱好：篆刻。父亲看见我便立刻叫我进屋坐下。父亲雕刻的用具仍是一如既往的简单，仍是那一把有些生锈的小刻刀，还有那张磨得发亮的工具台。

我在板凳上坐下，父亲取出一块玉石，握着我的手，在玉石上雕刻起来。不明父亲意图的我随着父亲手的用力而改变着刀锋的方向，刀刃在玉石的细密纹路上起起伏伏，每一笔都饱含着沉稳与力量。一笔一画逐渐抹去了我心中的浮躁与焦虑，抹去了烦恼，逐渐将我和父亲的心灵连接起来。不知不觉中，一个"静"字在石面上浮现，我也终于明白了父亲的意图。在这无声的沟通中传递着静心专一、负重前行的精神，还有父亲那殷切的期望。

走出父亲的书房时，我注意到了门上方不曾注意过的那幅书法作品"宁静致远"，我望向父亲，父亲对我说道："有了'刻'的精神，静下心来，你才能走得更长远。" 我也冲着他笑了笑，心中慢慢涌起面对生活的勇气和信心。

如今，我仍记得那次无声的沟通，所有的深情都凝聚在一个小小的"静"字之中，父亲平日不苟言笑的外表下蕴藏着深沉的父爱。我也渐渐明白人生亦如篆刻，有了"刻"的精神，才能活得不留遗憾。

点评：

作者记录了一次与父亲之间的沟通，那是一次无言的沟通，仅仅是通过手把手紧握的刻刀传递出了那份沉静和关爱，生动地诠释了父爱的特质深沉如山，坚毅隐忍。青春期的叛逆和冲突总是一触即发，但爱能消融一切矛盾和隔阂，父亲手中的温度和力度在无声之中让我领会了无论身处何种境遇，内心都要保有一份静气和一股韧劲。唯有"静能生慧"，让我们能够从容地去应对世事的变化，坦诚地去面对真实的自己。"静而后能安，安而后能虑"，父亲所镌刻的这个"静"字，传递出的是一种处世的智慧和内心的力量。

（指导老师：王静）

爬山虎

23届1班 陶文嘉

爬山虎，一点一点，爬上了我的记忆……

从小学起，我就开始坐校车，日日如此，年年如此。路上的每一家店，每一处景，都熟记于心，甚至有了感情，叽喳的麻雀，趴在主人脚边的狗，常绿的香樟，飘零的梧桐。我记得它们，我感受得到它们。

一次寒假结束，开学那天，路边一栋房上的爬山虎不知所踪了，取而代之的是精美的壁画，校车驶过，不过刹那，还未来得及看清那壁画的样子，所记得的，鲜艳的颜色，时尚的人物，和与这栋老旧的楼格格不入的风格。

它给周边带来了潮流的气息，我却仍旧怀念从前那满墙的爬山虎。

依稀记得一年级时，那爬山虎也不过三楼高，枝叶稀疏，碧绿之中常常会空出大块的墙面，露出斑驳的单薄的白色。风起叶动，坐在校车上远远看去，深深浅浅的绿色翻飞，倒真像阵阵叶浪，此起彼伏，随风摆动，一应一和，一来一回。叶片被风扬起，深褐色的藤条若隐若现，藏在叶片后，紧紧攀着墙壁。每每想到此景，耳畔还总是会有呼呼的风声，和叶片摩擦的声音。

可如今是只剩风声了。

然而爬山虎并不是只有那一处有，风也不是。与爬山虎的照面仍然常有的，就像那年春游，接我们的车停在一堵矮墙边，而矮墙上正好覆着满墙的爬山虎。那学期我们正好学了一篇叫作《爬山虎的脚》的课文，同学们便都围在矮墙边，细细打量着这片绿油油的爬山虎。

我急于找到爬山虎的"脚"，想看看它到底是什么模样。我拨开将它遮得严严实实的绿色鳞片，欣喜地观察着。爬山虎的脚是嫩红色的，是点状的小圆片，而长出脚的枝茎却是绿色的。一条主茎上长着七八根小茎，每个分叉点都间隔相同，一次向左分叉，一次向右，每根小茎上都长着一只脚，看起来就像一棵圣诞树上挂着一个个红色的小铃铛，可爱极了。微风拂过，叶片都在空中上下飘动，也让我得以看见叶片下的神奇景象。

枯棕的细细藤蔓如被打乱的线团一般布满了整面白墙，杂乱而无序，纵横交错，又十分密集，令人惊叹。它守卫着整面墙，也将墙面与自己紧紧连接起来。这面墙，是绿色的墙。

后来，升了初中，坐上了新的校车，倒是仍然经过那栋曾经爬满爬山虎的房屋。那天开学时，我惊喜地发现那爬山虎竟然又长了出来，虽然还不到一层楼高，但和从前一样的碧绿，一样的茂盛，一样的生机勃勃！

爬山虎，它依墙而生，又赋予了墙的新生；它坚定而又顽强，它茂盛，它不断地向上生长。

爬山虎，一点一点，爬满了我的记忆……

点评：

说起爬山虎，作者的回忆中竟然有那么多清晰的画面，那么多有趣的故事，读者在赞叹之余，也不得不说这绝对是真爱了。作者爱的是极富动感的山墙的绿色波浪，爱的是奇妙可爱的"爬山虎的脚"。这番情趣丰富了作者的童年，带给读者新奇的阅读感受。文章也提及了因爬山虎消失而产生的怅然若失，语言有童趣，也有感伤，可贵的真情最能打动读者。文章多次运用抒情的表达，直抒胸臆，表达自己的情感，增强了文章的感染力。

（指导老师：高丽君）

请让我来

23届2班　梅元鸿

"我们队没门将，谁来当啊？"

"请让我来吧！"

一次期中考后，我参加了同学自发组织的足球赛。赛场上高手如林，我自认足球技术粗陋，便主动提出担当门将。

"你会守门吗？"队长问。

"不会。"干净利落的两个字道出我零基础的事实。

"算了，反正除了你也没人愿意当。来，门将手套！"队长无奈叹了口气。

"嘟——"比赛开始。对手毫不留情一个大脚开向我方球门，在我反应过来前，球破门了……难道我就这么不堪一击？队友们纷纷投来失望的目光，强烈的挫败感充斥内心。后面的比赛我频频失误，导致本队惨败。比赛一结束，我二话不说，直接背着包回了家。

被屡破球门的场景历历在目，回想起那天的失败，我愈发觉得不甘。我从来都不是一个轻易服输的人，我下定决心，下次再来时一定让你们震惊！自此，我

常上网学习门将技术，总结经验，并模拟训练形成肌肉记忆，专注力、反应速度、二次反应也都成了必修课。

期末考后的足球赛，我再次站了出来，大声地说："请让我来！"看着曾被我"坑"过的队友投来质疑的眼神，我丝毫未加理会，因为我准备好了！

球发了，队友们以保守的阵型缓缓压近。对手一个箭步冲入阵型挑起球，球冲着门飞速掠去。神经骤然紧绷，我却丝毫不乱，本能地双脚分开与肩同宽，膝盖微曲，重心放在前脚掌上，身体略略前倾，摆出准备姿势，紧盯住球，浑身上下弥漫起一股"饿狼"般的气势。

球来了！我四指微微并拢，两根大拇指呈"W"形，瞬间并拢两肘，上半身下压，怀中大力传来，高速而来的足球被我死死控住——成功了！"啊——"我大吼一声，大力将球抛到前场。虽然对手攻势猛烈，但兵来将挡水来土掩，"门神"坐镇，岂有漏网之鱼？整个过程中，我的二次反应尤为出众，队友们频频投来赞许的目光。

之后每次活动我都参与。"请让我来！"每次我都勇敢地挑战，慢慢变得愈发自信。我曾有一次在校队主力22次狂轰滥炸下，零封对手，"零基础铁门"的称号由此而生。

激情在内心燃烧，热血在胸中沸腾，绿茵场上，一句"请让我来"，我懂得了责任与担当，更懂得了勇敢与坚持。

既然我已经接下了这副手套，站在了门前，那就无畏地昂起头吧！

请让我来！

点评：

何为成长？成长是不断自我突破、化茧成蝶的过程，其间必然伴随着辛苦的汗水甚至泪水，但最终破茧而出的刹那，定是闪烁着光芒的、让人欣喜自豪的难忘时刻。文章叙写了自己在绿茵场上做守门员的成长经历，从"赶鸭子上架"式的零基础守门，到不断尝试，勇敢挑战，努力学习，再到最终成长为一名优秀的守门员。在这过程中，小作者不仅收获了足球技术，更体味了责任与担当、勇敢与坚持，这也许就是成长最好的馈赠。文章的语言节奏把握到位，对于守门的刻画相当传神！读来令人宛若身临其境，体会到比赛现场的紧张与激动，感受到青春的热血与激情。

（指导老师：赵艺）

新旧之间

23届4班 施宇涵

　　我最为喜爱的，是老家房屋边的那一道小巷。年复一年地，雨水敲打在青石板路上光滑锃亮，花叶点点缀满卖花姑娘的小篮。骄阳慵懒地透过并不算亮的屋顶之间，在砖瓦中被分隔，投下一块一块圆圆的斑驳；像金黄酥脆的炸面饼，和着路旁各式小店中令人垂涎的饭香，口水一下就溢满口腔，能暖到心底。

　　家乡那片是老城区，一户紧挨着一户，像一位位摩肩接踵的人。可不知什么时候起，儿时那些金灿灿的回忆都烟消云散了。老街里一户又一户人家搬走，偶有陌生的新面孔出现。昔日辉煌的小店挂上了休业的牌子，很是刺眼地诉着离别。小商贩也大致都换了一批，好像只是眨眼间，故乡的那些旧熟人、旧故事都离开了。

　　我的儿时总有用不完的时间。总喜欢坐在冰凉的石阶上数星星，那时身后是卖青团的老店，蒸出袅袅烟雾勾起我的味蕾。星光点点，外婆拉着我的小手，捧着青团，共同望向遥远的天空，望着那些明星，听外婆诉说神秘的故事，远处有年龄相仿的伙伴，唱着家乡的歌谣，有板有眼的很是动听。偶有唢呐和鼓声一同响起，我几乎总争着去观看，外婆拉住我的手说是有人离开了，说这些时她眼里总有悲怆。春节之时，铿实有力的音乐会响彻云霄，会有小鞭炮炸出一连串的火花。

　　于是我慢慢长大。老街也开始慢慢变了样。外婆走了，走的时候也响起了哀乐。我忽地流泪，忽而想到了无数次她牵起我的手，告诫我在哀乐响起时不应那么高兴，这是庄重、严肃的仪式，送别故去的人，她说。在这样温柔的叮咛中，渐渐地，那些旧的事物、旧的人都向我告别了。老屋里一些破落的老家具也要被送走了。也不过是一些破沙发，用了几十年的黑白电视，玻璃方桌……它们带着灰尘，堆放在客厅一边。我站在门口时，恰有一道暖阳射入门缝，歪歪扭扭地将添置的新家具和旧物什隔开。真巧。

　　我忽而觉得新旧之间，也没有多少距离。就像这抹阳光。像老街，靠近大街的几个商铺已成了窗明几净的店铺。但仅几步外，还是有卖花的姑娘，卖豆腐的老人。距离我经历的那段旧时光，也不过是一年半载而已，而新的生活已然来临。

　　而有时我也觉得，旧的那些本没有离开，哪怕唢呐不再吹响，不再点燃鞭炮。那天从家中出门，没走多远便有大雨瓢泼。无奈间我只有躲到店铺下避雨，隔壁小店却送出一把伞：用这个吧，记得还回来就行。我几乎要脱口而出："谢谢钱大爷。"却恍惚间猛地发现，现在卖伞的变成了位动人的姑娘。那些钱大爷做的油纸伞，在几年前，也曾承载着无数人从雨中安然回家。只是他早早被子女接走安享晚年，手中握的也再不是竹制的伞柄了。望着拭得一干二净的橱窗，我又觉得哪怕一切都不太一样了，这里还没有变，是那些互帮互助的人所传递的精神。

　　流年易逝，而那些打动人心的时光和精神永存。哪怕熟悉的亲密的人都消散了，哪怕一切都做出了改变，新的和旧的之间，精神依旧相通。新旧之间相隔的，从来就不多，依旧是和谐相处、互帮互助的老街。

点评：

　　本文以"新旧之间"为题，在对故乡老街的回忆与思索中感悟着告别、离开、新生与传承的意义。老街上的故人有的走向了崭新的旅程，有的走向了人生的终点，但那洒向街角的阳光似乎又没有改变，互帮互助的质朴人情也依然在心间流淌，新旧之间看似有绝对的转换，但更有相通的精神被传递了下来，这也许就是传承的内蕴。小作者能够从自己的生活体验入手，静心思考时光流过的意义，还能够紧扣竞赛作文的题目要求，并在短时间内完成这样一篇佳作，实在令人拍手称赞。

（指导老师：李婧熔）

青春的模样

23届6班　刘佳怡

　　我突发奇想，想给青春画幅肖像画。

　　所以很自然地，我去了解了那些光芒万丈的青春：18岁就摘金夺银的滑雪运动员谷爱凌，14岁就在世界舞台上为国争光的全红婵，还有那么多年纪轻轻就站在世界顶尖的人们……站在神坛之上，这是他们的青春。

　　绕不开的还有那些"感动中国"的青春：下水舍身救人的青年小伙；上学路上见到火灾帮忙灭火的女孩；帮助制服歹徒身中数刀的年轻人……他们的青春，是被英雄事迹镀了光的。

　　这些种种的青春都很好，很难不令人心生向往，也常常认为是"值得学习的""有意义的"。可是，我想，世界上有那么那么多人，每个人都有自己的青春，也许并不是只有这样耀眼的青春才是有意义的。我想要画的，是所有人都能从中找到自己的影子的青春，不是高不可攀的神话，而是触手可及的美好。

于是，我又去了解了周围人的青春。祖辈们的青春，跟那个时代联系着，最要紧的就是努力地实现吃饱穿暖的梦想，他们的青春，是实在的；父辈们的青春，有许多都是小镇青年的励志故事，用知识改变命运，最终来到大上海，他们的青春，闪耀着求知的光芒。

　　而我自己的青春……我的青春很平常。身边同学不乏优秀得只能仰望的，然而我只是那个不突出的人，轮不到我去为班级争光，当然也轮不到我去"舍生取义"；说学习，父母那个年代的拼劲也没有被我延续。我的青春在别人看来真的好平常，但对我来说，却也是真的好珍贵。

　　青春是段真正的好时光哪！这是耕耘就会有收获的季节。于是以笔为枪，奋勇杀出自己的一条血路。早起背书，夜晚挑灯夜读，忙忙碌碌，却又无比踏实。无比清醒地知道自己想要什么，为什么努力，然后可以一点点看到自己的努力，变成脑海里的知识，这种感受，无比令人振奋。况且每天都有很多可以期待的，对一些学科总有无尽的热爱，那是再低的成绩也挡不住的，是可以掰着指头算，算再过几节又可以上数学化学生物体育，几天后又会有晚课。这样的热爱，不掺杂质，即使被戏谑"人菜瘾还大"，也依旧义无反顾。还有考好时的雀跃，跟难题死磕到底的倔强，豁然开朗的欣喜……谁说学习就是无味，学习中自有七情六欲、五味杂陈。

　　即使是初三的学生，生活中当然也不只有学习。早上拖着书包爬五楼，口罩内都被呼出的气染得潮潮的，终于挣扎着爬了上去，而当瘫到座位上，看到巨大的窗户外洗过似的天空，会忽然又满血复活。周中会有连轴转的疲劳，然而也有去教室路上几分钟的时间，和闺蜜聊着自己天花乱坠的梦想、逝去的时光，哪怕是鸡毛蒜皮的小事，比如昨晚做了一个领了奖学金的美梦，在那时似乎也都有其无可替代的意义。最喜欢体锻课自由活动时，在单杠上抱着那根柱子坐着，安静地吹着凉风发呆，想过去想未来，想一墙之隔外的世界，一个人就可以过上一节课。

　　还有放学后去食堂慢慢排个队，吃完饭在没人的路上溜达，去花房听音乐。晚自习前溜出教室看到的天边的晚霞也是忘不掉的——那是羽毛般的粉色、暖融融的橙色，还有一点激滟的紫色，掺上淡淡的灰色，似乎是世间的一切温柔美好糅合而成。以及走出校门飞奔向那个等待的身影；回到家慢慢用水果刀削一个雪梨，取下削成一条的果皮，雪白的梨咬下去满口是清甜；敲开蛋壳煎一个荷包蛋，听那滋滋的声音，看那温柔跳动的蓝色火焰和淡淡的烟，一瞬间涌上心头的，是无以名状的幸福。青春除了以梦为马，砥砺前行，还有不可忽略的寻常点滴，自

己独处的，和朋友同学相伴的，在家人身畔度过的……一点一滴，最最寻常，零零碎碎，散在角角落落里，可拼凑起来就是最最温暖幸福的时光。

这是我的青春，每个人都有，平凡而不平淡，简简单单中，就藏有无数常被忽略的美好。这是青春最真实的模样——这就是我在不断找寻的灵感，是我要画出的东西。

不是每个人生来就是舞台上的焦点，也不是所有人都能站在聚光灯下，但并不只有身披彩霞脚踏祥云的才叫青春。青春不一定要用"耀眼"来形容，所有努力奋斗的，扬帆远航的，互相温暖的，都是青春，就连不完美的，留有遗憾的也是。更何况青春原不用他人去评判，自己的享受、热爱、无悔，就足以让这段时光在记忆中芬芳生香。

我的画，最终因为我描摹不出那种美丽而被我放弃。但没关系，我已经寻得了青春的模样，热爱了我的青春，这对我而言已经足够是个好结果；而对别人，每个人都有自己的青春的模样，我还是把空白的纸留给他们自己吧——他们画出的自己的青春，一定比我画的，更美丽！

点评：

"青春"应该是同学们并不陌生的话题。对于初中生来说，正处于青春时期，这是人生中最美好的一段时光，仿佛一切美好的词汇，都可以用来形容"青春"。对于小作者来说，青春似乎应该是为了梦想而奋斗、充满奇迹和正能量的，但那似乎又是遥不可及的"别人的青春"。其实青春并不遥远，小作者用心观察自己的生活和同龄人的生活后，对"青春"又有了更深入的思考，青春也可以是简单的、平凡的，自然也不一定要"耀眼"。在文章最后，一张空白的画纸其实早就绘出了小作者自己对"青春"的独特理解。

（指导老师：陈琦）

超越

23届6班 吴彦仪

台上的那个我熠熠生辉，那是夜窗外的一轮月。

初中四年，到现在，我似乎只是可有可无的存在。成绩平平，长相平平，讷于言辞。班级的评优自然轮不到我，学校的活动也比不过别人。可，我想，想让别人看到我，发现原来班级里也有这样一个人，一个我这样，虽然不起眼，但也想获得关注的人。

初三艺术节上，要排演话剧。班级要演的是《茶馆》——一部我从来没看过的戏剧。老师说着，自愿报名，眼睛却不自觉地落在了那些班级的"明星"身上。所有的人都"当仁不让""理所当然"地走上了自己的角色——自然是主角。在别人没注意的时候，我为自己勾选了一位匪兵甲的角色，因为，这是个没人选的角色。没人选的配角，这不就是我吗？

可能站台上，这对我来说，已经是难得的机会。

一向内向木讷的人，站在台上是什么样子？我杵在那里一动不动，就是最准确的回答。

放下稿子，登上舞台。台下没有一个人，我却感觉被千万双眼睛盯着。舞台中央好像是这么小，但好像又是这么大。跑上去的时候，枪柄吊在身上，我更像是一个逃兵，而不是一个匪兵。老师把我叫住，对我讲了很多理论，又示范了无数遍动作。我却被舞台上的灯光照得有点晕眩，只看见老师的嘴巴一张一合，却什么也没学会。

我只能偷偷在没有人的舞台上练，一遍一遍……

等再一次走上舞台的时候，熟能生巧的意义表现了出来。我一口气把台词念完，无功无过，又匆匆跑了下来。没有被批评！甚至，没有被点评。我心里的庆幸还没散去，竟然生出一点失望：其实根本没有人注意到我，只是一个配角。演得好不好，都不过是配角，仅此而已。

隔天排练，上台的时候，我赌气一般把靴子蹬得嗒嗒响，引得台上的人朝我看。我随意地把枪板扛在肩上，一脚踢开长凳，眼睛一瞥柜台："瞅什么瞅！老子就是来喝茶的！"这是我暗自琢磨了很久的角色，练了很久的动作，却第一次演出来，把其他人吓了一跳。我不知道是哪里来的勇气，我这辈子从来没有这样走过路，从来没有这样说过话。当我把碗拍在桌子上，转身就走的时候，我不再是我，我是角色中的匪兵。我在舞台上度过了另一种转瞬即逝的人生。

这一刻，我得以超越自己。我感觉到周围的景物逐渐消散，而聚光灯唯独打在我的脸上；在三十秒内，我赋予了这个角色血肉，也赋予了平凡光芒。

身后传来掌声，是老师的！为我这样一个配角鼓掌，意义非凡！

人生的大半是墨守成规、按部就班。戏剧则是一种破例。它激发起被束缚的灵魂的魔力，于是各种情感在舞台上争先恐后地迸发出来。舞台上的那个我，依旧是个配角，但是他告诉我，不要怕，把台词喊出来！在别人眼中我依然是个配角，但我也要把自己当成主角！

角色的生命是舞台上的几分钟。演出结束，我换下演出服，泯然在人群中。但内心早已涅槃，那是戏剧带给我的超越。

点评：

成长就在一瞬间，作者很有耐心地讲述了他的一段心路历程。一个平凡得有些自卑的孩子，也渴望被关注，也希望为自己的初中生活留下一笔绚烂。戏剧中的角色给了"我"一个成长的机会，即便是个配角，也能让平凡的人绽放锋芒。谁会注意《茶馆》中一闪而过的小配角"匪兵"呢？但作者用自己的倾力演出，把这个平凡的配角，演成了舞台上的焦点；用演绎主角的全情投入，让配角熠熠生辉。这背后是勇气，更是觉悟，戏剧让作者获得了洗礼。人生而平凡，却不能拘泥于平凡。破格、超越，涅槃新生。

（指导老师：朱海）

不一样的感受

23届8班 段绍桉

曾经我很为自己的成熟沾沾自喜，如今才懂那背后的自命清高是多么的幼稚。而让我这个自以为忧郁敏感的"文艺女青年"有了不一样的感受，大约要从遇见那个班级开始。

"哎呀，走开！气死我了！"于是一群幼稚鬼哄笑着从一时语塞的我身边散开，这是他们在破坏我好不容易营造出的伤春悲秋的氛围。我道"天凉好个秋"，他道"写字像泥鳅"；我道"江碧鸟逾白"，他道"周爽变更难"。可正所谓光脚的不怕穿鞋的，他们嬉笑，我还得维持我的淑女形象，只能干瞪他们两眼作罢。

然而渐渐地，我发现，他们的快乐的确是令人羡慕的，周爽考砸了，默写不及格，他们打趣几句，下次自会更努力，可我却总是在一些小事上纠结许久。我开始试着放下对幽默搞笑的偏见与避之不及，而是发掘它们给人的坚强的力量。

初二，我报名了班级的舞蹈大赛。我以为，心中对于舞台的向往，那优雅、美丽的种子终于要发芽、开花，却不想当头迎来一个晴天霹雳。"来，给我听好！这次我们是要扮演一个夕阳红旅行团哦，对，前面一定要搞笑！弯腰驼背、大惊小怪的样子都给我做出来！"天呐！我简直要晕过去了！此后每周一节的舞蹈课完全成了一种折磨，看着镜子里老师给我拗出来的奇形怪状的造型，真有些欲哭无泪……

然而随着舞剧情节的推进，我心中的感受渐渐有点不一样了。那一群笨拙的老头子老太太心中对孩子最真挚的牵挂、那为祖国站岗的孩子与父母相见却不能相认的无奈……而此刻，之前所有的惹人发笑、讥笑、嘲笑的背影，都是泪水与感动的预演和铺垫。其实生活中的我们都渺小笨拙，但却可以因无私的爱而发光。原来，幽默的背后也有深度。

后来，我真正成为这个幽默大家庭里的一员。啦啦操时我一手打造出的"搞笑男团"令大家耳目一新，连连称赞。而辩论社上各式灵光乍现的段子，将看起来义正词严的对手打得手足无措。是幽默让我真正懂得生活的大智慧，我也想把这份不一样的快乐带给身边的人。

之后的一次班级演讲中，我眉飞色舞地对着台下说："请大家记住我现在'乖巧可爱'的样子，因为你马上就会发现，我其实是个谐星！"

台下，是熟悉的哄笑一片。

台上，我在心中默念："谢谢你，幽默。"

点评：

蓦然回首，记不得自己在哪个时刻改变了——这是成长中的惊喜。也许是机缘巧合，也许是骨子里的潜质，这种美妙的遇见令人神往。读这篇文章时，读者的内心也充满了欢愉，作者记录的这一段心路历程如此有趣，如此难得。文字集中展现了作者发现"幽默"力量的过程，也呈现了作者发现自我的过程，这样的真实和真诚极富打动人心的力量。材料的组织层层递进，既清晰地写出了造就自己的原因，也写出了自己娴熟运用"幽默"的事例，浑然天成。文章的语言风格简洁凝练、轻松诙谐，富有感染力。

（指导老师：高丽君）

花和尚

23届8班 陆方煜

起初吸引我的不是这两只小家伙，而是在纷扰的花鸟市场里，那一户点的长明灯。温润如玉的灯火，立在街头，长明灯下，瓷制的观世音菩萨双手合十，显得格外恬静，宛如一股清流。

店主是位老太太，花白的头发，和善的脸庞，阳光射入屋内，照亮了屋子的一隅。几只仓鼠探出头来，红珍珠似的小眼珠子，滚圆的小耳朵，在日光映衬下皮毛都呈暖黄色，灵气四溢。

"我要这两只。"

老太太拿出盒子，在屋子深处的柜台上小心地裁量尺寸。屋内很暗，只那灯稍许捎进些亮光，小剪刀咯吱咯吱地剪着纸板，盖过了屋外的喧嚣，显得格外庄重神圣，老太太口中喃喃说着什么，大概是关于菩提心，它们怎生善良，要我好好照顾之类，沙哑的嗓音，苍老的语调，朦胧中我也依稀感到佛家的虔诚。

把两只小生灵领了回家，我用小竹条为它们搭了处袖珍院舍。竹条微微发黄，院内布景也颇显简陋，可平添了几分古朴，更符出家人的境地，佐以假山小景，胜似世外桃源，我命为"清雅观"。晨曦漾在院内，衬着它们泛银泽的毛发，篱瓦都焕起了生机，"绿竹含新粉，红莲落故衣"。二位定会享受此番圣地，心中窃喜，肆以为又行得一番善事，便满面春风出门去。

不料下午回家，院内一片破败景象，竹屋子被啃了一角，横贯园中的木桥被掀翻，一幅礼崩乐坏之态，而那二位，却一副心远地自偏的模样，悠然倚着残瓦，沐于烂漫阳光中。善哉善哉，怎能容得这二小和尚犯事！亭台楼阁全给你收去，只留你偌大一空园，叫你梦中去寻昔日繁华，哦，是也！倒入些木屑罢，让你与蝼蚁为伍！春光斑驳，熙熙攘攘拥进屋来，叫着，笑着，呼着，喊着，闪着我的眼，照着蓬松的木屑，照得有如天鹅绒，一缕缕光束穿过木屑间的缝隙，一次次折射，反射，阻挡，抗拒，最后悠悠地映出米黄色的暖光，散落在木地板上，荡着春香，我总觉得这像是逝去的青春，在生活中遗落的马脚。也罢也罢，这小和尚且就随他去也，先从吃素开始慢慢改罢。

不觉已是诸多时日，窗口的木槿花悄悄展开双臂，迎接又一个夏天，爽朗日光透过淡粉色的花瓣，不觉已化为绵绵情愁，漾在房间的空气中。俩小和尚却无动于衷，终日安于木屑堆中，不时懒散地伸个懒腰，两只玲珑小手向上伸着，整个身子拉到最长，再猛地缩回来，若无事发生似的又仰面躺下，好个懒鬼，让俺治治你！我撮起手边一簇屑子，戳着它的小脑袋瓜子，学着小和尚念经的方式，有模有样地念起了清规戒律。一曲罢，心满意足，坐在阳台上读起了书，心中暗自嗔怪：哟，这小和尚也忒调皮了，不过倒也甚是讨人欢心，罢了，随它去也。

秋意渐浓，天气也慢慢凉了下来，终日的大风，散落的梧桐叶，满地的银杏果，让人不禁觉得落寞。唯一能幸免于大风又能兼得阳光普照的阳台，自然成了我终日蜗居的定所。捧一本书，倚着窗栏，倒也觅得些清欢。阳光又一次洒在它们身上，秋风捋平了身上的银毛，整整齐齐漂漂亮亮地在阳光下泛起涟漪。秋风还是冷的，我连忙披上外套，它们也势必感到冷吧，两只玲珑小球蜷缩到了角落里，两条肉乎乎的小腿使劲够着木屑往身上送去。满心怜爱，我赶忙拿来木屑盖在它们身上，似是第一次，两双小眼睛一齐望向了我。

这也是我第一次认真观察这两双眼睛，瞳仁是瑰丽的墨黑色，眼眶外周还残留着稚气，粉粉的一周，头顶旁侧的白毛轻轻地搭在了眼眶上，风拂过，白毛翻飞，略有些外突的眼珠更显坚毅，我望向它们，好似看到了它们小小脑壳中的憧憬，它们的天真烂漫，它们的年少轻狂。

把视线挪开，昔日世外桃源现在满是脏乱的木屑，嘈杂纷扰，是该为这些小家伙打理一下了。可我转念一想，这是不是就是它们想要的？倒塌的木桥，破败的"清雅观"历历在目，回首往日，它们的"滔天罪行"还有我装模作样吟诵的"清规戒律"在这秋日阳光下一道道铺开，明快的心绪蒙上了层厚纱，悄悄地我往它们的食盆里加进了几块肉丁，静看着它们欣喜的样子，是以聊以慰藉。

转眼已是冬天，小嘬着暖胃的清酒，不觉又走到了阳台，那两双小眼又落到了我身上。

"噫，你们也要点吗？"

我略微倾了点酒进了水槽，只消一口，它们便醉了，噌地跳上遗弃的"清雅观"立牌上，小手上攥着几根木屑，前后挥舞着。

好一个威风八面怪煞花和尚！

"是也是也，'酒肉穿肠过，佛在心中坐'。"杯中残余一饮而尽，醉于漫漫夜色中。

点评：

读此文，读者最大的乐趣当在于脑海中充满了无限的好奇，好奇作者下文会叙写什么，好奇作者究竟要讲个怎样的故事，直至好奇作者是个怎么样的人。这样的作品在中学生的世界里略显得天马行空，但这样的想象力和艺术创作力却也吊足了读者的胃口。行文思路很流畅，结尾处又是峰回路转，令人回味。作者的文笔擅长将细微处放大，多呈现静态之姿之美，勾勒出独特的意境。着力渲染的氛围，与作者试图发掘的思考相得益彰，含蓄中给人无限的想象空间。

（指导老师：高丽君）

原来我也很脆弱

23届8班 张涵霏

我从小就很要强，幼儿园时摔破膝盖，不哭不闹一个人撑着去上舞蹈课；小学时做大队长，凡事都依赖自己决定；学习上不需要父母耳提面命，成绩倒也让他们放心。我总以为终有一天能以强者的身份傲视世界。可是渐渐长大，那些脆弱的时刻却常常在心头挥之不去。

小学时参加过不少竞赛，纷至沓来的奖状让我觉得自己能力强大。有一次因忘记关窗和妈妈起了争执，我倍感委屈，不知哪来的勇气甩出一张成绩单质问她凭什么因为这点小事批评我。见妈妈一脸震惊的表情，我心中的自负仿佛找到了发泄口。可接下来的一幕让我感到心碎：妈妈双唇紧闭，眼眶渐红，叹息着转过了身。我的眼泪和无助一起涌出——"荣耀"是虚无的盔甲，伤了妈妈的心，我亦疼痛，这份"脆弱"让我看清自己对被爱、被理解的渴望。

怎么也忘不了奶奶去世的那个清明节，爸爸妈妈跪在棺材前抽泣，脸上的痛苦是我从未见过的。暮春的雨淅淅沥沥地下着，打在我心头闷闷作响。我想走过去安慰他们，却惊惶地发现自己想不出任何言语。自以为天不怕地不怕的女孩头一次感到无能为力，只能不知所措地跟着哭泣。每当想起那时的情景，心头依然是悲伤，也庆幸自己没有故作坚强，是"脆弱"让我更害怕失去至亲，教我珍惜。

进入中学，读了数学竞赛班，身边的学霸个个都像无法超越的大山，自诩为坚强的我给自己打气，只要足够努力就没有翻不过去的山。将日程安排得满满的，不敢怠慢一秒的时间来刷题，我在数学竞赛的海洋里随波逐流转得喘不过气来，可是竞赛水平却始终停滞不前。直到有一天突然在数学课上听到这句话："不是在座的所有人都适合搞竞赛，有的人一生也出不了什么成绩。"那一刻，心底硬撑着的防线轰然倒塌。这句话击中了我，也点醒了我——这明明是我的短板，我却怕比不过别人而苦苦挣扎。害怕被否定的脆弱让我都不由得心疼自己，几番思量后，我毅然放手数学竞赛，主攻课内。正视自己的脆弱，给了我勇气去做真正适合自己的事。

我终于不再把做傲视世界的强者作为座右铭，脆弱的体验丰富了我的感受，帮助我认清自己的局限，看清心底的渴望。脆弱不是弱点，它是我坚定向前的力量。

点评：

"坚强"一词令人奋发昂扬，本是人人追求的品质。但"坚强"的对立面一定是软弱吗？作者用自己的经历告诉读者，坚强的背后可以是柔软的情感，也可以是清醒的自我认识。正是放下"铠甲"的勇气，让我们收获了更从容的力量，成为更好的自己。文章立意新颖深刻，给人启发。文章的三个片段均来自真实的生活，层层递进，记录了那些引发作者深刻感悟的瞬间，也颇能引起读者的共鸣。叙事语言质朴深沉，对心理感受的表现尤其精准，打动读者。

（指导老师：高丽君）

路上的发现

24届1班 肖喻文

秋阳挂在空中，凉爽的风吹起发丝，阳光洒进车窗，映出一个低着头的影子——那是玩手机的我。

一个秋天，我们一家正开车在回老家的路上，我戴着耳机，专注地看着手机。

正在兴起之时，爸爸的声音从前座传来："别看手机了，看看风景。"耳机使他的声音若隐若现，我又怎么会当回事呢？

忽然，爸爸十分惊喜："看！麦田！"他纠缠着让我看，我本想瞟一眼敷衍了事，不想那一眼，竟是美好与震撼的开端。

一阵秋风吹来，麦田金黄烂漫，被风吹得"沙沙"地发出感叹："秋风吹得真好啊！吹出了一片美好。"一颗颗麦粒挤满了麦秆，麦秆坠了下去，但依旧欢乐地随风摇曳；小路上满满地盖着一层落叶，也是金灿灿的，水池中水波荡漾，映出一轮灿烂的、金黄的秋阳；鸟儿们在空中，高兴地歌唱，赶在部族南飞前再享受一会儿这令人、令鸟留恋的秋田。

我沉醉其中，久久无法自拔，一缕阳光照在我脸上，我猛地惊醒，仿佛刚做了一个美好的梦。

我转头向来时的方向望去，我不禁觉得我错过了世间最美好的那些景色，最令人留恋的那些事物。

我几个小时来第一次冷落那手机。后来的我，沉迷在窗外的阳光、草坪、流水、林子，甚至是车水马龙之中。

我想，在这个天地之间，早晨有朝阳，中午有骄阳，夜晚有月和灯火；雨前有凉爽，雨中有各式的水花，雨后有缤纷的彩虹；春天有生机勃勃，夏天有海之清凉，秋天有果实累累，冬天有银装素裹……不如放下手机，放慢脚步，欣赏这大自然的馈赠。

直到今天，我都对一草一木、一花一物的景色情有独钟，愿意争取一分一秒欣赏它们，愿意沉浸其中。

大自然是一个乐师，需要知音；它也是一匹良马，需要伯乐；更是一个画家，需要他人欣赏它的作品。

点评：

本文以恬淡优美、清新洗练的语言，表达了小作者对于自己在大自然中忘我的境界。本文情感真切，从日常生活出发，被手机"锁住"的我们，是否也因低头过度，反而忘却了身边那最朴素、最纯粹、最浪漫、最伟大的自然之美呢？小作者在一次偶然的旅途中，瞥到一眼壮观的金黄麦田而久久震惊、沉醉。而后作者更引发了自己更多的思考，"早晨有朝阳，中午有骄阳，夜晚有月和灯火；雨前有凉爽，雨中有各式的水花，雨后有缤纷的彩虹"，这正是最平凡也最美好的馈赠。愿我们也能慢下心绪，且歌且行，处处皆风景。

（指导老师：田楚翘）

忘年之交

24届6班　王若涵

暑期父母工作繁忙无暇管教我，便将我寄居在乡间一位德高望重的叔公家中。去前妈妈叮嘱我：叔公，乃家族中鼎鼎有名者，新中国成立前考进名牌大学物理系，由于一些历史原因叔公后半生一直住在乡间，以教乡间小童为乐。带着好奇，

成长思悟

我在半山腰的瓦房前见到了叔公。如同一位老农,粗布麻衫,满脸褶子,唯独眼中的清明有着不容忽视的儒雅。看着我从行李中掏出的游戏机和许许多多的零食后,叔公并未像其他长辈般责怪我,也没有唠唠叨叨地阻止我,而是和我一同吃起薯片一同打起游戏。我乐在其中:原来这老头儿和我是同道中人。相见恨晚的两人立刻热络起来,叔公说他今天陪我一天,明天我得陪他,这才是真朋友。我义不容辞地答应。

乡间的清晨五六点钟已是晨光熹微,暑期中晚睡晚起的我大清早就被窗帘缝隙中透入的阳光还有特别精神的公鸡打鸣声唤醒。正准备翻身再睡时我被叔公唤起,相约去田头挑菜。这老头儿人缘很好,不断有老农打招呼,不远处拖拉机上有人朝我们急招手,原来拖拉机出故障了,叔公指挥着小伙儿三弄两不弄的拖拉机正常了,我不禁竖起大拇指。他却轻描淡写说简单,不就轴承出点问题嘛?回头我画个图给你看看,我哑然。

挑好菜回到小院,叔公让我去井里打些水上来洗菜,我看着井架上的辘轳无从下手,他又一边教我怎么打水一边又说简单,就是个杠杆原理,一会儿给我画张图,我又哑然。

午间休息时当两张图纸呈现在我面前再加上叔公的讲解,直到下午我还在意犹未尽地缠着他问东问西。于是叔公笑着把我带进一间书房,给我两本书后还乐滋滋地说这两本挺好玩的。我对着满屋的书咋舌时,叔公请我明天帮他晒晒书。

此后的寄居生活中我极少再去打游戏,大多时候看着叔公给我挑的那些好玩的书,在他帮农家修工具时一旁递递工具,看看他辅导上门求教的孩子。阳光明媚时,我们一起晒晒书,我看着叔公仔细地将书晾在架子上,时不时还要看上几页,再教我几个简单的学识。

这段乡间生活没有似陶渊明采菊东篱下的闲情逸致,却让我在最稀松平凡的乡野生活中追随着隐士般生活的叔公,日出而作、日落而息,闲时读书、雨中闲谈,教小儿、修农具。这是我至今,亦永远,珍爱的一段时光:心志游移不定时,回味一番,告诉自己,那个睿智的忘年之交曾带我走出过,不可再浪费光阴;为苦学而迷茫时,咀嚼一回,告诉自己,所学即学其所用,所用即用其所学,何其美妙!值得所有的追寻和煎熬。

点评:

机缘巧合之下,小作者结识了一位忘年之交。他不以长辈自居,与"我"一起吃零食打游戏,可谓友也;以生活中的点滴引"我"弃游戏看书寻真知,可谓

师也;相处时光中,他的一言一行对"我"潜移默化,可谓知己也。小作者用简练的笔触勾勒出了一位博学又可爱的老者形象;文言句式的穿插颇为巧妙,符合老者身上的古人之风。同时,从几处"哑然"到最终思考自己的生活,足见这段忘年之交对自己的深刻影响。小作者成长之路上有这样一位亦师亦友的忘年之交,何其幸也!

（指导老师：金国旗）

我家餐桌上的故事

24届6班 许馨芮

餐桌上,两碗米饭,一盘鸡翅。

"吃饭啦!菜要凉了!"我赶紧跑过去,却看到了坐在沙发上的爸爸。

"爸爸,你不吃吗?"

"没事,你们先吃,你们先吃……"

"好呀,我都等不及了!我的鸡翅!"弟弟立马冲了上去。"说好了,就7块鸡翅,你3个,我3个,剩下一个给爸爸妈妈,谁也不准多吃。""切,谁跟你抢啊。"弟弟夹起一块,自顾自地享受起来。爸爸依旧纹丝不动地坐在沙发上,似乎在等待。

弟弟狼吞虎咽地啃着鸡翅,随后拍拍肚子,挑剔地说道:"妈妈,菜太淡啦!"立刻下了餐桌。可碗中依然剩一片狼藉——没有吃完的米饭,不爱吃的蔬菜,都无精打采地堆在碗中。我叹着气,刚想训斥弟弟,爸爸从座椅上笑嘻嘻地站了起来,拍着他的大肚子:"让我看看,今天又有什么好吃的啊。"他看向餐桌,似乎是仔细端详着,我和弟弟都期待地望着他看到鸡翅的眼神,却只看到他失望的目光——是那碗剩饭。爸爸暗暗地叹了口气,没有说什么,把鸡翅和剩下的菜全部倒在一个盘子里,拿到微波炉里加热,再把饭盖到盘子上。我呆呆地看着:"爸爸,那里有今天刚煮的饭,为什么不吃呢?""倒掉多浪费!再说,菜也没坏,热一热还是可以吃的吗!"爸爸看着眼前的饭,脸上露出满足的神情,一口一口地品尝着。"还可以吧,我这次盐没有放很少啊。"妈妈在厨房里说道。"嗯,可以可以。" 爸爸依然享受着盘中的"美味"。

爸爸每次都是这样。他总是最后一个来到餐桌,默默帮我们收拾着眼中仿佛毫无价值的饭菜。问他为什么，他只说："那你们剩下的饭菜该怎么办呢？"这样一来，餐桌上留给他的也只有残羹冷炙。爸爸却从来没有抱怨，无论是干涩的米饭，还是僵硬的肉，他总是一副心满意足的神情，一切食物进到他的嘴中，似乎没有好坏之分，而是在享受全世界最美味的菜肴。看着自己碗中堆在一旁的肥肉和苦涩的菜根，不禁心生愧疚。

或许，爸爸等待着的，仅仅只是干净的饭碗与发自内心的知足。

在城市里长大的我们，从未经历过爸爸妈妈那个年代的饥寒交迫。我们一味地浪费、挑剔，无所顾忌地抱怨，把当下一切视为了理所当然。而爸爸不管什么时候，都能从普通甚至清汤寡水的饭菜中获得最简单的快乐。珍惜与享受，是我们现在这个社会不可多得的态度。

点评：

小作者说，此文的灵感起源于疫情期间的日常生活。餐桌上，"我"与弟弟吃饭总是挑食或剩饭；而爸爸却吃着剩饭也露出满足的神情。"看着自己碗中堆在一旁的肥肉和苦涩的菜根，不禁心生愧疚"，小作者懂得反思，并能从吃饭一事烛照生活，懂得"珍惜与享受，是我们现在这个社会不可多得的态度"。小作者能从平凡的日常生活中，去观察，去思考，并用鲜明的对比进行表现，足见她的写作能力和自省意识，对于一个孩子，这是极为难能可贵的。

（指导老师：金国旗）

我钟情的颜色

25届3班 李沉晔

万物皆有它独特的色彩，我最钟情的莫过于蓝色。蓝色象征着神秘、沉着、冷静，如同一根丝线，无时无刻不牵引着我的心。

我一直有一个梦想，那就是成为一名飞行员，我常常抬头仰望湛蓝的天空，想象自己像鸟儿一样在天空中自由翱翔。在三年前的一个假期，爸爸妈妈带着我来到了美国的中途岛号航空母舰。我有了一次操控三百六十度旋转模拟战斗机的机会，那个模拟机舱是一个黑色外壳的大球。这是我第一次体验驾驶飞机，心中又期待又紧张。

我和爸爸一起进入了模拟舱,屏幕上一条长长的跑道便浮现在我的眼前,跑道上面是蓝蓝的天空。经过爸爸的一番操作,飞机起飞了。接下来便到了我操作的时候。我紧张地用又湿又滑的手握住方向盘,在爸爸的指挥下慢慢地转动方向盘。整个机舱随着我的控制,一圈又一圈地转动着。整个天空暴露在我的视野里,那浅浅的蓝中透着些薄薄淡淡的白色,显得天是那么高,那么广,那么神秘莫测。

就在一瞬间,我爱上了那迷人的天空,更爱上了那让人心生喜悦的蓝色,它们与我的梦想融为一体,永远地刻在了我的脑海中。

从此,蓝色这个美丽的颜色,成了我最钟情的颜色。在我看来,蓝色代表着我的梦想,象征着飞行员应该具备的沉着、冷静与果断,它是我的目标和梦想,我会跨越坎坷挫折,努力向它靠近。

点评:

万物皆有色彩,蓝色让人联想到天空、大海,每个人心中对蓝色的解读是不一样的。小作者以颜色为切入点来写自己的梦想——成为一名飞行员,视角独特,并给人更加具体直观的画面感。从抬头仰望蓝天想象自己如飞鸟一般自由翱翔,到在模拟机舱中亲身体验驾驶飞机,小作者迈向梦想的脚步更加坚定了。对小作者来说蓝色象征梦想,象征着飞行员应具备的沉着、冷静、果断。梦想会成为一盏灯,照亮自己前行的路,跨越山海,最终将曾经的梦想变为现实。

(指导老师:周颖)

最爱星期四

25届4班 余佳桐

星期四,正是一个星期过了一半的时候,总会带着前三天工作学习后的疲惫,但又包含着对一天后双休日的期盼,可谓是劳累与希望并存。但对我而言,仅仅是为此,远不足以让星期四成为我的最爱。最重要的,是因为周四晚上的作文课。

我喜欢坐在周四作文晚课的教室里,因为这里不仅仅是一间小小教室,更是一方能让人谈古说今,畅言理想与梦想的小天地。

周四的傍晚,吃完饭,悠哉悠哉地走在校园中,踢着落叶走回教学楼,坐在教室中靠窗的位置上,看着浅红色的晚霞点缀着远方的天空,看着不再那么耀眼的夕阳缓缓沉入云间,看着路灯追逐着最后的日光亮起,便知道,这间小小的平凡的教室,将会显出它令我喜欢的、闪耀的一面来。

上课了,当老师点开第一张幻灯片的时候,教室中的窃窃私语声就戛然而止,取而代之的是专注的眼神和高速的思考。这里便不仅是一间教室了,我们在此处同王希孟步入那青绿山水,与卡夫卡一起寻找着人生的根源与本质,跟随西南联大的学生在战火中为中华之崛起而读书……呼吸都是静悄悄的,生怕惊扰了这文字之美。最喜欢的是,老师阐述对作品的赏析与感悟,乃至于对人生的思考。

犹记老师讲《海边的卡夫卡》,印象深刻,因为自己在读这本书的时候未曾读懂过,层出不穷的隐喻和细节使我迷茫。而老师是从作者村上春树的人生经历与理念讲起,结合人们的潜意识与心灵的隐秘角落来剖析隐喻,我渐渐明白这些隐喻所意味的,并非是什么看得见、摸得着的东西,而是自我的追逐与精神状态,是卡夫卡对自我的探险之旅,是他在经历了森林中的奇旅之后,带着母亲的期望与祝福,认清自我,坚定内心与信念,以坚强的生命状态回归尘世,面对生活。老师说这是一场寻找自我的探险之旅,我想是的。我思故我在,这也是自始至终,这间教室和教室中的人,带给我的启示。我们也终将以自由顽强的生命状态,来面对过去、现在、未来的日日夜夜,面对自己,面对本心。

最爱星期四的作文课,是因为它总能告诉我人的美与热爱,追求与挑战,信念与自我。

点评:

本文记述了"我"最爱周四的作文晚课,平凡普通的周四,因为有了作文晚课而显得熠熠生辉。于作者而言,这不是劳累与期待并存的周中,而是一段能让人谈古说今,畅言理想与梦想的美好时光。

在老师的带领下,"我"徜徉在文学的美好世界,走进名家作品,领略文字之美,思考人生感悟,文中重点记述了《海边的卡夫卡》带给"我"的思考启示,由卡夫卡对自我的探险之旅联想到我们也终将以自由顽强的生命状态,面对自己,面对本心。文章文笔优美,思考深刻,富有哲理。

(指导老师:刘慧)

那些美好

25届5班 杜思涵

大年三十,夜色下的梅花绽放在料峭的枝头,兴许是因城市的万家灯火和花花绿绿的霓虹灯点亮了夜空,那株小小的梅花并不显得突兀,反而是融合进这暖黄色的灯光中。

此时的我正坐在餐桌旁,小小的餐厅氤氲在一团因灯光照射而变成暖黄颜色的雾气中,倒是与外头的春寒料峭形成鲜明的对比,再加上每个人嘴角不经意间流露出的弧度,显得格外温馨,令人留恋。手机屏幕上,外婆外公同样看着他们手机屏幕上的我们,不住地嘘寒问暖……时间仿佛把这美好的一刻定格了一般。

我不禁想到,因为疫情原因,我已经好几年没有回老家过年。在老家过年时,也是大年三十的晚上,人们围坐在摆满了传统美食的桌子旁,从鸡、鸭、牛、羊、鱼,到油饼、油糕、饺子、汤圆、面条,吃得津津有味,吃得面生红光,手舞足蹈地讲述自己这一年的经历,到最后,看着大人们一边互道"新年快乐",一边又互相推搡拒绝着除了红包以外的大包小包等礼物,最后"被迫"收下……十点过后大人们已经迷迷糊糊,半醒半睡,倒是我们这些小孩子,疯着闹着在被窝里挤作一团打闹,还一边看春晚节目,等待零点的绚丽烟花一个接一个地绽放,抑或是挥舞仙女棒,让美丽的火花照亮我们洋溢着幸福笑容的脸颊……

那些美好而细碎的记忆,好像都已经是很久以前的事了。前几年因疫情,没回家过年的时候,我好像感觉那些美好在渐渐遗失一样。

直到现在我才晓得,那些"美好",从未遗失。即使大家没有团团围坐,又何妨?即使大家没有在一起把酒言欢,又何妨?正像李安所说:"满桌饕餮只是陪衬,有烟火气息和人情味的地方,才是中国。"

我才明白,让我感觉到美好的,是有爱并且牵挂关怀自己的人,是有可以在一起谈笑风生的人,而方式,不论是线上还是线下,即使相隔千里,也并不会限制,那些美好。

所以说,那些美好并未流逝,只是换了一种方式出现而已。

点评:

疫情按下的暂停键让"线上"成为近三年最常见的生活方式,而这一改变也影响着孩子们看待和认识世界的方式,本文正体现了小作者对此的看法。

文章以插叙的回忆描摹出以往老家过年时那种热闹的情状,再与现下隔着屏幕相聚的画面形成对照，引发小作者的思考：能让人感受到美好的，究竟是某种方式，还是人本身所带来的情感？小小的餐厅并不显得冷清，反而因屏幕两端的笑脸和话语氤氲出一派温馨，这样的文字显然已经足够给出答案。

"天涯若比邻"，疫情的冲击固然令人沮丧，但真情永不溃散。

（指导老师：陈惠卿）

这是一种财富

25届5班　朱彤悦

不惧挑战，迎难而上，需要的不仅仅是相信自己的勇气，更是踏实有效的努力——这，就是我在那次难忘的护旗手体验中收获的财富。

五年级，十分荣幸，我被推选为学校的护旗手。当老师对我说"你的主要任务是抛旗"时，我脑海中不禁浮现出英姿飒爽的卫兵那干净有力的抛旗动作，兴奋在胸膛中像怀揣的小鹿一般跳跃，我立刻昂首挺胸回应老师："保证完成任务！"然而，短暂的兴奋过后，我开始意识到自己正面临着一项艰巨的任务，这是一件我之前从未做过的事情，我甚至完全不知道自己该干什么，应该怎么干。"总会有办法的！"想到答应老师时的保证，我暗暗给自己鼓劲。

为了升旗仪式不出任何差漏，我开始加紧训练——白天，紧跟学校的培训："进场的时候卡着点，不要抢节奏！手臂伸直，大腿抬高！抛旗时用点力气，出手要快！"在指导老师悉心的指导下，我在慢慢掌握齐步走、正步走、抛旗的要领，对于护旗、抛旗的流程也越来越熟悉，训练逐步走上了正轨。但在学校练习的时间毕竟有限，一遍遍下来，效果仍未达到理想状态。

这可不行，我得加练！于是，放学回家，我从网上找来军人升旗的视频，翻出一块旧床单，裁成国旗大小，绑在柱子上。国歌开始1秒后，我便抓住国旗一角顺势将国旗扬起，使国旗尽量平展。开始时，国旗总是无法扬起，有时还会卷成一团。我只能反复观看视频，尤其是抛旗部分，细究每一个细节，试图寻找诀窍。反复琢磨下，我发现抛旗时，出手要快速有力，往斜上方抛，收手时也要快速，否则国旗会无法平展……努力终有回报，我的动作越来越熟练，信心也越来越足。

转眼到了升旗那天，虽仍有些许紧张，但这段时间踏实有效的训练，给了我足够的底气。我按着护旗、抛旗、升旗的流程，把每一步都做到了最好，这一次，

国旗平展扬起，格外美丽。伴着洪亮的国歌，望着国旗缓缓升起，我心中充满着自豪。国旗逐渐升高，我的心也跟着升上了蓝天。

很久以后，再次回想起升旗时的样子，依然感慨万千——相信自己，踏实努力，就一定能将挑战转化为最美的风景——这，是属于我受用终身的财富。

点评：

对"财富"的理解因人而异，重要的是扣住题目的一字——"这"，"这"就要求将"财富"具体化、明确化，同时不要多元化。本文的小作者就很好地做到了这一点，在文章开头便直接还原了"这"，明确了文章的主旨。

文章用纵线的叙事结构一步步写出了自己如何成为一名优秀的护旗手，还用大量的细节描写充实了自己为了成为一名优秀的护旗手所做出的努力，同时辅以细腻的心理变化，让整个成长过程具体可感，不显空洞，也让收获的感悟有所依托，不显矫揉。

（指导老师：陈惠卿）

阳光就在风雨后

25届6班 黎昱云柯

2020年春节，疫情瞬间席卷了全国，我被迫在家上网课……

2022年春天，病毒变异，"一朝回到解放前"，我又一次被迫在家上网课……

当全民都在抗击疫情这场"风雨"时，我却面临着更严峻的"暴风雨"——网瘾！小学的网瘾让我的网课一度陷入瘫痪，最终以开学告终；这次网课，我又"旧病复发"了。

一开始还没有那么严重，只是偶尔看这么一小会儿，但就是这么一小会儿，似在本完好的大坝上凿开了一个口子，决堤只是时间的问题。后来从开始的一次一分钟，两分钟，一节课最多一次，渐渐地越来越多，到每次五分钟起步，每节课可以看两三次。这还没完，晚上还要再看两个多小时，便形成了"晚上不睡觉，早上睡不醒"，于是渐渐地作业把我压垮了，完成作业的时间越来越长，作业对我来说也越来越难。

这时的我开始意识到要靠自己的力量去开启与"暴风雨"对抗：先从晚上来

开刀，我在 iPad 上盖了一张 A4 纸，上面写着"好好睡觉"四个大字。这张薄薄的 A4 纸似魔咒，似封印，把 iPad 牢牢"锁"了起来。尽管我一下子就能拿走纸，取到 iPad，但就是这"一下子"给了我时间去思考后果，艰难收回伸出去的手，咬咬牙，睡觉！但有几晚，我没忍住，眼看就要前功尽弃，一招不行再来一招，于是我设定闹钟，从两小时、一个半小时、一小时、半小时……"暴风雨"似乎稍稍轻缓了，微光渐渐出现了。

随着晚上情况好转，我又开始"治理"上课时。Classin 有专注学习模式，只要看其他网站，系统就会自动退出课堂，老师就可以知道。之前我是强制关闭了这个功能，为了彻底断掉网瘾，我又重新郑重开启了专注模式，并且在电脑旁边贴上一排十张醒目的便利贴——"好好上课"，俗话说"好汉下猛药"，加大药量，控制住摇曳不定的心魔。除了依靠毅力抵抗，慢慢地我发现"专注投入"是一剂更好的良药，于是每天穿好整齐的校服，戴好红领巾，端正坐姿，强迫大脑跟着每一页 PPT 转动，手一刻不停地记笔记，40 分钟竟过得很快！就这样"暴风雨"慢慢停歇，我每天见到的阳光也越来越多了。

借用张文宏医生的一句话：病毒并不可怕，但这一仗不好打。在经历了网瘾的风雨后，阳光重新照在身上——平和温暖。不做网瘾的傀儡，朝气蓬勃的青春活力，自律坚韧的生活态度，才是最美的阳光。

点评：

文章选材富有鲜明的时代特征，用幽默真实的笔触，极为细腻地记录下网课中与"网瘾"大战的情形，也正是这份真实最能打动读者。小作者在构思上化繁为简，没有面面俱到的大框架呈现，也不刻意追求深刻的大道理，仅仅以自己的感受以及变化建构起全文，使得文章读来脉络清晰，个人成长的感悟入情入理，也能够引起读者的情感共鸣。在与"网瘾"斗争的场面中，善用短句，促成紧凑的节奏感，带动情节的发展，也成就了本文的语言简洁质朴，叙事明快的风格特点。

（指导老师：田艳妮）

这是一种财富

25届6班 奚国轩

春风化雨,草木荣生,一颗颗种子破土而出,长成翠绿丰硕的果实,让我得以目睹生命更迭的美妙,只源于最宝贵的财富——勤劳。

去年夏天,奶奶从海南来上海照顾我们,刚到家就被院子里的一小片空地吸引住了。奶奶勤劳了一辈子,闲不住,于是就提出在院子中开发一片小菜园,自给自足。除草、平土、搬石头……不到一周的时间,那杂草丛生的后院就被奶奶整理得干干净净。从小没有机会跟土地亲密接触的我,好奇心被勾起,开始帮奶奶一起打理后院。

但这说起来简单,做起来却很难。松土,一项力气活。虽然起了个大早,奈何上海的夏天闷热似蒸笼,没一会豆大的汗珠便一滴接一滴地从我的额头上落下,手中的锄头也越来越重,这时候要是能在空调房里喝上一杯冰镇饮料该多好啊!奶奶都八十二岁了,还坚持劳作,我又有什么资格休息呢!我顾不上身上的酸疼,继续!看着如大床般绵软的土地,心里别提多得意了:这份成就感是勤劳的汗水换来的!

播种是最讲农时的:要趁着泥土松软湿润的时候,把种子撒下去。我以前只知道春天万物生长,没想到还有这么多适合在夏天种的菜,真的是"绝知此事要躬行"啊!奶奶一边播种一边给我介绍各种蔬菜:西红柿和芸豆在菜苗出土3寸高就要搭架了;辣椒长得最快啦,一个月就能收成;黄瓜喜水,浇足浇透才水灵呢……我认认真真记下来,每天勤勤恳恳浇水,菜苗如雨后春笋般地疯长着。这个时候,奶奶还会在一旁传授我园艺小知识:如何调制复合肥水;如何给黄瓜藤搭架;如何把趴地上的豆角爪须牵到竹竿上;如何用旧衣服和木棍缝稻草人防鸟雀偷吃……勤劳不仅让我对辛苦甘之如饴,更丰富了我的知识,为自己亲手培育出的盎然生机自豪不已。

种一棵菜苗就像养一个孩子一样,生命的原理总是相通的:最开始百般辛苦,等到菜苗长起来就非常轻松了。闲着没事,我和奶奶就坐在菜园边的凳子上聊天,听奶奶讲她过去的艰苦岁月……听着听着,我似乎明白了奶奶这一代人挂在嘴边的"艰苦奋斗,自力更生";我好像第一次走进奶奶的心里,聆听她勤劳的一生撑起了艰难中的大家庭;"勤劳"于我而言也不仅仅是中华民族的优良传统,而是一笔我要身体力行去继承的宝贵财富。

点评：

一方田园成为勤劳了一辈子的奶奶和城市中长大的孙子共同的心之所系，奶奶在这里重拾回味着自给自足的美妙，孙子在这里初次拿起锄头认识了播种到收获的过程。文章的巧妙恰恰在于，在这两者的衔接之中，用真实的感受，书写出心与心的联结和碰撞，情与情的传递和延续，新与旧的继承和珍藏——奶奶用勤劳撑起了艰难中的大家庭，"我"也拾得了勤劳这一笔宝贵的财富。将祖孙的情感和生活的理趣，细细渗透在字里行间，让人意犹未尽。

（指导老师：田艳妮）

阳光就在风雨后

25届7班 黄熠瑄

雨是从几个月前开始的，当时刚进入梅雨季，原以为这渐沥的小雨，很快就会消散。

学校戏剧社的老师正在筹备一部新的短剧，我却只被分到一个不起眼的配角，心里有些不情愿："一个配角，能有多要紧？"

受天气影响，排练时间少之又少，每周一下午的指导就格外重要。"你跑上台，不是体育课上的跑步，是慌乱地跑。呼救时不要犹豫。再练一遍！"老师不住地提着建议，可不论如何，我一上台瞥到一旁黑压压的观众，脑袋就"嗡"的一下删掉了所有的记忆。一个不要紧的小配角，我竟也演不好。雨似乎多了起来，夹杂着焦虑、恐慌，瓢泼而下，我愈发觉得自己快要经受不住这暴雨了。

接下来的每一天，一空下来，我就在家里跑来跑去自己排练，呼喊"救命"。"这么小一个角色，你也演不好？就这几句话，你还忘！"对自己的责备声在脑海里响起，雨点般砸来。随着练习的加多，我渐渐发现，我在舞台上表现得越慌张，主角救下我之后就会越有成就感，才能获得打败怪兽的信心，所以我的情节是主角的拐点。原来，每一个配角，都很要紧，我不仅要演好它，还要演得出彩才行！

我继续摸索改进之处，剧本只标注了"慌乱地"，我自己又加上了"节节后退"的动作，边说边瞪圆了眼睛，惶恐地望着对方。我倔强地每晚练习、再练习，揣摩每一个动作、神情背后的心态，再把这些细节记录在台词本上。它们就像我在雨里给自己撑起的一把伞，一把被我修补得越来越结实的伞。几天后，挑灯练

习的"小配角"终于将这一幕演得自然又不乏亮点,她终于能击碎之前的焦虑,说出"我可以的!"尽管外面仍然阴雨绵绵,雨雾中却已经亮起了一团光。

试演那一天,难得天晴。我深吸一口气,按着平时练习的样子跑上台,一边后退一边指着入场门:"他想抢劫我,瞧,就是这个人!"下得台来,只觉得背后真似淋了场大雨般又凉又湿。谢幕时,前排观众指着我说:"这小配角演得真生动,那一声大叫好有代入感!"雾终于散了,风雨完全停了,我期盼的阳光果真随即而来。

当我再回头看时,或许风雨也没那么可怕,你可能会淋湿,但挫折并未沉重到让人无法前进。当你在风雨中努力尝试为自己撑起伞,雨点从伞上弹落之时,便是太阳穿过风雨、悄然升起之刻。因为,阳光就在风雨后,那时候还会有彩虹!

点评:

本文开篇从雨写起,雨既是事件背景同时也象征着"我"所面对的考验:在短剧中扮演配角。原以为会很快消散的小雨变成了瓢泼大雨暗指"我"以为小配角无足轻重却一直演不好而感到焦虑、恐慌。随着练习加多,"我"认识到了角色的意义,从被分配角色的不情愿转而主动摸索改进演法,就像"在雨里给自己撑伞"。最后用观众的赞美从侧面写出"我"演出的精彩,与此同时风雨停止阳光到来。本文构思巧妙,环境与心境双线并行,彼此交织,将"我"的成长画卷徐徐展开,遇到风雨,直面考验,拨云见日。

(指导老师:周颖)

为自己点赞

25届8班 陈乐欣

橱窗里,一支略带斑驳的竹蜻蜓把我的思绪拉到了那年暑假,我跟随母亲与一群大学生一起去安徽寿县的小拐小学支教。在那里,我不仅摆脱了"公主病",还用竹蜻蜓点亮了孩子们心中的梦想,不由得想给自己点赞。

几条泥泞的小道通向一块杂草丛生的平地,平地中央立着一杆五星红旗,旗杆后面的瓦砾平房便是小拐小学。破旧的木课桌、擦不干净的黑板、衣衫不整的同龄人,这一切对于从小生活在大都市的我都形成了强烈的视觉冲击。一开始,

成长思悟

我并不愿意跟这些乡村孩子亲近，不愿意我雪白的连衣裙被蹭脏，更不愿意在教室里帮忙，我只是静静地站在教室铁锈的窗外朝里看，教室里支教的大哥哥大姐姐在讲台前热情地上课，下面跟我一般大的孩子们个个坐得笔挺，令我印象最深刻的是他们清澈明亮的眸子，如此专注，无时无刻不透着对知识的渴求。

到了晚上，课桌拼在一起便是床，躺上去会"嘎吱嘎吱"响，扰人的蚊蝇折腾得我睡不着，我开始想念家里的床。这时，旁边的支教大学生玲玲姐姐似乎发现我未睡着，对我说道："乐乐，明天我们要给孩子们上劳技课，你有什么好的建议吗？"我闭上眼睛，眼前又浮现出教室里孩子清澈的眸子，他们也有梦想吧。"竹蜻蜓！做竹蜻蜓吧！"我灵机一动，脱口而出。透过月光，我看到玲玲姐竖起了大拇指："这个主意不错，明天请你一起教他们做吧。"我欣然答应。

第二天下午，我将白色连衣裙换成了深色的T恤和长裤，捧着一只装满手工材料的大盒子，小心翼翼地走进教室，一阵掌声忽然响起。我看到一张张小麦色中略带高粱红的脸蛋上充满着期待。玲玲姐准备了些薄竹片分发给大家，我们开始分组教授孩子们竹蜻蜓的做法。

我沿斜线用美工刀削去薄竹片末端，竹片在手中逐渐显现出两翼雏形，然后用沙皮打磨。我仰头瞥见一个小姑娘眉头微蹙，走近细观，她手中的竹片形状不一。"小老师，我削竹片时总不能把它们变得一样，你能教教我吗？""你要把控好力度，不能时猛时松，这样就不会有太多棱角了。"我微笑着握住美工刀，控制住用力程度一丝一缕对其进行修整。大功告成之际，我的食指忽然传来一阵刺痛。糟糕！一根竹刺在不经意间戳入了皮肤。我装作什么也没发生，继续教小女孩将小木棒嵌入两翼中心的孔洞，一只小巧玲珑的竹蜻蜓完工了。"好棒啊！"小女孩高兴地拍起手来。

我继续巡视各个同学的完成情况。"小A，把竹片嵌入木棒时可不能用蛮力哦，轻轻插进去就行了。""小B，美工刀不能这样用，否则很容易刮到手指呢。"当我走回讲台时，一阵温柔的声音入耳："小老师，我们今天为什么要做竹蜻蜓呀？"回眸一望，是那个可爱的姑娘！"竹蜻蜓飞向蓝天时，它们就会携带着我们每一个人的梦想去往远方，让梦想生根发芽。那么，你的梦想是什么呢？""我以后要当一个飞行员，驾着飞机在蓝天白云间翱翔。"我看向远方："我的梦想是做一名教师，那其他同学的梦想又有哪些呢？"起身回答的人络绎不绝，医生、画家、建筑师……透过窗子，目光掠过母亲熟悉的身影，她正朝我赞许地点着头。

待到晚照初现，大家蜂拥而出，每个人都拿着亲手制作的竹蜻蜓，奔到操场的各个角落，使劲地转动起竹蜻蜓，松手之际，竹蜻蜓旋转着飞上天空，承载着

大家心中的梦想，让每一个人都燃起了希望，并决心为之努力奋斗。

如今，每当我看到竹蜻蜓，都会想起那次难忘的支教生活，在那里，我克服困难，超越自我，通过智慧将梦想启航，我为自己点赞！

点评：

一支小小竹蜻蜓，不仅承载着乡村孩子们的梦想，也印刻着小作者的成长。换下喜爱的白色连衣裙穿上深色衣裤，上课时被竹刺扎手也装作若无其事，文章通过诸多生动的细节呈现出转变的过程。从生活在大城市，怕脏怕累有些娇气的"小公主"，化身为活跃在教室里，耐心细致教孩子们手工的"小老师"，支教经历对小作者而言宛若一次"变形记"，在母亲和玲玲姐的带领下，在孩子们纯真的呼唤下，小作者毫无保留地释放出内心能量，实现自我的超越。认识自我，改变自我，突破自我，这一份勇气与坚韧值得点赞！

（指导老师：朱依婷）

青春的模样

26届6班 尹沁瞳

泱泱华夏，浩浩千秋，中华文化源远流长。几千年，我们经历过山河破碎、满目凄凉的黯然，经历过荆棘密布、艰难前行的征程，也同样经历过时和岁稔、四海升平的盛世……一代一代，时代更迭，然而不变的是这片土地上永远有青年鲜活的生命。他们有热血与斗志，有希望与信仰。

青春的生命生生不息。回望历史长河，无数爱国青年的青春建成中华的青春。无论哪个时代的青年，都带着熠熠生辉而不可磨灭的光焰。百年前的中国青年在黑暗中奋起，高歌爱国，持火炬散发力量与光明，以不可抵挡之势照亮沉默的中国。太多无名英雄挺身而出，带着炽热的爱国情怀，为那时还遥远的光明而冲破黑暗。"爱国"两字早已深深扎根，成为他们心中不灭的一腔激情、引领方向的一片光亮。正是他们的鲜血换来新中国的觉醒，让祖国涅槃重生，让五星红旗永远在中国飘扬。坚毅、勇气、信仰，他们谱写着爱国史诗的盛大辉煌；而在这山河无恙、人民皆安的新时代，同样不缺满怀热血、一心为国的榜样青年：新冠疫情夺走几万几千甘愿为国奉献的医护人员的青春，一袭白衣逆行而去，脸上被口罩勒起的深深痕迹，成天成夜的艰苦研究探索，与时间赛跑的紧急抢救……9天建成雷神山，12天建成火神山，工人拼出惊人的中国速度；快递员不顾传染危险，坚持为需要的地方运送药品与生活必需品；无数社区工作人员在疫情中每天给居民提供帮助，为小家作保障。科研人员用智慧推动创新，志愿者用热心将温暖传递……再看河南暴雨时，志愿者们捐赠无数物资帮助河南渡过千年一遇的暴雨，水流湍急中却处处能见他们奔波的身影，灾难中更凝聚着团结一心、同舟共济的力量——这其中有多少是青年！他们用自己的力量扛起保护人民的责任，用自己的行动点亮国家的希望。

青春蕴含着一股巨大的能量。我们在青春中看到梦想，也在青春中朝梦想迈进。中国单板滑雪运动员苏翊鸣在今年的北京冬奥会中先后于单板滑雪男子坡面障碍技巧决赛与男子大跳台决赛中夺得一枚银牌、一枚金牌。他在11岁时得知北京将在2022年举办冬奥会，于是他的内心埋下了征战冬奥会的梦想；此后，他用超越同龄人的训练量、超强的毅力和决心，不断为这个梦想而努力，终于在今年正月大雪纷飞之时得以实现。彼时，距离他的18岁生日仅有几天。"打破世界纪录""中国男子单板滑雪第一个世界冠军""冬奥史上最年轻的单板大跳台冠军""首位赢得冬奥会单板滑雪金牌的中国运动员"……他的成就彰显着新一代青年的热血与志气。

青春是用来奋斗的。意气风发的我们如何能不立志、不奋进，甘愿落于平庸？而这正是青春的意义所在。青少年应把家国情怀与个人深深联系起来，将中国梦与青春的奋斗相融合。生在国旗下的我们要从见证者成为创新者，当时代的接力棒交至我们手中时，我们就应扛起责任，将爱国的口号变为脚踏实地的奋斗与奉献，将个人的前途与祖国的前途紧密相连，将国家富强、民族复兴视为己任，时刻准备着为共产主义事业而奋斗，将这五千年依然不曾埋没于历史的文化深深植根心田……

"一代人有一代人的使命，一代人有一代人的担当。"生逢盛世，作为未来国家希望的我们更应带着坚定的信念、乘风破浪的勇气，燃烧青春之火，绽放青春之花，"不忘初心，砥砺前行"，在这最好的时代，用最好的年华为祖国谱写崭新的篇章！

点评：
文章抒写了"我"心中青春的模样：青春的生命生生不息，青春蕴含着一股巨大的能量，青春是用来奋斗的。文章充满了激情，从字里行间能体会到作者的

一颗拳拳爱国之心,读来令人精神振奋,情绪激昂。文章的结构简洁合理,全文酣畅淋漓,一气呵成,把"我"对青春的理解诠释得深刻到位。全文语言铿锵有力,掷地有声,许多可圈可点的佳句给文章增添了文学情趣,读来令人热血沸腾,心潮澎湃;也充分体现了作者较高的语言驾驭能力。本文实在是一篇不可多得的佳作!

(指导老师:陈玉燕)

校园风铃

没有说出口的感谢

22届1班 陈昱辰

夏天／如果这条街没有鞋匠／我就打着赤脚／站在太阳底下看太阳……

每每诵读海子的诗《夏天的太阳》，我都会想起你——你如同太阳一般温暖着我，我却从未把心底的感谢说出口。

两个中声部部长，几年来无甚交集，我们早已习惯了无言分工明确的合作。

明媚的阳光斜斜地打下，洒在一地的谱子上。原来，刚刚捧着一大叠谱子的我，不慎被一位奔跑的同学撞到，一个趔趄，谱子四下飞散。此等小事，自然无需计较，可谁又不会为此烦躁呢？望着地下铺满的法文字符，我硬是摸不着头脑。也罢，先把谱夹送去，再来整理吧。

待我忙不迭地回到"事发地点"，呈现在我面前的，却是一叠理好的谱子，旁边的你，正在网上查询着中文翻译，对照着法文歌词——把它们放整齐。这着实让我小小地吃了一惊——理谱与发谱从不在你的工作范围内，况且你本不需要来这么早。见我来了，你只是浅浅冲我一笑："终于理好了，查了不少词，唱了这么久，这才算是明白了歌词大意。以后有事，尽管叫我帮忙哈。"我愣是站在那儿没有回答。感谢如同鱼骨头卡在喉咙口，莫名难以表达。

还记得那次"送温暖"吗？比赛前夕，一向性急的我为了保证发演出服时间充裕，私自提前了集合时间。没承想，时间尚未到，教室没开门，导致大家在寒风中站了半个小时有余，只得打电话让原本还在休息的门卫前来为我们开门。老师自然严厉地批评了我。当我因为良苦用心得不到理解而郁郁寡欢时，手机中显示你发来的一条信息——"其实你也是为大家好，对吧？不过下次要考虑周全哦。别多想了，你还是很棒的，加油！"要知道，来自你的短信给了寒风中的我多大的信心和宽慰啊！本就悲观的我对着冰冷的明月痴痴妄想，甚至做好了"退休"的准备。而在那一刻——坚冰消融。我对着微信，无数次在对话框中打字，又一遍遍删除，心中的千恩万谢，最终只是汇聚成一个"一起加油"的表情包。

我终究还是没把那份感谢说出口。

而那份感谢，又岂能用言语表达！

我知晓，于你而言，这些或许只是举手之劳罢了；然而，你为人的周到，对人的担待，对我，是海上，朗月风清，是冬里，君子兰开。

"你来人间一趟，你要看看太阳"，海子看到了太阳，我有幸看到了你。是你，默默支持我、帮助我，在我困难时给予我无限温暖。只是，由于我的害羞，

我从未把对你的感谢道出,但这份被我悄悄藏起的感谢,一直都是我心底支撑我的那份暖意,一直一直。

若你我只是彼此人生中的匆匆过客——请允许我,在无言中,以心香一脉,替代那未曾说出口的感谢,遥敬你曾经的到来。

点评:

少年情怀总是诗,诗句中流淌着"你"的真挚热忱,无需多言,始终相伴身边,是无措时伸出的援手,也是落寞时的理解和宽慰;诗行里充盈着"我"的欣悦动容,虽未开口,心中满溢感动,是走出孤独的成长,也是觅得知音的相知与相惜。小作者截取的友情画面不过是一句关心,一条信息,但读来却丝毫不觉平淡,其原因就在于她极善蓄势铺陈。若只是琐碎日常中的问候,自不会动人心弦,而踽踽独行时的主动帮扶,就有了惊天动地的力量,这份关怀带领"我"走出了自困自圄的泥沼,拨云见日,得见暖阳。能够把小故事讲得有波澜,讲得有意趣,讲得有兴味,实非易事,小作者的匠心值得赞许。

(指导老师:宣琰)

印记

22届4班 金小涵

明媚的阳光穿过纱窗,照在阳台的木地板上,映出窗户的阴影,斑驳陆离。我端详着眼前盛开的风信子,内心的一切烦闷与浮躁随着拂面而过的微风消散了,仿佛远离了一切喧嚣扰攘,变得平静、安宁了。这就是园艺在我的身上、在我的心灵上镌刻的印记。

前年金秋,我报名参加了园艺第二课堂,不曾知道,这半年的体验会给我留下如此深刻的印记。我们漫步于校园,在老师的带领下观赏着常被我们忽略的一花一木,原来,匆忙与烦恼早已带走了我们与生俱来的"美"的印记,甚至不曾注意那条走过千百遍的阡陌小路上,每棵树、每株草、每朵花都是纯粹质朴的美。

回到教室,只见老师在讲台上放了一筐金黄色的小橘子给我们品尝。跟着老师的要求,我小心翼翼地端详着眼前仿佛十分普通的小橘子,金黄的色泽,橘皮上的斑点纹路……我从未如此认真地观察一枚司空见惯、渺小甚至微不足道的果实。剥开橘皮，我嗅着它的芬芳，正纳闷以前吃橘子怎么从未注意这沁人心脾的香。我轻轻剥下每一瓣橘子，果实看上去水灵灵的，轻咬一口，汁水蔓延到舌尖、唇齿，带着酸甜和一丝苦涩，不禁惊异于这一枚小小的果实蕴含的神奇的力量和自然的鬼斧神工。我惊讶于这蓬勃的生机和大自然孕育万物生灵的魔法，认真感受自然的经历，也给我的心灵留下了印记，播撒了一颗热爱自然、善于发现美的种子，让我的生活充满了意想不到的小小惊喜。

在老师的指导下，我开始尝试着创造属于自己的美。拿着老师下发的种子，我回到家细心播种、照顾起来。我耐心地为它浇水施肥，望着越长越高的小绿芽感到由衷的欣慰。在盼望着我的风信子茁壮成长、悉心培育它的过程中，我感到了从未有过的心静与美好。一天早上起床，突然发现它开出了如此绚烂的花朵！风信子怒放着，盛开着，绽放着它的青春，正如它的花语"燃生命之火，享丰富人生"。我也被鼓舞了，被激励了，决心像风信子一样努力绽放，燃烧自己的生命之火，享受自己的丰富人生。创造、培育属于自己的美，也给我留下了深深的印记，让我相信，我可以创造属于自己的美，活出自己的美与精彩！

为期半年的园艺课，给我留下了深刻的印记，让我爱上了自然，在这一方静谧的天地里，远离喧嚣扰攘，收获了"静"的美好。它给予了我一双善于发现美的眼睛，一双乐于创造美的双手，和一颗敢于活出美、活出属于自己的精彩人生的炽热心灵。

点评：

本文叙写了为期半年的园艺课在"我"的身上、在"我"的心灵上镌刻的印记，它让"我"爱上了自然，收获了"静"的美好，也给予了"我"一双善于发现美的眼睛，一双乐于创造美的双手，和一颗敢于活出美、活出属于自己的精彩人生的炽热心灵。本文取材真实生活，选材恰当，很有新意。文章的人物描写得细致入微，字里行间透露出阳光般的温暖，使文章的主题自然而然升华到了较高的境界。总而言之，本文是一篇让人印象深刻的佳作！

（指导老师：陈玉燕）

不一样的感受

23届1班 张笑逢

说到班级劳动工作，大多数人的感受，也许都是——做完分配的，剩下的交给劳动委员。曾经，我也是这样的感受，直到，我当上了这个劳动委员。

当上劳动委员后，一种不一样的感受，便开始如影随形。一种责任感，像一座大山一样压在了我的肩头。我像只小蜗牛一样，肩负着沉重的使命感，一步一步往上爬，往上爬。

到了课间，刚眉飞色舞地和几个同学谈天说地，一扭头想起了班级的卫生工作——黑板擦否？垃圾捡否？赶紧一声吆喝，找到了当天值日的同学"赶紧擦黑板了"，"快，轮到你捡垃圾了"。原来，轮到我擦黑板时，我往往是例行公事，一阵风卷残云地让黑板上的粉笔字消失，然后该做什么做什么。但当了劳动委员后，那种责任感却迫使我有了典型性强迫症——用干净的板擦小心地擦尽黑板上的灰；再把板擦伸到教室窗外拍一拍；为求干净，还用嘴吹一吹。哈哈，也许这就是自己当劳动委员的感受吧！

随检时，原来我只要看好自己的一亩三分地，保证自己不出问题，剩下的就交给劳动委员。现在呢？我恨不得长出三头两臂把教室里哪怕最偏僻的角落看得清清楚楚。桌角有灰迹吗？纳米纸擦干净了吗？……更是几乎"杞人忧天"地担心每一位同学会不会有些微疏忽。似乎全班所有人都值得我操心了起来。因此，在检查无问题后，我也不再是"自己没出错"的庆幸，而是"我做到了"的欣慰和自豪。

大扫除时，我更是想，要是能把整个教室一把搂起来就好了，翻个个，抖一抖，拍一拍，这样就能把所有的碎末垃圾都清清爽爽地清理掉，再稳稳地放回原处。以前，我只负责那么几块地面、几个桌角时，觉得等待检查的时间真是漫长至极。可当我负责整个教室时，我感到教室真是前所未有的广阔。每一寸土地都是我们初二1班的呢，最后擦的那块玻璃上还有水渍吗？地上那半截头发梢还缠在椅腿上了吗？时间也似乎有意加快了速度，如飞人般飞逝而去。我一遍遍检查整个教室，总感觉时间不够。检查时胆战心惊地跟着检查老师，心中默默祈祷，保佑保佑，保佑在门外观望的同学们的工作都完美地完成了。尽管在不久以前，我也是他们中的一员，在祈祷自己负责的区域不要出现问题。心率和自己劳动区域的范围大小成正比，跟着检查老师的一个皱眉一个撇嘴一个回眸加速。

随着职责的变动，我的感受似乎变化了良多。我从对"我的工作范围负责"，

变为了对全班负责,也是对所有人的工作范围负责吧。以前我信任我们的劳动委员,现在我被班级信任。这感受,确实是不一样了。

点评:

读者们读此文时,想必也是时而"神经紧张",时而会心一笑,这得益于作者传神的表达。本文的语言极具表现力,既充分展现了劳动委员一职的责任重大,又彰显了一个劳动委员"波澜起伏"的心理感受。对比手法的运用也是本文的一个特色,不做劳动委员时的感受和走马上任后的举动形成鲜明对比,叙事真实可信,令人忍俊不禁,技法上又不着痕迹地呼应了标题中的"不一样"。文章捕捉到了平凡工作中的细节,这是最难能可贵的,是文章如此真实动人的来源。

(指导老师:高丽君)

我的老师

23届3班 杨婧妍

她是我们的化学老师,看上去比我们大不了几岁。她戴着圆圆的黑边框架眼镜,留着俏皮伶俐的八字刘海,大概是我们在初中为数不多的可以用"可爱"来形容的老师了。

W老师的化学课上,总有某些自以为是的同学写作业,或是小心翼翼,或是明目张胆,都被她称之为"地下活动"。每次她说"我来找人说一下这个问题"时,那些埋在课桌底下奋笔疾书的一个个脑袋忽然间就抬起来了,以一种无辜、在认真听讲的眼神掩盖着内心的紧张和惊慌失措。W老师叹一口气,敲敲黑板,那双黑色的眸子仿佛能把我们掩埋在内心的小心思看穿:"不要再有地下活动了,我看你们谁还想当土拨鼠,被我的锤子敲一下!"默写的时候,后排的同学有人鬼鬼祟祟地把笔记往桌肚里一塞,暗地里做着抄写。她在教室后面踱步一圈,刻意地把脚步放得响些。同学便赶忙合上笔记,整个人趴在桌上憋得满脸通红。W老师,她从来都不会捅破我们之间的那一层纸。

实验室里瓶瓶罐罐、形形色色的试剂和溶液让我见证了她对于化学发自内心的热爱。那种热爱,是一抹艳阳的红,鲜艳而炽热;也是初春的绿,充满着机遇与自信。她可以像我们一样充满对于美的追求,为了溶液一个漂亮的颜色而专注探索一个下午;她也可以像我们一样的孤意独行——还记得那次她向我们展示铁丝燃烧的实验，我看到了一个一丝不苟的她，一个治学严谨的人。

那节课讲燃烧实验。"铁丝在氧气中剧烈燃烧，火星四射，生成黑色固体，放出大量热。接下来，同学们抄笔记，我准备一下器材，我们来演示一遍。"W老师从她那个水蓝色的篮子里拿出了火柴盒，利落地抽出一根来，将铁丝细密地缠绕在火柴梗上，并且固定在燃烧匙底部，她用酒精灯点燃了火柴。我们目不转睛，近乎屏气凝神地看着她将这束光塞进了充满氧气的瓶子里，然而却并没有看到火星四射的景象，那束光很快地就熄灭了，大家心里不禁都暗自失望。她说："没事，我们再试几次。"可是后来那条铁丝始终都没能燃烧起来，这节实验课也就不了了之了。

但是我们谁也没有想到，在后一周的某一节化学课上，W老师神采奕奕地告诉我们她为我们准备了一个惊喜。她点开视频的时候，全班都震惊了，我分明看到视频里的那个人是她。那根铁丝在充满氧气的集气瓶中燃烧起来了，迸发出了美丽的火花。虽然只是一瞬间的艳丽，在短短几秒后就湮没在黑色的固体之中，但我可以想象她为了这短短的几秒，付出了多少次的尝试。或许她录了十几次的视频吧，或许那根铁丝有十多次没有燃烧起来，又或是现象不明显，每一次点燃都像烧制陶瓷后打开窑炉的那一刹那，铁丝是否燃烧，窑纹是否美丽，都是未知的，然而她却甘愿为了我们去一次又一次地尝试，哪怕最终或许是无果的。那是一个人的坚持吗？又抑或是她的执着。

我还记得那节实验课上她眉飞色舞的神情不断地在敲打着我，直击内心。我突然想起自己之前不重视甚至不尊重化学课做的或多或少的坏事，她的认真，让我感到格外的难堪和羞愧。或许昨天深夜，在为数不多的亮着灯的房间里，她在笔记上特意写下了溶解曲线的要点；或许今天早上，她早早地来到办公室，用咖啡代水，马不停蹄地批着我们昨天的考试卷；又或许，每节实验课，她都提前十分钟到达化学实验室，等待着姗姗来迟的我们。

化学试剂相溶，色彩变幻，就好像W老师在我们的无知的空白上涂上了鲜明的色调。那个平时做什么事情都规矩而可爱的老师，站在讲台上总能意气风发，那是在没有鲜花的舞台上，叙述着没有掌声的独白，但紧握粉笔的手，总能让每一种颜色盛开。W老师，多谢您宽容着有些无理取闹但依旧对于化学有着迎春花般热爱的我们，做我们平淡岁月里的星辰。

点评：

文中对老师的介绍是全面的，从她对学生的宽和包容，到对学科的热爱，再

到她对工作认真负责,几乎都有涉及。文中对老师的介绍又是有重点的:作者选择了一件让她印象深刻的事情,来表现老师的严谨与敬业。也许对于一位化学老师来说,课堂上实验成败不定不过是常事,而W老师为了让学生看到一次成功的实验,反复尝试,不懈坚持。她身体力行地告诉学生,在科学研究的路上,应该具备什么样的品质。在作者眼中,这样的老师散发着熠熠光芒。文章叙事翔实,抒情自然流畅,笔墨间饱含情感。

(指导老师:朱海)

朽木的暖阳

23届4班 杨雨桐

岁月不居,记忆中他的身影不知于何时悄然被粉笔花白尘埃斑驳。案头书本卷子更迭不止,而偶然凝神注视笔尖的图形数字,眼前仍能浮现出讲台上他的背影,沉默的,激动的,专注而投入的,与我们并肩而战的……

那个秋日,他步入我们的教室,一贯的激昂语调于讲台之上落定,便注定了一年为期的种种喜怒哀乐。他常着西装,冬天加一件同一款式、同一颜色、我们疑心或许根本是同一件的深蓝外套。他永远是自信而饱含热情的,正因这样,也与他的副校长身份有关,我们私下昵称他"老板"。他喜欢以马步写板书,粉笔摩挲勾勒出抽象数学概念的轮廓,也镌刻下时光的淡然痕迹。

荣幸成为他学生的原因直接而令人无地自容:那时我们班的数学实在一塌糊涂,他便降临在我们身边,像童话中的超级英雄。可大约实在是朽木不可雕也,纵然他教学水平极高,我们的成绩仍不尽如人意。他便恨铁不成钢地骂,愤怒而懊丧,言辞却能颇文雅:"你们颠覆了我对于教学的认知!"此话一出,同学先是一惊,进而惶恐低头反思。而他讲起课时,却是另一番光景:他似乎已全然忘却我们种种令人气恼之处,以从容而迅捷的语调侃侃而谈,讲至难题精妙解法,他的音量于不觉间渐渐提高、脸微微涨红,语调一如愤怒时的激动有力,但此时此刻,他的眉眼间满溢的是兴奋与激情。徘徊往复的脚步愈发迅速,粉笔叩击黑板的声音愈发响亮,书写至末行时他的热情恰抵高潮,一个回身面向我们,额间沁出汗珠,唇边残留笑意,那笑是酣畅淋漓,是意犹未尽。我曾偷偷在这样的时刻环顾四周,向来以纪律差著称的我们班,这时静得鸦雀无声。我们或是愚钝的,却仍看得分明：即便面对我们这样的"朽木"，他仍倾其心血，尽其所能，以全身心的热情，只为让我们一睹那以数字和图形为躯、逻辑与思维为骨的庄严殿堂。

印象极深的是他的最后一堂课。期末考在即，我们在模拟考与分数的匆匆步履间晕头转向，平日恣意的笑容不知于何时掩于灰白试卷深处。他随铃声大步流星迈入教室，分明知道这是最后一次听他讲课，却也分明知道课堂的开头必是对我们严厉的批评，一如几个月来的每一节数学课。他如往日般威严地高踞于讲台一角，开口时语气却温和得意外。大家其实还是不错的，他说，昨天数学成功班的同学最终都自己做出了难题，希望大家取得理想的成绩。短短几句话，相对他的批评甚至略显平淡，亦不知是否只是为冲淡临考的苦涩而刻意为之的善意鼓励。然而正是这话，在我心中，我想也一定在我们心中，击出层层涟漪。那是笨拙的孩子意外受到表扬的惴惴不安而又雀跃的欣喜。他想必也知道吧？于是在分别的时刻，他终放下他的严厉，收起我们应得的批评，用淡淡的鼓励勾销过去的一路风雨。现在想来，那或许便是临别之际他留给我们最后的礼物：一句鼓励，一抹浅笑。

未来的征途漫长得遥遥无期，每当回望起那段与他相处的时光，我们总笑着细数一切啼笑皆非的点滴，甚至模仿着他愤怒时的语调，记忆底片上的他却始终温和而宽容。时光荏苒，我们终体验了比当初大得多的压力，也遇到了远比他严厉的老师。提起他，总含一丝怀旧的笑意，对他，也对他陪伴着我们的那个隆冬与盛夏。不知昔日对我们幼稚愚蠢行径的愤怒、恨铁不成钢的无奈，是否也都已在他的回忆中沉淀为甘甜？

偶尔在楼梯口相遇，他仍是身着那件深蓝色外套，步履匆匆。同学们争相问好，他点头致意，熟悉的笑容开怀而明朗。我想，那笑便是答案。

点评：

文中刻画了一位极具魅力的数学老师。面对着"我们"这样一群不大争气的学生，他的包容，他课堂上的学者风范，他恨铁不成钢的急切，他的对学生的期盼，都是值得珍藏的回忆。作者能够准确抓住人物特点，选取有代表性的场景来凸显老师的形象。特别是对老师动作形态的勾勒，"以马步写板书"，"徘徊往复的脚步迅速"，寥寥几笔，颇得神韵。文章的标题耐人寻味，自称"朽木"，并无妄自菲薄，却足以见出，作者对如"暖阳"一般的老师，怀着怎样的感激。

（指导老师：朱海）

校园风铃

"吵"在我班

23届6班 凌霄

一提到我们班，很多老师只有一个字："吵"。

的确，我们班在学习中一直贯彻着"吵"的作风。你瞧，上数学课时，小李同学起来回答问题："老师，我的想法是，这道题呢，它非常简单。我们很容易看到啊，这四个点是共圆的……"我本来已捂住口鼻，但实在憋不住了，与全班同学一起笑出声来，小李周围的同学还七嘴八舌地让他"不要做秀"，"赶紧坐下算了"。老师喊了几声安静才维持住纪律。等到下课了，大家从座位上一跃而起，自发地扎成三五堆，讨论课上的难题的解法，我有时便是一组的"中心人物"。最后我们常能凑齐三种以上的方法，在我的卷子上五彩斑斓地标注着，有时若是老师来，便是一顿表扬。但大家在预备铃打响后仍然不甘分散，便酿成了"上课喧闹"的"惨状"。"吵"在我班，我们一起在吵中乐，在吵中学。

体育课上，我们也是最"吵"的。我们一个班就占了一整片篮球场，其余同学不去其他地方聊天，大多在场边围观，呐喊助威。场上球员也不像别的班一样冷静沉着，几乎都在投三分、背身"耍杂技"。我虽没有能力，但也要在三分线外试试后仰跳投。"这球投进输你十块钱！""您这是送球……太谢谢了！"我憋不住笑，手一软，投了个"三不沾"，又引一阵喧闹……整个球场人声鼎沸，大家大呼小叫，玩得不亦乐乎。"吵"在我班，我们一起吵得激情，吵得热闹。

我们的"吵"还在学校活动里出了名。初一的"科技创意秀"当中，我们班获得了第一名。同学们扮演人体中的细胞与新冠病毒，在台上开展了"搏斗"。我作为病毒小队长，扯着嗓门列队，又高呼口号冲上战场。免疫细胞耀武扬威的"呵""啊"的喊叫声，战场上的惨叫，病毒王失败后的怒吼，都响彻云霄。台下笑成一片，老师都合不拢嘴，表演后连连说我们是"本色出演"。"吵"在我班，我们一起吵出特点，吵出成绩。

或许我们班的"吵"在一些场合并不适合，但我希望这欢乐的、热闹的、特别的"吵"能一直延续下去——愿"吵"在我们班中长驻！

点评：

这篇文章最有意思的地方在于将"吵"写出了不同的味道——"吵"可以是过分活跃的班级氛围，也可以是球场上的热闹非凡，还可以是舞台上张扬个性的表演。小作者将"吵"这一班级特点贯穿文章始终，但却表现出了不同角度的"吵"。

如果细细品读还会发现立意也是多层次的，纪律层面的"吵"是很多班级都会有的"小毛病"，作者先表现共性，以引起读者的共鸣；紧接着写到球场上的"吵"，无所谓褒贬，但是句句洋溢青春朝气；而后，小作者更进一步，将"吵"中的无限创意表现出来，"吵"的内涵也更丰富了。真是妙哉妙哉！

（指导老师：陈琦）

悲伤蛙的故事

23届8班 段绍桉

他长得真的很像一只悲伤蛙。

他有着老年人特有的大而明显的眼袋，他有着深深下陷的眼窝，他有着歪歪扭扭的牙齿，他在升国旗时摘下鸭舌帽后会露出头顶几撮稀疏的头发……

不过悲伤蛙的故事倒不是太悲伤的——至少在当年的少年心里是欢乐的。

初次相遇，悲伤蛙的口音就给我们留下了深刻的印象。"馊臂森泽！森泽！""搔息！""力顶跑！"悲伤蛙的上海口音、讲话时独特而铿锵的腔调，让他在我们吵闹时的警告也显得如此好笑："再吵，勿起告诉那高老厮！"

很多时候，我看到他板着身子板着脸，很想严肃一点整顿一下纪律，然而当他开口以后，又是笑声和窸窸窣窣的吵闹。他于是竟跟我们一同笑起来，显得十分憨厚。

悲伤蛙不仅在"言"上使我们津津乐道，而且在"行"上也是很有一番特殊的腔调的。

练武术，抱拳的时候，他把嘴抿得紧紧的，勉强藏起了里头歪歪扭扭牙齿的嘴巴显得有点凸。弹踢、冲拳的时候，他总是站不稳，但还是要嗓门洪亮地喊出："哈——哈——哈！"带我们晨跑的时候，他把仍然健壮有力的手臂紧紧收在腰腹两侧，因为那种扭扭捏捏软绵绵的跑姿"像发羊癫疯了"！

说到跑步，有这样一件事让我清清楚楚地记了很久，直到现在。

那天是极其糟糕的一天。早晨因为大队部的事忙得焦头烂额。眼保健操的时候着急发英语作业被老师批评了一顿。默写的时候没时间抱佛脚默了个不及格。周爽卷发下来成绩依然在谷底。然后是体育课，老师给我们测跑步成绩，我忘记了跑在指定赛道上而成绩作废。所有的情绪好像一瞬间崩溃，我没有哭，而是突然像疯了一样往操场外跑去，往学校的后门，停校车的偏僻角落跑去。我不知道自己想做什么，也许是想远离人群独自发泄，还是只是想逃离这一切。身后悲伤蛙富有独特腔调的呼喊我听到了，但我还是头脑空空地跑着逃离。直到我跑到了校园后门，我知道不能再往前了，于是停下脚步。悲伤蛙跑着他富有独特腔调的步子终于追过来了，在我设想的一千种可能之外，他竟然是露出了憨厚的笑容，露出七歪八扭的牙齿："各小人，怎么还跑掉了？"我不知道该说什么，于是他继续说："没关系的，再跑一次不就好了？"我说我跑不动了，于是他又说："没关系的，那下节课再跑不就好了？"于是我跟着他走回操场，一路上他带着憨憨的笑容，摇摇脑袋重复着："嘿嘿，各小人，怎么还自己跑掉了？"仿佛我只是一个不懂事的小孩，一切都在他的有点无奈但依然是包容中得到谅解。

后来我想，也许每当我忆起这只无比善良又"憨态可掬"的悲伤蛙，怀念的更是那个纯真美好的宛如玻璃一样的少年时代，在那个天真纯净的年纪，你还有崩溃的权力，有任性的资本，因为后台很硬——身边的老师像父母一样地包容你，为你兜底。哪怕他是你捉弄嘲笑的对象，哪怕你不曾尊重爱戴过他。

那一天应该是盛夏吧。他又在扯着嗓子教我们少年连环拳。人群中依旧是漫不经心的交头接耳。他突然顾自放起了音乐，顾自蹲好了马步，然后冲拳、弹踢、推掌……那是六十岁老人冲出的拳头，六十岁的弹踢，六十岁的推掌，在十四岁少年的不屑一顾中显得那么无力，却又那么倔强。最后一个动作，他冲着我们抱了一个拳，我不自觉地看向他悲伤蛙的眼睛里，在那眼神中我分明想起了他为了不影响我们的学期总评，在成绩单上打上的一个又一个我们分明配不上的优秀，突然想起了他一次次警告我们再吵闹就去告诉班主任，却仍在被询问时说出的一句句"是的，我觉得他们本质是好孩子的"。

不知何时，人群变得很安静。骄阳正好，风过林梢。

这便是我所记得的，有关于悲伤蛙为我们上的最后一节体育课的全部。

哦，对了，这次弹踢、冲拳，悲伤蛙做得很棒，没有差点摔倒。

不过，如果摔倒的话，应该也没有人会再笑他了吧。

哦，还有，悲伤蛙不叫悲伤蛙，我想我应该在这里记下他的原名"童炳健"。他给自己取的外号是"阿童木"。没错，就是那个拥有铁臂，飞来拯救世界的阿童木。

点评：

每个人的读书生涯中，似乎都会有几位作为说笑对象而存在的老师。不太标准的发音、标志性的动作——常常被大家模仿。这似乎给校园生活中增添了不少

亮点，但平心而论，这样的模仿多少带点顽劣之味，很少有学生能真切地捕捉到这些师长眼中的慈爱、宽容甚至无奈。本文的回忆，让我们读起来想笑却又笑不起来——这位体育老师授课的情形颇有喜感，但处处都彰显着他对工作的热情，对学生的爱意，作为读者我们确实不能仅仅当喜剧看。更重要的，我们油然而生的敬意，全然来自作者的诚恳，作者感激在莽撞的年纪遇到了包容的老师，这样的成长令读者动容。

（指导老师：高丽君）

致可爱的老师

24届1班 顾子萱

乐老师，我还记得您第一次见我们时，我满脑子都只有一个念头，就是您怎么那么瘦，到了一种让人心疼的地步。而或许正是因为您的独特，因为您对我们宠爱、放纵过了头，导致大家都不怎么怕您，班上有关您的趣事最多，"乐乐"的名号在班里传开来。当然，这里面的大多数玩笑难免带着不敬，但即使您听见了，便也只是无数次地原谅了我们。

您给我的印象太深，导致我能清晰地复述出您上课的每一个细节。您站在讲台上，我总忍不住感叹您凹缩的眼眶和显得越发高挺的鼻梁。您的身子太瘦了，手臂上仿佛只剩下了骨干——然而正是这么一双手，挥舞着教棒，仿带指点江山的军师一般，在黑板上的重点处用力点了点，提醒我们要记——但很多时候，这样换来的不过是让原来嘈杂的教室稍微安静一点点。您似乎有些气恼，想说些什么，抑或是骂我们几句。我紧张地低下头，因为我知道，刚才说话的人中有我一份。您似乎看见一些人有改过之心，终究是没忍心骂我们，只是皱了皱眉，叹了口气，跌坐回椅子上，苦口婆心地说："好好记，好好学……"其实大家都知道，您"霸占"我们的自修课是损失了自己的休息时间，您是内心深处最舍不得骂我们的那个老师。但有时放纵成习，您的这份苦心并不被许多人所接受，就像小蜜蜂发出的嘶嘶声，常常是抵不过班内的嘈杂。

大家都知道您生过一场大病，至今身体也不是很好。于是乎大家也知道您有一些奇怪的习惯，比如吃得很寡淡，比如习惯倒走梳头，比如总是喜欢提着一只刺眼的粉色编织袋，里面往往会放一个玻璃保暖杯，这些消息在班里不胫而走的

速度甚至比通知还快。大家把这些种种事迹当作一个趣谈,当作茶余饭后的笑话,却没有人思考过您这样做背后的原因究竟是什么。

可是您真的病了。

网课期间,接连三天上课没听见您开麦,紧接着在第四天,那个熟悉的、总会提前一天早早等候我们的"乐老师的课堂"忽然不见了。那一刻,全班同学真的慌了,班群是满天的"寻乐启事",却迟迟再没出现英语教室。然后,很突兀地,班主任告诉我们您被感染了。我本以为班群里会沸腾,但大家突然都默不作声,那个平日里拥有最多闲话的人,却在此刻意外地无人提起。或许,大家都像我一样,不是不愿提起,只是害怕,害怕一想起来,就会联想到最坏的结果。所有人终于发现,您在我们心中已经占据了如此重要的一席之地。

那几天的课堂突然无味,大家都显得郁郁寡欢。虽然是相同的课程,但耳畔少了一直叮嘱的声音,没有了亲切的小练习,心中总觉得空落落的。一节课下来,退出教室,泛白的屏幕突然好像也是空落落的,眼睛盯着屏幕,直盯得发酸。我的思绪又开始飘荡。

许久前的那场病,也来得那么突然吗?

混乱的思绪中,一些过去的回忆开始涌上心头,那些曾经的只言片语终于汇聚在一起,在心底逐渐展开。

或许若不是有人提起,我不会知道您还曾是竞赛班的老师,在校园里名声在外,是学校的风云人物。然而病后,却摊上我们这么个班。其实大多时候,我觉得是我们配不上您。您渊博的学识,到了我们这儿却如同对牛弹琴,那些心血,讲给了一群只顾嬉笑的庸才们听。就像那许多次,您把我叫到办公室,拿着我略有几分惨淡的卷子,婆口苦心地说:"老师相信你的能力,你要想办法怎么在自己的阅读方面再去提高……"教导之余,其余大多是鼓励性的话语,仿佛是您在帮我想着借口。而我却把手执拗地背在身后,在心里想着不过是一次失利,盘算着眼保健操还有两节,再不回去便迟到了。然而现在,我却是真正地后悔了。您经历了工作上的巨大转变,但对我们却依旧是那样的敬业,关心有加,会将一个讲了又讲、本来早应会的知识点再重复一遍;会在课本知识外再额外为我们补充习题,带领着我们一同做,分析解题的各个步骤,而习题的页数,竟多达上千页;甚至会在同学放学买吃的时上前劝阻,仅仅是因为一句"吃炸鸡对身体不好",冒着自己不被理解的风险,也要将自己吃过的亏给学生补上。其实再从另一个角度想,您也不失为一个幽默的老师,运用一系列友善的绰号让同学们关注课堂,用出神入化的反语让大家一下子又都明白过错,继而又低下头去埋头苦读。这些

身影一幕幕在我眼前展开,又与几个身影重叠——那是走神的,背着手的我。突然内心有种说不出的酸楚,脑海中复而又乱成一锅粥,只剩下一个念头——乐老师,您快回来吧。

后来的事情颇具戏剧性,您回来了,班级里一片欢呼。短短一天里,一切好像都恢复了原样,但我没有忘记,那几天内心深处的煎熬,深深的反思与悔改。人大概是总要失去了才懂得珍惜,还好您回来了,也算是给我,给我们一个再度挽回的机会。

课堂里终于出现了许多次梦想到的场景:窗明几净,琅琅书声,您站在讲台上,神气十足,一切都好像是欣欣向荣的景象。然而这种境况并不会持续太久,没过几天,又会听到您在批评我们,叮嘱我们一个个都懒得写。但,无论如何,大家心中立下了一个心照不宣的底线。

"乐乐"回来了,"乐乐"依旧是"乐乐",但调侃的背后,不知何处又添上一份深意。

"乐乐"守护我们,而"乐乐"本身,其实也需要我们去珍惜。

点评:

本文以情真意切的文笔,表现了小作者对老师的拳拳报恩之情。寥寥几笔勾勒出极为鲜明又立体的人物形象,而"乐乐"这一爱称又似乎与老师严肃严格、苦口婆心的形象大相径庭。在读者的思索中,小作者逐步剥茧抽丝,将年迈的老师和顽劣的孩童之间那浓厚深情渲染而出。老师对学生的爱,自不必多言,而本文更令人久久回味的则是学生们在陪伴与成长中,逐渐流露出的对老师的感恩与爱戴。哪怕看似稚嫩,却是那样纯真热切,用我们的方式,守护着"乐乐"。

(指导老师:田楚翘)

想对你说

24届2班 林子竣

不知不觉间,我在你的陪伴下已经度过了两年。

初见你的时候,你热情地张开你的怀抱,邀请我和你携手共进。

你的座右铭是爱国尚礼,厚德重道,勤学博彩,务实创新。你说,希望我也

可以做到这一点,在接下来的四年里成就更好的自己,在你这里发掘自己的闪光点。

走进大门,那是扑鼻的花香。红色的塑胶跑道上又是谁刷新了班级的纪录;谁在昨天的考试中再次夺得班一;又是谁给谁偷偷塞上了两颗甜到心里的糖……这里的一切,促使着我爱上你。

——我想对你说的太多太多,没有说出口的又太多太多。

我承认,一开始我对你是畏惧的。在来到你身边之前,我早就听说过你的严谨、细致、认真。你性格沉稳、冷静,我性格调皮,还带有一点不正经。我们的相遇必有对双方的改变,便是我每晚的自我反思,一天天地进步,和你微笑的包容。你的怀抱温暖、舒适,让我不自觉地把这里看成了我的第二个家。和你交往必然是快乐的。你让我遇见了好多知心朋友,在忙碌的学习之余让我能够发自肺腑地开怀大笑。我多想用手去感受你的心跳,和你产生心灵共鸣。我放慢脚步,倾听你的呼吸。你,便是我的知己。你,便是我的老师。

——我爱你的原因,也太多太多。

那条明亮的走廊,我已经无数次穿行其中。清晨,当我来到这里,阳光便倾洒在我的身上,倾洒在你的身上,为你镀上一层温柔的金色。那片广大的操场,我已无数次在上面尽情冲刺。那间电风扇不停歇地转着的食堂,永远是我半天下来休息的驿站。你的一切的一切都促使着我在心中描摹下你的英姿。

你的细致,还体现在方方面面。本子上的笔直的墨线,数学卷子上粘得整整齐齐的订正纸,永远对齐的课桌椅,作业上工工整整的字迹,折射出你对我们的谆谆教导和殷切希望。我们也不会辜负这片苦心,每天出操前老师的办公桌上永远都已经整整齐齐地叠好了全齐的各科作业。这是我们对自己的负责,对你的尊敬。你所制定的规则,我们永远不去打破。比如我们不敢乱踩的草坪,每天傍晚器材室里一个不少的篮球,以及值日结束后敞亮的教室。

——你给予我们的,也太多太多。

你总是会笑着说,在课余时,你鼓励我们参加各类活动。于是,是哪个班在运动会上得到了令人羡慕的成绩,又是哪个同学在卡拉OK大赛上一展歌喉,或者哪个班又有一位同学有幸参加主持人大赛的决赛。多功能厅的彩色灯光一直闪耀着,特聘教授讲座也不停歇地举办着。在你的支持下,掌声一次次如波涛翻涌着,又一次次平息。镁光灯照在台上表演的同学身上,折射出了你的风采。

两个春秋飞掠而过,我走在你的天地间,一次次用自己的实力堆砌出自己的未来。当我兴高采烈地向你展示我的成绩,你总会含笑点头。你告诉我未来还有

很长的路，希望我要一直这么走下去。我时常会跌倒，却是你温和地将我扶起，告诉我一次失败不算什么。我也总是像个孩子似的依赖着你，以热爱的眼神看着你高大的身躯。

我还想对你说，我将来一定不会辜负了你。我还想对你说，是你一直在鼓励我不断进步。我还想对你说好多好多，但是千言万语，最终化作最朴素的几个字——

我爱你，华育。

点评：

文章将小作者所热爱的华育中学拟人化，用亲切的"你"来称呼学校，声声呼唤中折射出小作者对学校的一片深情。那些美好的画面被小作者铭记在心：同窗好友间的关怀与暗暗较劲，咬紧牙关喊出的誓言，收获之后的喜悦与失利之后的痛心……无论何时，心底的那一份爱是不变的。文章以几个破折号与"好多好多"分段，一方面是感恩华育对"我们"的给予与关怀，另一方面是"我们"在华育的教导下所付出的行动，两者交织且贯穿全文。语言温暖，饱含真情。"清晨，当我来到这里，阳光便倾洒在我的身上，倾洒在你的身上，为你镀上一层温柔的金色"一句，令读者猛然想起校园的美丽来。

（指导老师：汤琳）

有你相伴，且行且歌

24届2班 林子竣

那就让我们在数学的道路上且行且歌吧——有你在，数学一定是美妙的。

——题记

你是我见过唯一一个将数学成功"拟人化"的老师。上课在讲题时常会遇到变量的规律，抑或是已知条件的结合。你亲切地称他们为"这个人""那个人"，似乎一切式子、图像间的演变在你这里统统化作一个小剧场。你也会给题目拔高难度。你觉得小问中要求的值或函数太过于简单，便会给我们改变问题。"你们看，这个人走了那么长又曲折的路，到头来我们却不理他了。不行不行，我得帮帮他。来，把甲改成乙，关注关注他吧！"哄然大笑的同时，我的数学能力在一次次"关注他"中提高不少。将数学"拟人化"后，更在你句句话语里，数学向我们展示出美好。

你也是我见过唯一一个将每次数学课上出战场色彩的老师。"每节课大家的精神应该是高度紧张，一刻不停的。不然你们会跟不上的。"每次粉笔敲在黑板上的"哐哐"声都犹如那满天枪响，我们便以尺为干，以笔为戈，一路披荆斩棘。你讲解每一道题都让我们高度专注于其中，一句句精辟的妙句也不断扎入脑海。代数运算、几何演绎、函数解析……你口中的每一个数学事物都似乎有强大的内在力量，掷地有声，壮怀激烈。"怎么样，'好汉'们？快点把它刻在脑海里，写在纸上吧！"顷刻，教室内便响起了"排山倒海"般的记录声，正如那浩壮的数学之海。

但是，使我印象最深刻的仍然是那天你在分析函数综合题的样子。刚开始时确凿是一切照常的，台下水笔划过纸面的"沙沙"声不绝于耳，大家恨不得把耳朵长到讲台上去好听清楚每一个字。可是就在那里，就在那个节骨眼儿上，你突然算不下去了。"等等，刚刚凭什么说这个人一定走的是一条直路？"你皱着眉，一向在黑板上疾行不止的手停滞了下来。"大家先等等，我重算一遍。把刚刚的那些修掉，把今天发下去的订正先做起来。"你没有过多的渲染，简单交代几句，就重新转向那片你的"阵地"。我偷偷地观察着你。你其实大可以只提供一个答案和标准示例——但你说自己来讲更能讲得通顺；你也其实大可以跳过，然后留作思考题——但你说上课就应该把讲义上所有的题型讲透再做作业。环顾四周，原来大家也没有埋头写题。全班近五十个人的眼光齐刷刷望向你和你的"阵地"，而你就在上面一次次描出辅助线。你不时嘀咕什么，旋即写下几个"xy"。窗外的云似乎也驻足了，望向教室中那个奋战的你。在那一刻我看见了你的神情。你仍然皱紧着眉头，嘴唇抿着，而眼中闪出了夺目亮光！整个人矗立在讲台上，好似一棵伟大的松。忽而，我又发现，你眼中闪着的光，不仅是单单解出这道题的决心，而更是对于你所执教的科目——数学的那份真挚的热爱。你打量，哦不，注视着他，好似是在欣赏最伟大的作品。在我心中，你如茨维格眼中的罗丹创作艺术般虔诚、神圣。讲台的光投在你身上，投在你画的图像上，照得你似乎也在散发光芒，显得更伟大了。一秒、一分钟、五分钟、十分钟……仿佛是一个世纪过去了，我们都成了"烂柯人"，见证了这史诗级的、历史弥久的"大战"。你长呼一口气，轻轻放下了粉笔。"你们看，这就是数学的美妙之处。"你带着胜利者才配有的微笑，松开了紧皱经时的眉头。于是就如动点临界前后转换的那一瞬，全班，无一例外，爆发出了雷鸣般的掌声。云终于跑起来了，迫不及待地将

我们的掌声与你闪着光芒的形象散播到远方。这一刻我想高声歌唱,为你奏起神圣的颂曲,为你弹起激昂的凯歌。

记忆中每一堂你的数学课都充满美好;

脑海中每一个关于你的瞬间都值得赞颂;

心目中每一秒与你相处的时光都给人力量。

那么,张老师,在你的带领下,让我们在数学的道路上且行且歌吧——我相信只要你在,数学一定是充满神奇的。我扑到其中,不肯离去。

点评:

文章记叙了张老师在"我"心中的伟大形象和对"我"在数学上的重大影响。全文用第二人称将张老师的故事娓娓道来,一个说话简洁不失幽默,做事雷厉风行,热爱数学,一心关爱学生的老师形象跃然纸上。结构严谨,内容与标题紧紧呼应:我们的数学水平在幽默的话语中渐渐提高,这是"且行",不断行走并渐入佳境;课堂上的一幕幕让我们爱上与数学打交道,这是"且歌",唱的是斗志昂扬的进行曲;而这一切的一切都有着张老师的相伴,这便是"有你相伴",有张老师在便处处都是美好……读者被小作者的真情深深打动。

(指导老师:汤琳)

那声音,常在我耳畔

24届4班 郦瑾璇

夜晚的校园,走廊上的灯光散发着白色的光芒,我趴在窗台上,看着路上星星点点的灯火,耳旁仿佛又响起了那响亮的北京腔,还有那个挥舞着一只手,涨红着脸讲课的身影。

那个响亮的北京腔是从三年级时突然传入我的生活的。但我一点也不觉得突兀,好像那个声音本就在那里静静地等着时光的流转,等着两颗心灵的碰撞。

我格外喜欢上你的课,你从不干巴巴地读着教辅,你一手捧着课本,一手搭在讲台上,时而在黑板上"刷刷"地写上板书。最爱的是你用抑扬顿挫的声调朗读着诗词,"天生我材必有用,千金散尽还复来。""怒发冲冠凭栏处,潇潇雨歇。"你的声音是极难忘却的。那声音是极高亢的,极亮堂的,好像要把周围的一切烦恼都震碎似的;但那声音也是极细腻的,极踏实的,以至于每当脑海里重现出这个声音时,都有踏上土地般的安心。

秋天的傍晚,你在夕阳的笼罩下在讲台旁来回走动,挥舞着一只手,脸涨得有些通红,一口北京腔仍是洪亮得要穿透墙壁,你仿佛成了一幅画,又像一棵向上的白杨,浑身上下都散发着一股热情,课上出奇的安静,当你踏着碎光走出教室时,我还有些意犹未尽。当时讲了什么我已有些记不清了,但那投入的神情和响亮的声音却刻进了我的记忆里,带着秋日的夕阳,笼罩了内心的每个角落。

"oh, captain, my captain." 第一次看到这个句子时,我就第一时间想到了你。那个在讲台上挥舞着一只手,脸涨得有些通红,操着北京腔的身影;那个跟我们激动地讲一个叫高尔基的人,一个叫莎士比亚的人,一个叫柳永的人……那时我听得懵懵懂懂,想来也有些愧疚,浪费了一场场如此激动人心的演说。

随着交流的深入,我发现你的声音中除了激昂,还有一丝温柔。

记得那时我报名了加课,加课和放学的时间中有一段闲暇时光。我在校园里闲逛着,忽然看见你在凉亭里批着作文,在碎光里的身影穿着大红的裙子,披着白色的披肩——这是我记得的你为数不多的样子。你招呼我在你身边坐下,一边批着作文,一边和我闲聊:"冬天越来越近,夕阳也越来越美了呢。"我抬起头,才发现夕阳早已把教学楼映得金黄。我有些拘谨,但你好像看到了我的紧张。"诶,你看,这小句子写得多好。"你的眼里忽地放出光来,和夕阳连成一片,你不断用红笔在作文本上圈圈点点。我仍是安静,心里的某一处却被碰了一下。让那些春天秋天冬天夏天的傍晚,那些"小句子""小文章",在我心里悄悄流成了河。

一年一年地走过,你的样子在我心里已经有些模糊,只剩下些细碎的记忆。我胡思乱想着如果再次走到教室,眼前是你第一节课的场景,恍然如梦,好像你从未走远。

那响亮的北京腔终是刻进了我的心里,再也抹不去了。

点评:

校园生活中老师、同学是与自己接触较多的人,文章中小作者介绍了自己的老师,选材比较日常生活,角度新颖,小学语文老师那响亮的北京腔给"我"留下了深刻的印象,不管是老师上课用抑扬顿挫的声调朗读诗词,操着北京腔讲高尔基、莎士比亚……还是放学后的闲暇时光和小作者谈心的温柔声音,那声音不仅常在"我"耳畔也深刻在"我"的心中。文章中对于老师寥寥几笔的勾勒却能够让我们感受到她教学有方,认真负责,温柔细腻的人格魅力。全文结构清晰,用词准确,如行云流水,流畅生动。

(指导老师:邢素素)

谢谢你，朱老师

24届4班 王洛冰

我们每个人的身边都有形形色色的人，在这群人之中总有一些人一直关心着你，关爱着你。我的身边也有这样的人——朱老师，谢谢你，是你使我感受到了温暖。

朱老师是我们三号校车的跟车老师。刚开学的时候，我觉得朱老师很凶，嗓门很大，似乎总是骂骂咧咧的。直到有一天，我发现朱老师其实有一颗关心别人的心。

记得一次，我刚生完病来上学，朱老师一见到我就关切地问我："呀，你的身体好些了吗？今天在校车上可不要再讲话了，要好好休息，否则到学校里就没精神了。"一车这么多人，朱老师居然还记挂着我的身体，让我有些受宠若惊，赶忙点点头。不知怎么的，那天早上路很堵，校车走走停停，把大病初愈的我给颠得头晕目眩。我晃晃乎乎的脑袋，把头靠在窗上。朱老师似乎察觉到了我的异样，连忙走过来关切地问我："你怎么了？是不是晕车了？"我勉强抬起头，对她摆摆手，说："我没事。"朱老师接着说："我给你拿个马甲袋来吧，你要是想吐，就吐在袋子里吧。早饭要吃，但不能吃太饱，加上你刚病愈，要注意身体！"说着递过来一个袋子。我感激地看向她。

到了下午放学时，朱老师主动把我在后排的位子调到了第二排，她说："坐前面颠簸少一些，如果有什么不舒服的话，记得叫我。"我感到有一股暖流慢慢地流淌进我的心里。我感激地对她说："谢谢老师！"她笑着摆摆手："你们读书那么累，车上少讲话，多休息！"

经过了这件事，我慢慢发现朱老师的"外冷内热"：当有同学赶校车迟到时，朱老师虽然会批评几句，但还是会让司机把车开得慢一些等待同学；当看到有同学边跑边吃早饭赶校车时，朱老师远远地就会喊"别跑，别跑！这么急咋不早点出门啊！"但还是会让同学吃好早饭上车，不能空着肚子去上学；当同学们下车时，朱老师总是第一个下来，虽然嘴上数落着我们车还没停稳就一股脑地要挤下车，但手上却马不停蹄一个一个地帮我们把沉重的书包拎下来。朱老师就是这样"口是心非"。

我被朱老师深深感动了，从此以后，我也开始主动帮助同学们：不管是递一本本子，还是收发一次卷子，看到同学们仰起的笑脸，我就感到很快乐。

谢谢你，朱老师！你的每一句关心的话语和每一次不经意间的帮助我都会记在心中，是你让我学到了包容别人、乐于助人的良好品质。

点评：

本文的选材，可谓独树一帜，朱老师是位非常普通的校车跟车老师，但就是这样一位平凡普通的人却关心帮助着"我"，让"我"感到温暖，进而影响着"我"。文章的描写很细腻，尤其是对朱老师的人物刻画，语言、动作无不体现着她对"我"的关心，使朱老师这种"外冷内热"的形象瞬间活跃在纸上，生动地展现在读者眼前。正是因为文章取材于生活，给读者以亲切自然的感觉。从朱老师身上小作者学到关心包容、乐于助人的品质，也加深主旨，表达出对朱老师的感谢。

（指导老师：邢素素）

我想对你说

25届5班　徐子茜

亲爱的Jane，五年时光如白驹过隙，一切如梦一场，要说什么遗憾的话，那就是没早点遇见你。

记得五年前的那个盛夏，九月阳光灿烂，我们来到了梦想中的学校。你是我在班级里第一个注意到的同学，那天你扎着一个高马尾，面容清秀，眼神明亮，你朝我眨眼、微笑，露出了浅浅的酒窝，你的笑容如清风明朗。

从初识到形影不离，好像是一眨眼的事。我们一起写作业，每当完成一项作业，都会默契地相视一笑，不着痕迹地把头靠在一起，用只有我们彼此能听到的声音窃窃私语。

记得五年级的模拟联合国活动——那是学校毕业季最隆重的活动了。我和你幸运地被分到了一组，我们抽到的签是"德国"。初始几天，我和你只要一有空暇就跑进电脑房里趴在电脑前一起查找资料。现在回想，那段时光竟成了我记忆里清晰又难忘的画面。

还记得那节电脑课上，你特地和我旁边的同学换了位子，坐到我身旁吗？我们一起寻找有关德国的资料，我们分工明确，开始各自查找起来——当然你也很有趣，偶尔会按捺不住，将你查到的有趣的信息与我分享。每每想起你捂着嘴笑的样子，那浅浅的酒窝就在我的心上漾起涟漪。一次，我的电脑卡住了，上不了网，一想到还有要完成的任务，我急得坐立不安。此时，你慷慨地将你的电脑递给我："子茜，你先拿去用吧！我先整理之前我们找到的资料！"我当时心里感动极了。

虽然我俩情投意合，但也会因为做PPT的风格而产生分歧，尤其是在最后整合PPT时，我们各执己见。当时我的态度不是很好，故意不理你，好几节课间都不跟你说话。直到中午，你主动走到我座位前，蹲下身子，微笑地望着我，露出浅浅的酒窝，我们目光对视的那一刻，都"扑哧"一声地笑了出来。是啊，还有什么比我们之间的友谊更重要的呢？！很快，我们就找到了一个我们都觉得不错的PPT主题，达成了共识。这件事也让我感受到了你的宽容和友好！

好像只是睡了一觉，一睁开眼，又到了盛夏。但童年的列车似乎也快到站了，远处传来的鸣笛声，似乎在催促我快点下车。我多么想赖在这段时光里不走，多想再看一眼你那浅浅的酒窝！我伸出手，想要抓住时光的衣角，它却猛地一揪，毫不留情地走了。少年不更事，不识愁滋味！在毕业分别的时候，你、我仿佛多少有了些离别愁绪，涌上心头！

时光是留不住的。Jane，我想对你说，我们的回忆会留在心底最柔软的角落，那里月色温柔，星光灿烂，可以安放我们那懵懂又真挚的童年时光！

点评：

成长就像是一段一段的旅程，我们总会遇到一些人，一起相伴而行，又在某个节点挥手告别，各自走向下一段人生。日子总是向前流逝，但记忆中的人和情却能长存。本文正是这样一篇带着真情回忆友人的文章，记忆中那个和自己志趣相投的女孩，一起经历的故事和成长的时光，构筑成小作者童年最柔软的角落，甚至就连分歧和争吵，也因友人的宽容和友好而被镀上了温柔的光。文末的抒情真挚感人，令人想到冰心的小诗：童年呵！是梦中的真，是真中的梦，是回忆时含泪的微笑。

（指导老师：陈惠卿）

队伍前的蘑菇头

25届6班　薛瑷迪

第一次校访，第一次见到您，您不高，一米六不到的我甚至可以俯视您。短发蘑菇头、矮小是我对您的第一印象，我也从没想到小小的您可以在往后的日子里给我带来无限的力量，也更没想到您会突然的在一年后不再教我们了。

班委改选，我成为体育委员，也让我有了更多的机会接近您。进场，您跟在队伍后面，审视我们，我们都不敢轻举妄动。做操，您拿着手机录视频。或是因为阳光太强烈您又正对着阳光，您的眉毛紧皱，为了看清楚班级的情况，您的眼睛努力地向上睁着。由于身材不高，您为了记录下整个班级的早操表现，就会拿着手机，将胳膊举得很高很高，两脚微微垫起，在做操将近十分钟的时间里，您一直保持着这样一种不大好看的姿态，不断找拍摄角度。您在我面前举着手机晃来晃去，我看到您的蘑菇头渐渐被汗水浸湿，您顾不上去擦汗，即使汗水和猛烈的阳光已经让你难以睁开眼睛，您就这样一直举着举着……那时，您每天录视频，我看着您，不解，如此辛苦地录几乎一模一样的视频为了什么，好像没什么意义；如今，您离开后，我细细回忆，明白，这视频里的不仅仅是每天的早操情况，还有着班级不断团结进步的变化，有着您的欣慰。

　　早操结束，音乐响起，又到了我最紧张的环节：退场。密集队伍集合后，站到班级左侧，您再次走到我的面前叮嘱"提前喊口号，整理好队伍再前进……"依旧是那几句话，事实上道理我都明白，但每每实践，我总是让您和同学失望。隔壁班体委已经喊出了前进的口号，整齐的步伐声、响亮的口号声、广播中的表扬声，这些声音对于我来说好像都是遥不可及的梦想。轮到我们班，我强装镇定，喊出口号，向前看，您跑在我前面一两米的位置，脚步抬得很高，发出的步伐声也因此很大，我没想到瘦小的您跑起来能发出如此铿锵有力的声响，但我知道这声响是您有意的提醒，我跟随您的步伐，找到正确的节奏，带领队伍向前。

　　日复一日，在您的帮助下，我们终于尝到了被表扬的味道。那天如往常一样，您还是在录完视频后跑在我的前面，随着两声"1234"后广播里传来让全班又惊又喜的表扬声，蘑菇头伴随着跑起来的风飘荡，您转过身笑了……阳光洒落在您身上，把您的影子拉得又大又长；我的目光聚焦在您身上，看到您身体里蕴含着的力量无穷无尽。

　　一条消息后，宣布了您不再教我们。看着消息，我回忆您的种种，印象最深的还是那个举着手机的姿态和那个跑在队伍前面的短发蘑菇头。

点评：
　　为人师者，对于学生的影响不该只在于课堂上，更是举手投足、为人处世中的潜移默化。文中的"刘老师"正是这样一位带给"我"无限力量、对"我"影响深远的老师。文章的妙处在于以"小"写"大"：从老师瘦小的身躯入手，抓住老师在阳光下一次次为班级纠正早操退场步伐队形的细腻小事，抒写出全心投

入、心无旁骛的师者情怀投递在学生心中的巨大力量。这种巨大的力量不仅润化着小作者的成长，也逐渐凝聚起班级的团结。第二人称的写作，让这份师生情更加浓郁、感人。

（指导老师：田艳妮）

一张桌，三只猫，数摞书

25届7班 黄熠瑄

我心中不会有黄昏；有你在，永远是明朗的清晨。

——**题记**

每当路过，看到办公室里被阳光照亮的窗边那一隅，总觉得心里明堂堂的，倍感亲切。

桌上有一小书架，下层放着一排字词典，上层是各类故宫文创小摆件，右侧是笔架写字板，左侧便是窗户了。窗台上放着预初以来的十余本必读书目，在中午的暖阳下也多了几分可爱。你便常坐这其中，或批批作业，抑或改改课件。记忆中，这里是惊喜不断的：不论是你给的水果零食，还是我通过了学校的海选进入古诗文复赛的喜讯……

记得刚进入华育的第一节课，你一袭浅绿色汉服，长发披肩，一缕乌丝微微挽起，金边的眼镜更衬出如水般的温柔。你为我们细细地讲解作业卷中的古文，从实词注释到句意辨析，你都了如指掌，娓娓道来。一个月来，上自孔孟老庄之著，下至唐宋明清之作，你皆是信手拈来，如数家珍。听你讲课，时而如沐轻风细雨，时而酣畅淋漓，不禁大呼过瘾。

忆起一次上课前，你在这桌前忙不迭改着些什么。一打铃，你又如往常一般抱着书本电脑走进教室，却没有了照例的一声"上课！"，取而代之的是你那打开文档上赫然的一行字："老师今天嗓子哑了，只能这样上课，请大家谅解。"接下来是默写，阳光悄悄地透过窗帘间的缝隙散落在教室，为这只有"沙沙"写字声的静谧笼上一层蜂蜜般的暖色。全班写毕，你只能通过打字示意大家何时停笔。有同学没看见，你便选择拍手，仍无反应，你便转而敲击黑板，如此往复。收齐默写纸，那节课要讲作文，要对题目、选材、语言进行思辨分析，定然少不了课堂互动。心下疑虑这可如何是好之时，你却继续用键盘，一点一点地打字，一个字一个字地码上去，原本空白的文档不断被一行行鲜活的"文字流"所替代，形成了独特的"讨论"。全班似是被这一"新奇"的交流方式所吸引，愈发着魔地投入新一轮的思想火花碰撞。下午的日光落在台下一个个高举的手上，落在台前努力与我们互动的你身上，镶上了一圈圈灿烂的金边。场面之热闹，以至于你打字、拍手、敲黑板一套下来都没法使教室安静。尽管如此，一直忙不迭低头打字的你，每每抬起头，眼里都充满惊喜，露出如孩童般纯粹的笑容——这一切在阳光下犹显明亮可爱。

你在桌上时常放几只小猫摆件，总令我想到你养的三只猫——抱抱、永琪和加勒比，和为了对付我们的日例默写煞费的苦心。在一个周五，你向我们保证：下周默写四次全部满分的同学，将会获得一份小礼物。周一，我便看到自己默写单的100分下有一行小字："进度25%……""这加载会有点慢啊！"有同学感叹道。你笑而不语，只是默默地让进度条的数字前进到了50%，再到75%，最后100%——附赠一个如当天中午阳光般耀眼的笑脸。下午的写字课上，你为攒得100%进度条的同学颁发了"默写免抄券"和家里三只猫猫的明信片。光线打在明信片上，一如全班喜悦的心情般闪闪发光。于是，大家不约而同地立下了"集卡"的目标。第二周，拿到明信片的人数便直线上升。圣诞节前，你告诉我们："下周会有特别的礼物，错过要等明年啦！"果然，我收到了"圣诞特别款"猫猫贺卡，看到卡片上的猫猫在闪亮的阳光里仿若"活蹦乱跳"，也因此暗暗发誓明年要继续"收集"它们——结果，你请了产假，只留下了桌子在办公室角落默默地守候……

窗边那一隅里，阳光照亮了桌上的数摞书，明堂堂的。

点评：

"一张桌，三只猫，数摞书"串联起"我"对语文老师的回忆，全篇用第二人称来写，情感流露自然真切。开篇从老师的办公环境写起，字典、文创摆件、书籍既交代了老师的身份，又能激发读者对老师的想象。接着小作者运用肖像描写细致地刻画了对老师的第一印象，让老师的形象在读者心中清晰起来。之后记叙了一节"无声胜有声"的课堂、激励学生认真准备默写的巧思。在师生互动中，一个有才情、温柔、敬业、关心学生的老师形象跃然纸上，也表现了"我"对老师的喜爱、感谢与思念。最后用环境描写结尾，首尾呼应，情感表达含蓄动人。

（指导老师：周颖）

青青园中葵

风会记得一朵花的香

25届8班 陈乐欣

  斑驳的光影铺在三尺讲台上，您仿佛还站在黑板前，笑靥如花，芬芳了那方墨绿的黑板……

  初次邂逅您时，正值桂香萦绕。您满头青丝中掺杂着几缕白雪，是岁月的痕迹。一袭米色衣裳，一抹怡人的浅笑，一束温暖的目光，您的一颦一笑饱含着优雅的神韵。课堂上，您的笔如行云流水绕素笺，宣纸上菡萏尽绽。

  素白的纸上，我照着您的样子，将指尖的笔缓缓滑动，墨痕瞬间在纸上失控般晕染开来，如雨前天空中一团乌云。一袖风带过，您笑着将您那温暖的手把在我握笔的手上，移到墨碟边上舔了几下。我会心一笑，纸上斑驳的影子与墨痕相映成趣，可惜所画的枝丫总是不够挺直。我迷茫之时，又感受到了您掌心的温度，这次它带着力度伴我拉出了笔直的线条，我默默记住这种手感，模仿着用力，再次尝试，画出的笔锋大有改观，喜悦之情溢于言表。

  之后，每周三便是我期盼的日子，因为那天您会耐心细致地教我们各种绘画技巧，令我们品味到绘画的魅力。秋风飒飒，满目萧索，教室窗外梧桐寥落，桂树也早无了花香。我屏息凝神，笔头泻下几杆虬枝，伴着向外延伸的枝丫，轻轻勾勒深秋的意境，淡出簇簇棕黄，再将点点红枫缀于其间。正当我沾沾自喜时，笔尖一不小心触到了画纸：糟糕！宣纸的空白处赫然出现了一团醒目的红点，怎么办呢？您发现了我的愁眉不展，对我的画纸端详了片刻，接过我手中的笔略添几画——一轮红日在枯枝后冉冉升起！我转忧为喜，与您一起合作，将画笔在橘色的暖光中嬉戏，这轮红日犹如秋日里的暖阳，赋予了万物生机。

  又是一年春暖花开，惊艳了岁月轮回。您迈入教室，捎来淡淡的春风。安徽遍野金黄的油菜花，西塘满树浅粉的早樱，青岛临海洁白的玉兰……中国各地的春景映照着您的笑靥如花，定格成沉淀在岁月中的图画。总盼着挽住时光，盼着它伫立在风卷云舒的人间四月，盼着您引领着我们在这个不会过去的春天欣赏祖国的山河。同学们都陶醉在这视觉盛宴中，忘却了您已经收到三十周年教师资格证，您轻描淡写，而我尽力用草长莺飞、山花烂漫麻痹自己，今朝有酒今朝醉，不去担忧未来的漫漫征途。同学们兴奋的交流声连绵不绝，而您停了下来，只是含笑望着我们，并未打断我们对春日的盛赞。

  还记得最后一次您来上课，南国飘起了小雪，裹挟着缕缕寒风，您围着格子围巾步入课堂，一样温和的眼神中闪着泪光，润湿了我们的心。天下没有不散的宴席，班主任告诉我们您身体抱恙，需要在家休养，这节课将是我们小学毕业前您上的最后一节课。此日，风吹过您的发、您的脸、您的衣摆，仿佛要记住您的每一寸轮廓，三尺讲台前，您的身影淡成了夕阳的余晖。一支粉笔在您手中愈发短，您的笔下耸立着雄伟的山脉，流淌出蜿蜒的河流，台下悄无声息。玲珑煦暖的阳光在雪霁后探入窗弦，洒在您奋笔疾书的背影上，洒在您满头的银发上，洒在您那抹盈盈的笑脸上。粉笔划过黑板，"嗞啦"的声响伴着几声咳嗽，化为您指尖上的素白。

那节课的最后，您打开了一个视频，有云蒸霞蔚的海棠，黄叶纷飞的秋景……背景音乐则是《和你一样》，"日子那么长，我在你身旁"，尽管这次您要与我们分别，但是您的身影会一直在那方黑板前，陪着我们走向未来的春意盎然，始终与我们同在。课在清脆的铃声中落幕，您深深鞠了一躬，掌声响起，您转身轻抹一把泪，消失在了我们的视野中，我不禁潸然泪下。

时光轻浅，无论季节多么清寒，想起您的笑靥便会如沐春风。朦胧中，我们再次与您相聚，一张张画纸上，由浅入深，细腻勾画，融着不会淡去的暖阳，承载着脉脉温情，一如娉婷的四月，满溢着爱与希望。

往昔的回忆涌上心头，遍地绽开金线织成的回忆。您当初携来的美好转瞬即逝，遗落在了风中，沉淀成缕缕沁人心脾的花香。风会记得一朵花的香，我们也会记得您的模样，笑绘花开花落，细品云卷云舒。

点评：

文章对老师的人物塑造，如同在画纸上描绘一朵清新淡雅的白兰花。老师一袭米色的衣裳，一头银色的秀发，正像是白兰花剔透的花瓣，没有牡丹的华贵，没有海棠的明艳，独有一份素朴与优雅。而老师温暖含笑的目光，执笔时坚定有力的手掌，正像是白兰花沁人心脾的芬芳，潜移默化中影响着小作者的作画、做人。抒情的文字与具体的叙事有机融合则使人物形象更加立体：辅导学生绘画创作的耐心细致，指导学生欣赏感知的教育智慧，告别学生最后一课的用心用情。用花香串联起几个片段，余韵悠长。

（指导老师：朱依婷）

冬日暖阳

26届7班 黄歆晴

亲爱的林老师，我现在初中教室朝南，不似小学的教室总带着几分寒意，即使是寒冷凛冽的冬日，也仍是向阳的，余留几分温暖。下午放学时，走廊的天花板上，映出绚烂的霞光；晚课时，操场前的路灯点亮，洒下一片冷白，像是一层霜。

在这初中的校园里，有那么多熟悉的、曾在小学的校园里见过的情景，却不能够再在您的课堂上，用画笔一一描绘。不过幸运的是，在您的教导下，我拥有了发现生活之美的眼睛。

犹记得，初次上您的美术课，您那身典雅的淡蓝色旗袍正契合了今日的主题："天空"。您信步走上讲台，同学们都充满了好奇，纷纷窃窃私语。而我若有所思地看向窗外，看着天空中变幻莫测的云朵，默默思虑着自己的构图。您微笑着在投影屏幕上展示出一幅幅画作：凌晨的朝霞，红彤彤的火球刚刚跃出海面，绽放出光彩，为几张小帆镀了一抹金色；盛夏的中午，湛蓝的画布上嵌着近乎白色的钻石，刺眼的光芒四射，仅有一枝葱绿的树叶遮挡；傍晚的夕照，晕开一片粉紫的流云，隐约显露着隐藏其后的光芒……

您展示的每一幅画作上都挂着太阳，或是耀目的，或是温暖的……而不喜欢与人雷同的我，默默在纸上描绘起冰川极光，全幅画作均是冷色调。不知何时，您走到我身旁，我的耳畔响起了您的温柔细语："冰川、极光、冷色的基调……看起来有些凄凉……其实，与其画一些不熟悉的场景，不如在我们真实的生活中寻找天空的美好。看，你的名字里有个晴字，为何不画一些冬日暖阳，温暖一下你的画纸？"您温柔地建议着，当时的我还不能领略您的深意。

后来，我慢慢理解少年的梦如同天空一般变化无穷，表现着无限的可能；而您更愿意带着我们去发现生活中各种不同的美和温暖，因为您在笔尖倾泻温暖，画下明亮了整片天的太阳，带领我们打开善于发现美的眼睛。

我依然记得，带我们出去写生时，您淡然微笑着告诉我们："纷嚣人世中，心静，一切无声；心美，一切皆为艺术。天空中，需要有人去点亮一轮骄阳。"

诚然点线面简单，却可以勾勒出高楼大厦、小巷街头；黑白灰虽然朴素，却能挥洒出光影万变、烟火人间。日月星辰，江河湖海，辽阔无边，却可付诸笔尖，跃然纸上——是情亦是景，是梦亦是想！

步入初中后，学业变得越来越忙碌；而我依然保留着喜欢透过指尖看太阳的习惯，因为那会让我想起那个喜欢温暖、喜欢阳光、教我们感受生活的美的您！

此刻的您,是否也跟我一起仰望着冬日暖阳呢?

点评:

在学画的道路上,林老师的存在仿佛冬日暖阳,点亮了"我"对艺术与美的热爱,也温暖了"我"对生活与梦想的理解。一位好的老师正是如此,既能用自己的专业功底让学生信服,也能引领学生走向更长久的热爱。本文的小作者正是从这两个角度入手,刻画了林老师的人物形象,一颦一笑中展现了老师典雅、温柔的独特魅力,一笔一画间记录了自己美好、踏实的成长!文章结尾,作者用一个问句表达了对老师的思念之情,同时也从结构上呼应标题,使读者回味无穷。

(指导老师:李婧熔)

黑板上的师生情

26届7班 王晨钰

"总有一个人的出现会惊艳你的时光。"有人如是说。每忆起这段文字,我的脑海里就会浮现出一方如绿玉般深墨色的黑板,上面布满了密密麻麻的细碎划痕,雪白的粉笔字整齐地抄写着名言警句。在道道划痕中,却承载着我与老师的记忆……

依稀记得小学低年级时便当上宣传委员的激动,随之而来的却是责任。当我费力地踮起脚够着黑板时,一个如春风化雨般轻柔的声音传来:"你在出黑板报吗?"

"是……是的。"看见语文老师,我有些猝不及防。

老师笑笑,拿过我的粉笔。在嗒嗒的轻响中,遒劲有力的字体缓缓出现在不大的黑板上。"应该这么写……"老师专注地一笔一画书写着,细致地为我讲解:"这是横,握笔要用力一点,才能写出神韵来。你看,这样字就立体了,不会显得软绵绵的没有精神。"她的语速很慢,兴许是为了照顾懵懂年幼的我。我一边跟随着她的指引在黑板上落下一笔一画,一边聆听着老师轻快的分享:"其实,我小时候也是宣传委员。或许吧,是因为板报,我才有了这一手好字。"我的目光无处安放,只能低下头,无意间看见老师指尖渲染的浅粉色。

像是无边风月,在飞鸟的扑翅中缓缓穿过时间的每一个角落,在此后某个算

不上突兀的时刻，还能够敲响记忆的鸣钟，在心扉中不断激起回声，一下，又一下……

那天，教室半开的后窗毫无保留地将阳光洒在了老师的侧脸，勾勒出影影绰绰的轮廓，黑板也泛着淡淡的金绿色。也许是窗户没有完全合上的缘故，微风习习，我在老师的陪伴下，手握一支粉笔，在黑板上拙劣地模仿着老师，写下一行行字。

"好了。"老师轻松地拍了拍手上的粉笔灰。

后来，尽管我一直是个平凡到不起眼的孩子，老师却时常把我叫到办公室，递给我几张印着可爱图案的便签纸，上面用红笔誊抄着一段话，有时候是励志的短句，有时候是铿锵的古文，有时候是节奏轻快的诗句。最后总会加上一句："加油！！！"三个粗粗的感叹号十分抢眼，就像是三个呆呆的小人并肩坐在便签纸上，随时都会站起身来。我不解，于是明媚的笑容便如花一般在老师的唇角绽开："这是给你写板报的素材，可以背下来。"

我依旧疑惑，可还是乖乖按照老师说的去背诵了。下期的板报题目刚出，我的笔尖便在草稿纸上欢快地跃动着。写完文字稿，抬睫看了眼时间，每一秒钟如点点星辰坠落在茫茫海中，难以捉摸，少之又少。那些写在便签纸上的句子，早已深深浅浅印在了脑海中，也印在了笔尖。

写毕，我满心欢喜地交给语文老师审阅。她正忙着批改堆积如山的作业，"嗯"了一声，让我放学后来取。悠扬的铃声回荡在走廊间，我几乎是立刻便冲到黑板下，欢愉着，期待着，全身心都投入了等待老师的到来。随着清脆的高跟鞋声，老师走来，递给我一张白纸："这是我的修改意见。"我低头一看，洋洋洒洒一整页都是条理清晰的意见，还涂抹了几行字，显然是字句都斟酌过。老师一手撑着头，修长的指尖在白纸上圈圈点点："我觉得这里可以……还有这儿，如果删了这句可能会更紧扣标题，你觉得呢？"我懵懵懂懂地点点头。老师见状，唇角微微扬起笑意。

不出意外地，我们班的板报获得了全年级第一。

那天回家，我感觉冬天傍晚的阳光，暖洋洋的。

现在想来，是老师像一缕天空中朴实又柔和的光芒，穿过了层层缭绕的云雾，温暖了我懵懂的童年，让幼小的心灵萌芽、成长。

黑板上的师生情，就这样，随着光束镌刻在我的心间……

点评：

写一手好字难得，能遇见知音难得，而小作者竟然幸运地在小小的黑板前和自己的语文老师成为了"板报知音"。从一笔一画教写粉笔字的认真,到一点一滴积累文字稿的用心,再到终于收获年级第一的喜悦……师生间的情谊就这样悄然滋长,透过黑板报而沉淀出的真挚情感亦在作者笔下缓缓流动。这篇文章的呈现,也让读者领略到了一个孩子对老师的信任、崇拜与感激,黑板上的字与画,不光书写了一期又一期的精彩板报,更谱写了一首师生情的动人乐章。

(指导老师:李婧熔)

推开那一扇门

26届7班 王晨钰

浅金色的阳光如浓郁的丝绸一点点温柔地、耐心地侵蚀着笔尖饱蕴的浓彩,笔杆随之微微悸动,如同轻抚湖面的柳条袭上层层涟漪,我放下笔,仰视着如墨玉般暗流光泽的黑板,突然庆幸我推开了那一扇梦想之门。

开学时,从小擅长美术的我主动请缨担任宣传委员。然而,经我手出的板报纷纷落榜,心里那一丝新官上任的热情迅速消磨殆尽,面对班主任的关切也有了几分羞赧。我下定决心要为班级夺得桂冠。

不知是因为功利心阻碍了灵感的流通,还是因为急于确定草稿,连着三版初稿我都无一满意。放学后的教室空空荡荡,斜照的余晖从西面的窗户洒落,在黑板金属质地的边框上折射出彩色的光圈,我坐直身子缓缓吐出一口气,撕下了面前的一页稿纸。

不知不觉间我回忆起往昔绘画时的样子,白纸上绚烂的色彩让人挪不开眼来。线条流转构成妙趣,哪怕成品一度稚嫩甚至拙劣,笔尖的真诚却满得要溢出来。所以责任于我反倒是一种枷锁吗?可谁又说镣铐之下必不能绽放绚烂的舞姿呢?前方仿若有一扇沉重的铁门,像是古埃及神话中的天平,晃晃悠悠,谁也不知道如果打开了它会出现喜相,抑或是恶兆。

我焦躁之余得不出答案,带着几分赌气的意味掷了纸笔,索性捏了支粉笔在黑板上勾勾抹抹。我却讶异地发现,那些脑海中碎片的图像和零件式的文字构成了奇异的组合,我顺着思路向下描绘,久违的盛大在徐徐铺陈。

我仿佛明白了些什么。儿时的我向别人展示画作时,眉宇间是掩藏不住的自豪与希冀。我肆意地挥洒和抒发野性与自由。我看见世界,亦记录世界,或许随

着年龄的增长，抛之脑后的却是最本真的快乐。这扇门，到底该不该打开？它固然是灵感的洪闸，然而从小到大，我却一直被教导要循规蹈矩，模仿前人的作品。

回过神来，我提笔勾勒，枯笔拖出长长的水痕若隐若现，更多的则是不明确的色素。千年历史化作久落的积雪沉于山巅，一侧的粉笔书法写满了对岁月的深深一瞥。我挪开面前一沓精心准备的材料，色彩随心而淋漓流泻。

转瞬间到了点睛之笔。我凝视着笔尖沾染的红，潋滟的色泽怒放，是它从未有过的容貌。提笔，一点朱色轻落，像是终于解开了的铁链随惯性飞出很远，只能看见点点闪烁的细密光斑在逐渐远去。那扇门，终于轰然被撞开。

第二天，我们班一举夺魁。在掌声中我却看见了门内的动静。我曾设想过无数场景，是洪水猛兽还是极乐仙境，是脱缰野马还是回首浪子。然而我只在那里看到了曾经的我，衔着笔打量风景的我，埋头整理画夹的我，兴致勃勃向别人介绍自己画作的我……

以纸为阳，普照万物之辉泽；以笔为雨，浸润天下之谷田；以墨为风，翻扬朝夕之烟火；以梦为马，阅尽人间之繁花。在逐梦的光彩中，每个人都依然是纯粹的少年，从未改变。

曾经听说过一句名言，说上帝给了一个人一颗糖，又给了他一巴掌。我想，痛与乐并存。那些鲜血淋漓的伤疤，正是推开那扇门的路引。而我们，都始终在路上。

点评：

本文取材于身处的校园，作者不但真实记录了自己的生活，使文章充满诚挚的情感，还能在此基础上加以反思，多角度思考，冲出既有的藩篱，将目光伸得再远一些，再高一点。受到挫折时能够回溯初心，找回本真，具有超越年龄的思想深度。可见作者是一个善于观察生活和善于思考的孩子。

文章另一大突出亮点是有着浓浓文化味的诗意的语言，加强了语言的灵动性，充满了韵律之美，令人愿读、爱读。结尾部分运用排比抒发感悟，很有层次感，明快而又具内涵。

（指导老师：戴卉）

社会掠影

社会掠影

身边的小美好

22届5班 许亦凡

隐约还能看到那老爷爷翻炒栗子的动作,听到他那爽朗的笑声。身边那么小、那么平凡的一个炒栗店,却给我留下了那么美好的印象。

卖糖炒栗子的小店就在路口,我曾瞥过那老爷爷几眼,他总是执着地翻炒着长勺,热情地、卖力地工作着。隔一会儿,便会吆喝两声:"来哟!糖炒栗子!滚热的!"那带着乡土气息的粗犷声音,倒也给街上的气氛平添了几分热闹。每有客人来,他总是不遗余力,十分热情地为客人服务,他的服务态度,使他的口碑也很不错。至少,许多小孩子空闲时总会去他店里待上一会儿,看他炒栗子。只可惜这份美好,我一开始却因每天匆匆赶路而从未感受到过。

上海的冬天,就不会有老爷爷那般热情了。相反,冰冷得不得了,寒气直刺入人的心窝里。

站在路边,等待着母亲来接我,却不知出了什么状况,始终也未等到。在路边站了许久,手指、鼻子、双耳都冻得通红。寒风逼得我一个劲儿哆嗦。寒冷与心中的焦急混成一团,使得我都没听到身后传来的招呼声。

"嗨,我说那孩子,到这儿来!"

突然心头一惊,这不是那老爷爷的声音吗?我转身走去,老爷爷温暖的手掌在我肩上拍了拍。"大冷天的,你搁那儿站着干啥?不冻坏了?快进来吧。"我扭捏地走到炉子旁坐了下来,身体顿时暖和了起来。"我在等我妈妈来接我。"老爷爷点了点头,随即给我盛了一些栗子来。"吃着吧,还是热的呢。"老爷爷望望我,和蔼地笑笑。他搓着那双被炉火烘热的大手捂在了我通红的双耳上,又将了将我被寒风吹得凌乱的头发,我能够感受到他的慈祥和亲切,人也自如了一些。

我不好意思地捏起一颗栗子,他说的对,还是热的。但那热的,不只是栗子的温度,更是人间的温情。"我见过你上学放学好多次了!常常会在那路口等个两分钟。下次要是天还那么冷,还要等那么久,就来这儿待着,准暖和。"那话中透着的善意和关心,比那炉子和里头的栗子更暖。冬日的寒意,仿佛也被他的善意吹散了。

这不经意的邂逅让我倍感温暖,那些你本不会去关注的平凡人,却常常在不经意间为他人带来快乐,传递长长久久的善意。

点评：

这篇文章作者描写了寒冷冬天中的一幅温暖画面，一位慈祥而热情的糖炒栗子手艺人所给予一个陌生的孩子的关爱和暖意。炒炉简陋质朴，热气却温暖着周边的空气，透入每个人的心间。饱经沧桑的双手却拥有娴熟的技艺，将这一已不受年轻人追捧的美食依旧热烈地散发出果子本有的香糯气息，执着地坚守着这一门小小的手艺，在城市的某一个不起眼的路口给行色匆匆的我们带来一丝惊喜和甜蜜。作者用他敏锐的观察和细腻的感受将如此平凡而质朴的一位手艺人刻画得如此动情而感人。

（指导老师：王静）

成全它们吧

23届1班 蒋明芮

提到虫子，大多数人对它们都不会有太大的好感，但昆虫却早已在人们的愤怒谩骂与最终的无可奈何中，平静地，一代一代地，飞过无数轮回，飞过人类短暂的历史，飞过万载四季。那么，不如就陪着它们渺小的身影，飞过一轮春秋，看那坚定的属于生命的尊严，放下厌恶，给它们一次热爱世界的机会。

蝴蝶飞了

春日的灵动，总来自新生的蝴蝶，小小的几只，从花苞中、灌木丛中探出脑袋，怯怯地张开翅膀，乘着风在空中旋转、漫步，舒展着舞裙上沾着露水的皱褶。城市里的蝴蝶没有乡野里的绚丽，不是黄的，就是白的，有时也会看到黑的。但平凡的蝴蝶穿梭在平凡的花丛中，享受着自由，也给艺术家们带来了无限的灵感，给人们的生活平添了一丝喜悦。

但似乎这种自由，对于它们的一些同类来说，也是一种奢求。记得自然博物馆里，就有一处玻璃房，有不少稀奇的蝴蝶，久居城市的游客们蜂拥而至，只为图个新鲜。看向房内，一片两片，全是蝴蝶，附在壁上，百无聊赖，毫无生机；一朵两朵，地上开满了蝴蝶的花，却是没有生机的斑斓。只因有着特别的花纹，它们便被人类夺去了自由。相信它们更期待春天的百花齐放，而非整日不绝的喧闹和闪光灯。

让蝴蝶飞吧，成全它对自由的渴望。

知了唱了

夏天的时候，蝉鸣是生活中必不可少的背景音乐，有人骂它嘈杂，有人爱它悦耳，可蝉鸣一直在，定格在书上的古文里，流进音乐的律动里，铺在生活的底色里。毕竟，这是用生命换来的，不可扼杀的欢畅歌唱。蝉听不懂，也不会去管人们的诋毁或是歌颂，只是享受着夏日的暖阳，拉着欢快的琴弦，唱自己的喜悦。

总是难以看见蝉的真面目，那日在树影斑驳的水泥地上，却看见一只乌黑的蝉，仰面躺着，了无生机的身体拥抱着它一生向往的太阳。想起书上说，蝉整整四年在地下黑暗中的守候，只为换来生命之末五星期的阳光。它们在欢唱，我们指指点点，殊不知对我们来说习以为常的阳光，却是它们的一生所向。它们不知道"聒噪"或是"高洁"的写法，却情愿燃起生命的火花，与阳光遥相应和。

让知了唱吧，成全它对阳光的留恋。

蜻蜓走了

秋天湿冷，雨总是将下未下，就常常能看见小小的蜻蜓悬在低处的空中，走走停停，沉思着雨到底来不来，棕红细长的身体看得分明，却怎么也抓不到它的影子，时快时慢，在空旷的空间里上下翻飞，将潮湿的空气翻起一丝涟漪。天阴了，它便来了，捉弄着人们；云开见日，它又悄悄地走了，倏忽间没了踪影。可它的故事，却装点了不少童年的梦。

前几年年纪尚小时，去云南抓到一只大蜻蜓，怎么抓来的早已忘记，但它宽大嫩绿的翅膀、墨绿狭长的身子和两颗绿宝石般的眼珠却令我记忆犹新，记得是带回了上海。可进了小区，袋子里它的翅膀还在翕动，显示着生命的顽强，我不禁动了恻隐之心，打开袋子，把它交还给了自然与风雨。于是，它走了，此后我没有再抓过昆虫，也没有再见过它。

让蜻蜓走吧，成全它对风雨的倔强。

蝈蝈睡了

冬天养蝈蝈，对于不少人来说，也是一种乐趣，我国自古便有这个传统，夏天几块钱的蝈蝈，冬天见到基本上就是几十块一只，翠绿的身子，放在暖和的环境里便会发出生机勃勃的叫声，给寂静的冬天带来一丝欢喜，于是有比蝈蝈葫芦的，有比蝈蝈活的时间长短的，有三五聚在一起讨论评价蝈蝈的，蝈蝈"括括"的叫声，给中国人温暖的屋子添了一份温馨。

但蝈蝈毕竟是夏天的昆虫，不论人们怎么挽留它、呵护它，它总有一天要睡下，有的在冬天前就走了，有的能到来年开春才不再叫。其实野生的蝈蝈只有两三个月的寿命，养蝈蝈的行家却能让它叫唤半年。人们爱它，所以也总为它们的

离去而叹惋。但它逗留很久了，于是依依不舍地还是沉寂了。

让蝈蝈睡吧，成全它对死亡的平静。

成全它们吧，让蝴蝶享受自由的快乐，让知了拥抱阳光的温暖，让蜻蜓迎接风雨的挑战，让蝈蝈选择死亡的安宁。这是渺小的生命对世界的热爱，属于生命的尊严，生如夏花之绚烂，死如秋叶之静美。

点评：

这是属于作者的"昆虫记"，我们生活在地球上，与自然万物其实并无二样，但人类常常用"宽大的手掌"将小昆虫们玩于股掌之间，读罢此文，我们不仅沉思，这是人类的傲慢还是无知？文章的内容令我们惊喜，作者的慈悲令我们肃然起敬。得有多么细致的观察才能见识得到昆虫世界的美妙，得有多么善良才能理解到昆虫的悲喜？我们盼望在中学生中能有更多如此真切的好文章，这不仅仅是文学作品的呈现，更是美好心灵的彰显。最打动我们的是，作者也并没有将自己置于道德批判的高点，她也不断在反思自己，推己及人，入情入理。

（指导老师：高丽君）

又是一个春天

23届4班　费悦

这个三月，繁花或许盛开的小心翼翼。

这几年新冠疫情从未远离我们，但它却是第一次如此般袭来。2020年的那个春天，我们第一次因它而恐慌，这个春天，当它再一次逼近我们的时候，生活又一次被按下了暂停键……

"21号楼的居民可以下来做核酸检测了！"这是小区隔离防控的第一天。戴上口罩准备好二维码，大家保持着一米间距在楼下排队。人群间有细琐的聊天声，例如讨论自家的储备物资和"抢菜攻略"，或是因宅家无聊而抱怨几句。一同排队的也有许多和我一样急着上网课的学生，居委会贴心地为我们安排了快速通道。在志愿者的引导下，不一会儿便轮到我做核酸检测。仰起头张大嘴，医生拿棉签在咽喉处轻轻转动几下，取样很快结束，我向"大白"道谢，她也柔声回一句"没事"。我和妈妈沿小路散步回家，正午阳光暖洋洋的，轻缀柔情于初樱，

暗褐色的枝头，樱花还未完全盛开，却是精灵般不染尘世喧嚣的粉白。风是信使，吹来熙春的淡淡清香；鸟吟和鸣，为盎然春意谱曲。如果不是因为核酸检测，我也不会邂逅这片美景吧？这个春天所带来的那份焦虑，亦由春景所抚平。

宅家生活，从不仅限于学习，还有"快乐的内卷"所伴。为了让生活多点旋律，我定下了每天练习吉他的目标。午休时，我抱着吉他坐在阳台上，拨着弦释放出那些无法言说的怅然，如同徜徉时光的留声机缓缓转动，将悲伤的诗句转为晴朗，续写一份勇气，一份从容。情不自禁地闭上双眼，指尖与琴弦摩挲微微泛红，风调皮地穿过弦的缝隙，虽因振动而乱了手脚，却也添了自由与灵动。原本的沉闷与不安，正一点点消融在琴弦中。

早春的夜还是有丝凉意的，隔着窗玻璃能够触到。好久没有站在窗前凝望夜，天空无星，在狭小的视野中也瞧不见月，却仿佛被一整片宇宙包围。夜色之幕并非纯黑，而是由墨蓝微微向较暖的色调渐变。路上没有行人，点点路灯显得有些落寞。它们仍然亮着，在人们沉溺梦境之时守护着这夜晚，直到黎明来临再悄然褪去。就像这个春天，因为一群又一群天使般的人们守护着，令我们下意识信任，打心底感激，心怀希望，去寻找云缝间的光。

啊，又是一个春天，我们定会在繁花烂漫时与世界重逢！

点评：

2022年，又是一个春天。春风的和煦似乎没能彻底吹散冬的寒凉，在这个因"疫"而战的江南之春，我们看到了身边那燎原四方的星星暖意，他们虽平凡却散发着光芒，会疲倦但总展示着力量，这些力量交织、重叠，共同构成了我们眼中的"人间四月天"。作者笔下这个新芽初绽、树树花开的春天，既有自然的生机，也有真情的可贵，更蕴含着内心自我调节的强大内驱。这份内心的力量正是疫情中许多人精神世界的写照，也是这份精神聚沙成塔，在阳光渐暖时牵着我们走出疫情了的"倒春寒"。

（指导老师：李婧熔）

小幸运

23届4班 庄宸阳

生在杏花春雨的江南,我常漫步于此,竟也幸运地与这江南水乡缠绕出丝丝羁绊……

那次,是朱家角。空气中弥漫着淡淡的雨香,似是让我跌入了一幅清雅的水墨画中:碧瓦朱甍,薄雾轻笼,几点绿意抹上柳梢,几处人家升起炊烟。我于微雨中遇见这江南,多少楼台烟雨中啊,这杜牧的江南;"春水碧于天,画船听雨眠",这韦庄的江南;"山泼黛,水挼蓝,翠相挽",这黄山谷的江南!虽是雨巷中独行,但有胸中唐诗宋词、眼前水墨点染——我幸运地邂逅了这诗雨江南。

那次,是去西塘。夕阳之中,一位老师傅在做糖人。只见他身前铺着制糖人的铁板,右手执勺,左手持碗,碗中盛着金黄的糖浆,空气中飘着似有若无的香甜。待铁板的温度渐升,忽地,他右手上下翻腾,一次次从碗中舀起糖浆,纷飞散落于铁板之上,或点或提,或顿或压。勺左摇右晃,但糖浆总是落在准确的位置。不多时,金色的美猴王凌空出世,手上挥舞金箍棒,脚下驾起筋斗云!我随着围观的游人一起鼓掌,却被老师傅从人群中点出,将猴王赠予我这唯一的"小书生"。我握着糖人,鼻尖轻轻一凑,那麦芽的香气便沁入心脾。找来透明玻璃纸,我将威风的大圣细心包裹,不光是想收藏这幸运得来的糖人,更想珍藏这偶然一见却深植于心的手艺、这萍水相逢却慷慨相赠的情谊!

那次,是游乌镇。晃悠悠的乌篷船中,摇船人戴着箬笠端坐在船身后艄,以脚蹬桨,身后缀出长长的波痕。不多时,雨珠骤落,似是于天空提笔狂草。乌篷船上,有人钻进了低矮的船篷,有人撑起了遮阳的花伞,我却愿意仰起头来迎接夏雨的洗礼。猛然,我望见后船上站起一位举着相机的青年,他和我一样将自己暴露于这场突如其来的雨中。他将镜头对向我,我赶忙挥手致意。此刻的水乡,似乎众人都在躲雨,只有我们二人在各自的小船中与天地共舞!清脆的雨滴打在皮肤上,是大自然有力的唤醒;挟雨而来的风吹拂脸颊,是城市里久违的清新。"一叶舟轻,双桨鸿惊",在江南的这场雨里,我幸运地遇见一位知音!

生在杏花春雨的江南,我常漫步于此。风景与人,偶如惊鸿掠影,轻叩心扉,挑起回音,诉说着这样的相遇啊,就是微小又美妙的幸运!

点评：

所谓"小幸运"，说的是生活中碰巧发生又出乎意料的美妙经历，它也许微小如星，但也有点亮夜空的光彩。本文的作者就撷取了三个生活中的瞬间，表现了"邂逅诗雨江南的幸运"、遇见"深植于心的手艺、慷慨相赠的情谊"的幸运以及逢着"一位知音"的幸运，其中对细节的描写、对"我"内心情感的刻画，紧紧扣住了题目中最难呈现的"小"字。更难得的是，作者将这三个场景放置在"杏花春雨的江南"的背景之下，在表达中心之余写出了江南韵味，文字轻盈耐读，极富诗意与美感，这亦是一份微小又美妙的幸运啊！

（指导老师：李婧熔）

比看上去更有意思

23届5班 季辰尘

天色微亮，远处传来几声清脆的鸡啼。我看到他站在古旧的木桌前了，面对着一块不成形的泥，摆弄着，神情沉陷，动作轻盈。

我了然他又在做壶呢。他是个土生土长的阳羡人，和我一样，这座古城承载了我们有关一切文化的记忆，包括壶的记忆。阳羡人是喜吃茶的。在冬日里用梅枝的雪水做汤，再放进上好的紫砂壶里煎着。自古以来，江南一带就有着阳羡紫砂壶的盛名。而我只是在脑海中搜刮出这件东西的存在，不为别的，只是生得精巧，看着颇有些意蕴。

他有一间自己的工坊，建在竹林旁边。曾经我有幸到那里，看到展示着的壶奇美异常。有松柏四季常青屹立的高洁，有春竹拔地而起带来的生机万千，有梅花凌霜而开逆风的孤傲……世间种种，好像都浓缩在一方小小的壶面上，一眼万年。

他看我样子是喜欢这些玩意儿，便提议教我做上一个，把玩也好。于是匆匆找来几块在我看来无奇的红泥，让我学着打、扭、捏、揉、卷、压，如此一步步下去，最后放在转盘上，围出个差不多的形状。红泥的质感是细滑的，好像随时从指缝中溜去，却也杂糅一些颗粒硬渣。我轻轻用手心的皱纹抚过它们，似乎抚过的是流水年华，是历史沧海桑田的变迁所留下的风霜。忽然觉得手中沉甸甸的份量，而不是所谓轻巧的玩意儿了。我怔怔地想着，无意识地盯着他的手中刻了

一半的图画，转盘发出微弱的连绵的响声。此刻，我仿佛不再是一个来体验乐趣的游人，而是成为传承壶的技艺、壶的文化的工匠；而眼前成了一半的壶不再只是观赏用，也不只是用来煎茶，它代表了这座古城千年来不变的延续，代表了像他、像我一样一代代继承者的光阴和前仆后继的坚持。它的价值远远超出了红泥或是山水画的本身，是用钱财买不走的一份、抛开视觉后的更有风味和意义的精神财富。

我捧着自己做好的壶，开始用细笔描画，画市井风光、繁华的街市和络绎不绝的行人，好像走进了这一段曾经里，又好像历史中的那些喊卖的商人、追打的孩子、简陋的富贵的屋瓦，包括千年来一代代紫砂壶工艺的传承匠人，都重叠在我们身上。或许一打开窗，又能看见他古朴装扮，撑着油纸伞的背影掠过山林。忽然想到从前常用花木拟人，而用壶拟人，拟的是在温柔敦厚的性子里一份藏不住的倔强，在岁月长河中不愿遗落的一份热忱。

如此，又听见鸡啼了，细雨微微入竹林。那座山间的小工坊，亘古不变地穿越了漫漫时光。

点评：

这是关于阳美，关于紫砂壶的故事，这也是关于古城千年延续，关于匠人匠心不断传承的故事，小作者用新颖的视角、优美的语言、沉浸式的描写让读者身临其境，"打、扭、捏、揉、卷、压"简简单单的动作背后，蕴含的是制壶人不同寻常的坚守和执着。在阅读中，我们跟随着小作者去观摩、去感受这份来自光阴深处的故事，一起游走在这遥远的、仿佛来自历史沧海桑田的记忆。"比看上去更有意思"的是精美紫砂壶背后的文化积淀，是继承者的倔强和热忱，小作者厚实的写作功底和丰富多样的层次感让读者耳目一新。

（指导老师：唐轶）

社会掠影

教室外的老学生

23届6班 于晨萱

刘阿姨是科技课堂的打扫阿姨，初见她，穿着标准的工作制服，盘起布满银丝的头发，弯着腰，在为上一堂课的学生打扫教室。

谁也不会想到，科技课堂的老师竟会为这样一个普通的打扫阿姨破例。

上课铃打响，我和爸爸按照老师的安排坐在座位上，桌上放着一张红色的小纸条，写着上课的注意事项。"报名本班的学员家长可进入教室与孩子一起听课。"我心想，太好了，做实验时终于有个好帮手了！

就这样，第一节课开始，环顾四周，都是家长带着孩子来体验课程的，可在玻璃窗外的角落里，一双黑色的布鞋映入眼帘，再歪过头去一看，竟然是打扫卫生的刘阿姨，她捧着一本破旧的笔记本，支撑在门口的垃圾桶上做笔记，她那乡下人的样子与我们"高大上"又严谨的课堂显得那么格格不入。正当我疑惑之时，爸爸提醒我："头往哪里看呢？刚才的化学反应式笔记记了没有啊？"我这才回过神来，在白白净净的笔记本上草率写下两个看不懂的反应方程式。

尽管看似在认真听课，可我的思绪始终无法回到课堂。那"教室外的老学生"究竟是做什么的？一个打扫阿姨怎能在上班时间蹭学员的课呢？小小的脑袋里装满了许多疑惑。

第二节课上，那位老学生又蹑手蹑脚地躲在教室外听课，不料这次她被机构负责人发现了，他看了看阿姨手中的笔记本，说道："赶紧回去工作吧，别再琢磨这些没用的问题了""活我已经都干完了，您能把笔记本还给我吗？"她那颤颤巍巍的声音带着哭腔，凌乱的头发在空调出风口更显得杂乱无章，以为自己就将失去这份谋生的工作。

"不行，你坏了这里的规矩，我是不会破例让你继续听下去的！"

教室外的老学生不见了，变成每天擦玻璃窗的清洁工……

每次课间休息，我望向她对知识渴望的眼神，清澈的双眸怀着那样一颗赤诚火热的内心，走在走廊里看到泛黄的笔记本上潦草但真诚的字迹，竟对这扫地阿姨生出几分敬畏之情。

老师看着阿姨求知若渴的眼神，绕过玻璃门，轻声地对她说："这样，您要是干完工作实在想要听就坐在门里的椅子上听课，悄悄地别发出声音。"我回过头去看她清澈的双眸里充满了感激之情。

想到学校规定只允许学生家长进入教室旁听，我想，老师一定是破例为阿姨

准备这个特殊的座位。

从此，教室外的那位老学生便坐在教室里。一次我在做磁悬浮列车实验时遇到难题，无论如何都没法精准控制两根磁条相隔的距离，只是上了个洗手间的功夫，阿姨竟帮我调试成功了。"您好厉害，怎么称呼？""叫我老刘就行！"我看着她帮我调试成功的作品，心中满是惊奇与感激，一个扫地阿姨是怎么想到通过拟合磁条路径来调节距离的？我又对刘阿姨多了几分敬意。

之后的每节课刘阿姨都会来零零碎碎听半节课，课上完后，她就帮我们收拾垃圾，同学们都亲切地叫她老刘，并破例为她保守着秘密。

转眼间就到了结业典礼，刘阿姨竟也破例地拿到属于自己的毕业证书，从老师的口中我们得知原来刘阿姨年纪并不大，才三十多岁，可因为出生在小县城，家庭贫穷，十几岁就来到上海打工谋生，读书时成绩很优异，始终怀揣着上大学的梦想。

我终于明白，"破例"为刘阿姨保留座位意义是多么重大，是圆了一个农村女孩十几年来求知若渴的梦想啊！生活中又有多少个像刘阿姨一样的平凡人等待着破例，等待那盼望许久的机会？

后来听说刘阿姨家里有变故，不在学校干活了。

从此，教室外的老学生真的不见了……

点评：

小作者的叙事能力很强，在文中构建了几重"破例"——不仅有上课的老师允许刘阿姨破例听课，还有同学们破例为其保守秘密，最终，在大家的共同帮助下，刘阿姨得以破例地拿到了属于自己的毕业证书。这一次次"破例"中包含了师生们对求知的尊重、对梦想的尊重，这样的"破例"可谓饱含人情味儿，读来让人暖心、动容。故事的结局急转直下，非常现实，刘阿姨的突然离开，"老学生"的突然消失，这一情节，小作者只是一笔带过，让人读来有意味深长之感，既令人感慨，又让人回味。

（指导老师：陈琦）

社会掠影

同普路

23届7班 张与伦

  不久前我回了一趟同普路，那是我曾经长大的地方。那里的许多都变了，但是我还能隐隐察觉出一份低调的质感。上海的路以地名为名称，而同普路大概和"同普"这闻所未闻的地名一样不为人所知。不过，我对于上海的记忆，却要从那条街道谈起。

  小区四周横竖着四条路，东面的路太过于喧哗，车水马龙总是扬起黄沙；西面的路又离我最远，且崎岖不平；北面的路那里，拐角处有座广场，但向来装修的暗淡无味，再往下的地方我似乎更毫无印象了；而南面的同普路，不如大十字路口那般人影攒动，却也不至于无人问津，它窄窄的，还稍有些曲折，不那么喧嚣地安于一个小小路口旁，当然也拥有着它自己的烟火与灯光。

  在我尚未上小学的时候，每天傍晚我便跟着外婆去买菜。同普路被两侧的居民楼夹在中间，而这些居民楼的一楼外边儿都租给店铺营业。黄昏时分太阳透过楼间的狭缝照进这条街道来，微微弯曲的道路走向，夕阳时而被遮住，时而又刺眼地照来。

  在马路对面，"锄禾"二字的招牌已经率先亮起——外婆就是到那里买菜的。"锄禾"店门口有四五级台阶，我向来不爱随外婆扎进菜堆里，在我印象里，那儿多半是极吵闹而拥挤的，于是我便在台阶上爬上爬下，过一会儿便要跳起来看外婆在哪里，再在混乱的地面上找外婆的鞋子；也许等到许久外婆还不出来，我便会慌张而不知所措，连跳台阶的兴致也没有了。

  后来倘若外婆久久没买完，我便无所事事地晃，时而在旁边的超市的玻璃墙往里望。货架一排一排陈列着各色的零食，我却盯上了极不起眼的红皮封起来的火腿肠。于是，从那以后最盼着的便是外婆一出来就拉着她给我买火腿肠，而这绝非什么易事——外婆心情好了而我那天又分外的乖巧，说服起来便不是什么难事；而倘若我犯了啥小错误了，外婆便迅速地找到把柄而拽着我回家了。只可惜我顺利买到的机会实在少之又少，火腿肠就因此越发惹我心痒，直至我将其遗忘了。

  我上了小学，外婆也回了老家。每天都由钟点工阿姨接我放学，我们习惯绕过街角走南门进小区，便要在同普路上走一小段路。不知从何时起，这路上来了一位烤馕人。街道上正弥漫着葱香——烤馕人用修长的铁夹夹住摊好的面饼，再撒一把葱和黑芝麻，伸入架在地上的黑炉子，大约几分钟的样子再夹出来，烤馕就出炉了。等不到回家坐稳了，烤馕大概就已经啃完了。而等我又坐稳了，望向窗外的街道，已经缓缓排起了队，烤馕人的右手边，也已堆积起了一沓又一沓的面饼。人们转过街角，穿着衬衫的，戴着头盔的，拉着孩子的，一人，两人，三人，人群永不间断地流动着，有的在摊前驻足，有的径直走过，于是消失在窗户的边缘。

夜晚外出的机会并不多，而大多是去买些水果时顺便转悠。水果店没有装修过，水果也放得有些混乱。不过这儿却应有尽有，品质也得以保障，人自然也多。店员站在门口叫卖着，这大约已经不怎么见得到了。水果买完，我固执地叫嚷着要买面包吃，大人们大多是极不情愿的，因为面包店在路的顶端。人行道被砌得很不平，而我却爱踩在这样的路上。

现在回忆起来，我才觉得同普路平淡的快乐甚是质朴。我生命中的前十年就在那儿度过，同普路尘封着我对上海的最初记忆。而日后我渐渐长大了许多，领略了上海的繁华与荣耀，我也离开了同普路。搬离前的一阵子，我才发觉烤馕人已有许久没来了，而"锄禾"也换成了一家理发店，据说店主回老家去了，外婆每逢长假才能来一次。

我便忽而察觉到同普路里的多数回忆与个人，都不过是做客上海的旅人。我离开同普路，更多地坐在车轮上，穿梭于鳞次栉比之间，寻找了上海显现于世人的繁华景象，而到头来说到上海与我，却仍然摆脱不了同普路里的时光。那是褪去灯红酒绿后最朴实的上海，而且不知怎的，它无道理地令我越回味越有归属感。也许以高楼与车水著称的上海，于我而言，却是一条别人叫不出名字的窄窄小路啊！

点评：

相信很多同学在没有看这篇文章之前都是不知道"同普路"的——这样不起眼又没什么名声的小马路在上海实在是太多了。但是这样的小路对小作者而言，又是不平凡、不普通的。无论是人头攒动的"锄禾"小铺，还是惹人眼馋却总是很难得到的火腿肠，抑或是不怎么讲究装修和水果摆放的水果店，这些都构成了"我"美好的童年回忆。我们的成长不正是依靠这一块块美好回忆的拼图拼凑完整的吗？这富有生活气息的小路，不仅是小作者童年的归属，更是他心灵的归宿。

（指导老师：陈琦）

社会掠影

凡人小事

24届2班 王语愔

偌大的世界仿佛一张画布，每一方，每一处，每一刻发生的每一件小事，都是上面的一丝一线。岁月在画布上打好草稿，人与事则在上面勾勒针脚。集合而成，宏观的作品。

从小父母便带我在世界各个角落奔波游走，直到初中为止的11年，人生履历中烙印下好几件时代洪流和记忆的走马灯永远卷不走的事，它们平凡得似乎不值得一提，但在记忆中永远闪光，因其背后赋予的美好意义而永存。

四年级寒假的英国之旅，曾前往一个小镇体验田园风光。为时不长的一天半旅程，本以为在并没有那么富裕的小镇，地方偏僻、价格便宜、旅馆小……不过尔尔的猜想，见到早早等候在旅店门前的老太太时，这种想法消失殆尽。花白如雪的发丝找不出曾经青春的痕迹，却优雅地整理成波浪短发。银框老花镜静静挺立在鼻梁。四目相对的瞬间，玻璃镜片折射的蓝眼睛诉说的并非衰老，而是对生活的坦然，接纳岁月，与年龄和解，深谙如何活出迟暮的雅致。老太太的声音温柔坚定，听着让人如沐春风。简单寒暄后，我们再一次被房间的布局和情调震撼。绚丽的乡村风光，合成一派英伦经典，设施安排得如同小家。房间的惬意温馨，让我们在异国他乡，无比放松起来。

第二日清晨，我们被大厅里浓郁的烤培根芳香引诱醒来，悄悄来到香气源头处，老太太系着围裙的背影映入眼帘。小圆木桌上早已摆上碎花白桌布，三份为单位的烤面包、黄油、燕麦面包、煎鸡蛋、西红柿汤……一顿早餐下来，三番五次问候寒暄。一桌经典雅致的典型英伦早餐，不知怎的，越品味越不好意思了！直到现在，那也是我人生中最难忘的早餐。临行前妈妈主动给予的更多小费被拒绝，匆匆合一张影便恋恋不舍离开。

我每每想到英国，第一时间反应的并非大英博物馆、大本钟，而永远是老太太的面容。我从未了解过具体的她，只知道老太太的儿女在城市工作，她独自经营，也还能回想起老太太知道我们来自中国时，惊讶于父母的英语如此流畅，饶有兴趣地问我们各种关于中国的问题。回忆随后总是带有淡淡的忧愁，老太太也八十几岁了，不知现在过得怎样啊。

酒店大门到圣莫尼卡海滩的几公里路，因为人生地不熟仿佛没有尽头，拉住当地人询问才接力棒般来到目的地，是在美国；地铁验票口处语言不通，拿着谷歌翻译你一句、我一句，最终顺利问到了票，是在俄罗斯；打卡留念处连续抽到

相同款式的金币，乐呵呵与另一家人交换互补，是在新加坡……还有太多太多发生在各地的小故事。它们承载了年幼懵懂的我对于异国的全部印象，在我记忆的长河中永不褪色。

很感谢父母在我依然清闲，自由到可以不怎么费劲就抽出时间出去开阔眼界的时候，曾领着我踏足过世界上那么多国家，那么多地方。那些细腻、真挚、令人忍俊不禁的瞬间永恒，只是平凡人、平常事，却足以在心底留下比看过的日月山川都更为念念不忘的印记。

不长不短的一生里，足迹将会落在千千万万寸土地。我忍不住感叹：何其有幸啊，因为一件件凡人琐事而记住一座座城市。这样真好，每一次翻阅记忆的笔记本，一帧帧闪过的画面，都被赋予真挚与美好。

点评：

本文以与一位英国乡村老太太相处的故事为主，以世界各地环游的碎片记忆为辅，用墨恰当自如。文章侧重刻画小作者因一件件凡人琐事而记住一座座城市，人与人之间最细微的真挚与温暖，被赋予念念不忘的美好印记。语言细腻，首段通过画布与针脚的比喻阐释岁月与人情世故的关联，"玻璃镜片折射的蓝眼睛诉说的并非衰老，而是对生活的坦然，接纳岁月，与年龄和解，深谙如何活出迟暮的雅致"刻画人物精髓；文末两段论事论理相结合，何其有幸曾见证过最真挚的、人与人心灵的碰撞。这篇"凡人小事"在大叙事框架中巧妙穿插细节刻画，字里行间流露出对平凡人、平凡事的留恋与感叹。

（指导老师：汤琳）

凡人小事

24届3班　丘悦名

在这个广阔的世界中，你我犹如大海中的一滴水，有时个人的一件小事微不足道，但足以在他人心中留下久久难以平息的涟漪。

记得，我们小区门口有一位保安，具体身世不清楚，只知道大家都叫他老徐。他每天都坐在保安室中，看着进进出出的车辆，进行简单的收费工作。有时他也会和小区里消遣的老人家们喊话聊天，不亦乐乎。

社会掠影

  他作为保安十分严格，甚至可以说是苛刻。有一次我们出门时没有注意，差点从小区进口开出去，老徐展开双臂拦在了我们的车前面，说什么都不肯让我们过去。原来小区是个单向行驶的半圆，他不让我们开出去，怕发生事故。但是我们看了下马路中也没有车并且赶时间，就示意老徐让我们先走，下次注意。可他还是坚决不同意，就这样，我们只好退回绕了一大圈，浪费了不少时间。为此我们都心生不满，不理解为什么老徐要如此的固执。

  在这不久后我们又遇到了一件麻烦事。一个安静的午后，一阵丁零零的电话声划破了安详的气氛。母亲接起电话，面色苍白，眉头紧锁，原来我的外婆情况危急。她由于胃出血引发了低血压，头晕得天旋地转，需要立即送医救治。由于救护车短缺，我们全家只好赶紧出动接她去医院。但不知什么鬼使神差的，母亲在危急关头犯了糊涂，又搞错了车辆进出口。只见老徐怒气冲冲地站在那里，我们心都凉了半截，他肯定不会让我们走的，可是如果绕这么大一圈回到出口，就会耽误救治外婆的时间。怎么办，这进退两难啊！没办法，母亲只好以最简短的语句描述了一下情况。老徐的态度却出人意料地发生了180度大转弯，赶紧冲入保安室拉开了闸门，让我们快走，别耽误治疗。紧接着跑到了小区前的马路中间，做出了熟悉的动作：展开了双臂，不过这次并不是对着我们的车，而是拦下可能会擦撞到我们的交通洪流。直到他看到我们的车离开有一段距离了，才回到保安室，那一幕在我心中成为难忘的回忆。夕阳照在老徐保安帽的警徽上，熠熠发光。虽然他只是一位平凡的保安，但是他对生命的敬重令我尊敬。

  全世界像老徐的凡人非常多，使他看上去像一粒微不足道的沙子，但我相信在阳光照射下那就是最耀眼的一粒沙。凡人和小事，最平凡的和最微不足道的合在一起，便构成了不平凡的生机！

  点评：

  在平凡的生活中，总有一些平凡岗位上的平凡人，带给我们一束光、一份暖意，让我们感受到他们身上不平凡的力量。小作者笔下的老徐就是这样的一位平凡的小区保安，他的工作很普通、很琐碎，但是却用自己一颗对待工作诚挚的心，去做好每一件事。作者抓住了他工作中的"两面"——面对小区的安全问题严格且不允变通；而当小区居民有困难时却能及时变通，热心地帮助。人物形象刻画得鲜明而又丰满。在叙事中，作者不仅运用了对人物的正面描写，也以"我"的心理变化和对老徐的态度变化来侧面衬托人物形象。

（指导老师：曹佳妍）

疫情历"险"记

24届5班 吴小月

"小Y，你马上理好东西带上书包跟我来，快！"班主任急匆匆地走进教室喊我，正在上课的我一脸懵，过一会儿还有英语期末考，到底有什么急事？来不及多想，我把文具和书胡乱塞进书包，跟着班主任往外走。校门口，妈妈的车已停在路边。

原来静安寺附近一家奶茶店突现新冠病毒感染病例，妹妹的学校被列入风险筛查范围，我作为同住人也要立刻参加核酸检测。妈妈一边开车一边粗略地告诉我一些情况，我第一次感觉到病毒近在咫尺，未免有些害怕。因为要错过英语期末考试，又有点担心。我忍不住在车上哭了起来。

这天春寒料峭，我们在妹妹学校操场上排队完成检测时已被冷风吹得瑟瑟发抖。回到家，公派在外的爸爸打电话安慰我传染概率不高，别太紧张。我端起妈妈泡的热茶，心情才稍稍平复。

第二天夜晚，窗外冷雨飘摇，妈妈陪妹妹睡觉去了。"咚！咚！咚！"门外突然响起一阵急促的敲门声，我打开电子猫眼显示屏，里面赫然出现两个全副武装的"大白"！我心跳骤然加速，快步走进卧室把妈妈叫来一起开门。

"我们刚接到疾控中心通知，你们楼要马上封闭48小时。楼下正在准备，轮到你家检测核酸时我们会按门铃，住户比较多，可能会到半夜。"原来是社区工作者，在核对完家庭成员信息后赶忙又去敲隔壁邻居家的门。

我推开窗户探头往下看，凛冽的寒气扑面而来，大树在风中不停摇晃，一辆警车闪着蓝红灯光挡在小区车道上，五个红色的帐篷分列在大楼出口两侧，在漆黑的夜里显得格外耀眼，"大白"们忙而不乱地穿梭其间，拉警戒线、排桌椅、搬运箱子、摆放物品……

不知何时会轮到我家，妈妈催促我先洗澡睡觉。我躺在床上，听到楼下隐约传来嘈杂的声音，忍不住猜测情况到底有多严重……迷迷糊糊地睡了不知多久，妈妈推醒我："快起来，穿好衣服，轮到我们测核酸了。"我抬腕看电子表，快十二点了，这时候要从暖和的被窝里爬出来可真不容易。

电梯里挤满了人，我把鼻梁上的口罩边压得更紧一些，低下头。紧随人流走出大楼，对面花园小径边安装的探照灯射出强烈的白光，有些晃眼，我顿觉清醒。"1202，4个人对吗？请核对姓名。""1304还没下来，再按一下门铃。""请打开预约码。""对，微信或支付宝里的小程序都可以。"……耳边不断传来"大

社会掠影

白"们沙哑但不厌其烦的声音,现场紧张又有序。

轮到我了,明亮的光线里,我分明看到桌对面给我采样的阿姨眼睛里布满血丝,核对姓名问我年龄的声音中透出难掩的疲惫,但动作还是相当麻利。她按出消毒液清洁手套,拿起试管,旋松盖子,放进搁架,然后撕开包装袋取出棉签,在我喉咙深处快速细致地刮了几下,把采样棒插进试管后,她使劲地搓了搓手。这么冷的天反复用酒精消毒,估计手都冻僵了吧。看她的年纪我猜想她大概也有孩子,此时此刻是谁在照顾呢?

2022年的寒假,疫情离我们更近一步,但我不再害怕,有这群白衣逆行者的守护,我相信春暖花开的那天一定会如期到来。

点评:

从疫情初起到封控管理,从动态控制到全面放开,经寒历暑,人们的心情和生活随着疫情跌宕起伏。小作者记述了自己的亲身经历,从恐惧不安到坦然勇敢,既感受到家人安慰的温暖,更为志愿者们的无私奉献所感动。莎士比亚说:"黑夜无论怎样悠长,白昼总会到来。"人类和新冠病毒的拉锯战困难重重,小作者从平凡的白衣逆行者身上汲取力量,学会了从容面对,并坚信当疫情散去后,世间终将一片熙攘。文章情节紧凑,生动记录了疫情期间的一组短镜头,体现出小作者细致的观察和细腻的情感。

(指导老师:金国旗)

凡人小事

24届7班 俞墨涵

每一天,各种各样平凡的人,在不同的城市,演绎着不一样的凡人小事。

我家小区门口有一条短短的路,虽短但也有它的名字——"澜沧路"。这么多年过去,小路一直在慢慢发生着改变,但不变的是,那里永远充满我童年的很多很多回忆。沿街都是一些小店,多的是中式早餐铺子和一些烘焙店。每天早晨从6:00开始就陆续有人光顾,大多是一些赶着上班的年轻人或者是一些以前的我认为比我大很多的初中生。而小时候的我经常会晒着太阳和奶奶一起散步,有时也会缠着奶奶去买一个烧饼、一杯豆浆或者几根油条。如今,很多店铺已经换

成了超市、银行，但烧饼摊依旧伫立在街角那个小巷子里，看似无人问津但生意又不差。

开烧饼摊的是两兄弟，20多岁的样子，每天都是一大早就开张，烧饼炉早早就冒出热气，香味弥漫在整个巷子。我们全家都经常光顾这个摊子。而有一次我偶然往他们那本就不大的空间里看了一眼，发现后面摆着一个大书柜几乎占了一半的空间，里面摆着很多书，《诗经》《父亲南怀瑾》《创业史》等等，都令我印象深刻。我一开始认为这些只是摆着做做样子的，甚至可能不是真的书，但那天我路过烧饼摊本不打算过多停留，但我看到了那样的一幅画面：两兄弟坐在烧饼炉旁边的两个小板凳上，一起埋头读着书还拿着笔作圈划。我看到他们捧着一本诗经，出于好奇便走近了问道："叔叔，你们在看《诗经》吗？"他们两个人看得很专注，听到我说话猛地抬起头说了一句："你好，请问要什么烧饼？"我笑了一下说："我今天不买烧饼就是想问问你们是在看《诗经》吗？"其中一个叔叔说了一句："啊对的，我们俩没什么文化，但还是识得一些字的，所以就买了些别人推荐的书，有空的时候就读一读，但是《诗经》里很多的内容还是看不懂。诶，小朋友，你也读过吗？"我羞愧地笑了笑，有一些尴尬，因为我虽然学习了很多文言文知识，也会背一些诗经里的名句，但大多只是单独的一小句，而且不理解。"叔叔，我有文言文词典，可以借给你们，这样看起来会方便很多！"我赶紧转移了话题。兄弟俩听了后顿时十分激动："那可太好了，小朋友谢谢你啊，以后你来买烧饼我们给你打5折！付4块钱就好了！"我听后觉得很开心，也为兄弟俩如此好学而感到惊讶。

第二天，我拿上文言文词典并拉着"老文学家"爷爷一起来到烧饼铺。两兄弟把烤好的烧饼递给我和爷爷一人一个，然后接过文言文词典。在来之前，我特意重温了自己学过的诗经内容。"蒹葭苍苍，白露为霜。所谓伊人，在水一方。""月出皎兮，佼人僚兮。舒窈纠兮，劳心悄兮。""昔我往矣，杨柳依依。今我来思，雨雪霏霏。"当这些意蕴十足的经典名句再次划过我的脑海，又铿锵有力地从嘴中传出时，我才想起曾经的自己也有过对诗歌万分感兴趣的时光，那时不论是《诗经》还是《离骚》我都满含热情地追逐过，但这种热情却随着年龄增长而逐渐消失了。看到兴趣十足的兄弟俩，我好像在那刻也被感染了，从他们身上我看到了求知的欲望，和火一般的热情，伴着烧饼炉的热气一同将我也拉回好学的时期。我给大家背了几段诗经语句，他俩惊讶地看着我，爷爷也给我鼓掌，而当兄弟俩开始琢磨字词意思时，我和爷爷也凑上去学习，以前从来都没发现诗经里值得琢磨的这么多，特别是在读到"靡不有初，鲜克有终"时，以前只觉得和一件事的开头结束有关，但现在兄弟俩会对每一个不理解的字都翻词典，在多种释义中找到最合适的，我也才明白这句话意味着一开始做事的热情会随着时光流逝而降温，所以我们要做的就是不忘初心，方得始终。即使我们几个非专业人士翻译的句子未必最为准确，却比官方的翻译更能让人理解其深刻的意味。爷爷也把自己对《诗经》的了解都讲了出来，我也对爷爷更加佩服了。

就这样，当我路过烧饼铺子或者比较空闲的时候，都会停下来和两兄弟交流一些读书的内容，他们还会给我看一些读书笔记，我很是惊讶，因为兄弟俩的字写得很端正，他们说以前在老家曾练过字。就这样过了一段时间，我越来越喜欢阅读，并且阅读能力有了很大的提高，而兄弟俩读起书来也比以前顺畅了很多。

去年疫情的时候，两兄弟回老家了，但是烧饼摊还留在那个小巷，只是里面的书都被带走了。烧饼摊的兄弟俩没有什么文化，但他们让我看到了很多这个社会最为平凡最为普通的人，他们不一定有高学历或好的生活条件，却明白应该永远保持热情去追逐自己热爱的事物。是他们让我看到了也深深改变了我。

我们都只是凡人而已，但谁说凡人不能追逐自己的梦想呢？

点评：

不以小事为轻，而后可以做大事。生活中的很多凡人小事，都能给人以启迪。文章围绕家门口烧饼摊的兄弟二人热爱读书一事，以研读《诗经》一书为例，写出了凡人小事的独特意义，也体现出了小作者受"凡人"影响产生的改变与成长，最终也爱上阅读爱上写作。文章语言生动，有较多的人物描写，尤其是在与兄弟二人交流过程中的语言描写，使故事在对话中慢慢展开，同时引用了很多《诗经》中的内容，使文章更具有历史的厚重感，读来更有韵味。小作者在结尾处对于文章主旨的理解，升华了文章层次，也向读者传达了平凡也可以绽放光芒，打动人心。

（指导老师：汤琳）

青青园中葵

我想对你说

25届1班 戴浦员

楼组长奶奶，我想对您说："谢谢您，您辛苦了。"

我是新搬过来的住户，第一天，您就告诉我，楼道里不能放自行车，神情之严肃，让我对您留下了不太好的印象。可自疫情暴发了以后，我就很少看到您了，后来才知道，您是去做了志愿者。在我第一次做核酸检测时，您看到了我，并没有像往常一样冷冰冰地说：好好排队。而是对前面的大人说："让孩子先去做核酸检测，人家学习任务重。"说着，让我排到了第一位。就是这次，我对您的印象有所改变，不再认为您是那个刻板、冷冰冰、没有感情的楼组长了。后来，只要做核酸检测时是您当志愿者，就一定会让我排到最前面去，不耽误我上课。我想对您说："谢谢。"

我们一家四口人，是整栋楼中住户的人数较多的，所以同样的物资，别人可能吃上一星期，而我们三四天就吃完了，因此您也很关照我们。因为那个时候大家都没有菜，所以也不可能给我们多发一份菜。但我也看得出来，您一直关心着我们，害怕我们家里没菜，每次消杀过后，只要打开门外放抗原的袋子，就会惊喜地看到各种各样的蔬菜，有白萝卜，有青菜，有时候还有一大把的小葱或一块生姜。一开始我们并不知道是谁放的，可后来，有一次我透过猫眼，清楚地看到那张熟悉的脸，就是您，楼组长奶奶，虽然您戴着口罩，穿着白色的、厚厚的防护服，但您的脸我一下就能认出。我看到您将一大把青菜放进了门口的袋子里，那时您的神情似乎在说："多给他们点菜，别饿着了。"顿时，我感慨万千。不知道该如何将所有想对您说的都表达出来，只好将千言万语压缩成三个字"谢谢你"，不过没说出口。

记得有一次，在家中，我被刀子划破了手，血流不止，家中又没有创可贴，妈妈急得不行，在楼组群里询问哪家有创可贴，能不能借给我们几个。当时没有人发话，但在一分钟后，我们就听到了敲门声，打开门后，才发现是您。您手中拿着创可贴、碘酒和纱布，给了妈妈，虽然我们一再告诉您是小伤，不用这么多，但您却说："娃要紧，赶紧消毒，别让伤口感染了。"说完，就匆匆下楼了，这一次，我们又没有来得及说一句谢谢。

楼组长奶奶，自疫情暴发以来，您一直在默默地守护着我们，因为有您这样的人，疫情才得到控制，我想对您说："谢谢您，您辛苦了。"

点评：

一句"谢谢您，您辛苦了"，没有华丽的辞藻，却饱含着真挚的情感。小作者对楼组长奶奶的印象，从一开始的严肃冰冷，到后来的热心温暖，通过几个生活中的片段自然呈现出随着交往的深入而增进了解、转变看法。排队时的特殊关怀，送菜时的默默守护，送药时的细心叮嘱，尽管彼此没有太多交流，可行动是更加有力的语言，表现出楼组长奶奶无私付出、乐于助人的善良。虽然这一声"谢谢"没有来得及说出口，但相信这一份深藏于心的感谢，也将在今后化作小作者与人为善、乐于奉献的行动，拉近心与心的距离。

（指导老师：朱依婷）

我钟情的颜色

25届1班 马樱宁

我们的城市生病了，新冠病毒在肆虐。为了与病毒赛跑，我们的城市进入了全域静态管理，整个城市从热闹喧嚣变为寂静无声。这时，有那样一抹白色开始在城市中忙碌，他们给生病的人提供治疗，他们给居民做核酸检测，他们维护着城市的治安，他们为封闭在家的人们提供帮助。是的，他们都穿着白色的防护服。

"六号楼的居民下来做核酸检测啦！"我戴好口罩，飞快地跑下楼。顶着大太阳排队时，我看到"大白"的背上写着"慈溪第一人民医院"，据说她们夜里两点就出发了，正好早上赶到我们小区做核酸检测。轮到我时，我看见她的面罩上一层雾气，面罩里，红通通的脸庞湿漉漉的，鬓角的发丝早已打湿，一绺一绺的。她按了一下消毒液，仔仔细细、一丝不苟地把戴着胶皮手套的双手正面、背面和指缝都做了一遍消毒，不放过任何一个可能埋伏病毒的角落。"小朋友，张大嘴。"她轻轻地对我说，她把手臂抬得很高，生怕自己的手碰到我的脸，然后拿起棉签在我嘴里轻轻蹭了几下。"好了，快回去上网课吧！"我看着她面罩后笑意吟吟的眼，说了声"谢谢！"。再回头，晨曦照射在她白色的防护服上，竟映出了七彩的光晕，让我倍感安全亲切。

"咚咚咚"，一阵敲门声响起来，我把门打开，原来是我们楼道的志愿者叔叔在为大家分发街道大礼包。穿着白色防护服的叔叔放下一大包蔬菜，没作停留，就下楼去了。我把蔬菜吃力地拎进门，刚放好，又传来了敲门声，这次大白叔叔

又放下了一袋大米,气喘吁吁地跑下去了。很快,楼下接二连三地响起了一阵阵敲门声,我知道那是大白叔叔在给所有的邻居依次分发物资。我们楼道一共六层十二户人家,没有电梯,这么重的大米和蔬菜,全靠大白叔叔一个人一趟趟搬运,送到每一户人家。下课时,我站在阳台上,正好看见各个楼道的大白志愿者们分发好物资,正在脱防护服,我看见他们里面的衣服全都是大片的汗渍。夕阳照射在他们的白色防护服上,发出柔和温暖的光芒。

白色是纯净的,白色是安全的,白色是温暖的。这些穿着白色防护服的人们,仿佛是天使的化身,守护着我们,守护着这座城市。白色,是我最钟情的颜色。

点评:

原本看似单调的白色,在小作者的笔下,却显出缤纷的色彩和温暖的光芒。这是因为白色防护服下,有赶来支援的医护人员,有楼道里的志愿者叔叔。是他们不辞辛劳的奔波,不求回报的付出,让疫情得到控制,让大家的生活得到保障。防护服上写着的医院名称,夕阳照射下暖白的光,动人的细节,定格的画面,使叙事富有感染力。文中的两位大白,虽然来自不同的地方,有着不同的职业、身份,却不约而同地出现在了小作者的生活中,守护着人们,守护着城市,赋予了白色别样的温度与内涵。

(指导老师:朱依婷)

又一个春天

25届2班 徐峻熙

风儿徐徐拂过,嫩芽在树干上一个个争先恐后地冒了出来,带着属于春天的独有的朝气。不经意间,春天又与我们邂逅了,可在这春暖花开的季节,浓浓的消毒水味却掩盖了万物复苏的清新。本该热闹喧嚣的城市,如今却平静沉寂,充斥着孤寂和压抑。今年的春天在众志成城、抗击疫情的篇篇报道以及一串串上涨的数字中来了……

我的父亲是一名刑警,在突如其来的疫情下,他秉持着自己的责任与义务,勇敢坚守在疫情防控第一线。由于新冠疫情防控工作的重要性和紧迫性,父亲不仅需要坚守岗位,做好每日的执勤工作,还需时刻待命外出支援协助医护人员的

社会掠影

核酸检测服务,我在这期间既担心又思念,每天晚上都辗转难眠,担心他是否安好。当我再一次见到父亲时已经过了一周,我见到了父亲,他浑身被防护服包裹——我想要让他进来,可他却摆摆手,说道:"孩子,我去的地方太危险,而且任务还没有执行完,我得马上就走。"话音刚落,只见父亲迅速地拿走了一些生活用品,再一次离开了……

晚上,我看着新闻报道,得知一线工作人员是多么的辛苦,不仅仅是我的父亲,还有各行各业的为抗击疫情扛起责任的工作人员。这些与疫情面对面的高危人群,他们放弃了休息与安逸,肩头承载着重重的责任,冒着被传染的风险挺身而出。眼角流露的是毅然决然的意志和信念,他们抛却恐惧和疲惫,披上层层白色战袍,用自己的身体搭建了一道道防线。我的姑姑、舅舅都是医护人员,这天,我将要过生日,他们却没有赴约。听母亲讲了之后,才了解到他们凌晨被喊醒去做核酸检测的任务。听到这,我的泪水夺眶而出,我由衷地钦佩他们,更加领悟了他们为我们负重前行的艰辛。

清晨日暮,这些不畏艰辛的身影坚守在自己的领域,所有细微之下都隐藏着真正的春天,所有阴霾之下都隐蔽着柳暗花明、曦光初现的希望,属于我们真正自由而又安全的春天已经不远了。在我们齐心协力共战疫情的决心和行动下,疫情一定会画上句号。我也相信明年的春天我们一定会国泰民安,欣欣向荣。真正的春天在路上,更在不远的前方……

点评:

这是一个普通但是又不平凡的春天,小作者聚焦于身边的人和事,记录了这个春天里的别样风景。

本该热闹喧嚣的城市,却因为突如其来的疫情,充斥着孤寂和压抑。而"我"的父亲作为一名刑警也参与到了这场没有硝烟的战争中。文章细节动人,情感真挚,当久别重逢的父亲穿着厚重的防护服出现在家门口,却因为没有执行完的任务只能匆匆离开,父子之间相互担心牵挂的浓浓亲情和爸爸舍小家为大家的家国情怀让人为之动容。此外,"我"的姑姑、舅舅等医护人员也参与到抗疫的一线,让人由衷地钦佩。文章以小见大,以身边的亲友反映了社会群体中各行各业的无名英雄,让这个别样的春天充满了暖意和感动。

(指导老师:刘慧)

钟情的颜色

25届4班 陈天睿

蓝色,一个象征着永恒和冷静的颜色,一个代表着和平又神圣的颜色,一个彰显着深邃且广阔的颜色,一个让人感到冷静及安详的颜色。大千世界里,五彩缤纷,但我却最钟情于蓝色。

几周前的一个周末,我拽着爸爸来到了上海航空科普馆,想要满足一下我的"飞天梦"。一走进科普馆,就像来到了另外一个世界,外面的车水马龙和喧嚣,一下子就静谧下来了。馆内的操场上有真实的大飞机,而在不同主题的展馆内,正展示着咱们中国航空航天的发展史。有不同的发动机模型,有各异的航空航天器介绍,还有众多现代黑科技,简直目不暇接,每一个都能让人赞叹不已。在这些展品中,给我印象最深的是咱们中国自主生产的大型客机C919。C919通体蓝白相间的涂装,在灯光的照耀下显得熠熠生辉,那贯穿机身的蓝色,就像雨后清澈的蓝,显得神秘而又通透。来到外场展区,我又被一架退役的轰-5吸引住了。它通体也被喷上了蓝漆,虽然显得有些陈旧,但机身的每一处都藏匿着象征时代烙印的蓝色。"看,这竟然有弹孔!"深蓝色的机身上带着斑驳的铁锈,让我感到了一种历史的厚重感。来到驾驶室,眺望驾驶舱窗外,我身临其境般地感受着这架英雄战机曾经的辉煌。

当我还沉浸在驾驶战机的感觉时,爸爸又拉着我去了一个好地方——模拟飞行馆。看着这些富有科技感,又如此高级的飞机模拟器,我再一次心动了。我发现它们都有一个共同的特点——外观都是蓝色加上黑色,有一架就是模拟C919的。刚才参观飞机的时候我就在想,哪一天能实现我的飞行梦,开上大飞机,那该有多自豪,没想到瞬间美梦成真了。我坐进模拟舱,做好各种起飞前准备,按下"C919"的启动按钮,突然而起的引擎轰鸣声把我震的一哆嗦,让我一下子惊醒,立即进入起飞状态,打开仪表盘和遮光板,加油门调整发动机转速。滑行、加速、拉杆抬前轮起飞,飞机直接载着我冲到了九霄云外。看着飞机平稳地飞翔在这晴空万里的蓝天上,再用俯视摄像头看着一望无际的碧海,我就像是一只自由翱翔在天空中的鸟儿一样,心情无比的畅快!时间过得飞快,模拟系统告诉我需要返航了,我调转机头,开始了我的返程之旅。减速、展开、放下起落架,成功降落了!我把发动机熄火后,空中出现了一堆蓝色的烟火,上面写着:"小飞行员,恭喜你圆满完成飞行任务。"我看着这串字,别提有多高兴了。

飞翔是人类最古老的梦想,蓝天是承载飞行的场所,而人类对飞行的追求和蓝天紧密相连，从笨重的活塞发动机到新式的喷气式引擎；从几米长的小机翼到现在拥有双发甚至四发的超长机翼；从之前需要靠目视降落到现在GPS定位盲降；从原本简陋的飞机驾驶舱到现在各种高精尖平显的升级座舱，处处都表现着中国科技的强大、引领高端智造。科技的发展就如同蓝色一样，广阔而永恒。它们为我们创造了和平和宁静，让我们得以享受和平年代带给我们的安逸生活。蓝色不仅是美丽的、深邃的，更代表着现代科技的日益发展和进步，让我们一起在蓝色的天空下奔向未来！

点评：

蓝色，象征着永恒和冷静，代表着和平和神圣，彰显着深邃和广阔。而在小作者的笔下，蓝色象征着人类对于飞翔的梦想与探索。

文章选材与时俱进，小中见大，通过"我"到上海航空科普馆参观体验和模拟飞行的过程，体现了现代航天科技的日益发展和进步："从笨重的活塞发动机到新式的喷气式引擎；从几米长的小机翼到现在拥有双发甚至四发的超长机翼；从之前需要靠目视降落到现在GPS定位盲降；从原本简陋的飞机驾驶舱到现在各种高精尖平显的升级座舱"，作者在字里行间洋溢着对祖国科技发展进步的自豪和激动。

（指导老师：刘慧）

地铁众生相

25届7班　王心瞳

假期家里没人时，我会去妈妈单位。下班时，我们总是会乘坐地铁4号线回家。无聊的时候，我就看看周围，细细观察同车的乘客们。

因为疫情的关系，地铁上的人并不多，大家都戴着口罩，只露出了双眼，我看不清他们的面貌，只能通过这些人各自的行动来猜测他们的情况。

地铁上大多数的人都在低头看手机。有的边看边笑着，有的眼睛紧盯着屏幕，还有的不时快速操纵着手机，他们看上去都挺放松的。我猜想，工作了一整天，他们终于有了闲暇时间，或是追剧，或是游戏，更多的是和家人朋友聊天，以此来赶走一天的疲惫。

不在看手机的人，多半就是在睡觉。他们中大多数只是靠在椅背上眯个眼，打个盹。看上去睡着了,其实对周遭的人或事都很警觉。炎炎夏日,酷暑难耐,能在清凉地铁里小憩一番,也是一件美事。当然也有睡得格外香的,甚至个别还在打鼾,连响亮的地铁广播都吵不醒他们。我斜对面那个靠着座椅扶手的叔叔,他头微微上扬,双眼紧闭,眉头微微锁着。怀里还紧紧地抱着他的公文包,口罩随着他的呼吸,微微的鼓动着,喉咙里也发出轻轻的鼾声。我想他一定是工作压力特别大,睡觉还锁着眉头,公文包里也一定有什么重要的东西,让他在睡梦中也抱着不放。真希望他睡醒之后疲劳能消除,难题更是能够迎刃而解。

　　浦东大道站上来了一个带着小小孩的妈妈,他们找到位置坐下,孩子就迫不及待地从小书包里翻出书让妈妈讲。妈妈搂着孩子,手里拿着故事书,轻轻地细细地给孩子讲故事,我听不真切,只能看到孩子,跟着情节,或挤眉弄眼,或开心大笑,口罩时不时被他弄歪扶正又弄歪。当他手舞足蹈,动作太大时,妈妈就会"嘘"的一声告诉他,不要影响旁边的乘客。小朋友又会害羞地往妈妈怀里钻,看着这样的画面,我不禁也笑弯了眼。

　　到了世纪大道,又上来了几个学生,他们背着书包,三三两两地走在一起,有时闹几下,打几下,发出欢快的笑声。他们每个人的额头上都是汗珠,想着他们可能走了不少的路才乘到地铁。看着他们背书包的样子,我猜想他们应该是暑假班下课坐地铁一起回家。书包很沉,带子勒得紧紧的,一直垮到屁股那儿,他们时不时还需要调整一下受力的肩膀。虽然天气炎热,书包沉重,还上了一天的课,但是他们丝毫不见疲惫,口罩也挡不了他们肆意的表情和笑颜,那些都是洋溢着的青春和对未来的憧憬啊。

　　地铁就是社会的缩影。地铁的众生就是一个个组成社会的分子。他们顶着炎热酷暑东奔西走,带着疲惫压力披荆斩棘。我看到了责任,看到了爱,看到了青春,更看到了梦想和希望。

点评:

　　小作者用细致入微的笔触刻画了在地铁上看到的形形色色的人,由此引发自己对生活对社会的思考。戴口罩、刷手机,这是大多数地铁上的乘客的表现,这可不就是疫情背景下的当今信息社会的真实写照吗?之后,小作者主要描写了三个场景:一个叔叔抱着公文包靠着座椅扶手睡觉、一个妈妈搂着孩子轻声细语地讲故事、几个学生背着书包欢声笑语。小作者观察细致,能够抓住细节进行描摹,突出人物的特点,比如叔叔的眉头、小孩子的口罩、学生的书包。最后以思为结,提炼出"责任""爱""青春""梦想和希望"等关键词,收束全篇。

(指导老师:周颖)

社会掠影

我钟情的颜色

25届8班 岑霁

我喜欢的颜色有很多：绿色是生机勃勃的，是绿水青山的颜色；红色是令人心潮澎湃的，是国旗上最鲜艳的颜色；白色是纯洁的，是白衣天使的颜色……但我真正钟情的颜色是黑色。

记得小学四年级的一个儿童节，我来到瑞金医院血液科，和身患血液病的孩子们一起过儿童节。我给他们讲故事，还送给他们有趣的书。他们看到我时，乌黑的眼睛里充满羡慕。有一位因化疗失去头发的小姑娘，看着我的长发，忍不住摸了摸，问我头发留了多久。她大概也曾有过这样的长发吧。我的心里十分难受，想安慰她却不知道怎么开口。

直到有一天，我看到一个叫"青丝行动"的倡议：超过30厘米的未经过烫染的黑色长发，就能给白血病患儿们做发套。我立即想到了那天看望的孩子们炯炯有神的黑眼睛里的那份期待和盼望，决定把我的长发送给他们。

于是，我始终留着一头的长发，尽管冬天洗头很不方便，每天梳辫子也要耗费不少时间，但是我想要帮助可怜的孩子们的念头从来没有打消过。终于到了那个"行动日"，我满怀期待地洗完头，出发，不料碰上堵车。我心急如焚，心想：我要是错过了，大概得等到明年了……到了地方，活动已经结束了，理发师们都纷纷整理物品了。得知我从很远的地方赶来，志愿者们十分感动。一位帅气的理发师叔叔重新拿出理发工具："这个小姑娘估计已经攒了很长时间了，不捐的话她大概会伤心的，我来帮她剪吧！"几分钟后，一大截头发被剪了下来，用红色发带绑成一束，装在袋子里。理发师叔叔又帮我修剪了一下头发，并把装着头发的袋子递给我，给我拍了一张照。作为最后一位捐赠者的我望着那包头发，觉得它比任何时候更好看：乌黑发亮的，我仿佛能看到孩子们的大眼睛里闪烁着的光。我真心希望，这束头发能被做成好看的发套，让笑容回到血液病孩子的脸庞。

我喜爱黑色，它不再是科幻影片里那样代表邪恶的魔法，也不是黑夜里无边无际的等待，而是代表一份爱心、一种希望。愿大家都能帮助这些需要"黑色"的孩子们，让他们重新点燃生命的希望！

点评：

说到黑色，往往给人以神秘、沉重甚至邪恶的感觉，而文章开篇小作者却说黑色是自己最钟情的颜色，让人不禁产生好奇，想赶紧往下读，一探究竟。原来

这里的黑色，是患病孩子们目似点漆、充满希冀的目光，是小作者悉心留长、乌黑发亮的发束。通过一次探访，埋下爱心的种子；通过一次捐赠，传递希望的力量。其中对理发师叔叔的刻画虽然着墨不多，却代表着一批热心公益事业的人们。小作者和大家点滴力量汇聚在一起，照亮更多需要帮助的人。读完全文，再看黑色，似乎也觉得多了些许柔和与温暖。

（指导老师：朱依婷）

我眼中的你

25届8班　王泽廷

"黄师傅上电视啦！"电视屏幕上的你似乎有点拘谨，但在我眼中，你就是个了不起的人，是我们小区最受欢迎的人。

黄师傅是京东的一名快递员，专门负责我们这个两千多户居民的京东快递派送。他个子不高，皮肤有点黝黑，嗓门却出奇的大。我常常走在小区，老远就能听到他打电话的声音，"你们家里没人吗？"……他简直堪比王熙凤，未见其人，总能先闻其声。可是，自从封城以来，在马路上忙碌穿梭的车辆已难复存在，而快递似乎也在我们小区销声匿迹了。

那是4月16日，物业群里通知，京东开始运转派送，黄师傅进驻，住进我们小区负责派送。在物资缺乏的当时，黄师傅就像小区居民的救命稻草一样突然出现，大家在微信群里夹道欢迎。足足半个多月没有快递运输的小区，突然开始热闹起来……白天京东的快递就仿佛潮水一般涌入小区，专门摆放京东快递的小区广场瞬间就能堆积如山。半夜里，大家常常能在小区微黄的路灯照耀下，看到黄师傅忙碌的身影。

4、5月雨水较多。那天傍晚，天又开始昏暗下来，夜里似乎又将有一场大雨要来。而广场上，黄师傅正火急火燎地把快递箱往雨棚底下搬。这时，只见有几个邻居开始帮黄师傅一起搬，刚刚做好核酸检测的我，也加入了帮忙的行列。黄师傅见状，双手合十给大家作揖，用他那熟悉的大嗓门反反复复地说着"谢谢"。其实，这声谢谢何尝不是我们想对黄师傅说的呢？

渐渐地，我和黄师傅也熟络起来。我发现他的大嗓门也开始沙哑，但是每天依旧马不停蹄地在小区穿梭，似乎他浑身有着耗不尽的精力。他看上去就是一个

普通的快递员,做着很平凡的工作,但却给我们带来异样的温暖。

疫情是一把锋利的刀刃,将我们正常的生活划成几瓣,但同时,它也让我们感受到许多不平凡。这就是我眼中的黄师傅,一个普通却又不平凡的人!

点评:

疫情打破了原本生活的节奏,以往看似稀松平常的人和事在特殊时期都显得尤为珍贵。面对变化,小作者依然保持敏锐的洞察,将目光聚焦到了身边这位普通却又不平凡的快递员——黄师傅身上。他有被居民们夹道欢迎、登上电视屏幕的光鲜时刻,更有深夜冒雨忙碌搬运、声音逐渐嘶哑的默默坚守。从陌生到熟悉,从旁观到参与,小作者不仅刻画出了自己眼中认真负责、热情爽朗的黄师傅形象,也以实际行动贡献出了自身的一份力量,用善良与温暖将"我"和"你"联系在一起。

(指导老师:朱依婷)

兴趣之舟

兴趣之舟

干得漂亮

22届3班　陈蓝霏

夕阳斜照进那间小小的房间，银铃般的笑声回荡在屋子里，那片刻时光是那么静好。我不禁打心底对自己说："干得漂亮！"

儿时，我就跟着外婆学编绳结。不是很爱热闹的我喜欢在闲暇的午后，坐在飘窗上的一小方天地，一个人，三五根绳，将它们编成各种各样形状的结扣。那一个个看上去复杂的绳结，拆开，不过就是一根丝线罢了，正是这种至繁至简的艺术深深吸引了我。为了让更多人爱上它，学校的一次社团扩招，我毫不犹豫地要来一张表格，申请创办教授编绳结的社团。值得庆幸的是，很快有了回音，学校批准成立。我来到属于我们社的那个小房间踩点，阳光正充足，蔓延到了屋子的角角落落。望向被阳光洒满的课桌椅，我心中默默念叨着：我一定要把我们社建成最优秀的社团！

初次当社长，很多东西也是在过程中摸索出来的。几次课下来便深有体会，真的要经营一个社团并不容易。一连几次的备课都让我投入了不少时间和精力，要撑满这一个半小时的课需要的不仅有教授同学绳结串绕的步骤，还需要准备几个视频，来让大家更加了解各种结扣背后的故事。大家跟着我学了各种花样的结扣，有平结、盘长结、藻井结……教学成果良好。学习过后我们常常会围在一起玩儿翻绳，上海人称之为"挑绷绷"，用的就是亲手编的绳结。"绷绷"在我们手指的一勾一挑中翻了又翻，玩得越来越溜，大家"倔强的"手指都能撑下十几轮了。当看到图案在一抻一拉中瞬息万变时，大家伙纷纷露出喜悦的笑容。那是我小时候的游戏，现在早已过了潮流，但这样一根普通的绳子竟也能让大家觉得特别有意思。而就是这样一个小小的趣味，真的足以让我们社从几个人一下扩充到了好几十个人，好的口碑让我们社评选为了优秀社团。当"优秀社团"的牌子挂在我们房间门口时，我打心底里感觉自己做得真棒。

把社团带出校园是我做得最了不起的一件事情。作为优秀社团的代表之一，我带着社团的同学一起到一所国际学校做交流活动。记得我帮他们仅仅用一根绳子一兜，就把七八瓶没有箱子装的可乐稳稳地拴在一起，周围竟然发出了惊叹声，笑着闹着要我教他们这个结法。我又在投影灯下给他们展示用一根普通的鞋带系出一朵绣球结、一串盘长扣……整个过程是行如流水般的"丝滑"，他们这才发现一根绳子背后有那么多精彩的故事。当他们发现我身上的扣子不过是一根绳子系出来的，便能隐隐约约地感觉到绳结别具一番魅力。它是一种装饰，更是一种

生活,这便是中国人的智慧。看到那一群金发碧眼的人脸上惊喜又痴迷的表情,一种自豪感油然而生。我通过自己的力量,将绳结的美传播到了更远的地方,让我的社团成为传播中国传统文化的一个窗口,心中便为自己喊道:"干得漂亮!"

这样一个小小的社团,也许在别人看来并不起眼,但于我而言,我却能让别人收获无穷的乐趣,能让更多人感受到中国传统文化的魅力,能让这根系在中国旗袍上、系在冬奥会上的绳结飘荡在更多年轻人的心里,我觉得自己干得漂亮!

点评:

文中所写的这小小绳结确有与众不同的魅力。这是儿时外婆教给"我"的手艺,是"我"闲时的小乐趣。随着成长,小兴趣变成大爱好,独乐乐便成众乐乐。文章叙述清晰,当上社长,用一根绳子吸引同学,宣传"中国结文化",几个事例排布得当,过程细致翔实,遣词造句准确生动。行文结尾处,作者的升华更是可圈可点。因为热爱而发现、思索,这当中包含着作者对美的追求,更包含着作者传承"中国传统文化"的责任感。真配得上这句:"干得漂亮!"

(指导老师:朱海)

悠悠昆曲,韵入我心

22届6班 刘宸言

一个人,一出戏。那一刻,我不再是我,我是杜丽娘,寻着柳梦梅。

起初学昆曲,只是被那流利悠远的唱腔和那烂漫如四月天般花红柳绿的舞蹈吸引,也想在戏台上,穿着鼓鼓囊囊的袍子,一展唱腔。

可是,学习昆曲并不是一帆风顺。昆曲拥有独特的声腔系统,发音吐字讲究中州古韵,平时快人快语的我只能静下心来,反复揣摩每一个字的发声、过腔、收音,并在需要拖长音的地方轻轻勾画。于是每天清晨,昆曲声在屋里蔓延开来,那些日子夹杂着汗与泪、苦与乐。一晃而过,我的技艺也日渐娴熟起来,有了吴侬软语的韵味。这时,我才发现,台上的表演是因十年如一日的练习而光鲜亮丽,这是昆曲更深层次的美。

而后在老师的推荐下,我开始学习《牡丹亭》。我跟着老师的步伐在练功房起舞,将泥金折扇向右斜方扬起抛出,同时右脚向斜后方撤右步,嘴里还喃喃着:

"腰要挺，头要抬……"可老师只是摇了摇头："你的表演缺乏情感。"于是我查阅资料去试图真正走进杜丽娘的世界，游园惊梦，梦中相会，互生情愫。忽又记忆起老师的箴言："当你站在舞台上时，你便是戏中人，亦是戏剧本身。"我试着去演绎出杜丽娘得知自己命不久矣，卸下春容的那种忧伤，三尺水袖左比右画，从缓缓的步子和唱腔中，道出生死离别的凝重。我试着去描绘出她在梅花庵里遇见柳梦梅的欣喜激动，翩然移步，水袖抛舞，从那高亢的唱腔中道出再度重逢的喜悦。老师看着我的表演欣慰地笑了，我的表演有了变化，一个表情一个身段间，都包含着无穷意蕴。我发现在那一方小小的戏台上，有千千万万的人生，承载着酸甜苦辣。而我所做的便是去演绎出百态人生，将喜与怒、哀与乐呈现给观众。这是我对昆曲最深刻的理解，也是作为一个小演员对舞台的尊重。

　　笛声悠扬，缠绕着清淡的水磨腔，头上的珠光流动闪耀，灯光下，白色的丝绸翻卷，隐现衣上绣的花。我不再是我，我是六百年前的西蜀杜丽娘，我惊着她的梦，寻着她的缘。昆曲婉约柔美的外表下，是日复一日的努力，是每段曲子里情感的夹杂。我通过昆曲所看到的也是我想演绎出来的，是那些人物的爱与恨，那些人生的成功抑或是失意，因此我会不由自主地爱上昆曲，爱上姹紫嫣红的春天，爱上莺歌燕舞的人间。

　　点评：

　　笛声宛转悠扬、曲声百回千转，古韵今风，无不蕴含浓郁的江南风情。这样的昆曲，穿越了幽静淡雅的渌水画舫，穿越了金碧辉煌的古戏台，穿越了迷离扑朔的光影，穿越了岑寂苍茫的夜幕，穿越了时间与空间的阻隔。作者从童年初学时的羞涩生疏到闲笃登台的翩然移步，水袖抛舞，一曲《牡丹亭》中包含了多少爱与恨、痴与缠，多少心酸和欣喜，多少眼泪和欢笑。小作者又将目光着落于年轻一代对传统戏曲的理解，以及对于如何发扬传承传统戏曲文化的观察和思考，传达自己对昆曲的深爱。

（指导老师：戴卉）

兴趣，点亮生活

22届8班 李辰昊

随着笔锋轻点，砚中墨水泛起微波，像是在静静等待着去创造纸上的精彩。正是这笔尖无声的舞蹈陪伴着我，点亮了我的生活。

过去踏入熟悉的书法教室，我总会悄悄地径直走向自己的座位，生怕扰乱了这里的宁静，铺毡，展纸，集中精力钻研和练习。我细细观察体会字的结构组成与笔画的运转，潜心练习自己还不熟悉的字形，开始熟悉起它的要点。老师这时会轻轻走来细看学生的成果，常常能对细节处提出想法。"写字不仅要用笔好，还要看看整个字，甚至通篇的气息是不是顺畅。看这个……"他用大手轻握我的小手，我能感觉到一种老练、稳重的力量。有机会沉浸在一门技艺中，从细节和整体体会书法的艺术魅力，使生活展现出别样的光彩。

水平渐长，我尝试着自己审视一些经典的作品。一个个汉字并不是互相独立的，它们连成一个整体，甚至互相还在呼应。有时我创作完整的作品，会反复重读那些早已倒背如流的诗文，品味精练的诗词中的意蕴，或是体会行文转折中浓浓的感情。到提笔时，我仿佛穿越千百年窥到曾经吟诗作赋的文人们，与他们有了一丝共情。我听着笔锋摩挲纸面时轻微的沙沙声，用笔锋的提按顿挫写就有血有肉的汉字，勾连运转中串起了整个篇章，传递曾经的文豪们说不完的心声。挥毫泼墨中有我对诗文更深的理解，作品中多了一些灵气。

现在细看每一幅书法作品，常常能有特别的收获。行云流水的篇章中，有些字飘逸张扬，飞白中透露出一种轻松与潇洒；有时却又改用极浓重的笔画，收缩整字的大小，仿佛是急流突然受阻，迎来了一处停顿。原来，书法本就是语言表达的载体，名士们把丰富的情感都融进了墨笔之中。勉励自己在充满挑战的环境中踏实进取时，我用俊俏挺拔的欧楷写下"人间正道是沧桑"，刚劲有力的字化身为挥拳壮士表示出胜利的信念。当毕业的脚步临近，离别的钟声即将敲响，我在赠与同学的卡片上题"荷笠带夕阳，青山独归远"，行书笔画圆转连贯，送上了我具有诗意的祝福。书法承载了我自己的情感，记录我的生活，它与我之间的联系更深了。

一缕墨香是我觉得最独特的气息，它不仅萦绕在我的生活中，还轻轻飘向了周围的人。朴素的墨色承载着我对书法艺术的理解，还有我努力把它带给他人的尝试。它是我生活中一束柔和温暖的光，点亮了前方，也照亮了我的心灵。

点评：

书法真是一种很奇妙的艺术，一幅好的书法作品字里行间像是有精灵在跳动，有飞天在起舞，挟着人类的想象力根本无法企及的灵气，荡气回肠，飞升至唯美圣洁的境界。在书法创作与欣赏之间，作者似乎更倾心于后者，享受欣赏优秀佳作带来的精神愉悦。作者感叹道"书法本就是语言表达的载体，名士们把丰富的情感都融进了墨笔之中"，沿着大家名士的笔墨探索，笔端或隐入山林，或搏击长空，神游于书法创作者所营造的广阔天地。作者从自己的经历写起，通过自己的不懈努力和对他人作品的欣赏领悟，极大地丰富了自己的精神世界。

（指导老师：戴卉）

有一种甜

22届8班 杨一帆

夜晚，一件青衣戏服折射着七彩光，我摩挲着那生动无比的祥云龙凤，甜蜜漾在心头，这是汗与泪有了回报的甜，更是逐步感受昆曲、传承昆曲文化的甜。

记得儿时，奶奶带我去故乡古戏台听昆曲："则为你如花美眷，似水流年，是答儿闲寻遍，在幽闺自怜。"那花旦却含笑不行，作欲言又止介。一个梦幻温暖的世界分明显现，奶奶却慨然叹息："昆曲是百戏之祖，那一唱三叹中是蕴含了很多人情世故的，如今却没有很好的传承。"我心中便有了一个传承昆曲文化的愿望在萌发、滋长。

"学戏，吃得了苦吗？""学戏，都什么年头了？""学戏，听说很难？"同伴的质疑声声入耳。我却不惧，望着镜中的自己，华美的凤冠微微颤动，一颦一笑都渐渐传神起来。潇洒的云步，落魄的醉步，不成调的唱腔在练功房回荡，却浸染出梦的味道。日复一日，汗水与晨光相接，疲惫与暮色相连，我却渐渐有了将唱词与身段信手拈来的本领，发掘戏曲中的深意。我倾心演绎着《桃花扇》，"满楼霜月夜迢迢，天明恨不消"，惊叹于明末清初一介弱女子面对叛臣笼络竟以死相抗、义形于色、血溅诗扇，李香君冰心洁骨的浩然之气、铿锵坚韧的爱国赤诚令我肃然起敬。那份中华儿女对真善美的追求与坚守也铭刻在我的血液中，化成心底的文化自信，甜蜜的源泉。

我终于加入学校戏曲社，与伙伴讨论昆曲的传承。那年艺术节，我们将传统昆曲与西方经典《罗密欧与朱丽叶》融合，演绎了新昆曲《醉心花》，精心编排中，京胡、古筝的檀板慢拍与西方管弦乐精妙耦合，在舞台中央旋转、翻飞、交织、升华。我脚踩靴鞋，翘起迎风指，唱着、演着，沉醉其中。原作中爱、愁、悲、喜的强烈对比化成缠绵婉转的深深叹息，给人以最深刻的蕴藉，如同勃郁的豪情发了酵，坚利的山风收住了劲，湍急的溪流汇成了湖。我们用昆曲含蓄达意，情感却未曾改变。共有的是青春炽热的生命力，以及那历经痛楚迷茫，仍直面生活，憧憬明天与未来的热望。我看到观众的双眼被传统文化点亮，心中霎时装满甜蜜，他们从我的表演中走进经典，而我正将经典传递。

这一种甜，是披荆斩棘，勇敢追梦；这一种甜，是体会昆曲博大精深的蓬勃精神；这一种甜，是在传统文化的传承中汇入自己的一步、一步……

点评：

悦耳的水磨腔，婉转的昆曲，演化成了属于"我"的传奇，如痴如梦，甘之如饴。学戏的路途并不平坦，但作者守住初心，脚踏实地，终是一步一步与所爱的昆曲相期而遇，相伴相许。历史悠悠，六百年的水磨腔悠悠。婉转缠绵，缠绵婉转，传唱百年，百年传唱。然而作者并不止步于此，中西合璧，新昆曲演绎新时代的新经典，耳熟能详的故事与传统接上关系，迸发出新的火花，那糯软的声音，唱化了观众的心，唱软了归者的腿，将梦境蘸得满是甜腻。

（指导老师：戴卉）

小幸运

23届1班 苗安卓

回想起来，有幸走进木版水印的艺术天地。第一次是在外公家里，他的书柜玻璃门上张贴了一对《门神》，朴素的色彩、威武的姿态很是吸引我，我每次去都要细细欣赏一番。外公告诉我，你很感兴趣的《门神》就是一种叫木版水印的民间艺术。

跟着外公一起学刻版，是在疫情后的漫长假期。在那些宅家的日子里，我突然特别怀念以往看过的风景。看到外公在刻《赣南回忆》，一块深色的木板上，有许多深浅长短、形状不一、变化多端的刀痕。我也凑热闹，刻了几下。真可谓是"咫尺之图,刻百千里之景。东西南北,宛尔目前"。我觉得自己运气蛮好,足不出户,也能饱览旅途美景。

真正尝试木版水印,是一次"豆子年"美术创意活动的投稿。我试着用木版水印技法,以中国地图为背景,刻出与豆子相关的几个地方美食。"事非经过不知难",我在补刻版子、加深刻痕的时候一直遇到阻碍,刻刀好像自己长了脚,我要往左刻,它偏往右滑。我渐渐不耐烦起来。"阿贝,我来示范一下。"只见外公静气凝神的表情,专注在刀尖,重现了"木"的遒劲刚健。"多练练就好了。老师傅们都是刻坏了许多版子,才有了现在的传世佳作。"

有外公的耐心指点,我觉得自己很幸运。我调整了呼吸,沉住气,顺着版子的凹痕,一遍遍推进。我在刀与版的徐缓顿挫之间勾勒出了拙朴的线条,又在水与墨的融合交汇之间描绘出了淡雅的色彩。几个小时过去了,一幅"四季有豆"的中国美食地图展现在我的眼前。线条独特的表现性,画面节奏的轻重疾徐、顿挫有致,让人感受到一种情感的力量。让人感觉到满纸的龙蛇飞舞,神采飞扬,从而展现一种跳跃、生动、勃发的生命力,在这个生命力里,有一种中国人不断精进、追求极致的精神力量。

能与木版水印艺术邂逅,是我的小幸运。在后来的学习实践中,我获得了艺术中的精神力量,培养了一种全情投入、不断追求的品质。当我要追求"更好"而不只是"好"的时候,木版水印的这种精神力量也正激励着一个少年,在未来的道路上砥砺前行。

点评:

"小幸运"这个题目重点在"小",落笔不能虚、不能浮,本文的作者非常明智地捕捉到了这一点,将"小"处理得看似漫不经心,并未刻意寻找,而是在寻常生活中得到了外公的指点,这种稍显"克制"的写法刚好突破了题目的难点。"幸运"在文中的呈现有层层递进之感,也遵循了从触摸皮毛到渐入佳境的规律,读来很有说服力和吸引力。文章的语言饱含深情,营造了富有诗情画意的氛围,充分诠释了作者对艺术的参透力,这也是文章富有感染力的原因。

(指导老师:高丽君)

玩出点儿名堂

23届3班 施霁芸

小时候住在老家无锡时，我最爱玩的就是捏泥巴了。用当地特有的黄褐土拌上水随意揉捏，不一会儿一只"奇形怪状"的泥团子便在手中绽开了。后来外婆告诉我，这泥巴还可以用来捏成可爱的小动物或小人儿，我听了眼睛一亮，兴趣大增！

这便是泥塑！第一次正式上手，我就和外婆合作捏了一只小泥鼠。那敦实的身体、小巧的耳朵、细长的尾巴都让家里的老花猫对它虎视眈眈，我把小泥鼠拿到哪儿，老猫就跟到哪儿，直到我给猫咪演示它并非真老鼠，小泥鼠才成了老猫的好玩具。

等到技艺逐渐娴熟，我就开始玩捏泥人了。由于我还不会捏无锡大阿福，我就用质地细腻洁净的黄褐土捏一些小人儿。抓一把土，洒几勺水，将泥料揉成长条，上半部分团成球状，下半部分在底座扎实压平，小人就能稳稳站在桌上，如同打了"地基"一般。下面便到了彩绘的一步！用笔在泥人的头上画出黑亮的头发，再特意勾出两道粗眉以及炯炯有神的大眼睛，泥人便散发着智慧的光芒了。再用笔往左右两边一挑，便是一对玲珑小耳朵。看着这张既严肃又滑稽的脸，我不禁哈哈大笑。

怎样让我的作品更出彩呢？必须得让小泥人"走"起来！我先在草稿纸上认真地画出一个"火柴人"，将重心放在右脚上，左脚微微抬起，做出迈步状。为了增加小人的稳定性，我就在右脚下画上一个小石块。草图大功告成，接下来就要实际操作了！我先仔细地用火柴棍慢慢地搭出一个框架，再从门外捡了一颗小石子，粘在右脚火柴棍的下面，最后一点一点地把泥糊上。待它风干后，小人便摆出一副"金鸡独立"的姿势，如果不知道我在其中动了"手脚"，还会以为是建筑学上的奇迹呢！

去年暑假，外婆告诉我社区要举办一个艺术品展览，见我做的几个泥人形态逼真，便建议我去参展。在展览现场，我的泥人就放在展示柜里，在炽白灯光的映衬下，泥人散发着质朴温润的光泽，它们的憨态可掬获得大家的一致好评，而作为创作者的我更是心里乐开了花，因为大家都夸我做得有点名堂了！

捏泥人不仅让我在泥土的香气里释放天性、寻觅快乐，更给予了我触摸传统文化的天赐良机。不知不觉中，我玩也玩出了名堂！

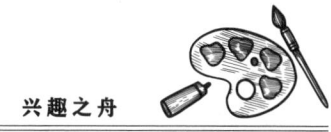

点评：

泥人是无锡传统工艺美术品之一，当地手艺人常取惠山东北坡山脚下的黑泥为料，其泥质搓而不纹，弯而不断，干而不裂，尤其适合捏塑之用。小作者笔下的"玩"正是将童年乐趣和无锡传统手工艺相结合，行文中能用生动形象的动词如"抓""洒""揉""团"等表现捏泥人的有趣过程，也能用比喻、拟人等修辞手法写出泥人的憨态可掬，让人沉浸在"玩"的快乐氛围里。文章从第二节到第五节，能用层层深入的材料表现"我"手艺进步的过程，这也使得"名堂"的呈现水到渠成。

（指导老师：李婧熔）

圆梦

23届5班　唐维喆

"蓝脸的窦尔顿盗御马，红脸的关公战长沙。黄脸的典韦，白脸的曹操，黑脸的张飞叫渣渣……"

我的爷爷独爱京剧。我是被爷爷一手带大的，受到了爷爷不少的影响。小时候空闲时间多，晚饭后常同爷爷坐在电视前看京剧。爷爷捧着茶杯，不时地跟着电视唱上两句。一会铿锵有力，一会婉转悠扬，变化多端，有模有样。受到了爷爷的熏陶，那时的我从来不会与爷爷抢着看动画片，入神地陪爷爷看着。爷爷每天都会教上我两句。"蓝脸的窦尔顿盗御马，红脸的关公战长沙……"这是爷爷叫我的第一段京剧。每个宁静的夜晚，爷爷总会教上我一段。跟着爷爷，没多久，我也能像模像样地唱上几段了。

爷爷常说："弟弟啊，我以前就总想着要上台唱京剧，但总没有机会；现在我已经老了，唱不动了。哪天侬能上舞台表演，一定要叫我去看啊！"但我从来没有把这话放在心上。

如此活泼可亲的爷爷，也没有逃过病魔的魔爪。当我只学了京剧的皮毛时，爷爷便病倒仙去了。我常常想起他的梦想，他的期待。他对我日日夜夜的教导，只为了看到我站在台上的那一刻，看到我完成他不能完成的愿望。愧疚之感油然而生，从此一心只想着能够完成爷爷留给我的梦想。

我抱着尝试的心理报了京剧兴趣班。兴趣班里，还是一样的生旦净末丑，一

样的唱念做打，一样的皮黄锣鼓，但不再有曾经夜晚那样的亲切感。老师常夸我唱得好，有感情，谁又能知道，这是我爷爷一手栽培的呢？"蓝脸的窦尔顿盗御马，红脸的关公战长沙。黄脸的典韦，白脸的曹操，黑脸的张飞叫渣渣……"熟悉的曲调响起，我脑海里又浮现出爷爷慈祥的笑：来，胸腔要打开，背挺起来……爷爷的眼睛眯成一条缝，泪水也占领了我的眼眶。

兴趣班终于迎来了一次展示的机会，展示的正是《唱脸谱》。画上脸谱，穿上五彩的戏服，登上梦想中的舞台。聚光灯下，我抬手颠脚，小步转圈，摇头醉唱起来。"一笔笔勾描，一点点夸大，一幅幅脸谱美佳佳！"画面定格，我挺起腰背，瞪眼精神地望向前方。热烈的掌声袭来，自豪感从心底升起。我知道，极乐世界的爷爷此时正看着我，眼睛眯成一条缝，笑得灿烂。

"蓝脸的窦尔顿盗御马

红脸的关公战长沙

黄脸的典韦

白脸的曹操

黑脸的张飞叫喳喳"

当京剧不再只是兴趣，而成了我的热爱之时，这个梦，才真正圆满了。

点评：

爷爷独爱京剧，时而铿锵有力、时而婉转悠扬的曲调是"我"童年难忘的记忆，爷爷也成为"我"京剧学习道路上的引路人，将"我"带入了这片广阔而神奇的天地中，让"我"感受到了中华戏曲文化的源远流长。而爷爷的仙逝让这一切仿佛戛然而止，为了弥补遗憾，"我"立志要努力学习京剧为爷爷圆梦，于是过去和现在交错在一起，超越了时间和空间的阻碍，当那熟悉的曲调再次唱响的时候，梦圆了，爱也更浓烈了，这份祖孙深情在兴趣的点燃下显得更为难能可贵，传统艺术薪火相传，亲情之爱生生不息。

（指导老师：唐轶）

兴趣之舟

兴趣是最好的老师

23届6班 顾思成

小时候，爸爸曾给我看过一部关于蛇的纪录片。我被纪录片中蛇优雅的姿态、迅疾的捕食以及巧夺天工的身体构造所震撼，也因此入了迷。"兴趣是最好的老师"，说的没错，正是兴趣引领着我，让我开始研究蛇这个特殊的生物。

蛇是历经1.3亿年的漫长进化发展而成的一个特殊生物类群，对维护生态平衡有着重要作用。我在贴吧、百科上寻找和蛇有关的内容，发现和我一样的爱蛇人士还真不少。在与他们的交流中，我学到了许多知识。作为一位蛇类爱好者，基本的能力就是辨蛇，这需要有足够的知识储备和分辨特征的能力。网上经常有求助蛇的种类的帖子，每到这时，我便会仔细辨认，鳞片上的细微差异和变体都逃不过我的"鹰眼"。尽管也有"翻车"的时候，但我的辨认能力得到了极好的锻炼，也会热心去解答网友的问题。

跟随着这位"最好的老师"，我了解了蛇的分类，毒蛇的毒素分类，以及无毒蛇和有毒蛇的辨别方法。随着了解的深入，我对蛇的兴趣越来越浓厚。蛇类是大自然的宠儿，尽管无足，身体结构和毒素组合却极为精妙。人类被毒蛇咬后根本无法对抗，唯一方式是借用毒蛇本身，制造血清，才能得以保命。但是这样神奇的物种，却因人类的捕杀接近濒危。就以上海本地为例，上海本土的蛇类已从1990年的32种下降到11种。这11种中，有毒的只有2种，且它们习性温顺，不会主动攻击人类。

有一次回乡下老家，我跟着爷爷在田里劳作，忽然一个黑色的长条形影子从我们身边掠过，爷爷仔细一看，大叫一声："有蛇！"说着抄起镰刀，要去打蛇。我急忙让爷爷刀下留蛇，"鹰眼"快速扫过这条蛇：圆头，眼侧有明显的黑纹，条纹横向分布，长约2米。我立刻确定了这条蛇的种类——黑眉锦蛇，无毒。我告诉爷爷这是无毒蛇，不会对我们造成危害，把它放了吧。于是，我跺了两下脚，蛇仿佛心领神会似的，扭了扭身子，一下子就不见了踪影。

"兴趣是最好的老师"，我的这个兴趣，引领我探索蛇类的奥秘，让我爱上这个隐蔽于角落里的精灵，欣赏到大自然别样的美丽。我也希望尽我所能拯救这一物种，保护自然生态，这就是我的幸福之处。

点评：

　　这篇文章中，小作者所写的兴趣爱好可以说是非常小众了，这也是本文使人印象深刻的原因之一。在叙事方面，文章以最常见的顺序的方式，带领读者跟着小作者一起走进蛇这种生物，娓娓道来自己对蛇的研究过程。但若只是不断写自己汲取有关于蛇的知识的过程，那文章反而会缺少波澜和亮点，从而"泯然众人"。因此，第四段在内容上可谓全文的妙处，原来一味地吸收知识并不是目的，学以致用才是发展兴趣爱好的意义。这样的一段也为后文立意的确立与提升起到了很好的作用。

（指导老师：陈琦）

兴趣是最好的老师

23届6班　魏高远

　　还记得几年前，那个暴雨倾盆、狂风骤急的夜晚，我看着手机上的"台风"图片，追踪着它的位置和动向……我渐渐地入了迷。"兴趣是最好的老师"，说的没错，正是兴趣引领着我，让我开始研究气象学。

　　从日常关注天气形势，到阅读别人写的公众号和"贴吧"上的文章。气象爱好者们有理有据的分析和形象易懂的配图吸引着我，其中自然有一些我看不懂的内容，这更激发了我的兴趣，于是我开始"似懂非懂"地阅读一些专业书籍。

　　跟随着这位"最好的老师"，我寻得了几个气象爱好者的"必备网站"并学会了一些基本天气分析方法。我开始搜集内容各异的气象图，可能在外人看来，这只是千篇一律的色块和数字，可在我眼中，它们就是世界风云变幻的见证。地面图、高空图、探空图……搜集来这些图片，我仔细地做上标注、箭头、锋线……配上通俗易懂的文字，我将我的第一次"天气分析"图文并茂地发布在了社交媒体上，再对照一下之后气象台给出的预报，确定我的大方向没有错误。每一次获赞、每一条评论，无论是认同、进一步的询问或是指正，都会让我感到无比喜悦和自豪。

　　我较擅长的是台风追踪。台风完美的螺旋外形以及大自然赋予它的摧枯拉朽的威力，深深激发了我这个"风迷"的兴趣。某个寂静的仲夏夜晚，我独自坐在电脑前，取来需要的红外云图、气流流场等资料，按照分析法的步骤，估算出即将到来的台风的强度和路径，却发现与气象台给出的预测大有不符，我只好再次拿出草稿纸，重新研读分析法教程的内容，核对数据并确认无误。不出所料，气象台在之后的预报中做了修正。顿时，我心中成就感十足！这是兴趣的力量激励着我继续在这条路上前行。

每当打开卫星云图，我总会怀着好奇和敬意观看从空中拍摄的这一切，感叹着天气变化的变幻莫测。同时，也为自己能略知其中一二而自豪。我曾经在一本网络教材上读到过这样一段话："悠悠苍天，坚实大地自然是不动如山，但天空深处永恒的星斗的底色上，各路过客从不停歇，气象爱好者的世界从来没有冷场的时候。"正因为这与众不同的兴趣，我们更有可能听到风的声音、研究出风背后更多的故事，这也许就是我们的幸福之处！

点评：

兴趣爱好类其实是初中阶段比较常见的类型，把自己的兴趣爱好表述完整是很多同学都能做到的，但是要写出新意就有难度了，往往会一不小心就会走上"老路"。如何避免呢？我建议大家选材时候切入点要小、要具体。这篇文章的小作者所感兴趣的"气象学"其实有很宏大的领域，但是小作者并没有就此铺开叙事，而是选择了"研究台风"这样一个具体、明确的切入点来表现自己的对气象学的兴趣和研究。而且叙事中不乏能够表现自己成长、进步的细节，这样就能够写出富有个性和新意的好文章了。

（指导老师：陈琦）

是苦也是乐

23届6班 张晨萱

因为疫情以及学业的压力，已经好久没有练过武术了。每次回想起曾经练武术的时光，其中经历过痛苦，却也享受到它带给我的乐趣。

要练好武术，首先是练好基本功：柔韧、踢腿、下腰……一个都不能落下。记得最开始的一段时间，每次都是被教练强压着下柔韧。一次，教练为我增加难度，让我的前腿翘到增高垫上面去，腿部和地面的空隙一下子又大了很多，原本刚有一点成就感的我瞬间被击垮，再加上教练的魔鬼压迫，我的韧带像是被撕裂

　　了一般，疼痛难忍的我瞬间哭了起来，而教练却还是不管不顾地压着，一边鼓励我一边给我制定目标。套路的一遍遍反复练习也是个难题，为了练出力度，我每一遍都精神饱满，尽到自己最大努力去做好每一个动作，可效果并没有我想象的那么好，总会成为教练口中做动作"软塌塌"的人。最困难的是后面的体能训练，毕竟我是跟着比我大的孩子训练，诸如蛙跳、矮步走、折返跑、侧手翻等都不如他们，我和几个同龄人所能做的就是尽量跟上大家的步伐，不敢有丝毫懈怠。

　　有趣的是，身体所经受的苦，我逐渐忘却，随之而来的是心中体会到了乐。难度升级的压柔韧，我不断地在教练的带动和鼓励下，逐渐由脚尖碰到额头，到脚尖可以碰到鼻子，最后到脚尖可以碰到下巴，后来每次即使更高的高度也可以轻松应对，再也没有韧带被撕裂的痛感，也没有每次回去疼个两三天的苦楚。我又找回了曾经的那份自信，变得乐观起来，我的武术技巧也提升了不少。体能训练是最艰难的，也是我最期待的——可以享受每次刺激又紧张的接力赛，享受每次轮到自己上场时拼尽全力的感觉，享受每次不论输赢都能和伙伴们同甘共苦的时刻，享受在体力不支的情况下能和伙伴们一起坚持到底的胜利……武术带给我的不仅是体能上的变化，更是心理上的变化——我逐渐自信，也逐渐克服了畏难情绪。同时，还换来了强健的体魄和良好的心态。

　　后来，因原来的场馆被国家征用，新场馆的地点也是换了一次又一次——不仅没有原来的大，也没有原来的设施齐全、没有那样的训练氛围、没有原来的人……我也因各种原因已好久没练了。我时常怀念当时那不怕苦不怕累的自己，怀念那是苦也是乐的时光。

　　点评：

　　练习武术的经历并不一定人人都有，这使得小作者的材料富有个性。同时，材料紧扣题目，将身体所承受的"苦"和心里感受到的"乐"都充分表现了出来。另外，值得一提的是文章中术语的运用恰到好处。很多同学在写一些专业性较强的材料时，不可避免会碰到如何使用术语的问题——写得过多，文章往往艰涩难懂，缺乏可读性；写得不足，往往体现不出材料的独特性，让读者觉得不够专业甚至有杜撰之嫌。所以术语是否运用得当，是至关重要的。术语的运用要服务于文章的主材料，不可喧宾夺主，在文中稍加点缀即可，这一点小作者做得非常得体。

（指导老师：陈琦）

破例，焕发新意

23届6班 鲁恩睿

在大威老师到来之前，我学鼓的课堂是因循守旧的：正在学的鼓曲一节一节地推进、基础的节奏型一遍一遍地练习……沉默、死板、了无生机、毫无新意。我学鼓的缘由，便是欣赏摇滚乐自由而生生不息的灵魂。一代代鼓手在舞台上挥洒自由的节奏，完成超越常规的突破：从爵士乐，到流行乐，再到摇滚乐，架子鼓为之注入了各自不同的自由之意。

但我所学的，陷入古板的鼓，失了自由的灵魂的鼓，岂是真正的鼓？

大威老师的出现，带来了层出不穷的破例与创新，为鼓、为我，带来了"新"的力量。

大威老师本身便是一个爱"破例"的人，他自信张扬地留着一头放荡不羁的长发，我曾问他为何？"因为懒得剃头。"他将发丝撩到耳后，笑着说道。我原以为是为了"酷"，但是他的回答，甚至更加突破常规。

他原是台湾已经小有声名的鼓手，但却突然隐退，携着一家老小离开宝岛，奔赴大陆。这是与其他音乐人截然不同的选择，"我对鼓的造诣就只能到这里了，做不出新的突破了，但是小孩子可以。与其让我再死磕着做乐队，不如我来大陆教小朋友敲鼓，你们新人顶上来，架子鼓才能活下来嘛！"

不仅是人生选择上的"破例"，大威老师在教学方式上也时时"尝鲜"，处处"破例"。

他鼓棒一挥，爽气地砍掉了原来所有基本功练习的时间："在我的课上，你们必须时时刻刻吸收到新的东西。这些基础的重复性的东西，都在家练好了，再来上我的课！"取而代之的是每次二十分钟的"freestyle"训练。"freestyle"中的"free"一语道破架子鼓最本源的价值——自由的风格。或是"放克"，或是"重金属"，抑或是"布鲁斯"，大威老师每周精心挑选不同的曲风，让我们在乐曲韵律之中轮流自由发挥，自他本人领头，绕教室一圈，七个人，七台鼓，七首截然不同的鼓曲，他一边聆听、一边随手记下，笔记本上写满了他自己和学生们灵光乍现中诞生的节奏型。有时听得忘我，手中鼓棒一甩便当作了笔，槌头与纸张擦肩而过，却未留痕迹，他才自嘲地一笑，"老了，脑子不好使了！"然后换成笔再细细记下。如此顺时针绕三圈，大威老师一一点评：拘泥于陈旧节奏型的，狠狠批评；有新想法新创意的，即使演奏时磕磕绊绊，他也会大大赞扬，然后指导完善。

  突破了常规的课程安排，我对鼓的兴趣愈加浓厚——原先，我是鼓点的生产工，日复一日，如没有灵魂的机器在流水线上生产别无二致的零件般，在鼓前敲打着一模一样的鼓曲；如今，我是架子鼓的探险家，我以鼓棒为手电筒，以鼓面为大自然，提着鼓槌，举着手电，探索那片世外桃源中不为人知的奥秘，寻找着废弃古庙的断壁残垣中流散出的点点荧光……听——那铿锵鼓声是巨浪在咆哮，那清脆镲声是飞鸟在吟唱。破例，带我走进了崭新的鼓的世界，让我听到了架子鼓自由的灵魂在引吭高歌。

  大威老师还有许多破例的尝试：也让我们将架子鼓与管弦乐相结合，他把教材中传统的练习曲换成他自己采谱、制谱的乐曲……这些破例的尝试中，有一部分并不成功。但又何妨呢？失败的尝试便是为新的突破铺下的路基。

  大威老师用他充满"破例"的人生和教育理念，在我心中重塑了架子鼓自由的灵魂。他是最伟大的艺术家，他不断地破例和时而涌现的灵感源源不断地焕发着新意，生生不息地滋养着他所知道的诸多年轻鼓手的灵魂。

  自由与新意，引发突破和创举，而一切的一切，来源于一次次看似微不足道的破例。

  点评：

  "破例"原指做事突破常理或是不合常规。在小作者的笔下，塑造出的是惯于"破例"的名师和敢于"破例"的高徒。然而两者的"破例"又不尽相同——"大威老师"的"破例"呈现出的是他对音乐的驾驭和理念；"我"的"破例"饱含了自己对架子鼓的理解。然而，这两者又有共通之处——都源于演奏者对音乐的热爱和无穷的创造力。小作者通过陈述一件件有关于"破例"的小故事，诠释出了"破例"的独特意义——打破常规有时并不是件坏事，它可能意味着尝试、突破、新知。

（指导老师：陈琦）

绽放的一刻

24届3班 陈诗颖

风雨中，笔尖的花朵同窗外的牵牛一起绽放。

"虽然画中有了物体之形，但不够传神啊！"老师的话语仍在耳畔回响。究竟，那份物体之"神"在哪里？我无数次向自己发问。画废了千张白纸，依然寻觅不得答案。

那个午后，我抬起头，惊讶地发现窗外的墙壁隙缝中，探出了嫩绿色的小芽。兴许是春风带来了它。柔弱的细藤在空中挺立着。洋洋洒洒的阳光倾洒，使这画面越发生机勃勃。整株小芽，沐浴着阳光，自豪地昂着头，不遗余力地向上攀着，攀着。微风袭来，藤蔓调皮地摇着脑袋，仿佛在空中起舞。我勾起了嘴角。不知何时，我的窗边多了这样一株小侣。

水彩，真的只是大片瑰丽色彩拼凑的断章吗？不，那是对内心情绪的一种抒发，将自己的心境描摹在纸上。重新拿起画笔，用清水浸湿画笔。整理好笔尖龇出的杂毛。双手轻轻抬起，笔尖浸染上水彩墨色。从指尖到手臂，一阵阵酸麻涌上。颜色虽美，终是少了一份"灵气"。那份"神"，在何方？抬头看向窗外那小株植物，没想到，它不是一棵草。小小的绿色叶片中，鼓出一朵饱满的花苞，正蓄势待发。是牵牛花吧。

再一次拿起画笔，窗外狂风大作，雨如子弹打在街道上，没有目的地四处飘落。平涂，点染，枯笔……我仍在苦苦寻找画中的"神韵"。我专注着，抿着嘴，眉毛拧成了一条紧张的直线。我一手紧握画笔，一手按住画纸，时而抬起头，看看窗外雨势如何。无意中，我瞥见那株牵牛，竟在风雨中悄然绽放。丁香色的花瓣，优雅而不失活泼，衬着柠檬黄的花蕊，在雨中尽显活泼怡人。花儿绽放的一刻，我的灵感忽然如泉涌现。笔尖濡染上调出典雅的丁香。水，灵巧地将墨色由笔尖递向纸面，在纸面上铺展开来。一抹浅黛便晕染在纸上。如同天边朦朦胧胧清晨的云雾，朝阳寸寸升起，又似远海中细微的波浪，跌宕起伏。一笔一画间，我感觉自己的心也同牵牛一起绽放。花之神韵，画之神韵，在笔尖绽放。终于，完成了。我的嘴角漾起一丝淡淡的笑。

原来神韵，就是生命之美。

人生的路很长，我们以渺小启程，在试练中期盼花开万里。

那一刻，花儿与我快乐的心一起绽放。

点评：

本文叙写了小作者的习画过程。特别之处在于，文章不限于表现从"不会"到"会"的技艺层面，而是着眼于寻找"画之神韵"。从疑惑不可得，到豁然开朗，得益于对自然景物的细心观察，对生活的用心体悟。而当作者再次拿起画笔将有神韵之花朵呈现于笔端时，她作画时的专注投入也仿佛跃然于纸上，让读者为其突破感到雀跃。艺术源于生活，艺术更离不开对生活的潜心关注，而小作者正是通过自己的进步之旅为我们阐释了这个道理。放下压力，享受自然带给我们的美好，就能从中获得美的真谛。

（指导老师：曹佳妍）

再试一次

24届5班 万雨瞳

七月中旬，炎热的夏季已经抵达，在闷热的训练馆中，响起一声又一声清脆的爆裂声。

"下半节课主要练闪躲，注意力集中啊，要挨打的！"教练拿起了拳击专用的泡沫棒敲了敲我的肩，虽说是泡沫但打起来还是有点痛感。我们走向了擂台。刚站好架，一道黄色的影子飞速从教练手中飞来，我立马做出格挡紧贴着左半脸，有些抱怨地看着教练，"我还没准备好！""上了擂台就是在说你准备好了！"教练带了些责备的语气。话音刚落又是一道黄影，这次是右边。

教练不停地发出攻击，渐渐的，我的体力也被消耗。一次摇闪，我被迫站好架，但已经使不出劲，只好抱着头来减轻疼痛。教练是不会放水的，这一点我是知道的。又一次摇闪，我甚至动弹不得，泡沫棒一棒子打在脸上，脑袋嗡嗡地响，身体仿佛飘在了空中，我倒下了。我大口喘着气，昏热，疲惫挤满了全身。

我没哭，也不敢在擂台上哭。被汗浸透的背贴着冰冷的擂台，寒意顿时侵入了身体，对大汗淋漓的我来说，反倒有种舒适感，坚硬的表面还硌得我有些生疼。我熟悉这样的感觉，也沉迷这样的感觉，它是属于我的舞台，是梦想开始的地方，跋山涉水都是为了它。一次次比赛中被打倒后对手的得意、教练的焦急、父母的担忧……曾经的一切都化作成动力，驱使我站起来。"再试一次！"我在心中呐喊着。

我慢慢爬起来，用手背擦了擦汗，身体里似乎被重新注入了力量。弓背，下巴紧缩，两拳紧贴在两颊，两脚前后站，左右分开，站好架，我死死盯住教练的眼睛，生怕落下一个动作。格挡，摇闪，一切尽在掌握中，教练也流露出喜悦的神情。一个扭胯，最后一次攻击在爆破声中结束了。紧绷的双臂终于松懈下来，我大口地喘气，把拳套取下，看向镜中的自己——汗流如雨下，碎发都粘在额头上，背后早已被浸湿，都有些发凉。

"休息！"我快步走向休息区，一把拿起毛巾往脸上擦，"今天怎么样？"妈妈一边给我倒热水一边问道，我掩饰着疲惫，挤出一个精神的笑容："还不错，就是手臂酸了些。"我接过水大口喝了起来，"幸好再试了一次！"我在心底对自己说。

曾经我有许多的梦想，有一些因为种种原因不得不选择中途折断，唯独拳击是我始终舍不得的，因为那些付出与陪伴，有教练的，也有父母的，更因为它是自己的选择。我舍得用全部的热情和汗水去浇灌它，并坚信它会开出属于我的花朵。

就像今天，再试一次，艰难，但我听到了梦想拔节的声音。

点评：

拳击是充满力量的一种运动，小作者用文字表现出了这种力量。"坚硬的表面还硌得我有些生疼。我熟悉这样的感觉，也沉迷这样的感觉"，这是心理的力量；"弓背，下巴紧缩，两拳紧贴在两颊，两脚前后站，左右分开，站好架，我死死盯住教练的眼睛"，这是动作的力量。小作者用大量的心理描写和短句形式去营造出了紧张的力量感，让我们为这种运动而着迷，为小作者在其中再试一次的勇气而赞叹！追逐梦想之路上，所有的汗水都是晶莹闪亮的勋章！

（指导老师：金国旗）

我与国画

24届6班 张泽萱

只见毛笔在纸上一顿一抬、一按一提,一支粗壮、干枯、虬髯般的树干在纸上缓缓映出,饱满的笔头在洁白的宣纸上画出一条条或深或浅的枝丫,一棵饱经风霜的老树跃然纸上,似乎在对我诉说它的沧桑;再拿出一支笔,蘸上点绿色墨汁,手托着笔,一点点皴开,老树蓦然间焕发了新的生机;最后随着几只小鸟点缀在树上之后,这一幅《柳树栖鸟》的作品就完成了。看着这幅画,我想起了两年前开始学习国画的过程……

与国画初次相遇是一次偶然,我在参观一次书法展时,一幅小小的国画作品用简单的几笔墨色就将氤氲中江南山水画得意境悠然,让我久久驻足,不忍离去。那一瞬间,我觉得我与国画有了不解之缘,也央求妈妈让我去学国画。

万丈高楼平地起,国画的学习也是从一些基本知识开始,笔的软硬疏密,墨的稀稠浓淡,纸的厚薄生熟,不同的画法都需要不一样的组合。初次练笔,是从基本的横向笔法开始,尝试不同的力度和速度,并观察墨在纸上晕染的过程,笔纸间的摩擦像是一种古老的对话,竹叶需要轻声细语,荷叶更像是久坐长谈,遇到梅花点点,犹如窃窃私语。不同的纸似乎也有不同的性格,有的宽宏大量,会将墨吸收得比较彻底,晕染出的画面更加开阔;有的羞涩内向,与墨之间有一种对抗的张力,留白和枯笔会比较多。不论是哪一种态度,都能描绘出意蕴无穷的画面,让我爱不释手。

临摹是最好的老师,我是从花开始的,荷花、菊花、樱花……每一种都有不一样的结构和色彩,之后开始学习鸟类,麻雀、杜鹃、鸳鸯……鸟类画法特别锻炼技巧,比如画麻雀先要画眼睛,再去画嘴巴,上嘴一般要低于下眼皮;而杜鹃则相反,是上嘴略高于下眼皮。然后开始进行组合或混搭画法,比如柳树配飞燕、花枝配杜鹃、荷塘配鸳鸯……我越来越享受这样的过程,绘画过程中也经常将自己的思绪带入画中,想象自己就是那只小鸟,在枝丫上栖息,被微风吹动的感觉;想象自己在草地上觅食、在池塘里游泳、在迎风飞扬,作品的质量也越来越高,还获得过几次老师的奖励和认可,并挂在培训班的走道上供参观,这让我更加热情高涨。

中学后,我的课业越来越紧张,不得已结束了匆匆的国画学习之旅,但我对国画的喜爱和享受作画的过程一天也没有停歇。古人云:"远看山有色,近听水无声",国画的美感,既在于那些行云流水的大好河山,在于那些多姿多彩的自

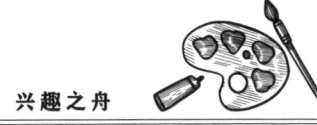

然世界，更在于创作过程中的那份怡然自得和享受。一张白纸，几只画笔，我将心植入墨中，印在纸上，漂染出生命的精彩。国画，将是我一辈子珍爱的喜好。

点评：

文章主要描述了小作者学习国画的心路历程，及在此过程中对国画艺术理解的不断深入。兴趣爱好，是很多孩子想要表达的话题。既成兴趣，那一定是心头所好；既然热爱，文字里是一定能够读出倾注的一腔热情的，小作者就做到了这一点。"笔纸间的摩擦像是一种古老的对话，竹叶需要轻声细语，荷叶更像是久坐长谈，遇到梅花点点，犹如窃窃私语。不同的纸似乎也有不同的性格……"，拟人化的语言，细细畅谈自己的学画过程，那是真正将国画当作生命中的一部分了吧。

（指导老师：金国旗）

我的拿手好戏

24届7班 张仕霖

"哇！哥哥好厉害啊，这个纸青蛙跳得真高！""哥哥，你折的纸陀螺能转那么长时间啊，真是太棒了！"……听着哈尼村寨里的弟弟妹妹们对我的赞叹，望着自己折出的形状各异的折纸作品，我不禁为自己的拿手好戏感到自豪。

我从小就有很强的动手能力。妈妈生日时我送她的郁金香纸花，挂满家里橱窗的千纸鹤吊坠，装零碎硬币的分隔纸盒，等等，都出自我手。爸爸发现了我出色的动手能力，便带着我去参观了折纸大师神谷哲史的展览：张牙舞爪的魔兽，活灵活现的黄鼠狼，惟妙惟肖的凤凰……皆似鬼斧神工。这仿佛为我打开了一扇新世界的大门，让我领略了折纸艺术的神奇。

回到家，我迫不及待地搜索折纸的视频，先从最简单的纸枫叶入手。谷线、翻折、内嵌、换面……经过日复一日的钻研和琢磨，我头脑发热，手指酸痛，但最终一片倾注了我时间和精力的纸枫叶还是成功地呈现在我的手中。妈妈开玩笑地说："这是从哪捡来的那么规整的枫叶啊！"我得意地笑了。

自学的过程让我很有成就感，不过我只是一味地模仿别人，这怎么够？我应该钻研并将自己的思考融进作品中才行。通过学习不同类型的折纸作品以及对不

同造型的揣摩——恐龙身上具有层次感的铠甲，鹿头上树枝般的鹿角，肉食动物锋利的锥形利齿……脑海中对不同模型的拼凑与组合使我对这张平凡无奇的纸有了更强的驾驭力。

在云南的哈尼族乡村课堂里，我给弟弟妹妹们上了一堂折纸课。我当场折了蹦跳的青蛙、翱翔在空中的纸飞机、棱角分明的狐狸头以及层层花瓣簇拥而成的玫瑰等作品，看着他们一个个瞪大着双眼，惊喜的表情，我开心极了。

最受大家欢迎的是"纸陀螺"，当它转起来的时候，弟弟妹妹们围着陀螺拍手数数，当数到20的时候陀螺倒下了。看着他们意犹未尽的眼神，我当场对陀螺进行了改造。我想起了在物理杂志上看到的知识：陀螺旋转时长依靠的是旋转惯量。所以我把陀螺的转轴增长，把原来陀螺上控住旋转的圆盘改成了伞状薄片。改造后的纸陀螺提升了稳定性，摇摆的幅度减小，时间会不会更持久呢？在大家期待的眼神中，我把陀螺杆置于两掌中，使劲一搓，陀螺便转动起来。弟弟妹妹们兴奋地跳起来围着陀螺拍手数数。20秒，陀螺稳健如初；30秒，陀螺开始摇头摆尾；37秒，陀螺停止转动。在惊呼声中，我刷新了自己的纸陀螺记录。

我的拿手好戏带给我自豪，也让我明白了一个人的拿手好戏不仅依靠兴趣，更要学习与思考。一技之长来自不断地努力与创新。

点评：

一个人的拿手好戏不仅在于模仿，更在于创新。本文以"折纸"为写作对象，展现了小作者在这条爱好之路上从参观展览到模仿范例再到独立创新的成长过程，也体现了对拿手好戏层层深入的理解。文章语言生动有趣，既有例如"张牙舞爪的魔兽，活灵活现的黄鼠狼，惟妙惟肖的凤凰"的排比描写，又夹杂着对一些科学知识的阐释。而对科学和艺术的追求以及来自他人的支持和鼓励让小作者得以在拿手好戏之路上不断前进，让一技之长真正成为拿手好戏。

（指导老师：汤琳）

兴趣之舟

动手的快乐

25届7班 赵梓淇

第一次做竹节人啰！桌上，锯子、剪刀、钉子、螺丝刀、空笔管、粗线一字排开；桌旁，我满心憧憬，跃跃欲试，外婆和爸爸则一脸乐呵呵，围观指导。

按照爸爸的指导，我左手按着笔管，右手握着锯子，快速拉锯着，虽然不是像木匠那样豪气地踩着木料、拉着大锯，可这是我第一次用锯子啊，心里美得直冒泡。"可以了，掰开。"爸爸空手比画着。我不舍地放下锯子，两手用力一掰，"啪"的一声闷响，竹节人的一截塑料"身体"完成啦！我乐此不疲地又锯了八截，作为竹节人的四肢。外婆和爸爸眼巴巴地看着，愣是没等到替补动手的机会，我心里那个得意啊！

我一边对工具妙用赞不绝口，一边用螺丝刀拧着钉子给竹节人身体钻洞，用两根粗线串起竹节人的四肢，固定手持棍棒。竹节人完工！"舞台"缝呢？"来，两张凳子对拼！"聪明的爸爸一声令下，我们迅速从桌子转战到地板，在凳子下面拉扯起竹节人。

哎哟，竹节人仿佛不堪重负，艰难地站起来，又沉重地弯下腰。哦，是长长的棍棒太重了！那就改为左右手各持一把小锤——两小段吸管，竹节人马上昂首挺胸。咦？竹节人步履蹒跚，脚总是卡在"舞台"的缝里。有了！我找来光滑的卡片，剪两只"大方脚"装上，竹节人立刻矫健了起来！嗯？竹节人动作卡顿、不灵活，我们讨论发现，四肢的塑料管边缘锯得太毛糙，动起来阻力太大。怎么打磨呢？"给，锉刀。"外婆及时找出私藏的宝贝……

我们一边被竹节人最初的笨拙、憨态可掬逗得直乐，一边集思广益，不断改进工艺。真不可思议，我的竹节人劈叉、下腰，左挪右闪，两只大锤舞得虎虎生威！我按捺不住激动和自豪，真想马上找同学一决高下！

"我来两下，小时候没玩过。"爸爸抢过竹节人，外婆马上笑着举手："我排第三个！"地板上，爸爸"嘿嘿哈"地念念有词，外婆和我则笑成一团……

动手真快乐——不仅是巧用工具、巧手制作的新鲜之乐，更是发现问题、改进解决的成就之乐，还是一家人童心未泯、其乐融融的幸福之乐！

点评：

小作者用富有感染力的语言记叙了"我"和家人共同制作、玩竹节人的过程。全文以"快乐"为核心，展现了小小的竹节人中蕴藏着大大的快乐，这快乐是巧

用工具、巧手制作的新鲜之乐，是发现问题、改进解决的成就之乐，还是一家人童心未泯、其乐融融的幸福之乐，"快乐"的层次分明、内涵丰富、相互交织。本文对心理的刻画非常细腻，口语词的使用让文章亲切自然更有代入感。在描写竹节人时小作者大量使用拟人手法，使得竹节人不仅是一个玩具，更像是一个玩伴，这样写更为文章增添了童真童趣。

（指导老师：周颖）

触摸城市

触摸城市

窗外的上海

21届3班 狄子婍

爬山虎一点一点攀上米白色的墙面，轻嗅阳光滴落指尖的味道，向窗外看。看门前这条叫作安福路的小小的柏油马路，看路上高大挺立的老梧桐树。

从很小的时候起，我们一家中"老上海"加上我一个"新上海"便住在安福路上。每天待爸爸妈妈上了班，外婆就拉着我的小手去弄堂口的小布料店找阿婆们"噶讪胡"。无聊了便撑着脑袋倚着窗户往外张望，路上却总有出乎意料的小惊喜。

早春，听屋里隐隐约约响起腌笃鲜在用糯米汁浆过的砂锅里咕嘟咕嘟地冒泡的声音，和外婆踩缝纫机踏板的咔塔汇聚在一起的声音。窗外暮色旖旎，薄薄的微风一直吹至街灯亮起，随即消逝不见，只留下法租界老梧桐树上没完没了的蝉鸣和停不下的缝纫机声。小路上安安静静，只有一声声吴侬软语的叫卖声，"栀子花，白兰花，三块洋钿一束嗫……"

张阿婆是弄堂里一位种花卖花的老阿姨，住在弄堂的尽头有着一个不大不小的花园。每每夏日，一枝枝、一簇簇，栀子花和白兰花沁人心脾的花香便飘满了整条弄堂。她常坐在弄堂口卖花，正对着家门口二楼，从窗户向外望去便能瞧见。

星辰还未散尽，夏天的太阳像是个慢性子的画家，一笔一笔把天空染成天蓝到蔚蓝。她总是很早很早地开始工作：浇水、剪杂叶、摘花、入篮，累得年过七旬的她直不起腰，还是倔强地一手拄着拐杖干活。她笑着和窗外探出小脑袋的我打招呼，手上也不停下。右手握着钢丝钳，左手捧着两束小小的、纯纯的栀子花，一转一拧一截，一扭一勾一摁，栀子花便别在了小小的胸口前。素素淡淡、清清雅雅，小小的花瓣小心翼翼地绽放，像一朵朵浪花，盛开在我心尖上——像星星，一眨一眨。"星子在无意中闪，细雨点洒在花前。"

叫卖声久久不停下。花香飘啊飘，飘进了家。外婆闻到花香，笑得开心。

转眼，时光一点点逝去，岁月在小布料铺子的一砖一瓦上留下了青苔。张阿婆院子里的花开了又谢，谢了又开。这条路上除了历史留下的老洋房还多了许多翻修的新楼，除了栀子花香还多了咖啡豆的烘焙暖味，连小布料铺子也换了主人，话剧中心也翻新了……悄然间，除了她属于老上海的气质，她的生命力也一点一点被点燃。

国庆长假再次回到安福路的小家。向马路对面的话剧中心张望，门口正贴着一张印着《追梦云天》新话剧的海报，老老少少、男男女女的话剧爱好者正拿着

票在入口处排队。络绎不绝的人群里，偶尔也有几位金发碧眼的外国游客，赞叹着、说笑着进了会场。也许就像这样吧，中国话剧在上海的安福路上的探出一个小小的脑袋，开始在那里绽放着中国话剧文化滚烫的光芒，吸引着游人驻足而观。他们在这里，欣赏中国话剧，欣赏柏油马路和老梧桐树，欣赏上海的弄堂。而我，则欣赏安福路的过去与现在，欣赏中国七十年的变化与征程。

小小的马路呀，敲落了老上海的矜持。脚步轻轻呀，阵阵花香追着脚后跟。推开玻璃窗呢，还有上海小囡的童年啊！

点评：

安福路老上海的味道总是给人那么多的惊喜和眷恋，和着弄堂里独有的声音勾起了上海小囡童年的甜蜜回忆。是早春时节腌笃鲜冒泡的声音，是外婆缝纫机踏板踩踏的声音，是法租界老梧桐上没完没了的蝉鸣，是栀子花，白兰花声声的叫卖声……安福路新上海的味道是时尚的，人头攒动的话剧中心是朝圣者的艺术殿堂，是中国话剧容光焕发的新起点，这里的过去、现在和将来，都见证着中国的蜕变和征程。文章的切入口很特别，挖掘很深入，有独特的视角和体验。本文荣获第九届"韬奋杯"全国中小学生创意作文大赛一等奖。

（指导老师：唐轶）

我的小世界

21届3班 赵思涵

温婉的南翔小镇一角伫立着一方素雅的古园——古漪园。那儿的一草一木都留有属于我的回忆，是见证我成长的小世界。

儿时，家对面的古漪园是我可以待上一天的地方，那儿有着诉说不尽的美。十亩之园，遍植绿竹。初春时节亭角上清脆的鸟鸣，仲夏时池中荷花碧叶相映成画，金秋时分九曲桥边红火的枫叶，又或是初雪后银装素裹的长廊。我深爱着这方小天地，因为她那四季变换而始终古朴不张扬的美，总能治愈我的心灵，给我以美的享受。

假期时，我常在古漪园做志愿者维护环境。穿上绿马甲，走在无比熟悉的石桥上，弯腰拾起角角落落的枯叶。盛夏的阳光总是火辣辣的，照得我直沁汗珠，也照得桥下的池水波光粼粼、富有生气，这就足以让我忘却腰酸背痛，深陷于身旁世界的美景之中了。傍晚，吹着微烫的夏风，看着被我一个一个足迹踏过后更干净清爽的古漪园，心中不禁升起成就感和满足感。"我的小世界呀，你好像更美了。"我在心里嘀咕。这时路旁沙沙作响的老树仿佛也在弯着腰笑着给我回应似的。我用心爱着我的小世界，在心中赋予她更富人情味的美。

初夏，我还常会捧着诗集到小山丘上的凉亭读诗。身旁是浓密的绿竹，对面深灰的墙壁上刻着几副楹联，有着说不清却令人陶醉的韵味。这时身体与内心便一同忘却身旁的燥热而沉静了。翻开诗集，从"小荷才露尖尖角，早有蜻蜓立上头"便联想到池塘中含苞待放的荷花，再读到"树树皆秋色，山山唯落晖"的静谧和谐。又或同"壮志饥餐胡虏肉，笑谈渴饮匈奴血"的岳飞一起热血沸腾；因"思悠悠，恨悠悠，恨到归时方始休"而牵肠挂肚；再因"一蓑烟雨任平生"豁达平静……身处古漪园的小世界，我也穿梭千年陷于这古诗词的世界中去了。印象里，夏天、诗词和古漪园总是莫名地绝配，她成为我对诗词热爱的载体，引领着我去探寻古典诗词的美。

古漪园，我的小世界，她赋予我对美的感受，令我品尝付出的欣喜，亦带领我萌发对诗词的热爱。她用无言的温柔陪伴着我慢慢长大，是我枕边的梦，是令我难以忘怀的美好天地。

点评：

作者把自己的视角定位于南翔古镇旁的古漪园，那是伴随着作者一路成长的小世界，赋予作者对生活对美的感受，让作者体会到付出的欣喜，萌发作者对诗词的热爱。文章以时间为序，从不同的角度来叙述小世界对于"我"的美好，对"小世界"的景色描摹很细腻、动人，早春的鸟鸣、仲夏的艳荷、金秋的红枫、初雪的长廊，一年四季变换之美。"我"在养绿护绿的行动中，感受人情之美和爱的涌动；"我"在古园中寻觅楹联之美，穿梭千年古诗词的世界，在不露声色间，升华了文章的主旨，令人回味。

（指导老师：唐轶）

水乡滋味

21届7班 覃泽亚

  故乡苏州留给我的记忆是深刻的,带来的甜是无法磨灭的。对于苏州的感情,像是烙在了骨子里,苏州就是我的童年。

  水,是苏州留给我最深的印象。四处可见的河水旁,伫立着一间一间青瓦白砖的房屋,一座座石桥连接着两岸的人家,俨然就是历史水墨画中的场景。家家户户打开水龙头,从水管中潺潺涌出的便是近在咫尺的河水。捧一些在手中,感觉竟是比自来水要清澈。苏州的水是纯净的甘露,似是融进了自然界所有的芬芳,可以无所顾虑地仰头喝下,留在口中的仅是一抹清凉,一丝清甜。次次喝下后我还会学着广告,摇头晃脑地来一句:"苏州河水,有点甜。"

  我曾不止一次地问过外公,苏州的水为什么是甜的,他却从未正面给出过答案,只说雨是苏州的脉搏,而水是苏州的灵魂。我从那时起开始有意地观察再寻常不过的雨水。一到雨天,小小的我蹲在门内,望着一门之隔的另一个世界。俯视雨滴砸在青石板上后缓缓消失于泥土,仰望雨时黯然却不浑浊抑或是雨后明亮到刺眼的天空,这样的景象常常有,一切都是清澈明朗的模样。仔细观察后才明白,水甜原来是当时洁净环境的造就,又或许只是因为我畅快饮下的毫无拘束,对故乡水的信任与依恋罢了。

  雨天,更是与伙伴们玩耍的好机会。不论是待在院子里踩水洼,还是跑到石桥上玩丢树枝的游戏,甚至只是围坐岸边看雨打在水面上的圆晕,都在雨的加持下别有一番情趣。雨大时总避免不了被外公叫回屋子,虽不情愿但只得乖乖听话。他对雨的喜爱也是难以名状的,一大一小坐在屋檐下,聆听雨落在大地上的声音。听着雨水打在屋顶瓦片上叮咚作响的声音,想着"白雨跳珠乱入船""大珠小珠落玉盘"的美妙。外公便在此时给我讲起自己以往的故事。他说自己以前没来到苏州时,就是靠农田养活一家的。那时候大家盼雨又怕雨,怕干旱又怕水涝。现在对雨,就只剩下了喜爱。言语中似乎还流露出对过去的一丝牵挂与豁达。我常想,是过往一辈辈的奋斗,才让我们无忧无虑,成就了年轻一代的诗意,成就了如今生活的甜。

  雨停,外公就带着我去坐乌篷船了。乘着乌篷船随着水波漂荡,留下一道缓缓的水痕,扑面而来的空气中混杂着一股泥土的清香。小船一晃一晃地穿过桥洞,驶过青苔痕。外公与撑船的人自来熟,他们大多不是本地人,只是农事不忙时出来打工的年轻人。我坐在船上,一边欣赏两岸景色,一边听着外公和人家关于庄稼收成的寒暄关心,安慰着人家一切都会好起来的。我惊叹于外公时隔多年牵挂着土地的心意和随和乐观的心境,他老人家听了也只是笑笑,说我以后会懂的。现在想来,外公这样面对生活的态度,才是一天天平平无奇的生活之中,最大的甜。

故乡苏州带给我的甜,不只是水的清甜,还是一代代奋斗出的苦尽甘来,更是面对生活时随和心境带来的愉悦。每一件细小的往事,每一点细小的道理,都是记忆深处发着光的宝藏。

这一种甜,久久回味。

点评:

水乡之美,美在诗人的笔下;水乡之柔,融于文人的心头。江南的诗意带着一丝甘甜进入小作者的心间,也在小作者心中留下了最深的江南印象。所以本文的精妙也由此展开:由故乡苏州的水之甜写起,探寻背后的地理原因和情感原因,进而联想到过往一辈辈的奋斗成就了甘甜的诗意,思路清晰,由物及人,以情动人。将这份乡情写得既有独到的特点,又有独到的角度,选材眼光值得称赞!

(指导老师:田艳妮)

弄堂的夏天

21届8班 徐心妍

近来,回到熟悉的静安,走在安福路上,在树影斑驳的恍惚间忘却自我,难辨今昔,清醒过后总有一阵感伤与怀念爬上心头。仍想念清新的夏日,可口的西瓜,静谧的夜空,无忧的童年。

记忆中的弄堂,狭窄而悠长。住过砖木结构的石库门里弄,走进其中,最先映入眼帘的是砖雕青瓦顶的门楣。穿梭于蜿蜒曲折的深巷中,栋栋楼阁层叠,一道道横纹划过斑驳墙面,灰墙黛瓦上陈旧的门牌,电线纵横交错。这些独特的景致镌刻心中,勾出弄堂夏日温馨热闹的生活,充满着我童年时光的美好回忆。

夏日,天气酷暑难当,街道的石板路蒸腾着热气。清晨,我便迫不及待地起身,投身于与小伙伴的玩耍中了。难以忘却弄堂口炒爆米花的陈伯伯,一手推鼓风机,一手摇黑乎乎的大钢罐时,诚然嘴馋的我却与小伙伴在"嘎吱嘎吱"声中捂紧了双耳,心急如焚下听到"砰"的一声巨响,这才簇拥上接爆米花。与伙伴共处的时光是会心一笑执行秘密计划的默契,是横冲直撞、你追我赶甚至弄翻晾

衣架的顽皮，是跳房子、玩弹珠、跳皮筋做游戏的享受……正当汗流浃背之时，耳边传来"棒冰呃，棒冰吃伐棒冰"的吆喝声，抵不住诱惑的我径直奔去了。掀开棉被，便见白雾消散，一阵凉气扑面。盐水棒冰、赤豆棒冰、绿豆棒冰……我小心地揭开棒冰纸，吮着棒冰，回味流浸唇齿的冰凉清爽。淡淡清甜沁入心田，顿时，夏季的炎热与烦恼全部褪去，心中回荡一曲动听的童谣。

午后，阳光穿过摇曳的树枝，狭小的弄堂是绝不会单调的。趴在露台上，我不免发着呆，却也留意嬉闹时觉察不到的细节。栀子花的清香随风飘来，我看见对过的爷爷正侍弄花草。那满墙的粉与玫的盛宴，夹杂着甜香，那凌霄花的藤蔓，开出形似喇叭的橙色花朵，迎接盛夏的光临。他边为盆栽浇水，边哼着小调，花花草草将并不大的空间映衬点缀得格外好看，好一幅岁月静好的模样。这时，邻居家传来有线广播的声音，是评弹丝弦的叮叮咚咚，是城里城外的大小新闻，是历史评话的金戈铁马。吴奶奶正唱着评弹，口中吴侬软语，声音清丽委婉。我尚欣赏不来，只觉得好奇有趣，便也模仿吴奶奶的神情，"咿咿呀呀"地学唱起来，那韵味悠长，似唱不完弄堂的故事，道不尽上海人的生活情调。

夜晚，饭后，天色渐渐暗了下来，夜空中镶嵌着繁星点点，静谧的夏夜倒也不乏动听的蝉鸣。穿过宅院的大门，沿着幽深的备弄，阵阵穿堂风吹过。我听见竹榻、竹椅子拖动的声音，碗盏相互碰撞的声音，蒲扇拍打蚊子的声音。邻里间早已聚集一起，看报下棋、啃西瓜、嗑瓜子，"嘎三胡"。光着膀子的大爷是常有的，斜靠在竹椅上，手摇蒲扇驱热，别有一番惬意。外婆送来葡萄干，我嘴上道着谢，实则早已拆开包装，与伙伴津津有味地分享起来，外婆慈祥地笑了。与长辈们童言无忌地调侃几句外，我最爱于夜深之时，慵懒地躺在竹榻上，观赏幽蓝、深邃、神秘的星空。时间漫长极了，似乎永远都不会过去。我静静望着闪烁的繁星，观察夜空细致的变化，听着外婆口中"牛郎织女"的故事，想象力天马行空起来。四周融洽的邻里关系，质朴热情的民风，享受心旷神怡的时光，触摸这份幸福，温暖淌进心灵的最深处。

我爱弄堂的夏天，那段风轻云淡的日子，无忧无虑的时光……

如今，偶尔路过曾经的安福路，拐角处的老树还是撑起大片阴凉，墙角的夜来香蓬勃地开着，还是那么好。弄堂里的旧时光再一次浮现于我眼前，我的心中是依恋和感伤。难忘我的童年生活，难忘那份人情味，难忘弄堂的烟火气。弄堂，滋养了我的灵魂，给予我的深深眷恋难以割舍，是我心灵永远的归属。只愿能少拆除些弄堂，因为，故乡情结仍在，回忆仍在。

仍然想念，我的童年，我的夏天，我的弄堂。

点评：

可以说，没有弄堂就没有上海，更没有上海人。弄堂构成了千万普通上海人最常见的生活空间，是地方文化的最重要的组成部分。上海的弄堂有着深厚的人文底蕴和地域风情，在霓虹灯外的上海是柴米油盐姜醋茶的弄堂，虽然只是一个住宅，但是在弄堂里上演的故事却比其他地方更为精彩。里弄文化形式简单，贴近生活，人人都可以参与，这种流淌在老式里弄人心中的满足感、亲切感，也是弄堂生活的魅力所在。巷弄深深深几许，作者将这份上海人的生活情调根植于心，扭为心底最深的故乡情结。

（指导老师：戴卉）

常常想起那个地方

22届2班 孟佃

搬家时无意翻出一沓画集，画刷细密的笔触在纸上印下如丝如缕的痕迹。画面中梧桐树叶的缝隙间映出一轮落日，缱绻的朱红色彩留下无尽回味，让我不禁又一次忆起那个地方，那条名为武康路的街道。

秋天，是我去武康路最频繁的季节。与其说我喜欢武康路的秋天，不如说我喜欢那里的落叶梧桐。深秋的风穿过了道旁的树，也吹响了梧桐叶飘落的号角。叶片轻轻搭在枝头，被风拂过，就如断线的风筝一般，在空中轻歌曼舞，最终缓缓落地。我拾起近处的一片树叶，叶片的边缘已经泛起了焦茶色，蕴藏着秋季限定的暖调温柔。抬眸，眼底一片金黄，数不胜数的落叶铺满马路，织成一张盛大的自然锦图。我踩着枯黄的落叶在武康路上小跑，脚下"哗啦哗啦"的声响，亦成为落日闲暇时的最好奏鸣。观一叶梧桐，我便能在脑中回想起武康路上的一片璀璨秋色。

除了浪漫的法国梧桐，那里吸引我的，同样还有各式各样风格迥异的建筑。初来乍到这条马路，我兜兜转转，怎么也看不够那儿精心设计的小公寓和花园洋房。这些经过历史沉淀与岁月洗礼的楼宇，无时无刻不触发着我对它们的兴趣。在《建筑可阅读》一书中，我逐渐了解了武康路上的历史风华。武康路是上海的历史文化名街，自20世纪二十年代起，便有众多叱咤上海的达官贵人、名流学者在此居住，他们身上发生的故事，几乎演绎了中国近代所有风云变幻的历史。

远处的113号，正是巴金晚年的住所。褐色鹅卵石包裹着洋楼的外墙，在绿树掩映下显出一派静谧的古典韵味。也正是在此处，年过八旬的巴金呕心沥血，写下了对现代文坛影响巨大的《随想录》。这本书凝聚着巴金的人生经验和思想洞见，见证了中国近现代的沧桑巨变，无疑为武康路添上了浓墨重彩的一笔。它与这条路幽雅恬静的气息交融，形成了独特的人文气质，彰显了上海兼容开放的文化风格。读一座建筑，我便能联想到武康路上的文化激荡、岁月峥嵘。

出于对这条路的喜爱，我便想将它的美好分享给我的家人。姐姐和我都喜欢画画，我就在闲暇时背着画板，牵着姐姐的手，来到武康路上写生。和煦的春日，我们在街道上边走边看，寻觅一个合适的角度来记录光影变幻下的人文图景。我和姐姐坐在街头，画210号洋房一角的"罗密欧阳台"，它的造型似《罗密欧与朱丽叶》中朱丽叶家的阳台，这里因此得名。我用铅笔画线描，姐姐用油墨画色彩。动态的巴洛克线条，被铅笔转化为笔笔黑白的街角回忆；又在油墨中，幻化为四时不同的曼妙景象。小巧的阳台，与一支银杏搭配，无论何时都是活泼灵动的。画了一会儿，姐姐突然起身步入一家小店，再回来时手中多出了一杯咖啡。我笑着扑上去，抢过咖啡小饮一口，咽入喉中，微苦，但回味是无穷无尽的甜，一如武康路这条街的气质，一如我和姐姐情同手足的恬淡情谊。拥有一段温热鲜活的美好时光，我便无论何时都能想起武康路上承载着的姐妹回忆。

如今学业愈发繁忙，我也有好些时日没再去武康路了。但在这条永不拓宽的马路上，赏一条灿烂的梧桐街道，读一栋建筑的前世今生，道一段美好的春日时光，便能将所有的故事，都编织成我在武康路上留下的无限回忆，令我不由自主，常常想起那个地方。

点评：

一条路铭刻着一段记忆。本文叙写了"我"在那条名为武康路的街道上，赏一条灿烂的梧桐街道，读一栋建筑的前世今生，道一段美好的春日时光，将所有的故事，都编织成武康路上的无限回忆。文章构思巧妙，善于选点展开，行文酣畅淋漓，耐人寻味。全文叙述生动，细节描写颇具匠心，生活气息浓厚，遣词造句准确传神，体现了作者较高的语言驾驭能力。结尾恰到好处地点明中心，集中表达情感，既照应开头又总结全文，首尾连贯，一气呵成。总而言之，本文是一篇让人印象深刻的佳作！

（指导老师：陈玉燕）

触摸城市

万载的冬

23届7班 简凌萱

万载，江西的一个小县城，是我的故乡。

说来也算惭愧，万载的冬天并非与其它三个季节相比多有魅力，而是我仅见过这里的冬，但认为这算是值得记下的。

对万载的记忆总是与春节相连甚密。万载的冬天不冷。我从未见过故乡盖过哪怕薄薄的一床白雪。从爷爷奶奶旧屋的阁楼上向下俯瞰，几年前见到的是古老的粉墙黛瓦，冬天，巷子里总是人头攒动。有一阵子房子成了砖落；现在砖落成了新房，但冬天总也是逃不过人多的感叹。

万载的人继万载的建筑后竟也成了一道景——一段与冬日故乡割舍不开的记忆。

人们在冬天赶集市。几乎天天都是大晴天的，偶尔飘几点雨也像是开玩笑。加上春节，一条街的摊贩们挤在一起，俨然是一条长龙穿梭于闹市中。他们逮着时机就扯着嗓子、操着方言吆喝着，那声音热闹且有生气。人们盼着节日，盼着新年，盼着未来。虽没见过其它时候的万载，但我猜我定是赶上了人最多的时候——春天天气阴晴不定，夏天又热浪扑面，至于秋天，那更是不用想的了，全赶着收庄稼，哪有时间赶集？人流间的推搡似乎也显得不可或缺。我通常不甚反感，反倒是怀着"这就是万载"的心态坦然地接受了。或许这就是爱屋及乌的道理吧！

既是讲冬，必提得冬景。无奈的是家乡并没有迷人的雪景，也没有可爱的披雪的山脉。想想万载的冬天与人脱不了干系，也就只好作罢，继续讲那些乌黑的密密麻麻的芝麻点儿似的人。又有哪座城是真正脱离世俗、与人毫不相干的呢？

在春节当晚，万载的一个大广场会亮起大红大紫又"俗气"的彩灯，热烈的色彩穿透冬日的空气把喜庆送到家家户户。不错的，广场上总有人怀着一腔热情褪下碍事的棉衣，和着"好运来"的音乐扭动起来。烟花被禁止燃放了，但阻止不了万载人对于春节、对于生活的期盼与热情！他们用自己的方式庆祝，并不理会他人的目光。单这一点就足以令大城市来的外乡人咂舌称道了。

万载冬日的人确实是这个小县城里的亮点。冬天不再耷拉着头，变得充实、自信。万载的冬，虽然有浓重的市井气，但不妨碍它的可爱与丰满。

点评：

万载是江西省一座寻常的小县城，但是在小作者笔下，这座小城却展现出了一种不同寻常的魅力。一说到表现季节特点，我们首先想到的是抓住自然景物的特点来表现季节——就像朱自清笔下的《春》、老舍笔下的《济南的冬天》那样——这似乎是理所当然的写作思路。但是在这篇文章中，小作者另辟蹊径，关注到的是季节中的人的活动，将万载的冬天写得充满了烟火气。取材角度的独特性是本文的一大特色，这离不开平日里细心的观察和积累。

另外，小作者的语言也很独特，用词不求精雕细琢，带给人亲切、自然之感，这一点倒是和老舍的语言风格有几分相似。

（指导老师：陈琦）

永存心中的翡翠门牌

24届7班 张仕霖

那天晚上，很好的月光。

我坐在车里，透过那扇被扬尘蒙灰的车窗，看着挖掘机像钢铁巨兽般吞噬着老街，想起了那块闪着光的翡翠门牌，而它也将永存我心中。

那条老街叫梦花街，说来也与我有些缘分，我外公和妈妈都出生在那里。外公说，他小时候是这条街最光彩的时候，也是邻里味道最浓的时候。外公说他小时候在家里待不住，常常一吃完饭就往门外跑。跑到街上，就开始吆喝同伴的名字。那街很窄，所以听到下面的人的叫喊是很容易的。被叫到的人从来都没推辞过，一转眼就跑下去了。然而，到楼下去绝不能空着手，都要拿上自己的装备，那个时候，几乎每个孩子都有一个放"装备"的木盒子，盒子里的乾坤恐怕只有自己知道。弹珠、橄榄核、香烟牌子应有尽有。带什么装备都得听楼下吆喝的同伴了。

一到楼下就是孩子们的天地了。几个穿背心裤衩的兄弟一见面就忘了时间，常常要捱到天色渐晚才回去。

老街每家每户的门牌是在外公小时候安上去的，那个时候，全街的小孩都来围观师傅装门牌。一块小绿牌，四个角上各钉一个钉子，一块门牌就完工了。傍晚，夕阳斜照进狭小的老街里，照在一块块门牌上，反射出来的光直刺眼，看上去亮闪闪的，所以孩子们就说这是翡翠门牌。也是从那时起，门牌就被他们称为是每家每户的"一方神圣之地",每天都要拿块布到楼下来擦干净。

一晃过了三十年,老街上的孩子们都换了一批了,那是我妈妈读书的时候。渐渐地,大家对门牌都习以为常了,只是每天回家的向标罢了。然而,外公和他儿时的邻居们还是每天会带着一块布下楼,把门牌擦拭一遍。

妈妈小时候的梦花街,是在馄饨的香气和自行车的铃铛声中悄悄改变着的。

在我小时候,外公外婆常带我去梦花街。我走在街道上,两旁的墙面上是脱落的墙皮,头顶上是杂乱无章的电线,每走一步路都要看清脚下,防止踩到那些溢满泥水的淤泥坑。

每次去老街,外公都会踱步到老家门口,用一块布擦拭着门口的门牌。我走到门口,看到的只是一块普通的可能有些破旧的门牌,与我脑海中那块像翡翠一样的门牌大相径庭。让我意外的是,那块门牌上竟然没有一点污渍,我不禁询问外公,他说:"我每次来这里都会擦一遍门牌,从小到大,都是这样。"当我问他原因时,他平淡地说:"每个人都有永存心中的东西,大家视若珍宝,而这块门牌就是永存在我心中的东西。"我抬头看向外公,那被皱纹和眼袋包裹着的目光异常坚定。

去年上海疫情暴发,梦花街也惨遭病毒"洗劫",整条街百分之九十以上的住户都感染了。我在家里看着这触目惊心的数字,突然有些担心那条老街,那块门牌,我担心着门牌那圣洁的肌肤会不会被病毒污染,无意中发现,这是我第一次对一样东西如此在乎。

寒假里,我和外公再一次来到了梦花街,而梦花街也面临着拆迁。我们走在街上,楼前的护栏让整条街更加狭窄,然而我身在其中却有一种安全感。我们再次来到了那块门牌前,停下了脚步。外公拿起布,用颤抖的手擦着门牌。他明白,我也明白,这是门牌最后一次得到爱抚,那一次,门牌闪着光,像翡翠一样。

那天晚上,很好的月光。

我现在也不知道那块门牌是否幸存在废墟中,还是被撕裂了。但那闪着光亮的样子将永远留存在我心中。那是一个时代的结束,也是一个时代的开始。

梦里,那块翡翠门牌浮现在我眼前,耳边传来细语:

"我在,我一直都在。"

点评:

永存心中的,可以是人、是物、是回忆。本文以一块绿色的门牌为写作对象,把"门牌"想象成"翡翠",象征着永恒和珍贵,与标题"永存心中"有所呼应。

文章以时间作为主线，串联起三代人与这块门牌的故事。跟随小作者的文字，我们穿越时空，看到了几十年前上海老街上孩子们嬉戏玩耍的景象，生动有趣。文章中有几处环境描写，比如"两旁的墙面上是脱落的墙皮，头顶上是杂乱无章的电线"，这让全文更有画面感。那块门牌能如此让小作者惦念，正是因为它承载了三代人的回忆，让读者从中感受到了时代的变迁与发展。

（指导老师：汤琳）

上海之美

25届1班　赖雯乐

说起上海，你最先会想到的是什么？

黄浦江上来来往往的游轮，陆家嘴鳞次栉比的高楼，人民公园熙攘热闹的相亲角，旧弄堂中青瓦白墙的石库门——这是天南地北的旅人对上海的最初印象。

热闹的麻将桌，壶嘴中溢出的一缕茶香，树上摇摇晃晃的鸟笼，百乐门随音乐起舞的一曲恰恰——是老一辈上海人的闲适情怀。

又或者，旗袍袅娜，发髻轻挽的名伶，西装革履的风云人物——是这座城市永不消散的传奇色彩。

夜幕降临，华灯初上，黄浦江两岸外滩万国建筑与隔岸相望的东方明珠尽收眼底，美随着亮起的灯光慢慢浮现……

上海的路名，总给天南地北的旅人一种家乡近在咫尺的亲切感，外滩附近的道路，东西向道路取城市名，南北向道路取各省名，于是有了福州路、汉口路、南京路、江西路、陕西路等。几度风云变幻，几代记忆交替，或许有的地理面貌已渐消失，有些名人故事已散落沧海，路名却还在，默默记录着这座城市的历史。最重要的是，这些路名的背后，是上海的前世今生，是这颗东方明珠现代化历程的缩影，承载着上海海纳百川、有容乃大的美好。

上海的美食也别具一格，蟹黄包、小笼包、葱油拌面、排骨年糕，都是舌尖上的美味。但最好吃的食物，不是舌尖上的，而是心尖上的。旅人来上海，想去城隍庙吃特色小笼包，而上海人离家，吃小笼包便是舌尖熟悉的家乡味道。上海的本帮菜，从来不入系也不上桌面，大多是浓油赤酱的下饭，因此从口味上看，上海人骨子里也有粗放的一面、踏实而诚恳，这也许才是上海精神的底色。

在我眼里，现在的上海处于最美最好的时刻，她集历史与发展于一身，深厚的文化底蕴与现代的科学技术和谐共处、完美融合。高楼大厦边，灯火通明处，转个弯就是人们聊着家常的上海老弄堂；石瓦砖墙边，欢声笑语处，抬头仰望便是人们忙碌工作着的耸立高楼。它们相互嵌套，好像有边界，但又似完全融合在一块儿。生活在耸立高楼中的人，感觉一直都在忙碌；生活在老弄堂中的人，感觉悠闲又自在。那些忙碌的人们，东奔西走、步履匆匆中，却不忘享受生活，又似有着自洽的悠闲与自在；而悠闲自在的人们，看似每天坐在竹椅上天南地北地闲谈，舒适惬意，背后却有着不为外人知的忙碌。这两种人似乎有着截然不同的生活方式，但他们却你中有我，我中有你，都有彼此的影子，都在生活的路上快乐前行。

我想，优雅又不失古典，古老又不失时尚，忙碌又不失怡然，可能就是上海独特的美。

点评：

从纵横交织的地方路名里看出上海的海纳百川，从别具一格的本帮小吃中品出上海的纯朴美好，以小见大，体现小作者独到且细致的观察。上海之美，也许在一千个人心中有一千种呈现方式，而小作者笔下的上海之美，不仅有华灯初上的璀璨夺目，也有市井里弄的烟火气息，每一个看似独立的侧面，又融合成一个独特的整体。在这座城市中的人们，似乎也和城市的特质相符，在矛盾中达成统一，既有在忙碌奋斗中的步履匆匆，也有在悠闲享受时的自得其乐。这番对人与城市关系的思考挖掘出了上海之美更深层次的内涵。

（指导老师：朱依婷）

土气的地方

25届5班 杜思涵

在那么大的上海，我最爱在闲暇时待的地方却不是繁华的百货公司或是市区的高楼大厦，而是离家不远的菜市场。站在一个没有人注意的角落里，看那些形形色色的人，迈着急匆匆的步伐从我眼前经过，变远，然后消失，或在摊位前停下打听价钱、杀价。

上海的菜市场从早上——准确来说，是凌晨——就已经苏醒了，各个摊位的摊主很早就会来到这里，把进的货一筐一筐全部运到自己的摊位上来，然后整理，捆扎，再喷一些清水在上面……一番操作下来，就已经到了六点左右，住在弄堂里的退休老太们就会陆续去各自中意的摊位挑菜、买菜。

到了七点左右，菜市场变得更加热闹，人群熙熙攘攘，夹杂着各种地方的口音，但说的话全是杀价的内容，还有天花板上吊式电风扇运动的"嗡嗡"声，以及水箱里换水的"哗啦"声，鸡群中偶尔发出的啼鸣声不绝于耳。乍一看，不同大小、不同形状的各种蔬菜五光十色，让人有点儿头晕目眩、眼花缭乱；可是再仔细一看，这些蔬菜又都各自在篮子里躺得整整齐齐、规规矩矩，等待买主把自己挑回家去。走近了，便闻到一股摊子上散发出的泥土味儿，夹杂着蔬果的香味，让人对摊子上的东西产生一种熟悉的感觉。因为是老主顾，大家互相认识，遇见了，就轻轻点下头，或笑一笑，没有什么华丽的辞藻，却能让人倍感亲切。整个菜市场，挨挨紧紧，却像一个大家庭。

放眼望去，整个菜市场就像是一场电影、像幻象一般展现在眼前，繁华得令人觉得不可思议。

我发现，菜市场其实是个有很大魅力的地方，城市里每一个人，和菜市场都有着密不可分的关系。不论是谁，吃的东西都是从菜市场买来的原材料做的，总的来说，菜市场和每个人的生活都发生着交织。菜市场是一座城市最土气的地方。《说文解字》中有提到："土，地之吐生万物者也。"土是孕育大地上一切事物的根本，不论是美是丑，都会一并承载与包容。菜市场，是土气的，接地气的，你在菜市场，能看见折菜剥豆的皮叶横飞，也可以看见小吃店的油锅翻滚，辛辣、恣肆和开锅时的腾腾蒸汽一起扑面而来，呛得人咳嗽不止，但只要做完后整理好，装进盒子，就又是别样的风景了。

《舌尖上的中国》总导演说："一座城市最吸引我的，从来都不是历史名胜或者商业中心，而是菜市场。"小时候，我并不理解，他为什么喜欢菜市场。长大了，我才明白，菜市场就像与外面的喧嚣隔离开来，自己组成了一个小世界，菜市场是整个城市的脉络。在这里，看着摊位上活生生的鸡鸭鱼，以及新鲜的水果、蔬菜，你就能感觉到生之珍贵与乐趣，感受到温暖与治愈，让你感到安心、愉悦。

我爱上海，最爱上海的菜市场，那个离我家不远的菜市场，它既繁华又土气，而不冲突。

《一日禅知》："人间烟火气，最抚凡人心。"

点评：

"土气"和"繁华"，看似矛盾的一组特质，出现在小作者笔下的菜市场中，竟也不显龃龉，反而派生出无穷魅力。它是热闹的、熙攘的，又是亲切的、温暖的，只因这里交织着每个普通人平凡的每一天，谱写着世俗生活充满生机与活力的乐章。

小作者以成熟的笔触抒写着自己对菜市场的认识，她不仅仅是在看，在观察，更是在用心体味这一烟火之地的魅力所在和意义所载，于是她于"土气"之中看到了包容，看到了生之珍贵与乐趣。

能感受到这些的人，必定也是热爱生活的人。

（指导老师：陈惠卿）

一本书 一个我 一座城

25届7班 高语瞳

"城市是一本打开的书，从中可以看到它的抱负。"

在书里，20世纪首屈一指的有机功能主义建筑大师小沙里宁这样告诉我。

上海这座生我养我的城市，从她向懵懂的我打开的那一天起，我便埋首其中，想一页一页读懂她，直到自己也走进书里。

一开始，我听到的上海是一本厚重的历史书。

2019年，新中国成立70周年，我读三年级。课堂上，老师给我们讲起曾经的上海。在老师时而娓娓道来、时而慷慨激昂的讲述里，我仿佛看到那时的上海青年们，以笔为刀枪，冲锋在革命前线，加入新文化运动的浪潮。

听到陈独秀和李大钊相约建党、鲁迅和左联志士们在上海撰稿，我心里就有一种澎湃的自豪，仿佛我也投身其中，和他们一起并肩战斗。

那一年暑假，我手捧着红色地图，听着讲解员的一字一句，一步步追随上海历史的脚步：在广富林中探索上海之根，在一大会址感受伟大的开端，在烈士陵园凭吊无名英雄……漫步其中，那些跨越时空、沉默而又响亮的声音，向我诉说着这座城市的坚毅与勇敢。

再后来，上海在我眼里是一本炫目的科幻书。

去年，升入初中的我为备战一个比赛，入住了赛场旁一个非常不起眼的酒店。

然而与它的其貌不扬甚至有点狭小逼仄的空间感形成鲜明对比的，是它无处不在的科技感。

我们的餐食是门外一个方头方脑的机器人配送的，它呆萌但非常有礼貌。它的本领不仅是送餐，在走廊相遇时它会向我问好，还会为同行的客人按电梯。房间里的语音控制和智能助手也十分完备，冰冷的科技却带给了我有温度的服务体验。

仔细想想，其实在上海，科技创新的普及与应用早就浸润成我生活的一部分。在我的学校，几乎每周都会组织针对前沿科技的学习讲座。聆听只是开始，我们会在老师的鼓励下，按照自己的兴趣选择项目，进行更细致深入的研究与实践。

在校园外我也频频看到，近年来不少从"0到1"的科技成果中，上海以锐不可当之势进军世界科创行业的潮头浪尖。2017年，超强超短激光装置实现10拍瓦激光放大输出，脉冲峰值功率创世界纪录。2018年，上海诞生国际首个体细胞克隆猴。2019年，全球首张黑洞照片公布，上海天文台牵头国内学者参与。2022年，国产大飞机C919在上海成功交付，冲上云霄……

见证发生，这些电光石火、看见抑或看不见的画面，向我铺陈着这座城市的追求与进取。

而当下，我心中的上海是一本可亲可近的故事书。

半年前，因为上学的缘故，我搬到了如今这个小区。邻里之间有着足够的礼貌，却又始终带着淡淡的疏离。可是三月里一场始料未及的疫情席卷了上海，美丽的春景鲜有人欣赏，曾经的车水马龙被空荡荡的街头代替。"你家蔬菜够吗？""快递我帮你带回来放在门口了！""这是我家富余的调料，有需要的邻居请自取。"……这些以往不常听到的言语，却让新式小区升腾起老式上海里弄的烟火气。

101的装修师傅生活物资出现困难，结果在大家的热情援手下，门口摆放接济物资的小桌子，最后演变成楼栋的"爱心小超市"；404住的是一对香港夫妻，得益于女主人的好手艺，我没少打牙祭；隔壁的院子里有一棵20年的老枇杷树，今年不同的是，采摘之后黄澄澄金灿灿的鲜果挂在了每家住户的门把手上。

疫情阴霾散去，生活似乎又回到了过去。然而，解封不解散的楼栋群还是每天响个不停，快递还是有人帮忙取，互通有无的问候变成家长里短的关心，而我发现隔壁院里葡萄开始变得晶莹欲滴……

谁说上海小囡的故事只能是吴侬软语？在海纳百川的海派文化里，独立而又温情，个性而又包容，本就是上海人和上海这座城市独特的人情味，这种细腻的情感扎根在上海的土壤中，成为维系这座城市最紧密的纽带。

一本书读的时间长了，次数多了，每次就能读出很多不同的内容，读出新的体会和感悟。

读久了，入戏了，动情了，就想自己动笔也写上一写，和所有共饮一江水的人一起，看看我们的抱负在这里，会写成下一本什么样的关于上海的书。

点评：

以书喻城，小作者用自己的眼睛和心认真品读着上海这座自己生于斯、长于斯的城市。

最初是听，听这座城市的历史，于是听出了它的厚重，以及在漫长岁月中积淀出来的坚毅勇敢；然后是体验，体验这座城市的生活，于是体验出了它的炫目，以及在现代化进程中激发出来的追求进取；最后是感悟，感悟这座城市的底色，于是感悟出了它的温情，以及在海纳百川的城市精神里凸显出来的独立包容。

然而，小作者却并未止步于此，她还想去书写，书写这座城市的未来，令人期待。

（指导老师：陈惠卿）

晨间的味道

25届6班 薛瑷迪

早晨的阳光透过树叶的缝隙洒向跑道，擦着汗往前走，深吸一口气，早点那诱人的肥腻味掺杂着一丝淡淡的青草味扑面而来，这是晨间的味道。

6:00闹钟响起，我换好服装，去江边跑步，为开学的体测做准备。喜欢静坐、长期伏案的我要开始锻炼并不容易。起初，只是跑跑走走，每日里小腿的酸痛让我多次想放弃。为了提高，我在一次次的锻炼中找方法，发现呼吸节奏的调整能增加耐力。迎面遇到一样奔跑的人们，在这晨间，我们不打招呼，却内心愉悦，擦肩而过，都是满满的动力和一日之计在于晨的精神抖擞。如同这个刚醒的城市，充满了干劲。

在每天的锻炼中我渐渐发现跑步也带来了快感。每每早晨来到跑道，微风拂过，清爽而湿润的空气随风而来，吹散了夏日的炎热。深深呼吸，淡淡的青草味

悄悄地钻入鼻腔，刚想去品，味道却渐渐淡去，满是遗憾，弹指之间，青草的芳香再次静悄悄地吊起味蕾，仍是昙花一现，还未细品，悄然离去。树上蝉声阵阵，耳边微风习习，江面波光粼粼。每天早晨享受自由而急促的呼吸，享受夏日里跑起来时耳边的阵阵凉风，享受冲刺时的激动，享受每一次进步后的喜悦。晨间的味道带着青草的芳香，享受着城市带来的便利与宁静。

跑完步，去买早点。走进巷子，美食的香味扑面而来，再走里些，一口大锅散发出的热气伴着香味让我不禁咽了咽口水。山东煎饼的小摊位很是热闹，老板娘熟练地摊着煎饼，拿着勺挖上些面糊，右手在圆锅上一绕，左手打两个鸡蛋，伴着噼里啪啦的一阵响声，美食初现雏形，放上脆脆的煎饼，抹上特制的酱料，用铲刀铲、翻、折、装，独特的山东煎饼出炉。对面北方煎饺在制作，老板动作熟练，勺子在碗里一舀，手指快速地一翻一捏，片刻间，煎饺就包好了，几分钟后，盆子里就摆满了白白胖胖的煎饺，刷上油，煎饺变得金灿灿的，下到锅中，"呲呲"，盖上锅，不久后，热气腾腾的煎饺出炉。咬一小口，肉汁流入嘴中，蘸上老板独家的酱料，煎饺馅一丝丝的咸与酱料的甜结合得恰到好处。正所谓，你给味蕾时间，味蕾给你真的滋味。晨间的味道弥漫着清新的青草味，焕发着晨的气息；充溢着香气扑鼻的早点味，吸引着路人的食欲；夹带着汗水流淌的酸爽味，行人匆匆、风尘碌碌，快节奏的一天开始了。

与中午的焦躁，夜晚的凄凉相比，我觉得城市的早晨是充满活力的，这份晨间独有的生机体现在跑道旁时有时无的青草气里，小巷中香味扑鼻的早点里，细细品味便是晨间的味道。

点评：

这篇文章小作者由"景"成文、由"情"入笔，笔触舒缓、情感真切地追寻着晨跑的脚步，去寻觅晨间的味道。这味道既熟悉且陌生，是每天的触目可见，却又是匆匆间的视而不见，准确把握了忙碌的城市生活中人与城市的关系。晨光中呼吸着青草气，烟火中细嗅着早点香，用这样的方式建立起与身边城市的联结，视角巧妙生动，以小见大——在小作者笔下，描绘食物的最终奥义不止于味道，而是这背后的人情味。老板的热情、路人的满足，那快节奏的生活与慢节奏的享受，融合成这座城市最大的魅力。

（指导老师：田艳妮）

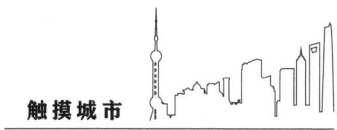

触摸城市

上海的春

25届7班 杨烨皓

上海的春天总是那么令人向往，路边白玉兰淡淡的花香，拂面的微风，丰富的色彩，谁又何尝不爱这样可爱的上海呢？今年上海的春有些与众不同，但却依旧风光如故。

教室里传出的琅琅书声如今成了电脑扬声器振动的频率，同学们熟悉的脸庞化为显示器上发光的像素点，而我们的热情却没有丝毫减弱。在云课堂中，有了技术的支持，实现了许多线下无法完成的事情：答题器，奖杯，小黑板……它们大大增加了我的积极性，在老师抛出一个问题后，大家争先恐后地举手，为正解而高兴，时而又因没有被叫到而沮丧。透过地理老师的"直播"，我们又见到了校园该有的样子：绿树成荫，鸟语花香，教学楼在太阳的照耀下闪闪发光。不错，是那熟悉的春的味道。

正是春光好时节，又怎能少得了运动呢？隔壁的大院子摇身一变，变成了我们挥洒汗水的篮球场。篮球在我的手中飞舞，脚步如蝴蝶穿花，只听得球与地面的敲击声和鞋底与地面的摩擦声，一个黑影飞过，落在了玉兰树上，一片晶莹的花瓣缓缓飘了下来，随着"唰"的一声，篮球旋转着进入篮筐，伴随着篮球落地，一抹白色悄然出现在了篮板的上沿。我知道，春天来了。

久关的体育公园终于向我敞开了怀抱，此时的它，早已穿上了华丽的新衣。我和同学在郁郁葱葱的灌木间骑着自行车穿梭，恍惚间我抬起了头，迎接我的不是一片绿色，取而代之的是诱人的粉色。在一节节树枝上，锦簇的樱花正向世人展示着她美丽的身姿。樱花树下，除了视觉的享受，还有心灵的慰藉。谁见了漫天飞舞的樱花瓣不会为之陶醉呢？

同樱花时节一起来的，还有无数的游人，虽然都戴着口罩，但却遮不住他们心中对春天的爱与憧憬；马路上又是车水马龙，林立的高楼又亮起了不眠的灯光。这一刻，我坚信，上海的春回来了，而且春光更加灿烂！

点评：

在疫情的阴霾下，上海一度被按下了暂停键，却挡不住春天踏着曼妙的舞步款款而来，挡不住人们对春的向往与热爱。居家线上学习，老师们在技术的支持下开拓了授课新模式，同学们积极参与沉浸其中；走出家门，"我"在隔壁的大院子里挥洒汗水朝气蓬勃；体育公园重启，樱花盛开，游人如织，整座城市活力

满满。小作者围绕"春"用生动细腻的语言写了疫情背景下自己的生活乃至上海这座城市的面貌,从家、隔壁院子到体育公园,人们的活动范围越来越广,暗示疫情阴霾逐渐散去,春回申城,"春"是美景更是内心的希望与憧憬,行文流畅,舒展自如。

(指导老师:周颖)

涵泳书海

那年桂花飘香时

20届5班　陈思源

兰叶春葳蕤，桂华秋皎洁。

太阳克制不住自己的倦意，悄悄地溜到西边去了，留下天边一抹艳红，照得上方的天空红得发紫，照得远处的楼宇只剩下一圈墨色的影子。玉一般的月儿趁机爬上了星辰之间，与夕日的余晖、暖色的路灯一道把大地装点得朦胧又温馨。池塘中的锦鲤在浓稠的水里吐出一串气泡，痴痴地望着不远处的一束金黄……

又是一年桂花飘香时。

每年的这个时候，总是我最忙碌的时候——备战古诗文阅读大赛。或许有人唾弃它，因为它被裹上竞赛的标签；但他们不知道，这背后蕴藏的是怎样一份对传统文化的热爱。抱着书，思绪却飞扬到，那桂花飘香时。

薄暮时分，校园里稀稀落落地走着放学了的人群。早早地理好书包，我奔去食堂胡乱地扒了几口饭，又提着包一路奔向了教学楼，为了早一点到教室，找一个靠前的座位，好在课上听得更清楚一些。一定也有人和我一样想的，因为刚踏进门，就见教室里已星星点点坐着些学生，有些一手捧着书，一手还拿着面包。半掩着的窗口送来一阵凉风，窗帘掀起裙裾的一角，钻进淡淡的香。哦，窗外的桂花已经盛开了，书的封面上绘的，不也正是金黄的一簇桂花么？翻开厚重的封面，扑面而来的，是浓郁的墨香与淡淡的花香交织在一起，难以分辨。

戴眼镜的女老师在黑板上讲唐宋，讲李白与苏轼、杜甫并黄庭坚。兴许是困了，耳边的声音只剩下起伏有致，老师的镜片上，也晕起了灯光在上面反射出的一片亮斑。我已然看见，前排的同学禁不住诱惑，在桌上摊开的《黄庭坚诗词文》下面，写起了数学作业。讲台上的声音没有断绝，但我因为连续的晚课无法专心写作业，成绩不断地下滑。晚课结束了，坐在父亲的车上，抱着一本朱红的《宋词选》，竟沉沉地睡去。恍惚之间，看见父亲，对着不堪入目的成绩单，摇了摇头。桂花开得更盛了，只是那香已不再贴切，而变得渺远不可捉摸了。

父亲问我要不要放弃，我的眼一下子模糊了。早已不如当年，那不用复习都能考出第一的意气风发；对升学的忧虑也撼动了我对诗词热爱的那摇摇欲坠的墙基。终于，迫于压力的我虽是不舍，也只能松开紧紧攥着的手，任那书滑落在地上发出一声闷响，任两年来亲手筑起的苦心与梦想，一瞬之间，散落成残墙碎瓦。帘外雨声潺潺，桂香依旧，只是幽幽。

从此便只能羡慕，那些放学后匆匆奔走的同学，想念那于黑板上挥毫的老师，想念那桂香与墨香相映成趣的日子。桂香一日日变得软弱无力，只留下哀伤。成绩坐回了头把交椅又何干，但我知道，自己又开始拾回那崩离的一砖一瓦。是于心不舍？抑或是天性使然？我不知道，但这份热爱，已经牢牢扎根在心中，任凭风吹雨打、骤雷折腰，就像校园里那棵金桂，折断过无数枝丫，根却不会死，来年还会绽出满树的浅黄！

夜深了。微风拂过窗帘，月影钻了进来，上面的玉桂如此明亮，穿过千里，送来一缕清香。看着眼前的书，这是跨过千年时光，终于流淌到了身边的、凝固了的墨香啊！夜空清澈而又深邃，但终于，把一轮明月和月上的玉兔与桂树，托举到了世人面前。

画阑？开处冠中秋。诗词在我心中，终于绽放一树金秋。

今年，桂花依旧。花非去年花，但人心不会和去年不同。有些人离去了，有些人放弃了这些"对升学没有用"的文字，但一个声音在我心中渐渐坚定：何须浅碧深红色，自是花中第一流。

何必忧愁诗词的没落？五千年的文字力透纸背，这份热爱被镌刻在每个中国人的血液里！

桂影扶疏，谁便道，今夕清辉不足。

点评：

少年心事总是愁，也许只有诗词最能达意。可忙碌的学业，能在诗文中徜徉的时日也确实难得。"我"爱诗词，但面对忙碌的学业，也无暇顾及。文章写了这样一段心路历程，在桂花幽香中，我坚定了对诗词的爱，坚定了对这五千年文化传承的决心。作者热爱诗文，这份热爱贯穿在全文的字里行间。"桂花"香气萦绕中，思绪飘荡，所引发的想象从生活琐事到天上宫阙，那些诗词中的意象，美妙的诗句信手拈来，化用其中，足见作者深厚的诗文功底。

（指导老师：朱海）

行走在美好中

21届8班 李一凡

时光交错，你的背影渐渐在眼前模糊了，幻化出青春最珍贵的记忆来。

最爱与你同行在美好中，看你手执诗册，纤指轻轻抚过一行行诗句。你头上晶亮的橙色珠子在树隙中斑驳的阳光里，娇婉美好得像凝聚的诗。

初见你时，是军训汇演的排练。练习的空闲时，不同于旁人的喧闹，你总是默念着什么，不时瞟一眼手中的纸。我好奇而装作不在意的转到你身侧。如歌的行板，悦耳的轻吟，发自你的内心——那旋律，构成了最美的梦境。这份美好，并未远逝，至今缭绕在我心潮的上空。而当时的我，只有惊愕，我曾如此熟悉的《春江花月夜》，怎会有这番别样的情愫？"昨夜闲潭梦落花，可怜春半不还家。""朗读，如此美好！"我倏地脱口而出。"优美的朗读，能拓展含羞不语的诗词的意境。"你偏偏头看向我，眸子晶亮，仿佛万千斑斓美好，都融于一人眼底。

一个眼神，一句话，带我走上了真正美好的诗词之路。

"工欲善其事，必先利其器。"在你的影响下，我也爱上了诗词。辞典翻动的声音逐渐充斥了整个房间，笔尖一下下划过泛缃的纸张，时不时启唇吟诵几句。在时间的长河中，我爱上了行走在这份美好中的感觉。

"风吹仙袂飘飖举，犹似霓裳羽衣舞。玉容寂寞泪阑干，梨花一枝春带雨。"那个早春的下午，当我正品读《长恨歌》时，你迈着轻盈的步伐来到我身前。"你看一下可以吗？怎么样？"四目相对时，你脸上浮现了两抹羞涩的红晕，眼眸却透着深湛的期待与愉悦，像是松子落进古井里搅起的淡淡水波。不过很快，我的注意就被你手中的本子吸引了。自创诗！我差点惊呼出声，目光循着你清秀的笔迹一行行看下去。"飘飘仙袂飘，寂寂流星绕。音容去随月，往思来伴潮。"一首五言绝句，述说了少女心灵里尚朦胧的想念。我不禁感叹，感叹你笔触的细腻美好，感叹你觉察心灵感情的迷离美好，感叹诗词，如此美好的气质，纯澈了心底。

那段时间我曾自以为是地模仿你写过几句稚嫩杂乱的诗词。直到有一次，我偶然见到你本子上的一句诗——"行到水穷处，坐看云起时。"心下才渐渐清明：我尚没有你那丰富的文化底蕴，又怎能从容不迫、心如止水地行走在美好中呢？自这时起，我便彻底停下了正在创作的笔，耐下性子品味古诗词的韵味。渐渐，我不再是仅仅只关注诗藻的华丽，更是进一步研究作者的用意、情感的美好。反复读着同一句诗句，一点点推敲、揣摩，时而颦眉思索，时而舒眉心领，时而托腮沉思，时而眸明意会。心沉静下来，烦躁仿佛被清茶静静滤过，一切都显得那

么美好。

诗词让我沉浸在美好中,我在此中前行。

终于有那么一天,我在朗诵与飞花令中不再落于你身后。坐在桌前,重新执笔,那份美好已尽收心底,字词从笔尖涌出,似行云流水般流淌。给你看时,你仍然泛着"月下飞天镜"般的眸子,不无赞赏道:"真好!"我也笑了,熹微的晨光里的两个背影,清清静静,安然悠远,是如此美好。

我知道,在人生的路上,你不可能永远伴我同行,总有一天会出现岔路;但我也坚信,当我们向着各自的未来渐行渐远,你带给我这般诗词的意境,会伴着我,向美好的远方云端信步前行。

愿我们,永远行走在诗词的美好中。

点评:

风花雪月从诗词中款款走来,"美好"一词即刻印入脑海。"我"携友人之手,在日出日落的交替中,领略"一种相思,两处闲愁"的缱绻,感受"人不寐,将军白发征夫泪"的慨叹,听几点寒星细语。牵诗词的手,与你在校园中不期而遇,一见如故,我稚拙的词句在你的点睛笔下栩栩如生,循着平平仄仄的韵律,我于天之涯,吟诵着风过无痕、花谢无言的惆怅,你在海之角,回应着雪染梅香、月铺淡帘的清雅。最好的感情,是暗香浮动的寂静欢喜,是行到水穷处,坐看云起时的潇洒随缘。好一场风花雪月的盛宴!

(指导老师:戴卉)

昆虫记

22届3班 田宸宇

犹记得儿时的午夜,清风三里,枕着遍地的蝉鸣。记忆中的童年,一向伴着农村特有的各式各样的小虫子,自然也就不怎么怕这些到处都是的小生灵,甚至有些亲近。奶奶见我喜欢,就送给我一本书——《昆虫记》。

书是注音版的,隔几页就配上一张插图,卡通化的昆虫张着大得不成比例的眼睛,牢牢地引起了我的兴趣。那些耳熟能详的小虫子第一次在书中找到了自己的学名,我第一次知道大家口中的"知了猴儿"就是蝉褪蛹之前的模样,第一次

知道孩子们喜欢玩的"砍大刀"有个威风凛凛的名字"螳螂"……

看得多了,也会像模像样地和小伙伴们介绍。傍晚,夕阳尚未落尽之时,我们依然会结伴去路边的小树林里找蝉,却不只盯着树干上金黄的蝉蛹,都低着头,在树根周围寻找着指甲盖儿大的小洞。那样的洞很多,但之前我们从未注意过。若是有兴致,我们还会把洞周围的泥土扒拉开,看看它们是不是真的像法布尔所说,"始终靠近垂直线""涂了一层泥浆"。即使从未找到反例,仍乐此不疲。

就这样,《昆虫记》让我们看到了生活中许多未曾留意的细节,带着孩子的执着,一样一样检验探索,一样一样试着反驳,再一样一样记在心里。

记忆中,我从未把小虫子们当作外人。它们似乎就是我生命中的一部分,即使是回了城,仍忍不住要常取出《昆虫记》翻一翻。当与朋友们起了矛盾时,松毛虫教会我的"人人为我,我为人人"的处事信条总能提醒我学会包容;当我厌倦学习而想要放弃时,蝉在地下蛰伏四年才能见到天日的经历就会激励我再坚持一会儿。

无意间,《昆虫记》教会我的,已经远不止知识那么简单。昆虫,这大自然中不可忽视的一员,就是这样,用它们上千年的生生不息,教会我们一个又一个的道理,简单,却又意蕴深刻。

也许是受了《昆虫记》的影响吧,就算学业渐紧,我也时常抽空,去网上找找有关昆虫的纪录片。大屏幕里的昆虫,或栖或伏,晶亮的眼睛反射着太阳明晃晃的光,衬着那些细小的触须,在微风中轻轻地颤抖。我掏出画笔将它们的标本临摹于纸上,看它们衣壳上的纹路随着季节的更替或深或浅,再把它们的习性一字一句抄写在旁边。一百多年过去,对比法布尔的记述,有些昆虫的习性已经发生了不小的变化。它们似乎也在努力适应着这个今非昔比的世界,用自己渺小的身躯顶住时代的洪流,为自己在大千世界赢得一席之地,就像人类一样。

我不知道一百多年前,法布尔是不是也是这样,在一点一滴的观察中,在与昆虫日复一日的交流中,深深地感到自己与自然、与万物的紧密联系。就这样,从小小的昆虫中,窥得了整个人类,乃至整个世界。

幸而,我们生而为人,为万物之灵长;幸而,我们能够与这些小生灵们对视,以一种平等的姿态,而非高高在上。

点评:

读书的意义是什么?小作者用自己的体会告诉我们,读书的意义,不只是学习知识,更是学会理性思考。法布尔的《昆虫记》是很多学生喜欢的科普类作品,

小作者不仅从中看到了科学精神的闪光,更在反观自己的生活中,学到了为人处世之道,悟出了人与万物的联系。读书当如是,目有所识,心有所思,方算得上读出了门道来。作者从个人的童年趣事和读书经历入手,让文章亲切生动。阅读感悟与生活紧密结合,扎实恳切。文章写得层层深入、条理清晰,内容虽多,却不见杂乱。

(指导老师:朱海)

穿行在似水年华中

23届4班 杨雨桐

"对于别人的不幸,惟其遭难者离她越远才越能引起她的怜悯。"我托腮凝视眼前的文字,晦涩的语言慢慢褪去意义。我叹息一声,不再试图理解抽象的描绘。

《追忆似水年华》中,叙述者常在入睡前感到忧伤,而我却每每在阅读时昏昏欲睡。连翻过几页乏味难懂的内容,展现于面前的是更多平淡似水的语句。恍惚中,我感慨此书着实不愧"十年有期徒刑必备书目"的名号。

我曾怀着信徒朝拜般的虔诚步入红色封面的神殿,却如窃贼般仓促而狼狈地逃离。我用一个又一个小时皱眉紧盯拗口的文字,试图从文字间看出端倪而顿悟,试图品读出情节的微妙。最终我一无所获,并且放弃理清人物关系。

往常我总热衷于阅读,至少欣然接受。但这一次,我切身体会到的是阅读之苦。又一次被深奥的语言劝退,我重重合上书页,竟生出一种放弃带来的如释重负。生活一如既往,我很快淡忘本就难以记忆的晦涩语句,直至最终在脑海中销蚀殆尽。

再次翻开它,是抱着置身事外的轻松心态,或许也多少掺杂某种好奇。迎面而来的语句生硬得熟悉,我苦笑着往下读,一如从前。小玛德莱娜点心引发的记忆涌流或许是最强烈真实的情感之一,不知不觉映现在脑海中的,是上一次阅读至此的惊奇,那时的心情,甚至那时的环境。略感惊异,我再一次决心阅读。

阅读的过程仍枯燥乏味,而无聊至极时大脑竟也从中榨出乐趣。生活时有无能为力以及隐隐懊悔的种种失意,如漫漫流水,时溅起水花,而终归于平静的疲惫。这时翻开书,不去纠结文字背后的深意,不试图以欣赏品读名著为目的,甚至不加以思考,只是平静地缓缓地跟随普鲁斯特细致而苛刻的叙述。平心静气时便发现，书中的文字再现了人物的每一种悲欢，每一分思考，情绪交叠离散，思绪便被文字的喋喋不休的寂静抚平。

直到三本书看完，我似乎才刚刚开始品味文字本身。意识流的文字似乎已被剥削了独立的意义，流水般冗长的叙述描摹出场景的每处细节。看似毫无关联的情节开始关联，过客摇身一变披上主角的外套，炽热的情感由冷静得不带任何感情的文字解剖。时光悄然流过，往昔种种情感不再，过去不足一提，即便曾熊熊燃烧。斯万所做的一切似乎顺理成章，而当他重步入背景的茫茫人海，被他人所不解与耻笑，细腻的文字孜孜不倦描述的一切也令人啼笑皆非。德雷福斯案件的重申派被贵族社交圈视为异己，叙述者从未明确提及自己的观点，细细流水叙述中，事件本身已被淡化，余韵呈现的仅是流水般平静的漫漫流年。

阅读的过程如同另一种人生，与现实相去甚远的背景中，匆匆登上舞台的人物演绎着迥异而令人共鸣的情感，聚光灯下是昙花一现亦是永恒的年华。

点评：
《追忆似水年华》是20世纪法国伟大的小说家马塞尔·普鲁斯特的代表作，全书共七大卷，整部作品以叙述者的生活经历和内心活动为轴心，穿插描写了大量的人物事件，犹如一棵枝丫交错的大树，在一部主要小说上派生着许多独立成篇的故事，这无疑增加了小说的阅读难度。本文的作者是忠实的小说迷，她如实地记录着自己阅读过程中的苦与乐，从晦涩语句中迸发出的新鲜感、从冗长叙述中渗透出的出离心，都让她一次又一次地捧起了这本巨著，随着书中人物演绎着聚光灯下的永恒年华。

（指导老师：李婧熔）

乐在其中

25届5班 刘好沣

书，是人类向上无限攀登的台阶，是全人类最好的营养品。它，也是我最大的乐趣。

听书乐

小时候，我还不识字，却对听故事有着无限的乐趣。刚刚洗完澡，就急忙爬上床，死缠着母亲或者外婆给我讲故事。母亲捧着一本厚厚的故事集，随便挑一个故事便绘声绘色地讲给我听。我躺在被窝里，聆听着，渐渐地进入梦乡。有时候，母亲讲的故事异常好笑，使得我睡意全无，笑得在床上打滚儿，小床被我摇得"咯吱咯吱"响，要不是父亲拍床板让我安静下来，我或许无法入眠。有时候，我听着书中的故事情不自禁地笑出了声，怎么都停不下来。父亲使劲地拍床板，以至于小床的一边都被打歪，睡觉的时候要是没有床栏挡着，我睡着睡着就会摔到地上去。听书，使我快乐。

看书乐

大一点了，六七岁刚上小学的时候，我刚认识几个字。外婆借给我一本她珍藏的《三国故事》，我捧起书，欣赏这书中的一幅幅插图，一排排文字。看到不懂的地方，便屁颠屁颠地捧着书跑向外婆去请教。外婆总是笑眯眯地给我解答。看完一部分书，我会站起来跑跑跳跳，回想书中的内容，觉得身心十分愉悦，好似一蹦就可以摘到月亮。看书时，我聚精会神，不会被任何事物打扰，家里人从没有打断过我看书。看书，让我很快乐。

品书乐

到了九、十岁的时候，懂事点了，读书知道了"品味"。一本书，看上一两页，我便知道是否对我的兴趣。当我读到父亲给我的"传家宝"——戴尔·卡耐基的《人性的弱点》时，便爱不释手。每天晚上读上一篇，我品得有滋有味，读到精彩的地方，"品味"似乎还不够，我便"咀嚼"了起来，眉飞色舞，喜形于色，真应了开头那句话"书是全人类最好的营养品"。有时看到好笑的地方，没憋住，便狠狠地笑了出来，有时被书中的语句乐得轰隆一下跌下椅子，虽然屁股跌疼，但还是憋不住笑，在地上打起滚来。书在地上被拍得"尘土飞扬"。品书，似乎在品一杯茶。差的，喝了皱皱眉；好的，喝下去沁人心脾。品书，让我极为快乐。

写书乐

看多了、品多了书，手也痒痒了。我拿起笔，找本干净的本子，全神贯注地写起来。写书，不得马虎，写了几个星期，书没写多少，前言倒写得差不多了。有时候不高兴了，瞎写一气。写完觉得自己写了不少，便飘飘然，认为自己做了件大事，直到要睡觉了心都安静不下来。再细读一遍写的篇章，又觉得有些枯燥乏味，便拿起笔，又热火朝天地干起来，甚至都忘记了睡觉。到了学校里，分享给同学们读，心中充满了无限快乐和自豪。写书，真是令我快乐。

书是人类历史中不可缺少的精神食粮。无论是听书、看书、品书还是写书，无处不快乐。书，让我乐在其中。

点评：

以一"乐"字为文眼，小作者循序渐进，由听到看、再到品、进而写，串起了自己成长过程中和书的不解之缘。

"乐"字简单，但要落到实处殊为不易，小作者最为难得之处，便是用多个生动的场景将"乐"写得具体可感：听书时摇得"咯吱咯吱"响的小床、屁股跌疼也憋不住的笑、热火朝天甚至忘记睡觉的创作热情……读来令人不禁莞尔，小作者的一片爱书之情也跃然纸上。

正如小作者所言：书是人类历史中不可缺少的精神食粮，在成长过程中一路有书相伴，是乐事，更是幸事。

（指导老师：陈惠卿）

沧溟轩里的美好时光

22届5班　刘若彤

谈起生活中独处的美好时光，最令我难以忘怀的无疑是在我的书斋——沧溟轩中留下的那一段记忆。在古风犹存意境的衬托下，我不由沉浸在墨色书香之中，常常无法自拔。

儿时的每天早晨，阳光透过树叶的缝隙，斑驳细碎地洒下，柔和而不乏温暖。从手边拿起一本有关古诗词的书，一字一句地朗读，字里行间蕴含的是清欢，是离愁，是闲适，是思念……在朗读之余慢慢体会诗人细腻的情感，我不由深受触动。那抑扬顿挫的琅琅读书声回荡在耳边，无不让人感到欢愉、美好。"此客此心师海鲸，海鲸露背横沧溟"不仅是我尤为欣赏的一句诗，也是我书斋名字的来源。从小喜爱大海的我当读到元稹的这首《侠客行》时，就有感而发，为书斋起了"沧溟轩"这一名字。

英国著名哲学家培根曾说过："书籍是横渡时间大海的沉船。"在我看来，书是人们寄情的绝佳场所，而我与书之缘也源于此。小时候，父亲总会坐在我的身旁陪我阅读，和我讲一些有趣的故事和道理，在我心中撒下了热爱文学的种子。虽然我们两人的交流不算多，但我们的心紧紧相连，共同沉浸在书海之中。现在长大了，当有闲暇时光之时，我也会坐在窗边，倒上一杯清茶，从书架上取下一本还未看完的散文书独自阅读。缕缕檀香萦绕在整个书斋中，徐徐袅袅，若隐若

现。"心静即声淡，其间无古今"，人生至高的境界就是在纷繁中淡定心弦，所以每次阅读之前，我会先将那至于此地的心沉静下来。阅读过程中情感的跌宕起伏引人入胜，每翻开新的一章，都会被作者对待生活的态度所惊艳到。"在这样孤独的环境里读一本书，真是一种奇妙的体验。"作者在书中这样说道。然而，我发现，同作者一样，一个人不一定永远是孤独的，书籍中智者的陪伴、大自然无尽的支持，都会成为独处过程中的美好因素。我也在阅读的同时，逐渐意识到，荒寒之地，便是精神的沃土。

书海无涯，以心作舟，以情作桨，时光即推动小舟的波浪，我们无法抓住时光的船舵，但可以让美好时光在我们记忆中永存。落红不是无情物，化作春泥更护花。美好时光，会存；美好未来，亦在。

点评：

作者为他心爱的书房起了一个多么意蕴深长的名字，可以在沧溟轩的书斋里沉浸在书海中享受自由的独处时光；与主人公一起经历人生的起伏，与作者一起碰撞思想的火花，在书香墨痕之中去寻找一份高山流水的清逸。文学具有神奇的魔力，它就如一束光可以点亮在黑暗中迷惘惶惑的心灵，慰藉了一颗焦躁不安的灵魂。而阅读就如一处驿站，是快马扬鞭之后的稍作安顿，以便调养生息使自己更有勇气和力量继续前行。

林清玄曾说过："虽然我们在尘网中生活，但永远不要失去想飞的心，不要忘记飞翔的姿势。"也许作者那心爱的沧溟轩就是让他能够在纷杂尘世中依然可以振翅高飞的所在。

（指导老师：王静）

我的乐园

22届7班 彭宗慧

一方书案，几本书，几株向阳的花；一段乐曲，几许思，一颗向往美好的心；天宫里仙女的衣裙，人间朴实的烟火，山林里隐逸的闲情，又几样小物件，便构成了我心爱的乐园。

幼时便是不懂事的，不明白家人为何要让我单独住一间房。年幼，识字也不多，独处只道此处闲静，便拿了注音版的《安徒生童话》阅览。那午夜的逃窜，一把火柴的幸福，蜕变成天鹅的丑小鸭，彼时的我究竟懂了多少，终是无处得知。

涵泳书海

然而，那些最初的，朦胧的，对这个世界的理解，在我心中撒下真善美的种子，终是稚嫩的。

上了学，念了书，懂的便多了些。书单上长长的一列，妈妈都能准时将它们带回，不管能否理解它们，我都囫囵吞枣般先读一遍。读得多了，总能体会些许。犹记得那本淡蓝色封皮的《直到永远》，里面的情节不止一次地让我黯然垂涕；《重逢》里终是没能会面的父子两人让我心生遗憾；《永远的风景》里看电影的母子令我感动不已。我总是傍着落地窗而读，把窗边小鸟的清鸣，偷偷溜进房间的阳光，都读到了心里。而每当我蓦然抬头，流着泪的，向往着的，担忧着的，都能恰到好处地收了，我便是又真真切切地回到我的乐园里来。宁静的午后，有时我也会在我的乐园里弹弹琴。掀开深褐色的琴盖，平稳呼吸，轻抬手，让手指在琴键上来回跳跃，弹奏出心灵里光阴的模样。特别是夏日，伴着蝉鸣，又别有一番情趣，总让我觉得飘飘然，不似在人间。

当我渐渐成长为少年，阅读得也泛了，在乐园里的所为，亦是更多。清晨薄雾氤氲，我捉去一缕，伴了木心的《素履之往》一同服下。修行的境界终是不及，我总有不懂之处，却也无碍于我细细品味诗意人间。偶尔泡一杯茉莉花茶，让房间里芬芳馥郁，让闲逸之情回荡在心间。也会在夕暮，拿上花洒，给窗台上的花草们轻柔地浇上水，再顺意一瞧是否有可以拿去作书签的落叶。抑或欣喜着，展香笺，备笔墨，再任意书下心情。这是属于我心房的一角，已无人再能进入的。

十几平方米的房间，不大，却在烟火与繁花的交界，为我所有，是我心底的花园，也是我生活中的乐园。我在这里读书，弹琴，种花，书写……这是我心中真善美的所在，也是我一个人的桃花源。闲静、悠逸，一如世间的美好。

点评：

作者以时间为线索描写了在这书房的乐园中成长的足迹。幼年在书房陶醉于童话世界的美好中，幻想着绚烂多彩的世界，感受着真善美的温情；慢慢长大了在书房里沉浸于小说中的人间冷暖，跟随主人公的足迹去感受世事的沉浮，去了解生活百态；现如今在繁重的学业下，这一间小小的书房已然成为我小小的精神乐园，享受一缕阳光的轻柔，细品一杯香茗的清冽，让一曲琴声抚慰疲惫的身心，在这里心灵可以自由驰骋，未来任由自己描摹想象，在这间小小的书房里，一切都是亮堂堂的，一切都充满着希望。

我们都渴望能够有一处心灵的驿站，在这里可以消除所有的疲惫，卸下所有的伪装，回归最本真的自己，享受一片宁静的独处时光。

（指导老师：王静）

记文学世界里那个敢于破例的自己

23届3班 代明容

雕章琢句间，执笔的手肆意一挥，锦囊佳句便跃然纸上了。在文学世界里不断打破常规的我，终于迎来了破茧成蝶的那一刻。

幼时的我便酷爱读书。为了读书，我常常打破那无形的却又仿佛坚不可摧的锁链，那些束手束脚的条条框框也一并抛到脑后。指尖轻轻抚过磨砂的纸面，油墨香顿时渲染开来，闭上双眼，深吸一口气，那飞鸟入林、游鱼归渊的感觉便油然而生了。上课铃声响起，我却只是皱了皱眉，依然沉浸在《巴黎圣母院》中卡西莫多那非同寻常的"破例"故事。渐渐地，耳边只剩下教堂里那雷鸣般轰轰回响的钟声，眼前浮现出那个狂呼怒吼着的头发倒竖的卡西莫多，在丑陋不堪的外表下蕴藏着的那样一颗善良无瑕的、渴望浪漫爱情的炽热的心。在不同环境和不同心境下，不同的书，于我而言便是一段别样的邂逅。夜阑人静时，我跃入《一千零一夜》中那静谧的阿拉伯古堡，淋漓畅快于那充满异域风情的喧闹街头；午后校园的葡萄藤架下，我曾沉醉在泰戈尔的《飞鸟集》中那返璞归真纯洁无瑕的美好诗篇；迷蒙细雨下，我曾为《悲惨世界》中冉阿让曲曲折折的悲惨经历触及灵魂，伤心欲绝、感动欲绝、悲愤欲绝……即便在初三学业的重压下，我依然没有被卷入"内卷"的洪流，而是见缝插针地破例阅读喜爱的文学作品，营造出一方独属于自己的精神乐园。我没有真正像其他同学那样功利地刷题，这一个个鲜活的主人公宛若前方明亮的灯塔，给予了我极大的力量和鼓舞，我的内心也因此而唤起了信心、更加充实。在面对繁重的学习时，更能感受到精神的支撑。

正所谓"一隅静谧，足以慰风尘"，在万籁俱寂的那一刻，跃入文学世界，我的思绪时而如飞瀑流泉一泻千里，时而又如来鸿去燕般飘忽不定。猛然一怔，我仿佛融入了那些天马行空的故事，成了作者笔下鲜活的人物。卡西莫多的悲愤怅惘却无可奈何，我仿佛聆听着他声声哀嚎与悲鸣；简爱的地位卑微却坚毅顽强，我又好像见证着她一次次破例出走，不断在逆境中成长。耳边似雷鸣般轰隆作响，内心翻腾不已，那奇妙的感受隐隐约约，却又是那样的真切。一部部经典永垂不朽，它们铭刻下时代与精神，传达着某些信念，用纤细的笔触描绘下或狭窄或壮阔的世界。虽经历跨越千年的隔阂，那深切的情感没有随时间冲刷而模糊，而是依然如老树那圈圈年轮般历历分明，直涌向灵魂最深处。我也有幸破例跨越千年的流水年华，越过千山万水，与作者共赴一场神圣的邀约，重温那流芳百世的经典。在宇宙星际之间，渺小的沧海一粟，却能破例打破时光与国界的隔阂与作者

涵泳书海

产生共鸣，自己是多么幸运的一粒尘埃。

不仅阅读的感受和目的不同，我阅读的习惯也同样独树一帜。经我阅读过的书往往与其他人的大相径庭，书上布满五颜六色的批注和圈画，宛若一幅绚烂的水彩画。一书读毕，我便会立刻马不停蹄地在摘抄本上进行记录和梳理。虽然花费了不少时间，但这记满了铿锵金句的摘抄本，集千古贤人之灵气，一方水土之精华，就是在这样厚积薄发，慢慢的浸润和沉淀下才塑造了与众不同的自己。依稀记得孩提时最喜欢抱着书本来到楼上的阳光房，这间温馨小屋便成了我专属阅读的地点。夕阳斜照下，寸寸红晕渲染着天地，是那样的温暖，落地玻璃外那些熙来攘往的行人却不会对我构成任何影响。此刻的我只沉浸于自己和书本的对白，激动时也常常情不自禁将书中内容大声朗读，便感觉到那些古诗文中阳光与山野的妩媚，碧树与黄花的气息，清冽的山泉，淡淡的花香，幽幽的虫鸣，曲曲折折的流淌到心灵最清亮的地方。平日琐事和烦恼在此刻烟消云散，宁静而缥缈的书中哲理便是此刻最美好的慰藉。

在文学世界里不断探索的我，也渐渐迷上了创作，我并不拘泥于课内要求作文的条条框框，而是执着于对人性灵魂的叩问、思想逻辑的颠覆和飞跃。纷扰的尘世间，自由的思想，深沉的哲思，在我的作品中才得以永驻。小说中的"我"来到神秘莫测的安第斯山脉，孤身闯入那闪着幽幽蓝光的"地下王国"，探秘那些居住在地心中的"地心人"。即便他们在常人眼中贴着"阴险恶毒"的标签，在我眼中他们丑陋的外表下却蕴藏着那样多元以至于常人无法理解的情感。我们自由穿行于地壳与地幔之间纷杂交错的隧道，结为莫逆之交。翻开下一章，"我"又拥有跨越千古年华的神秘力量，来到诗仙李白身旁，二人月色下把酒对酌，醉酒捞月。酒入豪肠，作诗预见未来，跨越时光的千古对话，绣口一吐，便是半个盛唐、一个远方。在另一个异样的平行世界里，"我"时常在众人皆行走时插上洁白的双翼，展翅翱翔在浩瀚深邃的宇宙，飞入那人皆畏之的黑洞，揭开暗物质的神秘面纱……每一个敢于破例的人物都是真实的"我"在书中的映射，在创作小说过程中便是我思想自由驰骋的空间，是我将现实生活中规则的束缚和压抑在写作中尽情地释放，任思想涉足大千世界之长河，让涓涓流水在脑海中涌过，那些打破常规的趣味思想相互碰撞迸发出璀璨的火花，激励着我不断思考，夜半创作，往往彻夜不眠。我，在书中颂出了内心最真实的强音，哪怕是一个特立独行的声音，我也依然无拘无束，沉浸在那投入忘我的自在感受中无法自拔。

在写作道路上，我独自另辟蹊径，也终是迎来了破茧成蝶的那一刻。一本本小说，字里行间倾注了我全部的真情实感，浸透了我太多心血泪水。

299

敢于突破，在崎岖的山路中坚持跋涉，方能得见"一览众山小"的壮阔之景；敢于突破，咬牙扛住风雨的施虐，才能得见雨后晴空中迷人的彩虹；敢于突破，拥有满腔信念，往心之所向，再难的险阻也定能安然蹚过！

在文学世界里，破茧成蝶，热泪奔涌地秉烛夜游。我们需要敢于破例的勇气，需要它永远有力的精神支柱。

点评：

忙忙碌碌中，人们常常会因为低头看路而错过漫天繁星。作者在充满惊喜的文学世界中，看到了与众不同的璀璨。那是"精神的支撑"，是与书中智者跨时空的交流与共鸣，是匆匆脚步可憩可留的驿站，更是"对人性灵魂的叩问、思想逻辑的颠覆和飞跃"。

生活中的琐事禁锢与思想的局限，因为书籍而被突破。正如作者所说，当"我们需要敢破例的勇气"，书籍便是"永远有力的支撑臂膀"。作者对所读书籍侃侃而谈，尤见其博闻强记。更令人称道的是，他没有一味去复述故事，而是通过书籍反思生活。阅读且不囿于书，在思辨中，定然收获更丰。

（指导老师：朱海）

我不只是一个学生

23届4班　范俊哲

日夜在学海中摸爬，我不停歇地向目标和成功进发。但那些与书相伴的日子，我也觅得一方乐土，那便是古典诗词的世界——我不只是一个学生，还愿在诗国中遇见另一个自己。

家有书舍，简约温暖。微黄的木柜，常伴着中午的和煦阳光，纹路里泛着懒懒的温柔光泽。柜上有的是书，而最上面一层是两本厚厚的《唐宋词鉴赏》，一页页薄如蝉翼的纸间泛着熟悉的味道，黑白文字间的规律和幽韵在纸间流淌。我不时倚在木柜上，沐着透过玻璃的阳光进入书中的世界，或在无数个难以入眠的夜晚，半卧在窗边伴着月光挑灯夜读，时而长长叹出一天的迷失。"舞低杨柳楼心月，歌尽桃花扇底风"，我唱叹着宋词里的婉约与豪迈，沉醉在"满庭芳"与"浣溪沙"中不知归路了。

涵泳书海

上学期那长达半年的宅家日子里，没有了校园的活力生机，时间更像黎明前快要凝固了的黑暗，压抑得人倍感寂寞。

那天的夜，很特别。月亮难得一次如此皎洁，月光跳进我的书舍，和着微风。诗兴微澜，我便打开夜灯，开始翻阅那本《唐宋词鉴赏》。

就那么随性地翻着，那些诗词，仿佛一只温暖轻柔的手抚摸在我的脸上，又仿佛是一把灵巧的锤子敲打撞击着我的心灵。"沙上并禽池上暝，云破月来花弄影。重重帘幕密遮灯，风不定，人初静，明日落红应满径。"啊，张先自嗟着落花迟暮，而我却正处在大好春光之中，比之于他我何其有幸，又怎能一味消极沉沦？此时的月光透过飞逝的云层剑一般地穿过窗户和我，直抵内心。那剑光侧锋划过，化为一股清流，从内到外又飞也似的急射出去，形成一道光，隐入满天繁星之中。

后来，我在书中读李煜，读柳永，读易安，他们的词总陪伴着我，渐渐地，我理解了亡国之帝天上人间的苦痛，懂得了白衣卿相怀才不遇的愤慨，古人的锦瑟年华，先贤的对酒当歌，都让我感动不已。时隔千年，诗词里的万般滋味被我这样一个学生发现着，品味着，也深深沉醉着……

我不只是一个学生，当我放下考卷，我还是古典文学的阅读者，在品读诗词的旅程中，我跳入逝者如斯的长河，与诗人同沐一轮明月静照下的诗国山川，衣带渐宽终不悔，不辞镜里朱颜瘦！

点评：

阅读是涤荡心灵的生活方式，让自己沉浸在古典诗词里的阅读更别具唯美的古意！小作者将宋词看作温暖时光里的陪伴、苦闷状态下的微光，将一首首穿越千年时光而来的词作当成可以谈心的朋友，这是何等畅快、何等幸运的事！在小作者一气呵成的文字里，我们也能读到诗词对他语言风格的滋养，无论是化用易安词的"沉醉不知归路"，还是"天上人间""白衣卿相"等原典的准确运用，抑或是集柳永、欧阳修词句于一体的结尾，都的确是将宋词写进了自己的生命印记中。

（指导老师：李婧熔）

"风月同天"与"武汉加油"

23届8班 汪思远

疫情暴发后,各国都纷纷向中国捐赠物资,送上鼓励的话语。与我们一衣带水的日本国民则在捐赠的同时,在包装上用优雅的汉文诗句表达对中国人的慰问。有人看后觉得"武汉加油"的确老套,还有人说日本国民对中国诗词的妙用应使广大中国人重视起来。

我并不认为两种表达有何劣拙之分。"腹有诗书气自华",诗句的确更加高雅,富有美感,读起来令人回味无穷,也更有说服力。比如在综艺节目《奇葩说》中詹青云屡次引用的诗句使她的辩论更加精彩,博得阵阵掌声。詹青云读了多少书,无人可知,但她的言语中处处透露着博学和自信,简单的一句"春江水暖鸭先知",她都能运用在辩论之中,让大家为她喝彩,让人充分感受到文化的魅力。她的对手和她在辩论技巧上平分秋色,但她经常恰到好处地用上一些诗句,巧妙地渲染了气氛,感动了评委和观众。印象深刻的那句:"看到满天秋叶飘下来,就在那一瞬间我就在想,为什么我要在最好的年纪,离开你?"不正是源于宋玉《九辩》:"悲哉!秋之为气也。萧瑟兮,草木摇落而变衰。"这不禁引起观众的悲伤情绪,产生了共情的效果。

诗词也是我们中华民族文化的体现,让人在陌生中找到熟悉,在这昏暗的日子里眼前一亮,与"拜年就是害人,聚餐就是找死"这类口号标语相比,仿佛是一丝文明的曙光。然而它不合广大民众的口味,所谓"信言不美,美言不信",诗句虽非"不信",但用的过多又显浮夸,无"武汉加油"这么爽快,直抵人心。若是在适当环境对适当的人说,才能达到最佳效果。当前抗疫战争是全国人民都面临的严峻考验,有目不识丁的老爷爷将自己的积蓄捐赠武汉,也有憨厚的农民伯伯半夜起来采摘蔬菜为武汉供应物资,还有文化层次不高的工人日夜建造火神山与雷神山……质朴的他们说的更多的是"武汉加油"。我们不可能要求每一个人对诗句都信手拈来,但是他们质朴的言语与行动感动着我们,这些感动也很美。

"梅须逊雪三分色,雪却输梅一段香。""武汉加油"并不优美,甚至的确有些逊色,但却是我们心中最真实的写照,是我们的脱口而出的最真实念头,包含着我们对武汉人民的一腔深情,是我们对一线人员的支持,以及对赢得战争的坚定信心。

两种形式各有差别,但表达情感相同,都是愿与中国同舟共济,祝愿中国尽早击败疫情。大家的心在一起,还分什么高低?不过,我们需要学习的,是日本国民的善于学习。这些诗句我们都并不陌生，日本国民对它们恰当的使用正展现出了他们学以致用的能力。日本国一直是个好学的国家，大唐时他们多次前来学习唐文化，而清代西方世界的崛起让日本对洋文化也产生了兴趣，正是这点使日本这个虽然不大的国家得以兴盛至今。

"飘风不终朝，骤雨不终日。"有了世界各国的支持，疫情一定很快结束。此时我们感谢所有支援过中国的人，无论是物质上的资助，还是精神上的鼓舞，都打动人心，为与疫情的斗争做出极大的贡献。

武汉加油，风月同天！

点评：

文学的世界中，阳春白雪、下里巴人都是艺术，或高雅或亲民，传递真情实感，连接人心感受。小作者能够辩证地看待"雅言"与"俗语"的区别，充分讨论了二者的区别和表现力，得出的结论有说服力，打动人。小作者关注的话题是发生在疫情期间，也让读者看到了一个中学生的社会责任感。小作者论证观点时既能引经据典，也能结合富有时代气息的素材，使得文章的内容富有层次感。文章的语言冷静、平和，传递着积极的力量，读这些文字令人如沐春风。

（指导老师：高丽君）

俗诗？雅诗？
——读《"风月同天"与"武汉加油"各有用场，各领风骚》有感

23届8班 肖云厚

这篇文章，把诠释历史和分析当下的情况做到了完美的结合。它不只是解释诗词的含义，也不是对社会上的种种现象的围观评价，而是把自己写作的角度融进了传统文化之中。作者既明确地比较了所谓的"雅""俗"，同时也时刻保持着冷静的态度。

我认为，这篇文章的精妙之处，不仅在于其文思巧妙，布局恰当，更在于它内在的思想神韵。

它开头讲了现在社会上对于"雅""俗"和"有文化""没文化"的认识，

接着引述汉字文化的发展和同属于"汉字文化圈"的日本汉语发展史，不仅在概念层面上解释了雅俗的区别，更是说清楚了不同文字的精神。俗语直接明白、铿锵有力，更加容易宣传；诗句则深沉委婉，耐人寻味。

我的理解是：不要一味地追求所谓的文雅，而应雅俗共赏。这一点，我在读诗词方面感受极深。现在，不少人都以背诵诗词篇目多少作为衡量一个人文化素质高低的标准。社会上常常出现一个人在说话时用了诗词，而另一个人也不管其对错、恰当与否，满脑子就只有一个反应："哇！这人厉害！会这么多诗句！有文化！学霸呀！一看气质就不一样！"这是一个误区，生活中也常常因有人说一句"举头望明月，低头思故乡"而被贴上标签："没文化！文学功底差！"而这类看似妇孺皆知的诗句的本意却被淹没在了"无文化"之中，而句子令人回味、共情的妙处却因听多了、说多了而几乎完全淡出。

我认为这些文字本身的美被淹没了、忽视了，有些本值得品味的句子因"雅""俗"而被淹没了。比如说，一提到"明月几时有，把酒问青天"，人们的第一反应不是苏轼当年在明月下超凡脱俗、冷清悲伤的境界之美，而是"小学生文学水平"。而一谈到类似的"云破月来花弄影"或"槛菊愁烟兰泣露"就成了"文学奇才""诗词大师"。因为所谓的"雅""俗"而失去如此多的佳句，着实令人叹息。"君不见黄河之水天上来"俗，而"后人得之传此仲尼亡兮谁为出涕"雅，这种思维模式岂不是有点令人摸不着头脑？然而许多人——甚至大部分人——都是这么想的。读完这篇文章后，我深深有此感受，甚至想有机会调查一下多少人这么想。这是有些可悲的，因为一个个"雅""俗"的标签破坏了不少句子在人们心中的形象、地位。人们着实应该品味一下"浮萍一道开"，而不是用一些"渔舟唱晚，响穷彭立之滨"去炫耀，因为这样是最没有意义的。与其用令人窒息的句子去让人为你惊叹，真的不如品味一下那些出名的句子，去体会诗人的思想境界，享受其中语言的弹力、韵味。

想到这里，估计有人已经想到了"雅诗""俗诗"造成的原因：人们想借此来炫耀、彰显自己。这就是心理学上的固定性心态，不少心理学著作中都提到过：人们急于证明自己，并常常因此而误了大事。

言归正传到文学上，我们提到人们把诗分为"雅诗"与"俗诗"，仅仅因为一个认知度高，一个认知度较低。我却认为凡是有一点名气的诗，都是雅的。"硕鼠硕鼠，无食我黍"雅吗？雅。"式微，式微，胡不归"雅吗？也是雅的。就拿前面提到的诗举例：第一句话几乎在超市里随便找一个人都会，就渐渐地被视作"俗"；而第二句话就仿佛是"国学达人文化圈里的"。对于初见第二句话所出

自的那首诗的人们，就会感觉自己骨头里都燃烧起了古代老百姓对君王的愤怒，而让它们去读第一首诗，多半会几乎没有任何反应。我认为有两点原因：一是他们听这首诗次数太多了，以至于都有点"听得麻木了"；二是他们可能认为这是一首俗诗，就有点"懒得搭理了"。

这种"俗诗""雅诗"的心理模式会导致许多名篇佳句的淡出，"举头望明月"读起来怎么都多少会感觉没劲就是因为这个原因，这是一个需要人们共同努力去改过来的观点，需要共同警惕！

点评：

小作者的这篇读后感在观点上是深刻的，彰显了一位中学生独立的思考，令人敬佩。作者认为从文字的表现力来看，只要是传递真情实感、表达真知灼见的文字都是有分量的，单纯地争辩"雅"或者"俗"是无意义的。甚至因为贴上了"雅""俗"的标签，反而误导了大众如何去鉴赏品鉴文字背后的意境。本文的思路结构是层层递进的，条分缕析地剖析文化现象背后的逻辑。作者能从现象到本质去分析，引经据典多角度的分析，让文章比较有说服力。稍显不足的是文中的个别语句有点拖沓，表意不是很清晰。

（指导老师：高丽君）